KB270781

레가토

레가토

권여선 장편소설

창비

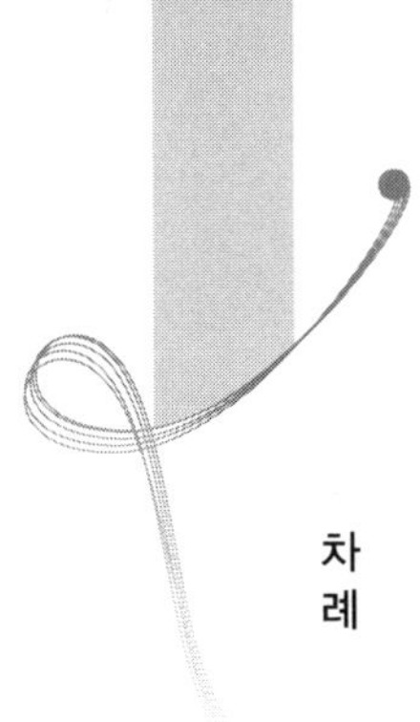

차
례

7	1. 프롤로그 푸른 연회
40	2. 서랍이 열리다
83	3. 섬의 흔적
126	4. 보헤미안 랩소디
172	5. 춤추는 우연
214	6. 진흙의 시간
269	7. 가면 겨울숲
311	8. 꽃 핀 오월의 목장
358	9. 거울 속 벽화
399	10. 에필로그 강변 파티
429	작가의 말

1. 프롤로그 : 푸른 연회

1

"어서 오십시오!"

남자가 저택 입구에 들어서자 양편에 둘씩 서 있던 아가씨 넷이 동시에 인사를 했다. 남자는 느닷없는 합창에 놀라 미간을 찌푸렸다. 아가씨들이 일부러 악을 쓴 건 아니었지만 판촉으로 단련된 높은 음색들이 합쳐지니 꽤나 요란스러웠다. 그중에는 귀에 거슬리는 탁한 목소리도 섞여 있었다. 아가씨들은 일제히 허리를 굽혔다 편 후 상대가 먼저 어떤 행동을 취해주길 바라는 예쁜 물음표 같은 표정을 지었다.

남자는 찌푸림이 덜 풀린 눈살 아래에서 눈만 천천히 깜빡였다. 그는 중키에 오십대 초반으로, 오래된 영화에 나오는 중견배우처

럼 고전적이고 단아한 얼굴이었다. 빈틈없이 잘 짜인 모든 구조가
그러하듯 그의 외모에도 위태로운 떨림과 신경질적인 고요가 깃들
어 있었다. 그는 맑고 담백해 더 속을 알 수 없는 눈으로 푸른 드레
스를 입은 아가씨들을 둘러보았다.

질푸른 미니드레스를 입은 왼편의 두 아가씨는 얼굴과 몸매는
전혀 달랐지만 웃음만은 한켤레 장갑처럼 닮아 있었다. 연푸른 미
니드레스를 입은 오른편의 두 아가씨 중 나이가 들어 보이고 눈두
덩이 부은 아가씨가 앞으로 한 걸음 나와 살짝 무릎을 굽혔다. 그
러나 남자의 시선은 그녀를 지나쳐 그 옆의 아가씨에게 꽂혔다.

하늘하늘한 리본이 달린 가장 아슬아슬한 디자인의 드레스를 입
은 마지막 아가씨는 키만 컸지 퍽 앳되어 보였다. 몸을 간신히 가
린 천 한 조각마저 벗어버리면 몸 안 가시가 환히 들여다보이는 치
어(稚魚)처럼 갈빗대 윤곽이 고스란히 비쳐날 듯 투명한 피부였다.
누구나 한번쯤 만져보고 싶을 법한, 그러나 어린 물고기를 잡은 손
끝의 감각이 늘 그렇게 유혹하듯 누구나 한번쯤은 그 여린 살덩이
를 툭 터뜨려버리고 싶은 난폭한 충동을 품을 법한, 위험하고 도발
적인 살결이었다.

"초대장 좀 보여주시겠습니까?"

남자 앞으로 다가선 아가씨가 물었다. 넷의 합창에서도 단연 두
드러진 바 있던 그녀의 탁한 목소리는 써비스 정신을 발휘한다기
보다 녹슨 총을 발사하는 듯한 고탄성을 내장하고 있었다. 남자는
어린 물고기 아가씨를 바라보던 시선을 돌려 그녀를 쳐다보았다.
오랫동안 나쁜 대우만을 받고 지낸 처녀에게서 풍기는 매운 설움
과 악착의 기운이 느껴졌다. 남자는 양복 주머니에 손을 넣다 말고

고개를 저었다.

"이거 어쩌지? 안 가져온 것 같은데."

눈두덩 아가씨의 입가에 쓴웃음이 번졌다.

"초대장이 없으십니까?"

써비스 정신이 희석되자 말끝이 갈라졌다. 한 가닥은 높이 치솟다 끊어지고 다른 가닥은 낮게 깔리다 뒤집히는 바람에 '까?'라고 묻는 대목에서는 질문자가 둘인 듯 들렸다. 그 희한한 이중주에 남자는 미소를 지었다.

"초대장이 없으면 입장하실 수가 없습니다."

그녀는 마지못해 죄송합니다,란 말을 덧붙인 후 키 큰 여자가 키 작은 남자를 응대할 때 주의해야 할 표정관리법마저 깜빡 잊고 가소롭다는 듯 남자를 내려다보았다. 남자는 남자대로 여자는 여자대로, 볼수록 호감이 생기지 않는 서로의 얼굴을 잠시 마주 보고서 있었다. 그때 홀 쪽에서 비쩍 마른 남자가 대게처럼 마른 다리를 휘저어 바짓바람을 일으키며 걸어왔다.

"아이고, 박인하 의원님! 어서 오십시오!"

의원님이란 말에 눈두덩 아가씨는 얼른 남자의 양복 깃을 살폈다. 의원 배지는 없었다. 그녀는 일단 한 걸음 뒤로 물러났다. 마른 남자가 허리를 굽히며 말했다.

"바쁘실 텐데 이렇게 참석해주셔서 정말 감사드립니다, 박의원님. 어서 들어가시지요. 염여사님께서 아까부터 기다리고 계십니다."

박인하 의원이 말했다.

"아, 구비서! 내가 지금 초대장을 놓고 와서 못 들어가고 있어."

"의원님도 참! 새삼스럽게 초대장은 무슨?"

구비서가 눈두덩 아가씨를 노려보았다. 성난 파도빛 새도우가 발린 그녀의 눈두덩에 조난당한 자의 공포가 어른거렸다. 박의원은 그 표정에 마음이 누그러져 한 발 앞으로 나서며 말했다.

"사실은 말야, 초대장 핑계 대고 우리끼리 재미난 대화를 나누던 중이에요."

구비서가 뭐라기도 전에 박의원은 공모자처럼 은근한 목소리로, 그러나 아가씨들 귀에는 충분히 들릴 정도로 말했다.

"어디서 이렇게 고운 분들을 모셔왔는지 염여사님께 꼭 여쭤봐야겠는걸. 참, 염여사님께선 건강이 안 좋으시다고 들었는데 어떠신가?"

이렇게 화제를 바꾸면서 박의원은 오른쪽으로 슬쩍 곁눈질을 했다. 그의 시선은 감읍한 표정의 눈두덩 아가씨를 지나, 푸른 리본을 우아한 지느러미처럼 늘어뜨리고 서 있는 어린 물고기 아가씨에게 머물렀다. 약간 놀란 듯 보이는 그녀는 분홍빛 젤리 같은 입술을 봉긋 벌려 입술 한가운데 귀엽고 어리둥절한 구멍을 뚫어놓고 있었다. 그 빠끔한 원형의 구멍은 연두부처럼 부드러운 그녀의 표면보다 몇 배나 더 곱고 연할 게 틀림없을, 안개나 비누거품 같을 그녀의 내부로 통하는 또 하나의 황홀한 입구를 떠올리게 했으며, 누구도 거역할 수 없는 그 투명한 심연으로의 초대장처럼 보였다.

"팔이 부러지셔서 지금……"

구비서가 공손하고 느린 말투로 대답했다.

"뭐요? 왜 팔이 부러져?"

박의원은 물고기 아가씨에게서 아쉬운 눈길을 거두며 물었다.

"삿뽀로에서 스키를 타시다 그만……"

박의원은 구비서의 구구한 얘기 따윈 듣고 싶지 않다는 듯 조붓한 어깨를 쭉 펴고 빠른 걸음을 옮겼다.

"이런 시기에 일본에서 스키를? 난 도저히 염여사님을 이해할 수 없어요. 그건 그렇고……"

두 남자의 뒷모습이 푸른 홀 쪽으로 향했다.

"참 매력적인 미인들이……"

네명의 무명 모델들이 자기들 얘기임을 알고 귀를 곤두세웠지만, 염여사의 환대하는 인사말과 박의원의 웃음소리 외에 더이상의 얘기는 들려오지 않았다.

푸른 카펫 위를 구르는 카트 위에서 식기들이 달그락거리는 소리, 손님들이 담소를 나누는 소리, 악대가 연주하는 음악 소리, 간간이 터지는 웃음소리가 마치 옆집에서 틀어놓은 텔레비전 음향처럼 아련히 들려왔다. 고기와 생선을 굽는 냄새와 각종 쏘스 향, 옅은 알코올 내음, 은은한 향수와 방향제 냄새가 고(故) 김성원 회장의 미망인인 염종휘 여사가 자택에서 개최한 여름밤의 푸른 연회가 한창 무르익어가고 있음을 알렸다.

2

"어서 오세요, 박인하 의원님."

"오랜만에 뵙습니다, 염여사님."

"오늘도 안 오시면 다시는 안 뵈려고 결심하고 있었어요."

새콤한 과일처럼 톡 쏘는 염종휘 여사의 공격에 박의원은 짤막하게 웃었다. 염여사는 부목을 댄 오른팔을 가볍게 건드린 후 왼손을 내밀었다.

"바쁘신데 와주셔서 감사드려요."

"언제 봐도 염여사님께서는 여전사의 포스를 풍기십니다. 이젠 부상까지 당하시고. 감히 여사님의 서슬 푸른 홀에 선뜻 발을 들여놓기가 두려운데요."

말과는 달리 박의원은 냉방이 잘된 서늘한 푸른 홀에 선뜻 발을 들여놓으며 염여사가 내민 왼손을 잡았다.

"말도 마세요. 팔은 이 모양인데 연회 날짜는 다가오고, 스트레스를 받아서 위염이 다 도졌답니다. 며칠째 죽으로만 연명하고 있어요. 이런 칠칠치 못한 꼴로 귀빈들을 모시게 돼서 민망해 죽겠네요."

"제가 보기엔 깁스를 하시니 훨씬 멋지신데요."

"무슨 그런 짓궂은 말씀이 다 있어요? 저같이 늙고 병든 여자한테."

말은 이렇게 했지만 염여사는 자신이 아직 아름다움을 잃지 않았다는 것과, 박의원의 말마따나 짙푸른 벨벳으로 감싼 부목을 댄 모습이 오늘밤 색다른 멋을 풍기리라는 것을 잘 알고 있었다.

패션계를 주름잡는 저명한 디자이너답게 염여사는 변신에 능했다. 그녀의 각진 얼굴 뒤에는 그 나이 또래의 여인들이 여럿 모여 살고 있었는데, 칠흑빛으로 염색한 머리칼을 틀어올리고 폭풍 전야의 구름처럼 검푸른 숄을 드리운 오늘의 출전 선수는, 작은 큐빅이 박힌 부목에서부터 군청색 가죽 드레스 옆선에 박힌 싸파이어를 지나 은빛 링이 달린 벨벳 구두에 이르기까지, 아마도 가장 거만한 성품의 여인이 아닌가 여겨졌다.

연회장 앞쪽 무대에서는 악단이 키 작은 여자를 둘러싸고 합주를 하고 있었고, 홀 중앙 대리석 받침대 위에는 푸른 용액을 얼려 조각한 거대한 반가사유상이 얹혀 있었다. 홀 가장자리에는 오늘의 테마 빛깔인 푸른 천을 씌운 탁자와 의자가 놓여 있었는데, 손님들은 대략 오륙십명 정도 되었다.

"염여사님께선 정말 문제가 많아요."

박의원이 안내된 자리에 앉으며 이렇게 말하자 염여사는 당장에 도전적으로 턱을 내밀었다. 그러나 박의원이 염여사님께서 몸이 아픈 것도 따지고 보면 반국가적 행동이라는 둥 여사님과 같은 인재가 몸을 상하면 작고하신 부군의 경우에 버금가는 국가적 손실이라는 둥 사교적인 말을 늘어놓자, 만족과 겸양의 표시로 그를 정겹게 흘기고 옆자리에 앉았다.

"그건 그렇고 박의원……"

염여사는 '님'이란 존칭을 떼고 오랜 교제를 과시하는 친근한 호칭으로 말문을 열었다.

"뭐 하나 좀 내가 물어봅시다. 박의원은 천안함과 연평도 이후로 남북간의 경색된 기류에 대해 어떻게 판단하세요? 길게 갈까요, 어떨까요?"

"그건 전 이렇게 봅니다, 염여사." 박의원도 덩달아 '님' 꼬리를 떼고 말했다. "대단히 우려스럽게도 현 정부가 북한에 대해 취하는 태도를 보면 말입니다……"

박의원은 대변인이 성명서를 읽는 식의 또박또박하지만 권태로운 속도로 누구나 알고 있을 법한 얘기를 이어갔고, 염여사는 그 말을 진지하고 주의 깊게 경청하는 척했다. 그러다 갑자기 박의원의 얘기를 끊고 진정하라는 듯 손바닥으로 허공을 누르는 제스처를 했다.

"잠깐만요, 박의원!"

전혀 흥분하지 않아 진정할 필요가 없는 박의원이 어리둥절해하는 사이 염여사는 열렬한 반론을 펼치기 시작했다. 그건 단지 자신이 박인하라는 정치인과 활발한 토론을 펼치는 중이라는 사실을 만방에 광고하기 위한 것에 불과했으므로, 박의원으로서는 반론의 요지를 종잡을 수 없었다. 그녀는 열변을 토하는 와중에도 연회장에 누가 들고 나는지를 살폈고, 마침 그들 테이블 곁을 지나던 웨이터를 암사마귀처럼 눈짓만으로 낚아채기까지 했다.

"가만, 우리 박의원은 뭐, 스테이크로 하실까? 아니면 회로 하실까?"

요정 마담들이 정인(情人)에게나 쓸 법한 콧소리에 박의원은 내심 질색을 했다.

"전 여름엔 날것을 입에도 안 대는데 염여사 댁에서야 뭐든 안심하고 먹을 수 있으니까……"

염여사는 박의원의 말이 끝나기도 전에 외쳤다.

"금강산도 식후경이랍니다, 박의원. 아하하하."

남북관계에 관한 대화를 나누다 음식을 권할 때 이보다 더 적절한 인유를 던질 수 있는 호스티스가 얼마나 될까 하는 생각에 그녀는 끓어오르는 자부심을 느꼈다. 그 긍지가 푸른 홀의 천장을 능히 뚫을 지경이라 그녀는 자신의 상대가 그런 말을 조금도 재치있게 여기지 않으며 특히 중년 여성의 드높은 웃음소리만큼은 도저히 참아내지 못한다는 사실을 꿈에도 생각하지 못했다.

"그렇죠, 금강산."

박의원은 건조하게 대꾸했다. 미간이 좁혀진 그의 시선은 써빙하는 건장한 몸매의 웨이터에게 쏠려 있었다. 여자들 목에 감는 머플러로나 적당할 보드레한 실크 바지를 입어 노골적인 굴곡을 드러내는 웨이터의 하체는 분명 속옷을 입지 않은 듯 보였다.

"언젠가 책에서 봤는데요, 아, 굉장히 유명한 책인데 제목을 잊었네요. 아무튼 그 책을 쓰신 저자분 말씀이 말이죠……"

박의원은 허리를 구부렸다 폈다 하는 동작에 따라 더욱 민망한 라인을 드러내는 웨이터의 하체를 바라보느라 염여사를 감동에 벌벌 떨게 만든 책의 내용을 건성으로 흘려듣고 말았다. 골똘해지면 찌푸린 듯 보이는 그의 표정에서 염여사는 문득 불안감을 느끼고 새로운 먹잇감을 향해 창을 던지듯 빠르게 말했다.

"그래서 오늘 특별히 홍순철 씨를 모시려고요."

예상대로 박의원이 깜짝 놀라자 염여사는 흡족한 듯 입을 살며시 다물었다.

"아니, 홍순철 씨라면 최근에 비밀리에……"

염여사가 얼굴을 가까이 들이밀고 속삭였다.

"그렇죠, 얼마 전에 망명하셨죠. 아직 세간에는 발표되지 않았고요."

"아니, 그분이 어떻게 이런 자리에…… 언제 온답니까?"

염여사는 들이댔던 얼굴을 뒤로 물리더니 일이 좀 꼬였다고 실토했다. 마무리된 듯했던 조사가 보안상의 이유로 기약 없이 연장

되는 바람에 부득불 민간 모임에는 참석시킬 수 없다는 연락을 오늘 오후에 국정원으로부터 받았다는 말에 박의원은 그럼 그렇지, 하는 표정으로 대꾸했다.

"저런, 안됐군요."

"그 대신에 함목사님이 오신답니다."

"네? 아, 함목사님."

박의원은 엄숙히 고개를 끄덕였다. 홍순철 대신 함목사라니! 염여사의 연회에 대체 가능한 후보라는 점 말고는 아무 연관도 없는 둘의 관계에 그는 실소했다. 다만 그 점잖은 체하는 함목사가 저 끔찍스러운 반가사유상을 보면 퍽도 좋아하리라는 생각이 들자 기분이 조금 나아졌다.

"신사장님, 어서 오세요."

신진태 사장이 멀리서 허둥지둥 다가오는 것을 염려스럽게 지켜보던 염여사는 신사장이 가까이 오자 반색을 하며 자리에서 일어섰다.

"우리 박의원님, 소개해드릴게요."

염여사는 다시 '님'이란 호칭을 붙였다. 신사장은 자신의 옷차림을 훑는 염여사의 실뱀 같은 눈길에 터져나오려는 욕설을 억누르며 박의원 옆에 털썩 앉았다.

"소개는 무슨 얼어……" 신사장은 뒷말을 얼버무리며 말했다. "제가 박의원님 모르고 산 세월보다 알고 산 세월이 더 긴데요."

"어머, 그러세요?"

"말해놓고 보니 그러네. 어이, 박의원님, 우리 악연이 물경 삼십년도 넘지 않습니까? 이런 데나 와야 배알할 수 있으니.”

“난 당신이 누군지 모르겠습니다만.”

박의원의 말에 염여사의 분칠한 어깨가 흠칫했다. 그러나 신사장은 어디까지나 태평이었다.

“그렇겠지, 이 양반아. 아무리 국사에 바쁘시더라도 하방하여 민초들도 두루 살피고, 모임 있다고 연락하면 얼굴도 비추고 그래야지, 거기 좆대가리같이 생긴, 아 죄송합니다, 염여사님, 아무튼 그놈의 의사당에만 처박혀 있으니 이 신진태의 잘생긴 얼굴도 잊어먹지 않았나 말야. 근데 언제 왔어, 형? 나 변소 간 동안 왔나보네.”

염여사는 웬만한 집 거실보다 화사하게 치장한 그곳을 변소라 부르는 데 기겁을 했다. 신사장이 위스키 잔에 술을 따르려다 말고 박의원에게 물었다.

“오난이는?”

“안 들어오려고 하길래 먼저 들여보냈다.”

“그 자식은 맨날 왜 그래?”

신사장은 뭔가 더 얘기하려다 입을 다물었다. 염여사는 오난이가 어떤 존재인지, 외국인인지 외계인인지 몰랐지만 박의원을 대하는 신사장의 무람없는 태도에 마음이 너그러워져 그를 대하는 말투에도 적당한 애교를 섞기로 했다.

“지금 막 박의원님과 함목사님에 대해 말씀 나누던 중인데요, 청린교회 함목사님 아시죠? 오늘 연회에 나오시기로 돼 있거든요.”

“그렇습니까?”

신사장은 들고 있던 위스키 잔을 단숨에 비우고 에메랄드빛 유리 탁자에 딱 소리가 나게 내려놓았다.

"신사장님은 함목사님께서 얼마 전에 발표하신 평신도에게 드리는 글 읽어보셨어요?"

신사장의 얼굴이 험상궂게 변하는 걸 본 순간 염여사는 얼른 말을 바꿨다.

"아, 저도 알죠, 신사장님이 무교인이라는 건. 그래도 워낙 다독하시는 분이라 여쭤본 거예요. 저도 그 글을 전부는 못 읽어봤는데요, 모든 책임을 목사님께서 통감하고 참회하신다는 말씀에 정말 큰 감동 받았어요."

두 남자가 침묵을 지키자 염여사의 얼굴에 고독한 사색의 표정이 떠올랐다. 이내 그녀는 비련의 여주인공처럼 부러지지 않은 왼팔을 우아하게 들어 어딘가를 운명적으로 가리켜 보였다.

"저기 송여사님이 와 계셨네. 가보지 않으면 안되겠어요. 중국에서 열린 패션쇼 얘기를 들어주지 않았다간 나중에 무슨 봉변을 당할지 몰라요. 아, 참! 연회가 끝날 때까지 절대 먼저 일어나시면 안돼요. 오늘 패션쇼는 정말 아름답고 화려하게 꾸몄답니다. 꼭 보시고 야회에까지 남아주세요. 그럼 두분 좋은 말씀 나누세요."

염여사는 청색 펄을 바른 입술을 활짝 벌려 환하게 웃고 검푸른 숄을 한 손으로 맵시있게 추스르면서 군청색 가죽에 죄인 몸을 돌렸다. 염여사가 떠나자 신진태는 박인하 쪽으로 얼굴을 바짝 붙이고 간간이 욕설을 섞어가며 낮은 소리로 떠들기 시작했다.

"빌어먹을! 김회장 죽고 나서 염여사는 더 색스러워졌는지 몰라도 이놈의 쌕쌕 파티는 완전히 격이 떨어졌어."

진태는 예전부터 염여사가 계절마다 여는 빛 테마 연회를, 색을 빙자해 색을 쓰는 쌕쌕 파티라 불러왔다.

"올봄에만 해도 이 정도는 아니었는데 계절 하나 상간에 이럴 수가 있나. 인하형, 오늘 모여든 연놈들 면면 좀 보라고. 재계 쪽은 전멸 아닌가 말이야. 인왕산 그늘이 빨리도 걷혔네. 이럴 줄 알았으면 안 올 걸 그랬어."

"진태 넌 입이 어째 점점 더 걸어지냐?"

박인하는 고개를 돌려 목 근육을 풀면서 드디어 재미난 대화상대를 만나 기쁜 투로 말했다.

"욕 안 나오게 됐어? 아까 염마담이 날 보자마자 오만 우거지상을 쓰잖아?"

인하는 돌리던 고개를 멈췄다.

"왜? 언젠가 네가 염여사 자서전 일도 맡아 하고 그러지 않았나?"

"그랬지. 폼나게 뽑아줬었지. 한잔해요, 형. 진짜 오랜만이네."

진태는 지나가는 웨이터에게 위스키 병을 받아 인하에게 따르고 턱짓으로 건너편 테이블을 가리켰다.

"근데 젠장, 내가 하필 오늘 저 주정뱅이 영감하고 엮여버렸잖아."

진태가 턱으로 가리킨 곳에는 늙은 소설가 성문영이 앉아 있었다. 인하는 오래전 대학 신입생 때 먼발치에서 성문영을 본 적이 있었다. 선배를 따라 '고난받는 문학인의 밤' 행사에 갔을 때였다. 바야흐로 그즈음 문명(文名)을 날리기 시작한 성문영은 출세작의 인세 전부를 감옥에 갇힌 선후배 문인들의 석방과 뒷바라지를 위해 쓰겠다고 돌발선언을 하여 열렬한 박수를 받았다. 나중엔 아까운 생각이 들었는지 약속대로 하지 않고 어찌어찌 꼼수를 썼다는,

사실인지 모함인지 모를 뒷소문이 돌았다. 그후로 사람들은 성문영어의 인격이 성문종합영어에서 성문기본영어로 내려앉았다고 농담 삼아 수군거리곤 했다.

"저 영감이 어디서 무슨 냄새를 맡았는지 점심때 출판사에 들이닥치더니 거머리처럼 달라붙어서 떨어질 생각을 안하는 거야. 알고 버티는데 용빼는 재주 있나. 내가 저 영감하고 들어왔을 때, 마른 북어 대가리 같은 구비서하고 팅팅 불은 물개 같은 염마담하고 둘이 동시에 화상 우그러뜨리는 꼴이 아주 가관이었다니까. 모르긴 몰라도 우리 들여보낸 못생기고 다래끼 난 것처럼 눈 시퍼렇게 부은 계집애, 무지하게 닮였을 거야."

인하는 히죽 웃었다. 접대용이 아닌, 참지 못해 새어나오는 웃음이었다.

한때 베스트셀러 순위에 서너권의 소설을 동시에 올려놓을 만큼 대중적인 인기를 누렸던 성문영은 늙은 연예계 마담들 몇을 모아놓고 앉아 신나게 떠들어대고 있었다. 때마침 그의 관심은 검푸른 솔 구름을 몰고 홀을 가로지르는 염여사에게 향했다.

"오, 염종휘 여사가 저기 계시누만! 아, 염여사는 여전히 아름다우세요. 그런데 다들 아시는가 모르겠지만요."

늙은 여인들은 두꺼운 화장 위로 못마땅한 주름을 굵게 판 채 성문영을 깔보는 투로 앉아 있었다. 하지만 그의 입에서 누구의 험담이나 누군가에게 오점이 될 과거사 이야기라도 흘러나오면, 안 듣는 척하려는 마음과 신통치 않은 청력 사이에서 발버둥치다 결국 담뱃진과 술냄새에 찌든 성작가 쪽으로 상체를 기울이며 한마디도 놓치지 않고 경청하는 것이었다. 이번에도 예외는 아니어서, 아니

염종휘가 왜 또? 하는 늙은 여인들의 누런 눈알이 성문영에게 집중되었다.

"염종휘 여사 출세했에요! 암요, 출세했죠. 내 말이 무슨 뜻인지 아시겠지요?"

성문영은 늙은 여인들의 관심이 쏠리자 흥이 나서 지껄여댔다.

"그 학교 출신으로는 아마 염여사가 제일로 출세했을 겝니다. 암요! 그 학교가 지금은 없어졌는데요, 어드메 있던 학교냐 하면 저기 경기도 아래대 쪽인데, 학교 이름이 영…… 천…… 찬…… 어어……?"

더듬거리던 성작가가 갑자기 감격에 겨워 몸을 떨며 우렁차게 외쳤다.

"맞다! 영춘여상!"

영춘여상이란 말에 주변은 물을 끼얹은 듯 조용해졌다. 위스키 더블을 비우고 활어회 접시에서 쫄깃한 민어 부레를 집어 기름장에 찍던 신진태가 놀라 경기하듯 팔을 번쩍 들었다 내렸다.

"저런 빌어먹을 노인네를 봤나!"

진태는 유명인사의 자서전을 맡을 때면 전직 기자 근성을 못 버리고 항상 따로 치밀하게 뒷조사를 해두는 편이었는데 염여사의 경우도 그랬다. 그녀가 영춘여상을 졸업했다는 것도, 졸업 후 경리로 일하다 고인이 된 김성원 회장의 눈에 띄었다는 것도 별도의 조사를 통해 밝혀낸 기밀이었다. 염여사 측에서 제공한 정보엔 그런 사실은 일언반구도 없고 최종학력이 지방의 모 대학원 의상학과로 깔끔히 세탁되어 있었다. 진태 역시 그 정보만으로 예쁘장하게 자서전을 꾸며 짭짤하게 팔아먹기도 했다. 그런데 혹여 성문영이 염

여사에 관해 이런저런 얘기를 떠들어댄다면 그건 분명 진태 자신
의 출판기획사에서 얻어들은 정보일 터였다.

"이거 난리났네. 저 영감탱이가 어디서 무슨 소릴 주워듣고 저러
는 거야? 돌아버리겠구만. 이 바닥은 보안이 제일인데 하루아침에
장사 말아먹게 생겼네."

진태는 민어회를 몇점 집어 입에 쑤셔넣고는 늙은 작가가 더 해
괴한 소리를 떠벌리기 전에 어떻게든 홀에서 끌어낼 작정으로 자
리에서 일어나며 빠르게 말을 쏟아놓았다.

"그나저나 형도 이제 슬슬 발동 걸어야 하는 거 아뇨? 연말에 책
하나 띄워서 바닥을 다져놔야 내년 총선에 약발을 받지. 나한테 일
임해. 아, 난 저 늙은이 땜에 패션쇼도 못 보고 그냥 가네. 입구에서
쭈르르 인사하던 애들 있지? 짱깨집도 아니고 인사 한번 요란하더
만. 근데 그중에 물건이 하나 있더라고. 이건 순 갓난쟁이 속살에다
아주 먼로가 울고 가게 생겼어. 걔가 석달 안에 안 뜨면 신진태 열
손가락에 장을 지진다. 걔가 오늘 패션쇼에 쎄미누드로 나온다는
특급정보를 입수했는데 그거 하나 구경할 복이 안돼서 갑니다. 모
임 때 연락하면 오난이 손 붙들고 꼭 나와요, 형. 우리가 앞으로 살
면 얼마를 산다고."

3

박인하도 패션쇼가 시작되기 전에 연회장을 나와야 했다. 아내
가 진행하는 '정민경의 문화토론'에 게스트로 출연하는 이재현 교

수를 만나기로 약속이 잡혀 있었다. 민경을 생각하자 방송용 화장을 두껍게 개었은 낯선 여자의 얼굴이 떠올랐다. 연회에 참석한 여자들도 예외 없이 짙은 화장을 하고 있었다. 오늘 내내 그는 화장 안한 여자와 대화는커녕 상면조차 못한 것 같았다.

인하는 패션쇼가 준비되는 분주한 틈을 타 홀을 빠져나왔다. 염여사와 구비서는 어디론가 모습을 감추었고 홀의 조명도 조도를 낮춘 때라 아무도 그의 퇴장을 알아차리지 못했다. 저택 입구에서 인사를 하던 아가씨들도 보이지 않았다. 진태 말에 따르면 먼로가 울고 갈 그 물고기 아가씨만은 한번쯤 더 보아도 좋을 것 같았지만 그녀는 이미 백스테이지에서 패션쇼에 등장할 준비를 하고 있을 터였다.

그는 잠시 통로에 서 있었다. 절제하느라 애썼음에도 불구하고 위스키를 제법 마신 것 같았다. 어디선가 높고 날카로운 여자애의 웃음소리가 들려왔다. 그는 눈살을 찌푸리고 눈동자만 굴려 주위를 살폈다. 왼쪽 구석 2층으로 통하는 계단 난간에 평상복 차림의 소녀 둘이 마주 서 있었다. 엄숙한 기자회견장 입구에서 천진하게 놀고 있는 아이들을 발견했을 때처럼 그는 호기심을 느끼고 그쪽을 바라보았다.

"진정으로 실망이다."

느리고 낮지만 맑고 단호한 목소리였다. 본능적으로 호감을 느끼게 하는 목소리가 있다면 그에게 들려온 지금의 목소리가 그랬다.

"난 장난으로 한 얘긴데 맨날 나만 가지고……"

대답하는 소녀의 말끝이 웃음에 묻혔다. 웃는 소녀는 인하 쪽을 향하고 있었는데 그를 발견하자 웃음소리를 죽이고 상대방 소녀에게 신호를 보냈다.

"저기…… 저기……"

맑고 단호한 목소리의 소녀가 돌아보았다. 얼굴을 보니 소녀는 아니고 이십대 중후반쯤 되어 보이는 아가씨였다. 그녀는 곧 다시 고개를 돌렸지만 그녀의 얼굴이 흘긋 나타났다 사라진 순간 인하는 생각지도 못한 장소에서 신기한 다락방이나 맑은 샘을 발견한 것과 같은 신선한 감흥을 느꼈다. 흑백 가로줄무늬 셔츠에 하얀 스커트를 입은 아가씨는 다시 킬킬대기 시작한 소녀의 어깨를 가볍게 톡 치고는 말했다.

"간다."

그녀는 몸을 돌려 푸른 벽을 따라 걸음을 옮겼다. 인하와 몇 걸음 떨어지지 않은 곳에 이르자 버르장머리 없는 동생에 대해 용서를 구하듯 난처한 표정으로 가볍게 목례를 했다. 그리고 고개를 돌려 아직도 계단 난간에 서서 웃고 있는 소녀를 보곤 고개를 저었다. 살짝 올라간 윗입술 사이로 작은 앞니가 드러났다. 순하고 슬픈 초식동물 같은 그녀의 표정을 가까이에서 본 순간 인하는 두려움과 동시에 거부할 수 없는 매혹을 느꼈다.

하얀 스커트의 아가씨는 빠른 걸음으로 푸른 카펫 위를 뛰다시피 하여 저택 현관을 지나 사라졌다. 단화를 신은 종아리의 동그란 선이 보기 좋게 살아 있었다. 그녀는 거칠게 방치되지 않았으나 그렇다고 인위적으로 전지되지도 않은 아담한 나무 한그루와 같은 인상을 남기고 사라졌다. 그녀가 사라진 후에야 그는 그녀가 화장을 하지 않았다는 사실을 깨달았다.

"안녕하세요?"

웃음을 그친 계단 쪽 소녀가 꾸민 듯한 말투로 인사를 건넸다. 민소매 티에 핫팬츠를 입은 소녀는 금세 도망이라도 칠 듯 계단에 한 발을 걸쳐놓고 있었다. 인하는 작고한 김회장의 가족관계를 더듬어보았다. 첫 부인에게서 난 자식은 아들만 둘인데 나이는 거의 그와 또래인 오십대 초반이었다. 재혼한 염여사 쪽으로는 김세영이라는 아들 하나가 있는 것은 확실한데 그 아래로 딸이 하나인지 둘인지 잘 기억나지 않았다.

"전 김세희예요."

소녀가 재빨리 말했다. 김세희라면 김회장네 딸 중 하나가 분명했다.

"그럼?"

인하는 하얀 스커트의 숙녀가 사라진 쪽을 보았다. 몹시 닮지 않은 자매라는 그의 생각을 읽기라도 한 듯 세희가 계단에 놓인 발을 방정맞게 들까불렀다.

"저 여자는 내 과외선생이에요. 원래는 국어 담당인데 인생도 담당해요."

세희는 느닷없이 웃음을 터뜨렸다. 인생 담당 과외선생이라니, 이야말로 금강산도 식후경에 육박하는 재치라고 인하는 생각했다.

"세영이는 요즘 잘 지내나?"

"우리 오빠, 순 날라리, 김세영이…… 난 몰라요, 아하하하."

국어와 인생을 담당하는 아가씨는 세희에게 조리있게 말하는 법을 가르치는 데 실패한 게 틀림없었다. 세희는 알 수 없는 외마디 말과 웃음을 왁 토해놓고는 계단을 뛰어올라갔다. 유리잔에 쨍 금이 갈 듯 높은 웃음소리만은 정확히 염여사의 미니어처였다. 두 소녀 중 하나는 신원이 밝혀졌지만 나머지 하나는 과연 뉘 집 딸이길래 이토록 그의 마음을 뒤흔드는지 인하는 알 길이 없었다. 앞으로도 알 길이 없으리라 생각하자 서운한 마음이 들었다.

홀 안쪽에서 폭죽이 터지는 소리가 들려왔다. 패션쇼가 시작된 모양이었다. 홀에서 들려오는 빠른 템포의 댄스음악을 뒤로한 채 인하는 저택 현관을 나왔다. 문득 이런 날까지 딸에게 과외수업을 받게 한 염여사의 마음을 도저히 이해할 수 없다는 생각이 들었다. 아마도 영춘여상 탓이겠지, 하고 그는 생각했다.

저택 입구에 나타난 인하를 보고 준환은 수첩과 펜을 양복 주머니에 넣고 차에서 내렸다. 혼자 돌계단을 내려오는 인하의 모습에 고독하고 불우한 소년의 이미지가 겹쳤다. 인하가 언뜻언뜻 내비치는 이런 이미지는 언제나 준환에게 인하와 더불어 지낸 청년 시절을 떠올리게 했다. 그리고 그럴 때면 어김없이 그의 속에서는 격렬한 동경과 치열한 배신감과 깊은 죄의식이 함께 들끓곤 했다.

한시간 전쯤 준환은 돌계단을 내려오는 진태를 보았다. 진태는 늙은 동행을 부축하느라 혼잣말로 욕설을 내뱉고 있었다. 얼마 후 진태는 늙은이를 어디다 떨구었는지 다시 주차장에 모습을 나타냈다. 진태는 누구를 찾는 듯 두리번거렸다. 준환은 짙게 코팅된 창문을 올리고 운전석을 뒤로 밀어 몸을 누이고 눈을 감았다. 진태가 자신을 발견하지 않기를, 설사 발견하더라도 자신이 그지없이 편안하게 잠든 모습으로 보이기를, 그래서 자신을 깨우지 않고 조용히 물러나주기를 바랐다.

십분 후에 눈을 뜬 준환은 진태가 가버린 것을 확인하고 마음이 착잡했다. 어쩌면 그의 진정한 소망은 진태가 차창을 요란스럽게 두드려, 오난아, 어디 술이라도 한잔하러 가자, 하고 유혹하는 것이었는지도 모른다. 그래서 인하의 차 따위는 아무 데나 내버리고, 둘이 어깨를 겯고 적당한 술집을 찾아들어가 진탕 술을 퍼마시는 것이었는지도.

인하가 돌계단을 다 내려왔을 때 준환이 다가갔다.

"차는 저기 빼기 쉽게 대기해놨습니다."

인하는 준환의 얼굴과 차를 가리키는 손을 번갈아 보았다.

"아니, 정말! 왜 기다리고 그래?"

인하의 목소리가 낮게 깔렸다. 늘 이런 식이었다. 뻔히 그럴 줄 알았으면서도 매번 한결같이 놀란 기색을 내보이며 음산하게 상대를 책망하곤 했다.

"아, 예예."

준환은 헛웃음을 흘렸다. 오래전부터 준환은 자신도 진태처럼 인하를 아무렇지 않게 단순히 선배로만 대하고 싶다고 생각해왔다. 겉으로 드러난 인하의 말이나 요구 외에 다른 깊은 의도에 대해서는 일절 모르는 척 담백하고 쌈박하게 응대하는 태도 말이다. 그러나 오래전에도 그러지 못했고 지금도 그럴 수 없었다. 앞으로도 그럴 수 없을 것이다.

"들어오지 않을 거면 차 가지고 먼저 퇴근하라니까."

"예예."

"하! 그 사람, 참."

준환의 의례적인 대꾸에 짜증까지 내는 걸 보면 인하는 오늘 밤 예민해져 있는 모양이었다. 차문을 닫는 소리조차 곱지 않았다. 준환은 한시간쯤 후 혼자 술 마시게 될 때를 생각하며 기분을 돌이키려 했다. 잠시 후 인하가 누그러진 소리로 불렀다.

"준환아."

이건 적당히 화해하고 가자는 뜻이었다.

"예, 인하형."

"내가 지금 방송국으로 갈 건데."

"압니다."

"거기선 말야."

인하가 잠시 말을 끊었다. 준환은 그의 말을 기다렸다.

"끝나고 나서 재현이하고 셋이 같이 한잔하면 어떨까?"

한때 자신이 질투했던 단정하고 세련된 친구 이재현…… 그를 본 지도 꽤 오래되었다. 준환은 이를 악물었다.

"됐어요, 형."

달래는 투로 인하가 말했다.

"오랜만에 셋이 같이 한잔하자고. 오늘 여기 진태도 왔었는데 일이 있어서 먼저 갔어. 안 그랬으면 우리 넷이 뭉치는 건데."

"됐어요, 형."

"됐어?"

"예."

"알았어. 그럼 거기 나만 떨어뜨려놓고 넌 바로 퇴근해."

"예."

"이번엔 진짜 기다리지 말고 들어가라고."

"예."

준환은 뒤미처 따라나오려는 또 한번의 '예' 소리를 두터운 입술로 잘랐다.

차를 타고 강남 주택가를 빠져나오는 인하의 마음은 우울했다.

그 우울의 첫번째 표적은 준환이었다. 한번은 길게 한번은 짧게, 예예. 일단 준환의 입에서 그 말이 나온 한에서는 누가 무슨 질문을 해도 어떤 비난을 퍼부어도 다른 대답을 얻어내기 어려웠다. 그가 보기에 준환의 내면에는 언젠가부터 기괴한 태도 한 쌍이 잠복해 있다 교대로 출연하곤 했다. 하나는 어떤 모욕에도 불구하고 예예, 하고 버티면서 최선을 다해 노예처럼 봉사하는 비굴한 태도였고, 다른 하나는 술만 마셨다 하면 상대가 누구든 가리지 않고 개새끼 씹새끼 좆같은 새끼,라는 삼종 세트 욕설을 반복해서 퍼붓는 난폭한 태도였다. 두 유전자는 낮과 밤처럼 조합을 이뤄 낮에 내뱉어놓은 예예의 횟수만큼 밤에는 개와 씹과 좆을 들먹이지 않으면 안되는 식이었다.

인하가 염여사의 연회에 함께 참석하자고 권했을 때 준환은 싫다고 했다. 그럼 먼저 퇴근하라고 하자 그러겠다고 했다. 하지만 준환은 그를 기다렸고 그 또한 준환이 그러리라는 것을 알고 있었다. 그것을 바라기도 한 것 같았다. 그런데 왜 이렇게 짜증이 나는지 모를 일이었다.

인하는 양손 검지 끝을 맞붙여 초조하게 문지르면서 코팅된 룸미러를 통해 준환의 코믹하고 우스꽝스러운 얼굴을 쳐다보았다. 조금 전에 만난 진태, 그리고 늘 곁에 있는 준환, 곧 만날 재현까지, 오늘 그는 오래전에 함께 일했던 후배를 셋이나 한꺼번에 만나게 되는 셈이었다. 이런 날은 좀처럼 없다. '카타콤'이라 불리던 쾨쾨

한 반지하 써클룸에서 지냈던, 사반세기도 더 지난 청춘의 옛시절이 떠올랐다.

준환이 차를 몰아 주택가를 빠져나오는 동안 인하는 오래전 써클룸에서 읽은 책의 한 대목을 생각하고 있었다. 제본한 부분이 낡아 자꾸 낱장이 떨어지던, 세로 판형의 소설책이었다. 누군가를 모욕하면 그를 증오하게 된다고, 소설 속 인물이 말했다. 그 인물은 자기가 누군가를 지독히 모욕한 적이 있노라고 했다. 그후로 그를 격렬히 증오하게 되었노라고 했다. 그 몇 줄의 문장 아래 굵고 진한 밑줄이 그어져 있었다. 당시 써클룸 캐비닛에 있던 빈약한 책들은 주로 선배들이 남겨놓고 간 것들이었다. 그때 인하는 검지로 책의 주인이 그어놓은 밑줄을 따라 문질렀다. 손끝에 희미한 검은 자국이 묻어났다. 감전된 듯한 그 느낌을 통해 그는 책의 옛 주인과 지기가 된 기분이 들었다. 그 책을 자신의 자취방에 가져온 것까지는 기억나는데 그후엔 어떻게 되었는지 알 수 없었다. 그가 잡혀들어간 다음 누가 챙겼을까, 버렸을까.

아무려나, 누군가를 지독히 모욕하면 격렬히 증오하게 된다는 대목에 책 주인이 왜 밑줄을 그어놓았는지 인하는 삼십년이 지난 지금에야 제대로 이해할 수 있을 것 같았다. 그는 늘 준환을 모욕하기 때문에 증오하는지도 모른다. 모욕의 관계에서 증오를 품는 쪽은 모욕을 당하는 쪽이 아니라 모욕을 가하는 쪽이다. 모욕을 감내하는 자의 얼굴은 모욕을 가한 자에게 견딜 수 없이 냉혹한 거울이니. 누군가를 지독히 모욕한 자기 악의 심연을 들여다보는 일이니.

인하는 눈을 감았다. 그가 우울한 두번째 이유는 늙음과 매혹이라는 이율배반에서 비롯되었다. 오늘 밤 연회에 참석한 내내 그는 자신이 돌이킬 수 없이 늙어버렸다는 사실을 절감했다. 늘 자기 나이를 인지하고 살아왔다고 자부했는데, 연회장에 들어서면서 물고기 아가씨를 본 순간, 연회장을 나오면서 하얀 스커트의 아가씨를 본 순간, 그는 기이한 환각과 회한에 사로잡혔다. 이런 일은 좀처럼 없다.

생각해보면 이제 그가 올라가야 할 사다리는 하나밖에 남지 않았다. 정점에 이르는 데는 십년이 걸릴 수도 있고 이십년이 걸릴 수도 있다. 운이 좋으면 현기증나는 꼭대기까지 올라가볼 수도 있겠지만 운이 나쁘면 평생 사다리 중간에서 꿈지럭거리다 은퇴할 수도 있다. 요즘 그는 가끔 완전한 무기력에 빠질 때가 있었다. 그럴 때면 자신이 아무 활기나 의지도 없이 준환과 같은 보좌관들이나 가신들의 무리에 휩싸여 운구되는 시체 같다는 느낌이 들곤 했다. 그런데 이 나이에 매혹이라니.

깜빡이가 커다란 초침 소리를 내며 작동했다. 인하는 눈을 뜨고 차창 밖을 보았다. 대로변을 향해 나아가는 차의 전조등이 오른쪽 담벼락을 따라 걷는 여자의 뒷모습을 비췄다. 흑백 줄무늬 셔츠의 흰 가로선과 하얀 스커트가 형광빛으로 눈부시게 반사되었다. 그렇다. 그는 늙었고 순백의 스커트를 입은 젊은 아가씨는 또박또박 길모퉁이를 돌고 있었다. 그는 심장 언저리에 얇은 살얼음이 깔리는 듯한 서늘한 통증을 느꼈다. 그는 우회전하는 차의 원심력을 느끼고 손잡이를 잡았다. 준환이 다시 좌회전 깜빡이를 켰다. 하얀 스커트의 아가씨가 모퉁이의 편의점 입구 유리문을 열고 들어갔다. 준환은 왼쪽 싸이드미러를 힐끔거리며 일차선으로 진입하려 하고 있었다.

"잠깐! 여기서 차 좀 세우지."

"예? 예예."

준환은 신속하게 깜빡이를 바꿔 켜고 오른쪽 인도에 차를 붙였다. 편의점 앞에 쌀자루처럼 앉아 있던 늙은 남자가 차의 불빛에 놀랐는지 바지춤을 붙들고 일어났다.

"뭐 좀 살 게 생각나서."

"제가 사오겠……"

"아니! 내가 사지. 내가 사."

인하는 준환의 말을 단호히 끊었다. 어정쩡하게 대구했다가 준환이 먼저 내려버리면 곤란해진다. 그것을 바라지 않는다는 것을 분명히 해둘 필요가 있었다.

"차에서 기다리시게."

인하는 차문을 열었다. 어느새 준환이 켜놓은 비상등에 차 밖으로 내딛는 그의 발부리가 노랗게 젖었다. 늙은 노숙자가 그의 앞으로 지나갔다. 늙은이는 허리띠를 매지 않은 헐렁한 바지춤을 양손으로 붙들고 비척비척 걸어갔다. 그는 자신이 어디에 있는지, 어디로 가려고 했는지 까맣게 잊은 채 늙은이의 한 걸음 한 걸음을 지켜보았다. 저 굽은 등…… 저 걸음걸이…… 저렇게 비척대던 청춘은 이미 오래전에 그를 지나가버렸다. 물고기 아가씨나 하얀 스커트 아가씨나 까마득한 사막 저편의 아지랑이 같은 존재들일 뿐이다.

늦여름의 무더운 공기가 깔려 있지만 가만히 움직이지 않고 있으면 이른 가을바람 한 조각을 맛볼 수 있는 밤이었다. 인하는 눈을 들어 환한 만화경 같은 편의점을 쳐다보았다. 편의점 유리 너머로 진열대를 내려다보는 흑백 가로줄무늬 아가씨의 상체가 불빛

테두리 속에 요정처럼 떠올라 있었다. 순간 그의 내부에서 될 대로 되라는 자포자기의 술기운이 치받쳐올라왔다. 실없는 난봉꾼이나 허풍선이가 되고픈 갈망이 거리의 부랑자처럼 양손으로 그의 바지춤을 붙들어 낯선 시공으로 밀어넣으려 하고 있었다. 짧고 강렬한 충동의 길항이 깜빡이는 차의 비상등 박자에 맞춰 초조하게 그의 심장을 두드렸다. 그는 편의점을 향해 발걸음을 옮겨놓았다. 편의점 유리문을 밀고 들어가는 순간 그는 자신의 인생에서 이보다 중요한 결단은 내려본 적이 없는 듯한 비장함을 느꼈다.

4

인하는 어깨를 구부리고 진열대 아래칸에 가지런히 세워져 있는 껌과 쏘시지 들을 보았다. 다람쥐 쳇바퀴 같은 기계 속에서 돌고 있는 둥근 어묵도 보였다. 편의점에는 들어왔지만 그는 무엇을 사야 할지 알 수 없었다.

하얀 스커트 아가씨가 계산대로 다가오는 것이 느껴졌다. 그가 고개를 들자 그녀가 그를 보았다. 그녀는 한눈에 그를 알아본 것 같았다. 그 기척으로 둥근 이마 아래에서 큰 눈이 반짝였고 가느스름한 입술이 벌어지며 볼 선이 올라갔다. 인하는 막 구워진 흰 빵 같은 그녀의 이마를 살짝 눌러보고 싶은 충동을 느꼈다. 그녀는 계산대 위에 요구르트 두개를 올려놓으며 말했다.

"레종 블랙 한 갑 주세요."

낮고 분명하면서 귀에 감겨드는 듣기 좋은 음색이었다. 레종 블랙이라! 인하는 담배를 끊은 지 이년이 넘었다. 그녀가 그를 보았다. 그는 진열된 원두커피 컵을 가리키며 애초부터 그럴 작정이었다는 듯 계산대의 청년에게 말했다.

"커피! 난 커피 줘요."

계산대의 청년이 말했다.

"이분 먼저 계산해드리겠습니다."

아가씨는 청년이 담배와 요구르트 두개를 바코드 인식기로 찍는 동작을 지켜보고 있었다. 시선을 느끼고 긴장한 기색이 역력했다. 인하는 정중히 말을 걸었다.

"요구르트가 두개군요."

또 한번 웃을 듯 말 듯 그녀의 볼 선이 동그랗게 올라갔다 내려앉았다. 그 순간 인하는 그녀와 오래전부터 알고 지내온 사이인 듯한 착각이 들었다. 이제 와서 그녀를 모른 척 지나치는 것이 몹시 매정한 일이라는 생각이 들 만큼 그의 가슴속에는 삽시간에 강한 친밀과 애착이 뿌리내렸다. 그녀가 말없이 잔돈을 맞춰 계산대에 올려놓았다.

"내가 커피를 살 테니 그쪽이 요구르트를 사겠어요?"

그녀는 놀란 듯 하아, 하고 가느다란 한숨을 내뱉었다. 계산대 청년이 그에게 물었다.

"원두커피 어떤 걸로 드릴까요?"

인하는 처음엔 청년에게, 다음엔 아가씨에게 말했다.

"두 잔 줘요. 그런데 어느 게 좋을까? 난 잘 모르겠는데. 골라봐요."

그녀가 진심이냐는 듯 눈을 치켜떴다. 크고 둥근 눈 속 어디에 그토록 모난 사금파리 눈빛을 숨겨두었는지 그를 올려다보는 눈길이 사뭇 날카로웠다. 사납게 그를 응시하는 그녀의 얼굴 위로 상반된 두 반응이 급류처럼 교차했다. 그러나 이내 그녀는 꺼풀을 벗긴 양파처럼 말간 표정으로 손끝을 모아 자줏빛 포장컵을 가리켰다.

"예전에 이걸 마셔본 적이 있는데 괜찮았어요. 하지만 신맛을 싫어하시면 의원님께선 다른 걸 드시는 게 좋을 겁니다."

인하는 고개를 끄덕였다.

"나도 그걸로 하지요."

그녀가 자신을 알고 있다는 게 이상하리만큼 유쾌한 평온감을 주었다. 그들은 주택가 쪽으로 향한 편의점 스탠드에 나란히 섰다. 커피는 진했지만 뒤에 느껴지는 신맛은 생각보다 강하지 않았다.

"세희를 가르친다고?"

인하가 물었다.

"네."

"그런데 나를 알아요?"

"네." 잠시 틈을 두었다가 그녀가 말했다. "한때는 박인하 의원님께 희망을 품은 적이 있습니다."

그 말을 듣는 순간 인하는 불쑥 힘이 났다. 그는 원두커피 종이컵의 실굽을 만지고 있는, 어제까지만 해도 생면부지였던 이 아가씨가 던지는 조용하고 적절한 존재감을 공처럼 받아안았다.

"한때라면 이제는 아니라는 얘기 같군."

그녀가 말했다.

"네, 이제는 의원님의 정치를 신뢰하지 않습니다."

인하는 잠시 생각한 후 고개를 끄덕였다.

"나도 나를 신뢰하지 않아요."

그는 자신이 오늘 내뱉은 말 중 이 말만이 유일하게 진실이라고 생각했다.

"왜 자신을 못 믿게…… 그렇게 되셨을까요?"

그녀가 혼잣말처럼 중얼거렸다.

인하의 가슴속 깊은 곳에서 불꽃이 튀었다. 왜 그렇게 되었느냐고? 왜 나 자신을 못 믿게 되었느냐고? 그런 건 철없는 애송이들이나 할 법한 질문이다. 정치판이란 곳은 밖에서 보는 것보다 백배 천배 무시무시한 판이다. 인간의 형질을 바꾸는 판이다. 그러니 애초에 왜 이 더러운 판에 뛰어들었느냐고? 뛰어들지 말았어야 했다고? 그렇지 않다. 아무도 뛰어들지 않으면 이 판은 영원히 반복된다. 그러나 누가 뛰어들어도 이 판은 반복된다. 그럼에도 불구하고, 왜 이 불변의 불판에서 벗어나지 못하고 계속 뭉그적거리느냐고 묻지 마라. 정치인이 정계에서 물러나 청소부가 되고 교사가 되고 주부가 될 수 없는 후진성이 우리 정치의 현주소다. 한낱 농부가 되려 했던 전직 대통령을 깎아지른 자살의 벼랑으로 내모는 참혹성이 우리 정치의 운명이다. 이 나라 정치제도는 최악의 군대이며 기괴한 외계다. 한번 말뚝 박고 파견된 이상 돌아갈 길은 없다. 빠져나갈 길은 없다. 죽음 외에는……

그녀와 눈이 마주치는 순간 인하는 눈앞이 아득해졌다. 그녀는 크고 둥근 눈으로 그를 물끄러미 올려다보고 있었다. 그는 힘겹게 고개를 돌리고 남은 커피를 마셨다. 매혹은 여기까지다, 난 늙었다, 고 그는 생각했다. 미지근한 체념이 밀려왔다.

조준환 보좌관이 모시고 가야 할 박의원님은 대관절 편의점에서 뭘 하고 계시는지 당최 돌아올 생각을 하지 않았다. 준환은 핸들 위에 수첩을 올려놓고 펜을 쥐었다. 술의 섭취를 지체시키는 인하에 대한 분노가 일었다. 분노는 늘 그의 식도를 아래로 한없이 잡아당겼다. 그는 머릿속에 떠오른 문장을 수첩에 적었다.

'끓는 것은 소리내지만 식는 것은 소리 없다.'

그의 필체는 누가 봐도 감탄할 만큼 단정하고 아름다웠다. 그는 눈을 들어 룸미러를 보았다. 거울 속에는 어딘가를 향해 맹렬히 팔매질되는 못난 조약돌처럼 있는 힘껏 콧구멍을 팽창시킨 그의 얼굴이 들어 있었다. 사색에 잠기거나 진지하게 글을 쓰고 있을 때조차 이 지경이었다. 휴식을 취하거나 깊이 잠들었을 때도 마찬가지였다. 한시간쯤 전에 진태가 차 안을 들여다보았다면, 그때 자신의 표정도 눈만 감았달 뿐 필경 반달형 돌칼로 막 야생 멧돼지를 내려칠 찰나의 원시인처럼 보였으리라. 자신에게 어울리는 곳은 여의도가 아니라 무인도라고 그는 자조적으로 생각했다. 자기 육체에 아로새겨진 물질적 결을 망각할 때에만 평온해질 수 있는 자는 얼마나 불행한가. 그는 낮고 펑퍼짐한 코를 도려내고 싶은 기분을 느끼며 거울에서 눈을 뗐다.

준환은 수첩을 넘기며 예전에 적어놓은 문장들을 읽었다. 마지막 페이지에 '술 마실 때와 죽을 때'라고 적혀 있었다. 죽는 순간의 고통은 어떤 것일까, 하고 그는 생각했다. 그게 어떤 종류의 고통이든 그는 끝까지 참아낼 자신이 있었다. 자신이 저지른 죄를 생각하면 이 세상에 감당 못할 고통은 없었다. 그러나 그게 무슨 소용인가. 그의 얼굴을 보면 누구나 금방이라도 발작을 일으킬 줄 알고 황황히 임종의 자리를 뜰 것이다. 그와 꼭 닮은 그의 할아버지가 죽을 때도 그랬다. 눈만 조금 부릅뜨고 콧김만 세게 내뿜어도 일가친척들은 할아버지가 곧 경련을 일으키거나 괴성을 지를 줄 알고 공포에 떨었다. 그는 '혼자'라는 부사를 첨가했다.

'혼자 술 마실 때와 혼자 죽을 때.'

한결 안정감 있는 문구가 되었다. '혼자'라는 글자를 들여다보고 있자니 들끓던 분노가 서서히 가라앉는 게 느껴졌다. 열어놓은 차창으로 인하가 걸어오는 게 보였다. 준환은 수첩과 펜을 주머니에 넣었다. 자신이 바라는 게 어쩌면 평생 인하 곁에서 이렇게 혼자 비밀을 간직한 채 무익한 기다림만 반복하는 게 아닐까 하는 생각이 들었다.

"가자, 준환아."

뒷자리에 탄 인하가 말했다. 준환은 차창을 올리고 차를 출발시켰다. 룸미러로 흘낏 보니 인하가 작은 요구르트 병을 양복 주머니에 집어넣고 있었다. 자기가 마시지도 않고 그에게 줄 것도 아니면서 왜 편의점에서 요구르트 같은 걸 샀는지 모를 일이었다. 저깟 요구르트를 사느라 그렇게 시간을 잡아먹은 건 아닐 텐데 말이다.

준환은 다른 생각을 하려고 애썼다. 아무 보답도 받지 못할 줄 알면서도 그는 왜 이렇게 인하에 대해 신경을 끄는 일이 늦가을 마른 산에 번지는 불을 끄는 일처럼 노력과 품이 드는지 몰랐다. 반쯤 꺼놓았나 싶으면 이미 두 배로 번져나가고 만다. 그건 어느정도 자신이 자초한 면도 있었다. 그러나 그는 후회하지 않았다. 삼십년 전으로 돌아간다 해도 그는 똑같은 선택을 할 것이다.

강변도로로 접어들면서 그는 오로지 술 생각만 하기로 했다. 요구르트 같은 건 장이 안 좋은 박의원이나 실컷 드시면 된다. 오늘 그는 야외에 탁자를 내놓은 강변 포장마차에서 술을 마실 것이다. 생각만 해도 머릿속이 시원했다. 야채를 버걱버걱, 곱창을 질겅질 겅 씹으며 소주를 원 없이 깔 것이다. 말릴 사람도 없고 기다릴 사 람도 없다. 열 사람 중에서 아홉 사람이 내 얼굴을 보더니 손가락 질해, 노래도 부르고…… 개새끼 씹새끼 좆같은 새끼, 못난 쌍판에 어울리는 쌍욕도 하고…… 엄마 울지 마세요, 마지막엔 좀 울기도 하고…… 그러나 혼자. 오로지 혼자. 그런 생각을 하니 눈물이 날 만큼 기뻤다.

2 . 서랍이 열리다

1

　전통연구회 신입회원 조준환은 학생회관 1층 수위실에서 열쇠를 받아 지하의 공동 써클룸으로 내려왔다. 철문을 열자 밤새 밀폐되었던 공간에서 먼지와 습기가 뒤범벅된 고풍스러운 악취가 풍겼다. 준환은 코를 싸쥐는 대신 있는 힘껏 코를 벌름거렸다. 지하고분을 최초로 개방하는 고고학자의 감격 비슷한 것이 그를 사로잡았다. 그래서 선배들이 이곳을 '카타콤'이라 부르는지도 몰랐다.

　준환은 손에 쥔 열쇠 뭉치를 딸랑딸랑 흔들다 머리가 쭈뼛 서는 느낌에 동작을 멈추었다. 그의 넓은 콧구멍은 일주일째 맡는 변함없는 악취 속에서 색다른 성분을 감지해냈다. 온몸의 근육이 긴장되었다. 선배들로부터 귀동냥한 수칙들이 선명한 붉은 줄을 그으며 머릿속에 되새겨졌다. 그는 재빨리 주변을 둘러보았다.

사위는 조용했다. 이념연구회와 문학연구회 쪽은 말끔했지만 전통연구회의 캐비닛이 반쯤 열려 있었다. 열린 틈새로 책과 장구, 탈, 바둑판, 두루마리 휴지 등이 어지럽게 뒤섞여 있는 것이 보였다. 밤새 수색이 있었는지 모른다. 그런 일이 잦으니 카타콤에 절대 중요한 자료나 메모는 물론 기타 콧물이나 가래침, 정액 따위의 신원 추적이 가능한 모든 분비물을 흘리지 않도록 주의하라는 말을 그는 2학년 선배인 이용호로부터 귀에 못이 박히도록 들었다.

뒤를 흘깃 돌아본 준환은 깜짝 놀라 열쇠를 떨어뜨릴 뻔했다. 철문 왼편에 길고 시커먼 덩어리가 거인의 시체처럼 나뒹굴고 있었다. 덩어리 끝에 거인의 머리라기엔 너무 작은 장발의 뒤통수가 드러나 있고 거기서 얕은 숨소리가 흘러나왔다. 그는 그쪽으로 다가가 상체를 구부렸다.

"아, 술냄새!"

준환은 몸을 젖히고 손부채질을 했다. 군데군데 뜯어져 솜이 삐져나온 더러운 군청색 침낭 속에서 술냄새를 풍기며 자고 있는 사람은 전통연구회 회장 박인하였다. 그제야 준환은 실내에 퍼져 있던 들큰한 냄새도, 전통연구회 캐비닛이 열린 까닭도 다 이해할 수 있었다.

"아침부터 사람 십년감수하게 만드네."

그는 쪼그리고 앉아 잠든 인하의 얼굴을 들여다보았다. 두 뺨은 파리했고 그것을 양분하는 코는 곧았으며 콧구멍은 오이씨만큼이나 작았다. 그의 할아버지가 보았다면 저따위 좁은 구멍으로 어찌 숨을 쉬고 살까 딱하게 여길 만한 크기였다. 인중을 지나 꼭 다문린 얇은 입술은 십 센티 남짓한 선분을 긋고 있었는데, 이것 역시 할아버지의 지청구를 살 모양새였다. 바람 통하는 구멍은 클수록 좋은 거여. 이 할애비를 봐라. 뱃사람인 할아버지는 바닷바람의 심호흡으로 날이날수 면적을 넓혀온 당신의 콧구멍을 그 증거로 과시하곤 했다. 할아버지는 얼굴 중에서 코가 제일이라 했다. 눈을 휘둥그렇게 뜨거나 입을 헤벌리는 것은 방정맞고 채신없어 사내대장부의 취할 바가 못되니, 이부동(耳不動)이라, 남는 것은 비(鼻)인즉, 안면의 중앙산맥인 코의 큼직한 두 구멍을 통한 활달하고 시원스러운 호흡이야말로 사내의 기상과 품격을 드높여준다는 것이 할아버지 관상학의 요체였다.

준환은 꿈에서 깬 듯 가볍게 한숨을 쉬고 일어나 전통연구회 캐비닛 문을 닫고 창문을 활짝 열었다. 반지하인 카타콤의 콧구멍에 해당하는 큼직한 창문은 지상으로 통해 있었다. 초봄의 싸늘한 아침바람이 쏟아져들어와 실내에 고여 있던 좋지 못한 냄새를 단숨에 날려버렸다.

준환은 써클룸에 드나드는 학생들은 무조건 불온시하고 보는 수위에게 열쇠를 돌려주고, 내려오는 길에 걸레를 빨아와 청소를 시작했다. 대걸레로 바닥을 닦고 손걸레로 탁자를 닦았다. 닦는 김에 한솥밥을 먹는 이념연구회와 문학연구회 탁자에도 걸레의 구정물을 점점이 묻혀놓고 재떨이도 비웠다. 청소를 마친 그는 손을 탁탁 털고 창가에 섰다. 학생회관 앞 누런 잔디밭이 눈높이에 맞게 펼쳐져 있었다.

그는 일단 잔디에 거처할 각양각색의 벌레들에게 아침인사를 했다. 그는 요즘 중대한 존재론적 결단을 내려야 할 순간이 닥쳐오면 어떻게 할 것인가 하는 고민에 빠져 있었다. 이제껏 그는 한번도 자기 존재에 대해 결단을 내려본 적이 없었다. 나이로 보나 콧구멍의 면적으로 보나 그의 세 배가 넘는 할아버지가 그의 존재에 대한 결단을 도맡아 내려주었다. 할아버지는 곤충학자가 되고 싶은 그의 소망을 법관으로 대체해주었으나, 안타깝게도 그는 점수미달로 자신의 소망이나 할아버지의 결단과 어긋나게 농대로 진학하고 말았다. 그러나 이제라도 늦지 않았다. 자기 존재에의 의지적 개입과 결단이야말로 진정한 자유인의 자세이며 전연의 유구한 전통이라고, 선배인 이용호는 말했다.

존재론적 결단이 결코 자신에게 박두한 사안이 아닐뿐더러 설령 그런 순간이 닥쳐오기로서니 그가 채워나가야 할 결단의 내용이 무엇인지에 대한 구체적인 생각은 그에게 떠오르지 않았다. 다만 존재론적 결단이라는 말의 엄숙하고 찬란한 광휘만이 그를 사로잡고 놓아주지 않았다.

"어이, 오난이 왔냐?"

부스스 일어난 인하의 첫 인사말은 준환의 명상을 일격에 흩뜨려놓았다. 시대적 울분에 가득 차 하루라도 욕을 하지 않으면 혀에 가시가 돋는다는 전연 선배들은 조준환이라는 그의 고상한 성명을 듣자마자 단칼에 성과 명을 갈라 '좆운환'을 만들더니, 거기서 멈추지 않고 이름을 연음하는 만행까지 추가하였으니, 운환이는 우난이로 발음되고 이는 결코 성경에 나오는 그 유명한 '오나니'를 피해갈 수 없었다. 그래서 농대 신입생 조준환은 전연에 가입한 순간 좆오난이가 되었다. 추상적 개념어와 구체적 쌍욕이 각자도생하는 선배들의 어법은 준환을 늘 어리둥절하게 했지만, 이름에 대한 이런 상스러운 비틀기보다 그를 더 고통스럽게 만드는 건 없었다.

"형! 오난이가 뭐예요? 아, 나, 진짜 우리 할아버지께서 지어주신 이름 가지고……"

"알았다, 알았어. 어우, 춥다."

인하가 마른 어깨를 떨었다.

"추워요, 형? 창문 닫을까요? 아무도 없는 줄 알고 들어오다 얼마나 깜짝 놀랐는데요. 언제 어떻게 들어왔어요?"

"오늘 새벽에," 인하는 준환이 선 곳을 가리키며 말했다. "창문으로. 근데 넌 아침 일찍 웬일이냐?"

"청소하러요. 용호형이 신입회원은 의무적으로 일주일 동안 청소해야 된댔어요. 오늘이 마지막이에요."

"계속해도 되는데."

"싫어요, 형."

인하의 입가에 희미한 웃음이 피어올랐다.

"담배 있냐?"

준환은 신속하게 주머니에서 한산도를 꺼내 내밀었다.

"성냥은?"

준환은 각 잡힌 자세로 몸을 낮춰 성냥불을 붙여주다 말고 불만스럽게 외쳤다.

"형은 갖고 다니는 게 뭐예요, 도대체?"

인하는 담배를 피우면서 어린 오랑우탄 같은 준환의 얼굴을 귀여워 못 견디겠다는 듯 바라보았다. 그 표정은 그가 신입생이었을 때 그를 지도한 선배들의 표정과 닮아 있었다. 공간뿐 아니라 시간에 있어서도 거리란 놀라운 마력을 가지고 있어서, 한때 호기심과 진지함에 눈을 빛내며 선배들 마음에 들기 위해 또는 선배들의 독재에 대항하기 위해 안간힘을 쓰던 신입생 박인하가 같은 입장에 처한 동료 조준환을 보며 한참 어린 꼬맹이를 대하는 듯한 느낌을 갖는 데는 단지 캠퍼스에서의 이년 세월이 필요할 뿐이었다.

준환은 공연히 음울하게 인상을 쓰고 담배를 피웠다. 그의 커다란 콧구멍에서 뿜어져나온 두 줄의 담배연기가 창문 쪽으로 느리게 흘러갔다.

대학 본부에 등록된 써클이라 '본부 삼년방'으로 통하는 속칭 '이년'(이념연구회) '저년'(전통연구회) '무년'(문학연구회) 세 여인의 정신적 유해가 합장되어 있는 카타콤에 오전 10시가 넘으면서 회원들이 모여들기 시작했다. 전날 밤 빈약한 안주로 술을 마신 데다 아침도 걸러 어떻게 점심이나 얻어먹어볼까 하고 기어드는 빈대 회원들이 대부분이었지만 오늘 오전 삼년방 카타콤엔 뭔가 임박한 대사건의 도래를 기다리는 듯한 야릇한 긴장이 감돌았다.

전연 탁자에는 회장인 박인하를 중심으로 3학년생인 윤상일, 2학년생인 이용호와 황은수, 1학년 신입생인 조준환 신진태 이재현 오정연 권경애 김명식 등이 오물오물 모여 오후에 있을 학회 발제 문제로 서로를 비난하고 책임을 전가하며 시끌벅적하게 떠들어대고 있었다. 이연과 문연 쪽 탁자 주변에도 마른 등뼈를 드러낸 소속 회원들이, 준환이 점점이 묻혀놓은 걸레 구정물 자국을 저마다의 팔꿈치와 손바닥으로 싹싹 닦아가며 옴닥거리고 있었다. 담배 가진 회원들의 마지못한 자선으로 담배 없는 회원들까지 마구 피워대는 바람에 창문을 활짝 열어놓았는데도 실내는 연기로 가득 찼다.

한창 왁자지껄한 가운데 문연 캐비닛에 들어 있던 유인물 뭉치가 발견되었다. 그 발견이 너무도 때맞춰 자연스럽게 일어났기 때문에 신입생들조차 그 우연에서 강한 인위의 냄새를 맡았다. 카타콤은 일시에 숙연한 분위기로 바뀌었다.

"학우여!"

문연 회장 김선욱이 문청다운 감격벽을 십분 활용해 어디에서 온 것인지 누가 작성한 것인지도 모르는 정체불명의 유인물을 읽어내려가기 시작했다.

"우리는 이제 떨쳐 일어나야 한다. 언제까지 나약한 지성의 껍질 속에 웅크리고 있을 것인가? 과거 우리의 선배들은 독재의 살인적 폭력 앞에서도 불굴의 용기로 의연히 온몸을 불사르며 투쟁하지 않았던가?"

인하는 무표정한 얼굴로 두 무릎을 곧추세우고 발톱을 깎는 자세로 앉아 있었다. 어쩐지 준환은 오늘 아침 카타콤에서 인하를 보았다는 사실을 누구에게도 말해선 안될 것 같았다. 인하 옆자리에 선 까마득한 3학년 선배답지 않게 까불까불한 윤상일이 사물놀이 장단을 맞추듯 몸을 앞뒤로 천천히 흔들고 있었다.

"우리 모두 총궐기하여 반민주 유신독재를 철폐시키자. 반민족 재벌독재를 타도하자. 노동운동과 민주적 재야운동 세력과 연대하여 어둠의 끝을 향해 한치의 흔들림도 없이 돌진해나가자!"

돌진이라는 말에 준환은 자기도 모르게 2학년생 이용호를 돌아보았다. 눈을 게슴츠레 뜨고 입을 삐쭉 빼문 불만스러운 얼굴과 거대한 바위처럼 건장한 어깨는 사나운 불도그와 늙은 악어를 합성

해놓은 듯해 어둠의 끝을 항해 돌진하기에 가장 안성맞춤인 형상으로 보였다. 그 곁에는 용호와 함께 학회 재생산을 맡고 있는 2학년생 황은수가 누구나 외설스럽다고 극찬하는, 유명 여배우를 닮은 붉고 도톰한 입술이 돋보이게끔 턱을 고인 채 시름겹게 앉아 있었다.

"학우여!"

학우라는 소리를 들을 때마다 준환은 불끈 솟아오르는 감격에 어금니를 앙다물었다. 신입생인 진태와 명식도 시선을 내리깐 채 볼 근육을 움찔대고 있었다. 진태가 볼을 실룩하면 명식도 덩달아 샐룩했다. 그러나 준환은 그들이 전혀 다른 의미로 실룩샐룩함을 알고 실망했다. 그들은 탁자 밑에서 몰래 명운을 건 손꺾기 한판을 하는 중이었다. 아이들을 가르치는 게 꿈이라는 교사지망생 권경애는 이마에 돋은 뽀루지를 손톱으로 꼬집으며 문연 회장을 하염없이 존경하는 눈길로 올려다보고 있었고, 오정연은……

정연은 키다리 재현과 함께 탁자 끝 쪽에서 유인물을 세고 있었다. 정연이 재빠른 손놀림으로 유인물을 열장씩 세어 탁자 위에 착착 두드려 네 귀를 맞춰 열십자 모양으로 엇갈려 놓는 동안 재현은 구부정하게 몸을 숙이고 손가락에 연신 침만 발라대고 있었다. 정연이 자기 몫의 유인물을 다 세고 고개를 들자 둥근 아치 모양의 앞머리 아래 산골 처녀다운 갈색 얼굴이 드러나면서 눈가의 주근깨가 발랄하게 튀었다.

준환은 기분 좋을 때의 버릇으로 코를 살짝 벌름거렸다. 맡은 몫의 반도 세지 못한 재현을 보자 정연은 다시 허리를 굽혔다. 그녀의 숨결을 느낄 만큼 가까운 곳에서 유인물을 세는 사람이 재현이 아니라 자기였으면 좋겠다는 생각을 하는 순간, 준환의 코는 강아지처럼 또 한번 벌름거렸다. 벌어진 콧속으로 은은한 음식 냄새가 흘러들었다.

"우리는 더이상 박정희 독재정권의 반민주적 반민족적 반민중적 과오를 방관할 수 없다. 우리는 더이상 독재의 사냥개로 전락한 군에 입대하기를 거부한다."

바야흐로 유인물의 낭독은 절정에 달했지만 신입생들은 눈에 띄게 산만해졌다. 삼년방 선배들은 당황했다. 1층 학생식당 주방에서 내려온 된장국 냄새와 새콤한 양념 냄새가 철없는 후배들 주변을 배회하고 있었다. 창문과 철문 틈으로 새어든 고소한 기름 냄새에 그들은 넋을 반쯤 빼앗겼다. 그들 눈앞에는 반독재 민주화 투쟁보다 된장국을 곁들인 일식 삼찬의 식판이 어른거렸다.

"궐기하라 학우여! 우리 모두 교내에 있는 학우들에게 우리의 결의를 전달하여 강철 같은 대오로 반독재 투쟁의 선봉에 나서자!"

낭독이 끝났다. 준환은 박수를 쳐야 하나 싶어 주위를 돌아보았지만 아무도 박수를 치지 않았다. 용호가 주먹을 불쑥 내밀며 나서자! 하고 복창했지만 따라하는 사람은 없었다. 삼년방 회장들은 굳은 얼굴로 회의를 마친 뒤 회원들을 소집해 단과대별로 유인물을 쎄일할 영역을 지시했다. 그때 카타콤의 철문이 조심스럽게 열렸다. 화닥닥 유인물을 숨기는 소리가 났다. 벽에 걸린 시계는 10시 55분을 가리키고 있었다. 문틈으로 나비처럼 화사한 여학생 하나가 들어오자 삼년방 회원들은 안심하고 다시 유인물을 꺼냈다. 전연 회원들을 불러모은 박인하가 말했다.

"이 일은 중요하다. 중요한 만큼 위험하다. 난 우리가 잘해낼 수 있으리라 믿는다. 일단 상일이가 진태 명식이 데리고 법대와 사회대 맡고, 재현이 정연이는 인문대, 은수하고 경애는 사대, 용호 준환이는 농대 맡아라. 각자 과사무실 돌면서 두세장씩 쎄일한다……"

인하는 민경이 캐비닛 옆에 두 손을 모으고 서는 것을 못 본 체했다.

"남는 유인물은 대형 강의실에 적당히 던져놓고, 새들 조심하고, 끝나면 학생식당으로 모인다."

인하의 말이 끝나자 전연 회원들은 유인물을 챙겨들고 출동했다. 윤상일이 신진태와 김명식을 데리고 나가자 그 뒤를 이재현과 오정연이 따랐다. 황은수가 작은 소리로 민경에게 왔어? 하고 알은 체를 하곤 아직도 이마를 쥐어뜯고 있는 권경애를 끌고 나갔다. 준환은 인하가 조를 짤 때 자신을 오난이라 부르지 않아 기뻤던 것도 잠시, 용호가 두꺼운 손을 흔들며 오난아 가자, 하고 개 부르듯 부르는 바람에 분노하여 눈을 치떴다.

"용호형! 아, 나, 진짜 우리 할아버지께서 지어주신 이름 가지고……"

준환은 맹렬하게 반발하려 했다. 그러나 용호가 민경을 스쳐지나가면서 깍듯하게 목례하는 것을 보자 궁금증이 솟구쳐 말을 잇지 못했다. 준환은 우선 탤런트 뺨치는 그녀의 세련된 옷차림에 놀랐고 잔잔히 미소를 지어주는 상냥함에 또 놀랐다. 그러나 용호의 무서운 얼굴을 보니 저 여학생이 누구냐고 물었다간 가입한 지 일주일도 안된 놈이 뭘 그렇게 알려고 드는 게 많으냐고 핀잔을 들을 게 뻔했다. 이 동네에는 뭐가 이렇게 물어서도 안되고 알아서도 안되고 알아도 모른 척해야 하는 일이 많은가. 또 왜 하필 무슨 일만 했다 하면, 무슨 조만 짰다 하면 오정연이 아니라 용호형과 짝이 되는가. 용호는 선배의 말에 무조건 복종하는 전연의 유구한 전통을 강조했지만, 자유의 전통을 수호한다면서 이토록 후배의 자유를 유린해도 좋은지, 전통은 아무리 낡은 것이어도 좋다고 한 김수영의 시가 이토록 어처구니없게 남용돼도 좋은지 준환은 적잖이 의심스러웠다.

툭하면 심부름시키기 좋아하는 용호형이 이번에도 모든 일을 자기에게 떠넘길 게 틀림없다고 생각했지만 그것은 준환의 오해였다. 용호는 맡은 피를 직접 쎄일했고, 그의 생각에 따르면 피쎄일이 뭔지 짭새가 뭔지 좆도 모르는 좆만한 좆오난이를, 그야말로 반칙에 능한 '이년' 것들과의 닭싸움에서 가운뎃다리를 보호하듯 그렇게 철저하고 빈틈없이 보호했던 것이다.

"어제 술 마셨어요?"
민경이 가방에서 도시락을 꺼내며 물었다.
"조금."
민경은 손수건 매듭을 풀어 은박지 도시락을 꺼냈다.
"어쩌나? 오늘은 김밥인데. 뭐 마실 거라도 사올까요, 선배?"
"됐다."
"아니에요, 잠깐만요."
민경의 구두굽이 또각또각 소리를 내며 멀어지자 써클룸은 조용해졌다. 인하는 재떨이에서 꽁초를 골라 물고 성냥갑에서 몇알 남지 않은 성냥을 꺼내 불을 붙였다. 형은 도대체 갖고 다니는 게 뭐예요,라던 준환의 울분에 찬 항의가 들려오는 듯했다. 그는 팔목에 찬 시계와 바지 주머니에 든 잔돈 몇푼 외엔 몸에 지닌 게 없었다. 가방도 신분증도 수첩도 갖고 다니지 않았다. 민경이 돌아와 음료수 캔을 따서 도시락 옆에 세워놓고 은하수 한 갑을 눕혀서 밀어놓았다.

"저 수업 있어서 이만 가볼게요."

"그래, 가봐라."

민경이 철문 앞에서 돌아보았다. 인하는 퉤퉤거리며 꽁초 필터에서 입술로 옮겨붙은 재를 떨어내는 중이었다.

"자꾸 마르는 것 같아, 선배는."

그가 고개를 들자 이미 문틈으로 민경의 구두굽이 사라지고 있었다. 항상 2교시 수업이 끝난 10시 55분쯤이었다. 시침과 분침이 11에서 곱게 포개지는 시각, 민경이 들어오면 전연 회원들은 슬슬 눈치를 살피며 점심을 먹으러 학생식당으로 올라가곤 했다. 오늘도 인하는 텅 빈 카타콤에서 고독하게 은박지 도시락의 뚜껑을 열었다. 남자 앞에 자기가 가진 것을 제물로 바치려는 욕망에 사로잡힌 여자들이 있다. 그럴 때 남자는 오직 가난하여 겸허히 그 헌신을 수용하기만 하면 된다.

정민경이 전연에 가입한 건 작년 이맘때였다. 그녀는 다른 활동은 하지 않고 학회 공부에만 충실했다. 부유하다는 조건은 때로 그 조건을 향유하는 주체의 성품에 이롭게 작용하기도 하는데, 그녀의 경우가 그랬다. 그녀는 제법 솔직한 편이었고 뻔뻔하지 않은 자신감을 갖고 있었다. 상처 없는 사람의 담백한 호기심으로 다방면에 관심도 많았고 사회학도답게 합리적이었으며 무엇보다 여자로서 맵시있고 매력적이었다. 그런 건 뭐 하나도 나쁠 게 없었다. 그러나 전연 회원들은 왜 그런 민경을 좋아하면서도 조금씩은 꺼렸던 걸까. 마치 인하 자신을 꺼리듯이.

작년 여름 장마가 시작될 즈음, 독재자가 체육관에서 갖은 방식을 다 동원해 다시 대통령에 당선된 날 인하는 민경에게 이제 카타콤에 나오지 말라는 지하로부터의 메시지를 전달했다. 카타콤의 반지하 위치가 은유하듯 본부 삼년방은 반오픈 반언더의 구조로 운영되었다. 지하의 지도부는 한 학기를 기준으로 그녀를 제명하기로 결정했다. 그녀는 그 결정을 수용했고 다음날부터 카타콤에 나오지 않았다. 그러다가 올해 3월부터 갑자기 볼일이 생각났다는 듯 인하에게 도시락을 가져오기 시작한 것이다. 아무도 그녀에게 전연에 재가입할 의사가 있는지 묻지 않았다. 그녀 역시 그럴 뜻이 없는 게 확실했다. 2학년이 되었다는 것은 더이상 선배로서도 밀고 당길 수 없는, 제 나름의 확고한 입장으로 응고되었음을 뜻했다.

지난주 화요일이나 수요일이었을 것이다. 그날따라 무슨 까닭인지 민경은 도시락을 놓고 간 후 잠시 뒤에 카타콤에 다시 들렀다. 전연 탁자에서 용호가 도시락을 먹고 있었다. 인하가 볼일이 있어 나가면서 아침을 굶고 와 걸근거리는 용호에게 도시락을 주었던 것이다. 인하가 일을 마치고 오후에 돌아왔을 때 삼년방 회원들로 붐비는 카타콤 구석에 민경이 오도카니 서 있었다. 바빠요, 선배? 라고 그녀는 물었다. 그래, 조금. 그는 대답하지 말았어야 했다. 아, 운동하시느라고요, 하고 그녀가 말했다. 그는 무슨 소리인지 몰라 그녀를 돌아보았다. 운동하시느라 아주 바쁜가본데요, 하고 그녀는 속사포처럼 말을 쏟아놓기 시작했다. 사람 마음을 그렇게 모르는 사람이 무슨 운동을 해요? 선배같이 이기적인 사람이 무슨 운동을 해요? 운동이 그런 거예요? 선배 앞에선 내가 약자예요. 내가 가난하고 헐벗고 굶주린 사람이에요. 그녀는 누구의 눈치도 보지 않았다. 원래 발음이 정확한 편이긴 했지만 그날의 똑 부러지는 발음 처리는 가히 경이로웠다. 그후 그녀의 은박지 도시락은 삼년방 카타콤에서 윤봉길 의사의 도시락 폭탄만큼이나 가공할 위험물이 되었다. 그녀가 나타나면 그녀와 종종 농담 따먹기를 즐기던 상일도, 먹는 데 호가 난 용호도 무슨 변고라도 당할세라 부랴부랴 카타콤을 빠져나갔다. 그들은 그나마 부유한 민경과는 대화할 수 있었지만 창졸간에 가난하고 헐벗고 굶주리게 된 그녀와는 무슨 얘기를 나눠야 할지 몰랐던 것이다.

김밥이 채곡채곡 든 도시락은 꽃밭처럼 찬란했다. 코끝을 감아드는 참기름 냄새가 고소했다. 인하는 검은 김에 말린 알록달록한 내용물에서 각각의 뇌관들에 연결된 색색의 전선 뭉치를 떠올렸다. 오직 가난한 남자를 사랑함으로써 더불어 가난해지고자 하는 욕망이, 민경으로 하여금 한 학기 남짓 몸담은 적 있는 써클 선배에게 가정부가 마련해준 은박지 폭탄을 배달하게 한다는 걸 그는 알고 있다. 알면서도 그는 가난을 욕망하는 그녀를 끊임없이 가난의 맛으로 중독시키고 있다. 민경은 그가 아무것도 가진 게 없는 사람인 줄 안다. 그녀뿐 아니라 모두 그렇게 알고 있다. 그러나 인하는 그들의 오해를 교정할 책임을 느끼지 않았다. 때가 되면 언젠가는…… 그는 시계를 흘깃 보고 김밥을 급히 입에 넣었다. 은테를 두른 사각의 꽃밭이 빠르게 비워져갔다.

2

성큼성큼 걷는 재현과 보조를 맞추느라 정연은 거의 뛰다시피 했다. 걸음이 빠른 걸 보면 재현도 긴장하고 있는 게 틀림없었다. 인문대 앞 광장에는 무심하고 나른한 표정의 학생들이 모여 얘기를 나누고 있었다. 정연은 그들을 보면서, 너희들은 그렇게 순진무구한 얼굴로 떠들고 있지만 지금 우리 가방 속에 든 무시무시한 종이에 대해 알면 놀라 자빠질 것이다, 하고 생각했다. 그러나 그 생각은 도리어 그녀 자신을 놀라 자빠지게 만들었다. 그녀는 유인물이 든 가방을 야무지게 멨다.

재현이 몸을 굽히고 작은 소리로 물었다.

"어떻게, 같이 다닐까, 아니면……?"

정연은 키 크고 멀끔한 재현에게 쏠리는 여학생들의 시선을 느끼며 속삭이듯 대답했다.

"아냐, 같이 다니면 더 눈에 띄고 시간도 많이 걸리니까 따로 다니는 게 좋겠어."

"그럼 정연이 니가 어문 쪽을 맡을래? 내가 사학하고 철학 쪽을 맡을게."

정연은 긴장한 와중에도 참지 못하고 장난스럽게 눈망울을 굴렸다.

"재현이 니가 그렇게 잘생겼나?"

"뭐라고?"

"다 알아듣고선. 젠장!"

"넌 이 시국에 무슨 그런……"

"알았어."

"그럼 새들 조심하고, 끝나면 이 벤치로 모인다."

재현은 인하의 말투를 흉내내고 있었다. 재현뿐 아니라 전연의 신입 신도들은 너나없이 회장을 교주처럼 추종했고, 주옥같은 그의 말을 암기할 뿐 아니라 표정이나 동작까지, 그 모방 속에 어떤 진리의 학습이 보장되어 있기라도 한 듯 그대로 따라하곤 했다. 정연이 조그맣게 투덜거렸다.

"우리가 왜 이런 것까지 해야 하나 모르겠어."

재현이 물었다.

"뭐라고?"

"아니, 그렇게 하자고."

정연은 인문대 현관에서 재현과 헤어졌다. 계단을 한 층 올라가 어둡고 서늘한 복도를 고양이처럼 목을 옴츠리고 사뿐사뿐 걸어갔다. 모든 일은 물 흐르듯 자연스럽게 진행되었다. 아무도 유인물 돌리는 일, 소위 '피쎄일'에 대해 의문을 제기하거나 거부의사를 표시하지 않았다. 말 많은 수다쟁이 진태도, 어눌하지만 짚을 건 꼭 짚는 준환도, 원리원칙주의자인 경애도, 불뚝거리는 명식도, 조곤조곤 따지기 좋아하는 재현도, 그리고 자신까지도. 이런 일이 처음이면서도 신입생 친구들은 아무렇지 않은 척 다들 유인물을 가방에 넣어 갔다. 만일 회장인 박인하가 아닌 다른 누군가가, 이를테면 같은 3학년 선배인 윤상일이 요구했다면 그들은 벌떼처럼 들고일어나 그 요구의 정당성을 캐고 들었을 것이다.

정연은 가방에 손을 넣어 유인물의 위치를 가늠했다. 처음 들른

중문과 사무실은 비어 있었다. 그녀는 탁자 위에 유인물 두장을 내려놓고 나왔다. 맞은편에서 누군가 걸어오고 있었다. 그녀는 고개를 숙이고 빠른 걸음으로 국문과 쪽으로 방향을 꺾었다. 문이 활짝 열린 국문과 사무실에는 예닐곱명의 학생들이 웅성대며 담배를 피우고 있었다. 학생들이 많다는 게 안심이 되었다. 누군가 꽃병에 재를 떨지 말자고 소리쳤다. 이 말도 그녀를 안심시켰다. 그녀는 꽃이 꽂히지 않은 길쭉한 꽃병이 놓인 타원형 탁자 위에 유인물 두장을 밀어놓았다. 얼굴이 길고 턱이 합죽한 남학생이 재빨리 유인물을 가져가며 나왔다, 나왔어,라고 말했다. 다른 과에서도 학생들은 마치 어미 새가 가져올 먹이를 기다리고 있던 새끼 새들처럼 그녀가 내놓은 유인물을 다투어 가져갔다.

마지막으로 불문과와 독문과 사무실이 나란히 붙은 복도 모퉁이를 돌 때쯤 정연의 불안은 어느덧 자긍심으로 바뀌어 있었다. 불문과 사무실에는 여학생 셋이 둘러앉아 잡담을 나누고 있었다. 그들은 그녀가 유인물을 꺼내놓았는데도 집어갈 생각을 하지 않았다.

"이거 한번 읽어보세요."

여학생들은 고개를 돌려 그녀와 유인물을 번갈아 보았다. 정연은 웃으려고 했지만 자신을 외판원이나 전도인쯤으로 취급하는 태도에 분개하여 얼굴 윗부분이 굳어졌다. 그녀의 울 듯한 표정에 한 여학생이 네, 하며 유인물 한장을 손톱 끝으로 당겨갔다. 창밖을 지나던 검은 재킷의 남자가 걸음을 멈추고 예쁜 여학생이 많기로 소문난 불문과 내부를 훔쳐보고 있었다.

독문과 사무실에는 복학생으로 보이는 나이 든 남학생이 혼자 앉아 노트에 필기를 하고 있었다. 정연이 유인물 두장을 탁자에 내려놓자 그가 한 손으로 입을 가리고 물었다.

"이거 조금 전에 왔었는데, 다른 건가요?"

"네? 전 잘 모르겠는데요."

남학생은 입을 가렸던 손을 내리고 노트에서 반으로 접힌 유인물을 꺼냈다.

"같은 거네요. 다른 데 돌리세요. 여긴 벌써 왔어요."

그는 모든 걸 알고 있다는 듯 고개를 끄덕였다. 그런데 왜 앞니를 뽑은 사람처럼 자꾸 입을 가리는 걸까, 하고 정연은 생각했다.

"제가 맡았는데요……" 정연은 이 고귀하고 위험한 임무를 뭐라고 부를지 망설이다 이렇게 덧붙였다. "여기 배달을요."

이번에도 남학생은 입을 가리고 웃었다.

"배달 벌써 왔다 갔어요."

머쓱한 표정으로 유인물을 가방에 넣고 고개를 드는 순간 정연은 불문과에서 본 검은 재킷의 남자를 보았다. 유리창에 바짝 붙은 남자는 양손을 펴 관자놀이를 가리고 밝은 외부에서 어두운 내부를 엿보는 포즈를 취하고 있었다. 안이 잘 들여다보이지 않는지 남자는 입술을 잘근잘근 씹었다. 드디어 남자의 눈이 대상을 포착한 듯 날카롭게 빛났다. 순간 정연은 그와 눈이 딱 마주쳤다.

"저 사람 누구예요?"

정연의 겁에 질린 목소리에 남학생이 고개를 돌렸다. 창밖의 남자는 여전히 커다란 매미처럼 유리창에 달라붙어 있었다. 그는 몇 초 동안 꼼짝 않고 안을 살피더니 씹어대던 입술을 훅 불고는 관자놀이를 가렸던 손을 내리고 창가를 떠났다.

"머리가 샌데."

남학생이 떨리는 소리로 말했다.

"네?"

"머리 짧은 게 사복 같다고요."

"아, 사복요?"

정연은 이미 새가 날아가버린 유리창에서 눈을 떼지 못하면서, 용호형이 새대가리니 짜부 스타일이니 하던 게 바로 저런 거였구나 생각했다. 남학생은 노트를 덮고 밖으로 나가 복도의 동정을 살피고 돌아왔다.

"바로 나가지 말고 옆 건물로 돌아서 2층 현관으로 나가세요."

"네, 고맙습니다."

"조심해요."

"걱정 말고 들어가세요."

역까지 전송하려는 친척을 만류할 때나 쓸 법한 그녀의 인사말에 남학생도 덩달아 허리를 굽히며 아쉽지만 먼저 들어가보겠다는 자세를 취했다. 남학생과 헤어지자마자 정연은 날래게 계단을 달려올라갔다. 그녀는 남학생이 일러준 대로 옆 건물로 가는 대신 바로 눈앞에 보이는 여학생 휴게실로 빨려들었다. 검은 재킷의 남자가 절대 추적해들어올 수 없는 곳이었다.

육중한 소파와 탁자가 놓인 여학생 휴게실은 언제 봐도 서툴게 멋을 낸 졸부의 응접실 같았다. 정연은 피아노 뒤편 소파에 숨듯이 앉았다. 가방에서 담배를 꺼내는 손에 땀이 흥건히 고였고 두 다리는 미세하게 떨렸다. 그녀는 긴장을 풀기 위해 입술을 고무줄처럼 양쪽으로 늘였다 줄였다. 긴 머리를 허리까지 늘어뜨린 여학생이 그녀를 향해 걸어왔다. 그녀는 움찔 놀라 담배를 떨어뜨릴 뻔했다.

긴 머리 여학생은 피아노 의자에 앉아 덮개를 열고 악보를 얹었다.

정연은 담배에 불을 붙이고 첫 모금을 깊이 빨았다. 멍하니 앉아 있길 좋아하는 그녀에게 엄마인 유보살은 늘, 연아, 머리가 달렸으면 생각이란 걸 좀 해보랑께, 하고 잔소리를 하곤 했다. 그래, 생각이란 걸 좀 해보자, 생각이란 걸. 비록 틀린 생각일지라도…… 그러나 그녀의 머릿속엔 생각이란 걸 해야 된다는 강박만 가득할 뿐 아무 생각도 떠오르지 않았다.

긴 머리 여학생이 건반을 두드리기 시작했다. 조용한 멜로디였다. 감미롭다고도 할 수 있는 멜로디였다. 그러나 피아노 연주가 계속되면서 정연은 근원을 알 수 없는 공포에 사로잡히기 시작했다. 검은 날개를 가진 불길한 새와 눈이 마주친 듯한 느낌. 연주가 빨라졌다. 평생 그 노르스름한 눈알의 표적에서 벗어날 수 없을 것만 같은 두려움. 정연은 안간힘을 다해 긴 머리 여학생의 피아노 연주에 집중하려고 애썼다. 그러나 그러면 그럴수록 더 두렵고 슬퍼지는 건 어쩔 수 없었다. 연주가 끝났다. 긴 머리 여학생은 가만히 앉아 있다 같은 곡을 처음부터 다시 연주하기 시작했다. 정연은 아름답고 두렵고 강렬하고 슬픈 멜로디를 오랫동안 집중해서 듣고 있었다. 그러다 시계를 보고 깜짝 놀라 남은 유인물을 탁자에 올려놓고 도망치듯 여학생 휴게실을 빠져나왔다.

3

인하는 학생식당에서 전연의 피쎄일 상황을 확인한 후 뒤처리는 상일에게 맡기고 공대 깡통으로 갔다. 생철 조각을 구부려 만든 듯한 깡통 모양의 식당에서는 간단한 면과 간식을 팔았다. 그곳에서 본부 삼년방 회장들은 간단히 교내 상황을 정리했다. 깡통식당의 주방에서 흘러나오는 짜장 냄새와 국수 삶는 냄새가 그의 속을 울렁거리게 했다.

삼년방 모임이 끝난 후 인하는 교문을 향해 내려갔다. 머리가 무겁고 역증이 났다. 학교 앞 정류장에서 버스를 타고 상도동에 내렸을 때는 2시 40분이었다. 어렸을 때 어머니의 머리를 만져주기 위해 하루걸러 그의 집에 드나들던 중년 여자는 상도동 아줌마라 불렸다. 상도동 아줌마는 때로 젊은 여자를 데리고 오기도 했다. 젊은 여자는 어머니에게 마사지나 손톱 손질을 해주었다. 가게도 있는 사람을 오라 가라 해서 영업에 지장은 없나 모르겠네. 어머니는 높낮이 없이 읊조리듯 말했는데, 부리는 사람을 대할 때만 쓰는 느리고 졸린 말투는 밤늦게 동반한 남성들과 예술에 관한 대화를 나눌 때 거침없이 토해내는 여배우다운 격렬한 비바체의 말투와 사뭇 대조적이었다. 그런 시끌벅적한 밤이면 그는 어머니가 집에 돌아왔다는 안도와 혼자 돌아오지 않았다는 슬픔 사이에서 몇분쯤 흐느끼다 잠들곤 했다. 어머니의 말에 상도동 아줌마는 화들짝 고개를 흔들며 숨겨놓은 아이의 존재라도 부인하듯, 그런 거 없어요 사모님, 했다. 알 만한 사람들은 다 알지만 반쯤은 그 존재가 비밀이던 그는 그때 상도동이 어디에 있는 동네인지도 몰랐다.

인하는 시간에 맞추기 위해 잠시 버스정류장에서 서성거렸다. 검은 재킷을 입은 남자가 구멍가게에서 값비싼 거북선 담배를 사가지고 나와 담뱃갑을 뜯어 한대를 꺼내물고 투박한 은제 라이터

로 불을 붙였다. 사내의 몸짓에는 역전 깡패 같은 불량한 겉멋이
배어 있었다. 사내의 다리는 밖으로 심하게 휘어 있었는데 하필 길
이가 긴 청바지를 접어입어 일부러 다리를 밖으로 휘어뜨리고 서
있는 것처럼 보였다. 인하가 정류장을 오가는 동안 휜 다리 사내는
무관심한 척하면서 그의 곧은 다리를 곁눈질했다.

2시 50분에 인하는 길을 건넜다. 전당포 골목으로 꺾기 전 그는
고개를 돌리지 않고 눈동자만 휙 굴려 길 건너편을 살펴보았다. 검
은 재킷의 사내가 담배를 떨어뜨려 밟아 끄고 막 도착한 버스를 향
해 뛰어가고 있었다. 그는 안심하고 골목으로 들어갔다.

다방에 도착했을 때는 2시 55분이었다. 3시 정각에 타캠 지도부
들이 빠짐없이 모였다. 그들은 흥분해 있었지만 속삭이듯 낮은 소
리로 이야기했다. 결코 그 자리에서 해결을 볼 수 없는 인권과 생
존권, 민주와 민중 논쟁이 각기 다른 관점에서 지루할 만큼 오랫동
안 개진되었다. 인하는 담배를 피우다 꺼버렸다. 구역질이 나고 가
슴 한복판이 쿡쿡 쑤셨다. 맞은편에 앉은 동료가 신경질적으로 성
냥갑을 휙휙 돌렸다. 인하는 팔짱을 끼고 동료가 손가락으로 튕길
때마다 꿇어앉은 여자의 나신과 오과부집이란 상호가 번갈아 나타
나는 모양을 지켜보았다. 저 친구는 저런 성냥갑이 어디서 났을까,
생각하는 순간 누군가 이렇게 말했다.

"이번 피는 심하게 말하면 타협주의의 산물입니다!"

이 말을 끝으로 모두 침묵에 빠졌다.

오후 내내 그는 동일한 주제를 강약으로 변주하는 언더팀 지도
부들을 만났다. 강한 쪽의 주장은 끌어당기는 힘만큼이나 밀쳐내
는 힘도 강했으며 온건한 주장은 목욕물처럼 미지근해 하나의 주

장으로 간주되지 못했다. 담배연기 자욱한 합정동 쪽방에서 그들은 투쟁의 열도를 좀더 높여보자는 선에서 합의 아닌 합의를 이루어냈다. 물에 불어 널브러진 주장들이 그를 순식간에 피로감에 휩싸이게 했다.

인하는 긴 우회로를 거쳐 다시 학교 앞 술집으로 돌아왔다. 저녁 8시가 넘었다. 신입생들이 학회를 끝내고 뒤풀이를 하고 있을 시간이었다. 그는 구두 밑창을 갈고 싶었지만 구둣방 문은 이미 닫혀 있었다. 오후 내내 머리가 마비된 것 같은 둔한 상태가 이어졌다. 그는 어제 새벽부터 지금까지 자신이 밟아온 동선을 되짚어보았다. 선배의 자취방에서 카타콤으로, 카타콤에서 상도동 다방으로, 상도동 다방에서 합정동 쪽방으로, 이제 다시 풍년집 골방으로 이어질 서울의 가장 남루한 방들을 잇는 선분들의 궤적을 그는 주기율표를 외듯 언제까지나 맥 빠지게 되풀이하고 있었다. 자신이 무엇을 위해 이런 짓을 하는지 모르겠다는 생각이 들었다. 어머니는 여전히 네가 부리는 그따위 어리광쯤은 얼마든지 받아줄 수 있다는 식의 무심한 태도를 고수하고 있었다.

"어! 인하형 왔어요? 왜 안 들어오고 여기 이러고 있어요?"

화장실에 다녀오던 황은수가 인하를 알아보고 인사를 했다. 술을 마시면 살갗도 붉어지고 입술은 더욱 붉어지는 은수가 적도자기에서 막 흘러나오는 핏빛 젤리액 같은 입술로 도탑고 싱싱하게 웃고 있었다.

짝! 쾅! 쿵!

풍년집 골방 판자벽이 흔들릴 정도로 요란한 소리가 연속적으로 들린 후 방 안은 소름 끼칠 만큼 고요해졌다. 인하는 눈동자를 굴려 방 안을 둘러보았다. 모서리가 깨진 탁자 위에는 불그레한 라면 국물과 깍두기, 테두리에 기름을 두른 채 식고 있는 허연 감자국이 놓여 있었고, 얼룩진 벽을 따라 빈 소주병과 쭈그러진 막걸리통이 늘어서 있었다.

권경애는 놀라 넋이 반쯤 나간 얼굴이었고, 그 옆에서 황은수는 붉은 꽃잎처럼 떨리는 입술 사이로 터져나오려는 비명을 삼키고 있었다. 건너편에 나란히 앉아 있다 일시에 상체를 벌떡 일으킨 신진태와 김명식, 이재현과 조준환은 한동네에서 차출된 깡패들처럼 보였다. 사고를 친 주인공인 이용호는 멧돼지처럼 볼이 터질 듯 부푼 채 씨근거리고 있었다. 그들 모두 하나의 화폭 속에 갇힌 인물들처럼 움직이지 않았다.

적막한 가운데 술상 아래에서 작은 꿈틀거림이 나타났다. 술상 위로 베이지색 스웨터의 팔꿈치가 나오더니 이내 상체가 드러났다. 쓰리 쿠션을 맞은 당구공처럼, 용호에게 뺨을 얻어맞고 골방 벽에 머리를 박고 그 반동으로 바닥에 메꽂아진 오정연이었다. 정연은 고개를 들고 느린 손짓으로 앞머리를 쓸어넘겼다. 왼쪽 뺨에 넓적한 손자국이 커다란 붉은 얼룩으로 찍혀 있었다.

"용호형! 지금 뭐 하는 거예요?"

준환의 콧구멍이 분노로 부르르 떨렸다.

"이용호 개새끼!"

신진태였다. 누가 말릴 새도 없이 진태는 날쌔게 술상을 밟고 달려들어 용호에게 몸을 던졌다. 그 위로 이재현이 가세했다. 막걸리통이 쓰러지고 라면 그릇이 나뒹굴고 깍두기 접시가 엎어졌다. 후배들에게 깔린 와중에도 용호는 있는 힘껏 울부짖었다.

"이 좆만한 짜식들아! 이깟 피쎄일이 뭐가 무서워?"

진태가 악을 썼다.

"무섭다잖아, 씨발! 정연이는 무섭다잖아!"

"부끄럽지도 않냐, 이 연놈들아?"

재현이 소리쳤다.

"형은 뭐가 잘났다고 그래요? 선배면 답니까?"

"이 나약해빠진 놈의 새끼들 같으니라구."

준환이 제자리에 선 채 주먹을 쥐고 발을 구르며 악을 썼다.

"이용호! 나쁜 놈! 정연이 왜 때려? 왜 때려? 형이 뭔데……"

여학생 쪽의 소란도 뒹구는 사내놈들 못지않게 시끄러웠다. 경애가 은수의 귀에 대고 바락바락 새된 소리를 질러댔다.

"나도 무서워요, 언니! 무서운 게 죄예요? 무서워서 무섭다고 말한 게 죄예요? 죄예요?"

은수가 붉은 입술을 달싹이며 흐느끼듯 중얼거렸다.

"용호 쟤가 왜 저럴까 오늘?"

"이 자식들 하는 꼴 좀 보라고." 겨우 몸을 추스르고 일어난 용호가 다시 정연을 다그쳤다. "정연이 이 기집애, 너 다시 한번 말해봐. 뭐가 어떻다고?"

인하의 미간이 경련하듯 꿈틀거렸다. 용호 저놈! 작년 첫 데모에 참가한 날 십 미터 밖에서 얼쩡거린 것도 힘겨웠는지 밤새도록 울며 주정하던 놈, 저놈.

정연이 울음 끝에 딸꾹질을 하듯 토막말을 뱉어냈다.

"전, 전, 피쎄일이 무서웠어요."

용호가 기세등등하게 어깨를 들썩이며 물었다.

"뭐가 무서워? 뭐가?"

"몰라요. 그냥 무서워요! 무섭단 말야, 젠장!"

"뭐가 무서워, 이년아? 전태일 열사는 니 나이에……"

인하가 술상을 탁 내리쳤다.

"그만해라 용호야. 다들 그만해! 이게 뭐 하는 짓들이야?"

모두 일시에 조용해졌다. 인하는 빠르게 회원들을 둘러보았다. 다들 그를 주시하고 있었다. 이 아수라장에 회장이 이제껏 침묵하고 있었던 것에 대해 궁금해하는 눈빛들이었다. 이제는 어떻게든 회장이 사태를 해결해주겠지 하는 기대도 섞여 있었다.

"오늘 피쎄일의 의미에 대해서는 낮에 학생식당에서도 말했다시피……"

인하의 나직나직하고 힘있는 말을 감히 막둥이 신입회원인 준환의 흥분된 외침이 끊었다.

"야! 정연이 너 다쳤어?"

시선이 일제히 정연에게 향했다. 정연은 고개를 푹 숙이고 두 손으로 베이지색 스웨터 가슴께의 붉은 얼룩을 문지르고 있었다.

"정연이 피 났잖아, 씨!"

준환이 벌떡 일어섰다. 조금 전에 진태에게 빼앗겼던 선수를 이제라도 만회하려는 듯 저돌적이고 호전적인 도사림이었다. 금세라도 술상을 밟고 넘어가 용호에게 몸을 던지려는 준환을 정연이 휘파람새처럼 높고 청아한 소리로 만류했다.

"아니야! 이거 피 아냐, 오난아! 깍두기 국물이야! 진짜야, 오난아!"

“아, 깍두기 국물!”

술상에 올려놓았던 발을 제자리에 내려놓고 안도하던 준환의 표정이 확 구겨졌다.

“근데 정연이 너까지 오난이? 아, 나, 진짜 우리 할아버지께서 지어주신 이름 가지고……”

진태가 참지 못하고 푸하하 웃음을 터뜨렸다. 흐느껴 울던 경애까지 까르륵거리며 숨넘어가는 소리를 냈다.

4

아버지는 말했다. 연아, 누구나 제 가슴속 우리에 아우성치는 짐승 하나씩은 가둬두고 산다. 살다보면 언젠가는 그 짐승이 서럽게 울부짖는 소리를 듣게 된다. 그 소리를 들으면 더는 예전처럼 살 수 없고 더는 이 삶을 견딜 수가 없게 된다. 연아, 지금이 그때다. 지금이 그때다……

정연은 잠에서 깨어났다. 어둠이었다. 아버지의 목소리와 짐승의 신음소리가 아직도 귓가에서 귓바퀴 모양의 폐곡선을 그리며 쟁쟁 울리는 듯했다.

“수진아.”

정연은 낮게 룸메이트의 이름을 불렀다. 목이 잠겨 있었다. 수진은 깊이 잠들었는지 대답하지 않았다. 정연은 이불을 걷고 방바닥을 더듬었다. 이부자리를 깔 때 서로 넘어오지 말라고 경계로 삼던, 장판이 겹쳐진 줄이 손에 잡히지 않았다. 창을 통해 약한 불빛이 새어들고 있었는데, 창의 위치도 다르고 크기도 작았다. 더구나 그녀의 자취방 창문은 옷장 때문에 왼쪽 귀퉁이가 가려져 ㄱ자 모양이었다. 여긴 분명 그녀의 방이 아니었다. 꿈에서처럼 짐승이 앓는 소리가 들려왔고, 고향집인 성암사 축사에서나 풍길 법한 퀴퀴한 짚가리 냄새가 났다.

정연은 자리에서 일어나 앓는 소리가 들리는 쪽을 보았다. 기어갈 필요도 없이 목만 늘이면 될 정도로 가까운 곳에서 누군가 앓고 있었다. 축사 냄새가 풍기는 곳도 그 언저리였다. 여기가 어딜까. 앓고 있는 사람은 누구일까. 분명히 아버지는 아닐 텐데. 순간 그녀의 머릿속을 가르며 섬광처럼 밝은 한 토막의 장면이 떠올랐다.

누군가 그녀의 허리를 꽉 틀어쥐고 있었다. 그녀는 쇠심줄 같은 그 팔에서 벗어나기 위해 발버둥을 쳤다. 검은 도로를 질주하는 자동차의 불빛을 향해 뛰어들려고 할 때마다 억센 두 팔이 한사코 그녀를 제지했다. 내가 왜 니들을 형이라고 불러야 돼, 이 나쁜 새끼들아! 좋은 말 할 때 이거 놔라! 이거 놔! 자동차의 헤드라이트는 언젠가 산에서 마주친 적이 있는 산짐승의 눈처럼 사납고 매혹적이었다. 멍이 들 만큼 단단히 결박된 허리의 감각. 휘청거리다 딱딱한 곳에 호되게 팔꿈치를 부딪힌 기억. 뒤에서 그녀를 지탱하고 있던 기둥 같은 무엇과 함께 속수무책으로 넘어가던 순간의 아뜩함. 놔! 놔! 그녀는 목청이 터지도록 소리를 질렀다.

정연은 어둠속에서 조용히 놔, 라고 말해보았다. 말할 때 울리는 목의 그 부위가 아픈 걸 보면 그 장면은 아무래도 꿈이 아니었던 모양이다.

"아, 젠장!" 그녀의 입에서 한숨이 터져나왔다. "어제 얼마나 마신 거야?"

온몸이 욱신거렸고 고개를 조금만 숙여도 앞이마가 잘 익은 석류처럼 툭 터져버릴 것 같았다. 그녀는 앓는 소리가 들리는 쪽으로 얼굴을 들이밀었다.

"으으으……"

신음소리와 야릇한 냄새만으로는 앓는 사람이 누구인지 알 수 없었다. 정연은 눈으로 허공을 더듬었다. 벽보다 어두운 빛깔의 길쭉한 직사각형이 보였다. 그곳이 문인 것 같았다. 그녀는 조심스럽게 기어가 미닫이문을 열었다. 바깥도 어두웠지만 방 안보다는 나았다. 어둠에 눈이 익자 천장 한가운데에서 내려온 검은 전선과 빈 속이 희미하게 비치는 전구의 윤곽이 보였다. 그녀는 앓는 사람을 밟지 않도록 발을 조심스레 끌며 전구가 있는 쪽으로 다가갔다. 왼손으로 알을 감싸고 오른손으로 더듬어올라가 전구 꼭지를 찾아 돌렸다. 딸각 소리와 함께 필라멘트에 가느다랗고 눈부신 빛이 씌워지면서 전구를 쥔 손바닥이 따뜻해졌다.

정연은 부신 눈을 가늘게 떴다. 한번도 와본 적 없는 작고 허름한 방이었다. 앉은뱅이책상과 박스 몇개, 아무렇게나 쌓인 책 더미와 치약, 칫솔, 볼펜, 신문 따위가 널려 있었다. 필시 이 방의 주인이리라 짐작되는 환자를 기웃이 들여다본 그녀는 가슴이 철렁했다. 인하형…… 설마 자신의 허리를 붙들었던 무지막지한 악력의 소유자가 인하였던가.

불빛 탓인지 인하의 옆얼굴이 하얗게 질려 있었다. 짚가리 냄새를 풍기는 한채의 이불과 요가 이 방에 구비된 유일한 잠자리였던 모양이다. 그는 정연에게 잠자리를 내준 채 맨바닥에 허리를 구부리고 누워 달달 떨고 있었다.

"어디 아파요, 형?"

인하는 반응을 보이지 않았다.

"물을 먹으면 좀 괜찮으려나?"

아닌 게 아니라 스스로도 몹시 목이 말랐다. 인하가 눈을 떴다. 밤새 홀로 앓고 난 아버지의 얼굴처럼 달관한 듯한 눈빛과 메마른 입매였다. 찬 얼음에 손이 쩍 들러붙듯 마음이 끌렸다.

정연은 얼른 일어나 열린 문을 통해 부엌으로 내려갔다. 부뚜막 맞은편에 짧은 호스를 매단 수도꼭지가 있었다. 어젯밤에 이곳을 지나 방에 들어갔을 텐데도 전혀 기억이 나지 않았다. 업혀왔는지 끌려왔는지도 기억에 없었다. 호스에서 물이 한 방울씩 떨어졌고 밑에 받쳐놓은 양은대야에는 물이 반쯤 차 있었다. 그녀는 찬장에서 그릇을 꺼내 수도꼭지를 틀어 물을 받아 마셨다. 서울의 수돗물 맛은 술 취한 입에도 떫은 감 맛이 났다. 성암사 약수물은 정말 달고 맛있었다. 그녀는 어찌하면 좋을지 생각이란 것을 해보려고 했다. 수도꼭지가 완전히 잠기지 않아 한 방울씩 떨어지는 물소리가 초봄 성암사 처마에서 떨어지는 눈 녹은 물 소리 같았다.

정연은 그릇에 물을 받아 방으로 들어왔다.

"물 좀 마셔봐요."

인하는 다시 잠들었는지 꼼짝도 안했다.

"물 좀 마셔요, 형!"

그녀가 어깨를 흔들자 그가 흠칫 눈을 떴다.

"물 좀 마시라구요."

정연의 목소리가 작아졌다.

“술은 다 깼냐?”

인하가 웃지도 않고 물었다.

“여기 물요.”

인하는 몸을 일으키더니 물그릇은 본체만체하고 방구석으로 기어갔다. 비틀린 면바지 위로 마른 엉덩이뼈의 윤곽이 드러났다. 그는 구석에 놓인 비닐봉지를 열고 토하기 시작했다. 그녀는 다가가 말없이 그의 등을 두드렸다. 손이 아플 만큼 마른 등이었다. 아버지의 등도 이렇게 말랐었다. 그가 고개를 들고 셔츠 소매로 입을 닦았다. 봉지를 밀어놓는 손길에 무게가 느껴졌다. 봉지에서도 썩은 여물 냄새가 났다.

“밤새 많이 토했나봐요.”

인하는 덜덜 떨면서 그녀가 누웠던 이부자리로 파고들었다.

“체했는가? 그럼 싸게 손을 따야 쓰는디.”

혼잣말에 자기도 모르게 사투리가 섞여 나왔다. 정연은 베개 옆에 놓인 자신의 가방을 뒤져 휴대용 반짇고리를 꺼냈다.

“잠깐만요.”

그녀는 기운이 없어 저항도 못하는 인하의 양 엄지손가락을 실로 꽁꽁 묶고 바늘을 머리에 쓱쓱 긁은 후 바늘 쥔 손을 들어 좁은 창문을 가리켰다.

“딴 데 봐요, 형. 저기.”

그가 힘없이 눈을 감았다. 이 손이 어젯밤 자신의 허리를 쇠사슬처럼 휘감고 놓아주지 않았던 그 손일까 믿기지 않을 정도로 축 늘어진 가녀린 손이었다. 그녀는 피가 통하지 않아 검푸르게 된 그의 오른손 엄지손톱 밑을 바늘로 찔렀다. 그가 작은 비명을 질렀다. 그녀는 사정없이 손가락을 눌러 피를 짜냈다.

"하따! 이 피 좀 보랑께. 아주 시커머요. 막힌 속 뚫는 디는 따는 게 직효여."

그녀는 이번엔 그의 왼손을 끌어왔다. 인하는 정연이 하는 대로 몸을 맡기고는 있었지만, 그녀가 마치 그의 이모나 숙모쯤 되는 듯 행동하는 것에 어이가 없었다. 이번에도 그녀는 단번에 그의 왼손 손톱 밑을 찔러 검은 피를 냈다.

"체한 게 정녕하네. 급체여, 급체. 진즉에 땄으면 좋았을 것을."

정연은 자기의 진단과 처방이 적중한 데 몹시 만족한 눈치였다. 그녀는 이제 그를 아주 반시체 취급하여 제멋대로 어깨며 팔다리를 주물러댔다. 그녀는 술이 완전히 깨지 않은 상태가 주는 몽롱한 표현의 욕망 속에서 관성적으로 재잘거리기 시작했다.

"나도 잘 체하는디 혼자도 잘 따요. 한나도 안 아파요. 체해서 아픈 데 비할까이. 급체를 냅두면 나중엔 숨도 못 쉬고 똑 죽는 수가 있답더. 아무튼 나가 생명의 은인이라는 것만 알아두시요. 어젯밤엔 나가 쪼까 취해서 선배들한테 한바탕 패악을 떤 거 같은디, 살다보면 내남적없이 한분씩은 실수도 함서 한분씩은 도와도 감서 살게 마련인께 너무 탄허진 마시요. 나가요, 지금 본께 어저께 뭣이 그리 무서버서 그 고약을 떨었는가 모르겄소. 짭새가 나 잡겠다고 달겨든 것도 아니고 우쩌다 눈만 한분 딱 마주친 거뿐인디 워째 그리 등짝이 써늘하고 사지으 심이 실실 풀려부렀으까요잉? 고건 고렇고, 우리 사람 몸땡이는 우선적으로다 피가 사방으로 잘 통허게끔 혀줘야 무탈헌 거인디, 고것을 밤새도록 콱 막아놨은께 오죽 답답코 아펐을 것이요잉……"

그녀의 목소리는 낮지만 발랄한 탄력이 있었다. 하지만 점점 심해지는 사투리 때문에 종내에는 무슨 소리를 하는지 인하로서는 거의 알아들을 수 없었다. 무당의 주문처럼 끝없이 이어지는 그녀의 얘기 속에는 빛처럼 빠르게 나이 들어가는 한 여인의 삶이 오롯이 들어 있는 듯했다. 이 녀석이 아직도 술이 덜 깼구나 생각하며 그가 깊은 잠에 빠져들 즈음, 그녀의 말은 한편으론 어린아이의 옹알이처럼 다른 한편으론 백살 넘은 노파의 웅얼거림처럼 들렸다. 밑도 끝도 없는 그 소리보다 회복기 환자가 잠들기에 더 적절한 자장가는 없을 듯했다.

아침이 되었을 텐데도 어두운 걸 보면 밖에 비가 오는 것 같았다. 창문은 잿빛이었고 방 안은 조용했다.

순간적으로 인하는 정연이 가버렸나 싶어 서운한 생각이 들었지만, 눈동자만 휙 굴려보고도 그녀가 가지 않았다는 걸 알았다. 정연은 팔로 머리를 감싸고 동그랗게 만 등을 벽에 붙인 채 무릎을 구부리고 자고 있었다. 윗몸일으키기를 하던 그녀를 벽이 밀쳐 방바닥에 굴려놓은 것 같은 자세였다. 머리맡에는 제본이 풀려 낱장이 흩어진 세로 판형의 소설책이 펼쳐져 있었다.

인하는 팔목을 들어 시계를 보았다. 10시 20분이었다. 엄지손가락 중간에 분홍 색실이 느슨히 감겨 있었다. 방이 어두워 바늘에 찔린 자국은 볼 수 없었다. 아프던 몸이 서서히 회복되어가고 있었다. 통증이 증발한 자리에 나른한 쾌감이 기포처럼 퐁퐁 솟아났다. 그는 머리맡에 놓인 물을 마셨다. 물을 마시자 허기가 밀려왔다. 어제 하루 종일 먹은 거라곤 민경이 가져다준 김밥과 음료수, 커피

몇 잔, 막걸리와 감자국 국물뿐이었다. 지금 카타콤에 가면 민경이 도시락을 가져올 시간에 딱 맞을 터였다. 그러나 그는 옆으로 돌아누워 마주 보는 자세로 정연의 잠든 얼굴을 구경했다. 앞머리가 삐친 사이로 드러난 동그란 갈색 이마가 검은 숲속을 어슬렁거리는 잘생긴 암말의 엉덩이 같았다. 눈을 감은데다 주근깨마저 보이지 않으니 퍽이나 귀엽고 얌전해 보이는 얼굴이었다. 이런 것이 어젯밤엔 그렇게 찻길에 뛰어들겠다고 난동을 부렸다니.

처음에 인하는 다만 그녀를 찬 바닥에서 끌어와 요 위에 눕히고 이불을 덮어주려 했을 따름이었다. 그러나 밤도 낮도 아닌 어스레한 아침이었고 그녀는 말 엉덩이처럼 관능적인 이마를 가지고 있었다. 그의 내부에서 알 수 없는 충동이 솟구쳤다. 세상이 한 옷자락 속에서 뒤섞이는 것 같은 혼돈이었다. 그 속으로 빨려들면 더는 어찌할 수가 없었다. 그는 그녀의 앞머리를 걷고 이마에 살짝 입을 맞추었다. 그녀는 눈을 뜨지 않았다. 동그란 코끝에 입을 맞추고 입술 위에 가만히 입술을 댔다. 스웨터 가슴께에 손을 얹는 순간 그녀가 눈을 반짝 떴다. 그녀의 얼굴은 무섭게 돌변해 있었다. 그는 깜짝 놀라 손을 뗐다.

어두운 가운데서도 그는 그녀의 왼쪽 눈 흰자위가 온통 피자줏빛으로 물든 것을 알아보았다. 용호에게 뺨을 얻어맞은 쪽이었다. 오늘 새벽엔 자신의 고통에 눈이 멀어 그녀의 눈이 이 지경인 걸 알아차리지 못했다.

"눈이 충혈됐다."

인하는 그녀의 왼쪽 눈을 감기고 그 위에 입을 맞추었다. 그는 그녀가 꽉 쥐었던 주먹을 풀고 몸을 옆으로 비트는 것이 무슨 의미

인지 이해할 수 없었다. 그녀가 조금만 거부하는 몸짓을 취해도 그
는 저만치 떨어질 생각이었다. 그러나 그녀가 몸을 빼 한사코 방문
쪽으로 기어가려는 것을 알아채자 그는 자기도 모르게 그녀의 허
리를 붙들었다.

"정연아!"

"형, 저 변소 가고 싶어요."

정연의 목소리가 떨리고 있었다.

"그래, 내가 데려다줄게."

그녀의 입에선지 그의 입에선지 쓰디쓴 쑥내가 났다.

"저기…… 휴지도요."

인하는 변소에서 떨어진 담장 모퉁이에 서서 담배를 피웠다. 한
참 만에 변소 문이 삐걱 열리는 소리가 났다. 그는 담배를 벽에 비
벼 끄고 변소 쪽을 돌아보았다. 문만 열려 있고 정연의 모습이 보
이지 않았다. 그는 변소 쪽으로 가다 말고 몸을 돌려 반대 방향으
로 걸어갔다. 반대편 모퉁이에서 뛰어나온 정연은 그를 보자 날카
로운 비명을 지르더니 다시 변소가 있는 뒤뜰로 도망치려 했다.

"정연아."

그는 달려들어 그녀의 손목을 붙들었다. 그녀가 비에 젖은 머리
를 흔들며 소리쳤다.

"아악! 놔! 놔! 이거 놔!"

"왜 그래, 정연아? 그게 아니야! 내 말 좀 들어봐, 정연아!"

"아악! 놔! 놔! 젠장! 놓으란 말야!"

그는 심장이 멎을 것 같았다. 주인집 식구나 아직 등교하지 않은

자취생들 중 누가 이 광경을 볼지 모른다는 생각에 마음이 바짝 타들어갔다. 닥지닥지한 창문과 얇고 헌 벽 뒤에 몸을 숨긴 수십개의 불량한 눈알들이 그를 지켜보고 있는 것 같았다.

"제발…… 오, 정연아! 아니야, 안 그럴게, 제발…… 우선 들어가자, 제발……"

인하는 정신없이 그녀를 달랬다. 어느 순간 그녀가 미친 듯 흔들어대던 고갯짓을 멈추었다. 소리도 지르지 않고 잠잠해졌다. 그는 자신의 필사적인 애원이 그녀를 진정시켰음을 알았다. 그는 그녀의 손을 붙들고 자신의 방으로 향했다. 부엌에 들어선 순간 그는 눈치채이지 않게 문을 잠갔다. 두피를 태울 듯한 어지럼증이 일었다. 그녀가 신을 벗고 방에 올라섰다. 그가 뒤따라 방에 들어서자 그녀가 뒤를 돌아보며 말했다.

"형, 제가 있잖아요."

그는 돌아보는 그녀의 뺨을 주먹으로 세차게 갈겼다.

"하아!"

정연은 한 손으로 뺨을 싸쥐고 이글거리는 애꾸눈으로 그를 쳐다보았다. 붉게 충혈된 왼쪽 눈에서 금세라도 세찬 핏줄기가 솟구칠 것 같았다. 어제 용호에게 맞아서가 아니라 지금 그에게 맞아서 눈알이 터져버린 듯한 착각이 들었다. 그는 자기도 모르게 무릎을 꿇을 뻔했다. 그녀는 뺨을 싸쥐었던 손을 내려 주먹을 쥐고 뜀이라도 뛸 듯 가볍게 한 걸음 뒤로 물러섰다.

"당신……!"

그녀가 작은 윗니를 드러내며 웃었다. 당신이 지금 무슨 짓을 했는지 아느냐고 묻는 듯한, 당신이 한 짓에 대해 뭐라고 변명이라도 한번 해보라고 재촉하는 듯한 부드러운 조롱조의 음성이었다. 순간 인하는 이성을 잃었다.

"웃어? 니가 지금……? 날 개망신시키고 니가 지금 웃어?"

날 개망신시키고…… 이 말을 내뱉고 나자 그의 마음은 급속히 냉담하고 잔혹해졌다. 그의 마음속엔 자신이 저지른 행위에 대한 수치감보다 그것이 만천하에 드러나 명예가 실추되는 상황에 대한 두려움이 더 컸다. 그가 입을 맞추고 몸을 더듬고 뺨을 때렸다고 그녀가 입을 놀리는 순간 그는 대학사회에서 완전히 매장되고 말 것이다. 충분히 그럴 수 있다. 자기 매력을 은근히 과시하기 위해, 또는 술에 취해 본의 아니게, 아니면 비밀을 실토하고 싶은 허영심에, 그녀는 이 일을 사방에 떠들어대고 과장할 수 있다.

그는 빠르게 결정을 내려야 했다. 이미 일어난 일을 돌이킬 수 없다면 절대 이 일이 밖으로 새어나가지 못하게 해야 한다. 일은 그렇게 처리되어야 한다. 입맞춤이나 구타를 당했다는 말은 쉽게 털어놓을 수 있지만, 몸을 버렸다는, 완전히 당했다는 얘기는 결코 쉽사리 내뱉을 수 없을 것이다. 이런 생각을 하는 자신에 대한 어이없는 혐오 속에서도 인하는 그쪽으로 치달려가는 자신을 도저히 제어할 수 없었다. 이 건방진 것! 내 먹잇감이 될 자격조차 없는 한심한 계집애가 나를 개망신시켜? 나를 비웃어? 천하의 박인하를? 아비도 모르는 여배우의 사생아라고? 니깟 촌년이?

인하는 달려들어 주먹으로 정연을 때리기 시작했다. 그녀는 뒷걸음치다 벽에 부딪혀 방바닥에 주저앉았다. 물그릇이 엎어지면서 경쾌한 소리를 냈다. 앉은뱅이책상과 벽 사이에 끼인 그녀는 두 팔로 머리를 감싸고 매를 견뎠다. 그는 그녀의 젖은 스웨터를 벗기려다 완강한 팔동작 때문에 포기하고 젖은 바지를 벗기려고 달려들었다.

"알았어요!"

정연이 낮게 소리쳤다. 제발 진정하라는 듯 그녀는 머리를 감쌌던 팔을 뻗어 항복의 깃발처럼 흔들었다. 그는 잠깐 사나운 손질을 멈추었다.

"벗으면 되잖아!"

그를 올려다보는 왼쪽 눈의 핏발이 섬뜩했다. 새빨간 증오와 혀를 깨무는 무력감과 미칠 듯한 분노가 휙휙 스쳐가다 마침내 서리처럼 하얗게 체념이 내리는 그녀의 표정을, 그는 평생 잊지 못할 것을 알면서도 묵묵히 내려다보았다. 그녀는 스웨터를 벗은 후 머리를 가슴에 박을 듯이 깊숙이 숙이고 바지를 내렸다. 그는 그녀를 이부자리로 끌어왔다.

사정을 끝낸 인하는 비슬거리며 엎어졌다. 걷잡을 수 없는 잠이 쏟아졌다. 정연이 일어나서 방문을 열고 나가는 기척을 느꼈지만 붙들 힘이 없었다. 잠결에 찰박거리는 물소리와 흐느끼듯 허밍하는 소리를 들은 것 같았다. 귀에 익은 멜로디였다. 깨어보니 그 모두가 꿈이었다는 듯 정연은 벗은 등을 보인 채 얌전히 그의 옆자리에 누워 있었다.

비 내리는 오후 내내 그들은 잠을 잤다. 인하는 잠의 막간마다 섹스를 시도했다. 그의 자지가 돌아누운 그녀의 엉덩이를 찌르면 그녀는 몸을 돌리고 조용히 다리를 벌렸다. 그녀는 거부하거나 저항하지 않았다. 아무 소리도 내지 않았다. 그녀의 침묵과 수동성은 마치 시체와 그 짓을 하는 듯한 느낌을 주었다. 세번째 섹스가 끝났을 때 어깨를 들먹이며 운 쪽은 그였다. 그녀는 괴상한 짝눈으로 그를 멀뚱히 바라보다 등을 돌렸다.

"착하지, 이렇게…… 나 좀 봐."

그러나 정연은 오직 그것만은 결단코 들어주지 않겠다는 듯 끝까지 등을 돌리지 않았다. 그는 열리지 않는 문 앞에 선 사람처럼 그녀의 등을 톡톡 치다 다시 뻘처럼 깊은 잠에 빠져들었다.

인하가 잠에서 완전히 깼을 때는 이미 캄캄한 밤이었다. 옆자리에는 아무도 없었다. 어두운 가운데 차닥차닥하는 소리가 들렸다. 비가 창문에 들이치는 소리 같았다. 그는 아무 생각도 할 수 없었다. 연아…… 그의 입에서 한숨처럼 그녀의 이름이 흘러나왔다.

"네?"

놀랍게도 대답이 들려왔다. 그는 도마뱀처럼 고개를 치켜들었다. 책상 앞에 거무스레한 덩어리가 앉아 있었다. 정연이 가지 않았다는 것을 그는 믿을 수 없었다. 이리 오라고 하자 그녀가 다가왔다.

"손, 손을 줘."

그녀는 한 손에 비릿한 냄새가 풍기는 것을 쥐고 있었다.

"배고파서 김밥 사왔어요."

밤비 같은 목소리였다. 그가 뭐라고 묻기도 전에 그녀는 그를 반쯤 일으키더니 물을 먹이고 길쭉한 김밥을 그의 입에 물려주었다.

"토하기만 하고 하루 종일 아무것도 못 먹었잖아요. 칼로 썰지 않은 거라 이로 딱 잘라야 해요."

그가 잘 자르지 못하자 그녀는 뽑혀나온 야채를 야무지게 손가락으로 버무려 그의 입에 넣어주었다. 왜 하필 썰지 않은 김밥을 사왔을까 생각하는데 그녀가 말했다.

"이렇게 먹는 게 맛있어요."

그는 입에 든 김밥을 씹었다. 눈물이 날 만큼 맛있었다. 어제 민경이 싸온 사제폭탄처럼 화려한 김밥보다 훨씬 맛있었다.

"다시 오지 않을 생각이었어요."

그는 그녀의 목소리에 깃든 감정을 알아내기 위해 씹던 걸 멈추고 온 신경을 집중했다.

"문 닫고 나가면서 형이 죽어버렸으면 좋겠다고 생각했어요."

그녀의 음성은 낮고 잔잔해 아무 감정도 실려 있지 않은 듯했다.

"김밥을 사는데 갑자기 형이 정말 죽어버릴지도 모르겠다는 생각이 들었어요. 그래서 다시 왔어요. 난 형이 죽어버리기를 바라지만 실제로 그런 일이 일어나면 안되잖아요."

그녀가 또박또박 서울말로 얘기하는 게 그는 왠지 아쉽고 서운했다.

"제가 예전에 알던 형과 오늘의 형은 전혀 다른 사람이었어요. 오늘 형은 짐승 같았습니다."

그는 아무 말도 하지 않고 김밥을 입에 물고 있었다.

"형은 잔인하고 비열하고 난폭하고……"

그녀는 말을 뚝 그치더니 그를 가볍게 쳤다.

"꼭꼭 씹어요. 안 그러면 또 체해요."

그가 김밥을 씹어 삼키는 동안 그녀는 잠시 침묵하고 있었다. 순간 그는 평생 그녀와 함께 있으면 다시는 아프거나 굶지 않으리라는 걸 확신했다. 그녀와 함께 있으면 다시는 외롭지 않을 것이라고 느꼈다. 낡고 보드라운 속옷 같고, 닳고 구겨진 책받침 같고, 심심한 국 같고, 씹을수록 구수한 맛이 나는 이 괴상한 통김밥 같은, 어제까지는 그녀 내부에 자신을 넣을 여성적 기관이 있는지조차 몰랐던 그녀……

어둠속에서 그는 그녀가 시키는 대로 김밥을 씹고 물을 마시고 또 김밥을 잘라 먹었다.

"내가 생각이란 걸 해봤는데요, 마지막으로 형에게 기회를 주기로 했어요. 오늘의 박인하가 아니라 예전에 내가 알았던 그 박인하라는 선배에게요."

"내 옆에…… 와서 누울래?"

그가 팔을 아래로 당기자 그녀는 끌려와 그의 곁에 누웠다. 애초에 그가 바란 것은 결코 섹스가 아니었다. 그저 그녀의 따스하고 둥근 이마, 갈색 볼, 싱싱한 살결을 만지고 싶었을 뿐이다. 그는 지금까지 한번도 자신의 살과 타인의 살을 온전히 맞대본 적이 없었다. 다른 사람과의 접촉은 그에게 불쾌감을 주었다. 심지어 어머니와도 그랬다. 그런데 오늘 아침 잠에서 깨어 그녀를 보는 순간 그는 그녀를 만지고 싶었고 살을 맞대고 싶었다. 한편으로는 그런 매혹이 낯설었고 거절당할까봐 수치스러웠다. 그 낯선 수치감이 이렇게 끔찍한 사태를 불러올 줄은 몰랐다.

지금 인하는 어스레한 아침 무렵처럼 그녀의 몸에 감미롭게 가 닿고 싶었다. 그 일이 벌어지기 전의 시간으로 돌아가고 싶었다. 그는 먹이를 감싸는 말미잘처럼 그녀의 몸을 팔다리로 찬찬히 휘감았다. 그녀는 물파래처럼 비 냄새를 풍기며 그에게 감겨왔다. 그녀와 따스하게 몸을 맞댄 순간 그는 코끝이 시릴 만큼 행복했다. 그러면서 동시에 자신이 저지른 과오를 깨닫고 절망했다. 그가 얼마나 냉정하고 사악한 소년이었는지는 아무도 모른다. 그에게 호감을 고백한 소녀의 교복 치마에 침을 뱉고, 밤늦게 술에 취해 그의 집 복도를 헤매는 젊은 여배우의 배를 주먹으로 내리친 적도 있다. 대학에 와서 달라진 줄 알았는데 아니었다. 그는 원래부터 미친 존재였고 여전히 미친 존재이다. 진즉에 폭발해버렸어야 할 광인이다. 오래전에 자살을 하고 시체가 되어 누워 있어야 할 물건이 지금껏 가짜 인간 흉내를 내며 살아온 것이다. 그는 최종적으로 자신에게 죽음을 선고했다. 자, 나의 어머니여, 눈을 크게 뜨고 보라. 다시는 밝은 곳에 나설 수 없는…… 아비의 전철을 밟아 마침내 까마득한 죄의 벼랑으로 굴러떨어진…… 어린 신입생 후배를 강간한 이 장한 아들을……

정연이 그의 귀에 대고 건조하게 속삭였다.

"형을 용서해서 이러는 게 아니에요. 그냥…… 모든 게 엉망진창이고…… 세상이 다…… 세상이 다 뒤죽박죽이라서……"

인하가 낮고 단호하게 말했다.

"네가 용서하지 않으면 내가 죽겠다."

정연은 숨을 죽이고 그의 말에 귀를 기울이고 있었다.

"난 언제라도 죽을 준비가 돼 있어. 이건 진심이다, 연아."

그의 말이 끝나자마자 그녀가 몸을 벌떡 일으켰다. 그녀는 온몸을 바르르 떨며 양철 가르는 쇳소리로 울부짖었다.

"날 그렇게 부르지 마! 아까도 날 그렇게 불렀지? 누구 맘대로 그렇게 불러? 내가 용서할 때까지 당신은 국으로 입 닥치고 기다려! 그렇게 비천하게, 굴욕적으로, 벌레처럼, 나를 진흙 바닥에 뿔뿔 기어가게 만든 당신이 누구 맘대로, 누구 맘대로 날 그렇게 불러?”

인하는 어둠속에서 무릎을 꿇었다.

“제발, 제발, 제발 나를…… 연아, 아니 정연아…… 아니, 어떻게
도 부르지 않을게…… 제발, 제발 나를……”

둑이 터지듯 그의 앞에 버티고 있던 침침한 물체가 풀썩 무너져
내렸다. 그는 온 힘을 다해 실신한 정연을 받아 안았다.

3. 섬의 흔적

1

진태는 일식집 작은 방으로 안내되었다. 방에는 재현이 미리 와서 기다리고 있었다. 진태는 실내를 둘러보고 자리에 앉으며 투덜거렸다.

"교수들은 주로 이런 데서 점심 먹나? 우리는 누구 접대할 때 말고는 맨 시장통에서 순대국만 먹는데."

"나도 지금 접대 중이잖아."

진태가 눈을 휘둥그렇게 떴다.

"아, 그러셔? 절대 영광입니다, 이교수님. 그런데 갑자기 웬 접대?"

"너하고 의논할 일이 있어서."

진태가 고개를 끄덕였다.

"그럼 그렇지. 깍쟁이 이교수가 날 만나자고 할 때부터 짐작은 했지."

미닫이문이 열리고 여종업원이 물수건과 수저가 담긴 쟁반을 들고 왔다. 미리 약속된 메뉴가 있는지 재현이 한마디 하자 종업원이 재깍 알아듣고 고개를 끄덕였다. 적군을 앞에 두고 자기들끼리 암구호라도 주고받는 것 같다고 진태는 생각했다. 애피타이저로 죽과 간단한 해산물이 나왔다. 폰즈 쏘스에 적신 안끼모를 집으며 진태가 말했다.

"참! 한달쯤 전에 인하형 만났어."

재현이 심상하게 받았다.

"그래, 은성한 연회장에서 만났다지?"

"어떻게 알았어?"

"그날 나도 인하형 만났거든."

"나한텐 그런 얘기 없었는데?"

"니가 성문영 선생 끌고 급히 나가는 바람에 얘기 못했다고 하더라."

진태가 아, 성문기본영어, 하고 으히히 웃었다. 재현이 죽을 떠먹은 후 말을 이었다.

"정민경, 아니 그러니까 형수가 진행하는 프로에 잠깐 출연했다가 뒤풀이한 거야. 인하형 얘기로는 원래 너하고 나하고 준환이하고 넷이서 오랜만에 한잔하려고 했는데, 넌 그렇게 가고 준환이는 싫다고 해서 둘이 오붓하게 마셨지."

진태가 죽그릇을 밀어놓으며 말했다.

"오난이는 진짜 왜 그러냐? 그날도 인하형 말로는 먼저 간다고 했다더니 내가 나가보니까 차 안에서 졸면서 인하형 기다리고 있더라고. 깨울까 하다 말았지. 우리가 그때 오난이를 괜히 인하형한테 붙여놨나봐."

"당시 준환이 상황이 어쩔 수 없었잖아?"

"하긴, 그 신용으로 어디 쑤시고 들어갈 데도 없었지. 그 자식은 왜 어울리지도 않게 사업 같은 걸 벌여가지고."

이런저런 얘기를 주고받는 사이 모둠회가 나왔다. 젓가락으로 간장에 생와사비를 풀고 있는 재현을 바라보다 진태가 말했다.

"야, 죽 쑤냐? 그만 좀 저어라. 의논할 게 뭐야? 뭔 얘긴지 몰라도 일단 듣고 먹자. 내가 또 궁금한 건 못 참으니까."

"우선 몇점은 먹어둬."

진태가 회 두점을 쌈장에 찍어 입에 넣자 재현도 회 한점을 와사비장에 찍어 입에 넣었다. 회를 씹는다기보다 산란한 생각을 곱씹는 표정이었다. 재현이 회를 삼키는 순간 진태의 눈이 빛났다.

"얼마 전에 이메일을 하나 받았어."

"무슨 이메일?"

진태가 몸을 앞으로 당겨 앉았다.

"대학 홈페이지에 공개된 주소라 학교 측에서 보내는 공문이나 학생들이 보내는 질문 같은 게 들어오는 계정인데, 거기 이상한 메일이 하나 끼어 있더라고. 제목이 오정연을 아느냐고 돼 있어."

"오정연이?"

"읽어보니까 오정연 동생이라는 아가씨가 보낸 거야."

"오정연이 동생?"

진태는 백치처럼 재현의 말을 되풀이하다 고개를 살짝 틀었다.

"오정연이 동생 없어."

"나도 그렇게 알고 있었지."

"오정연이한테 언니 오빠 동생 다 없어. 외동딸이었다고."

이렇게 단언한 진태는 회를 몇점 집어 입에 넣고 꾹꾹 씹었다. 재현이 뭔가 더 얘기를 하겠거니 했는데 아무 말이 없자 진태가 미심쩍은 표정으로 물었다.

"그렇다면 이게 어떻게 돌아가는 상황이냐? 오정연이를 미끼로 이재현 교수한테 사기 칠 일이 뭐가 있을까?"

"사기는 아닌 것 같아."

진태가 회 씹던 입으로 뭐라고 들이댈 기세를 보이자 재현이 잠시 기다리라는 손짓을 했다.

"그래서 내가 답장을 보냈어. 어떻게 나를 알고 이메일을 보냈는가. 내가 아는 친구 중에 오정연이 있긴 한데, 그 친구에게는 동생이 없다. 다른 사람과 착각한 모양이다. 그랬더니……"

"그랬더니?"

진태는 궁금해서 몸서리를 쳤다.

"동생 맞다고 하더라고. 정연이가 대학 1학년 다닐 때까지는 자기가 안 태어났었대. 80년 1월생이래. 그러니까 79년엔 정연이에게 동생이 없었던 게 맞지."

"79년엔 없었다고?"

"응."

진태는 멍한 얼굴이 되었다. 가족들이 자기만 빼고 어디로 몰래 이사가버린 걸 알게 된 소년의 표정이었다.

"동생이라는 아가씨 이름이 유하연이야."

"유하연?"

"정연이하고 성이 다르지?"

진태가 그러면 그렇지, 하고 가볍게 탁자를 쳤다.

"아니, 더 들어봐. 유하연의 말로는, 정연이 어머니, 그러니까 자기 어머니이기도 한 그분이 80년에 자기를 낳아서 당신 호적에 넣으셨다는 거야. 정연이 어머니 성이 유가라는 건 맞거든. 정연이가 자기 어머니를 우리 유보살님이라고 부르곤 했으니까."

진태가 기분 나쁘다는 듯 대꾸했다.

"나도 그건 알아."

"그러니까 뭐랄까……"

재현이 말꼬리를 늘이자 진태가 조바심을 냈다.

"뭐가 뭐랄까야?"

"이게 남의 가족사라 예민한 문젠데, 이를테면 정연이 어머니와 상대편 남자분의 관계가 다소 부적절했던 게 아닐까 싶어. 직접 그런 말은 안했지만 유하연도 그런 뉘앙스를 풍기기는 하더라고. 자기는 아버지가 누군지 모른다고."

진태의 눈이 화등잔만해졌다.

"거참, 정연이 어머니 대단하시네. 그 연세에 아주 보기 드문 리버럴한 여성이셨구만. 새로 딸도 낳고 그러셨으니까 쿨하게 정연이도 잊고 사셨겠지. 그건 그렇고, 정연이, 하연이, 이름은 씨스터즈 맞는데 용건이 뭐래?"

"나를 좀 만나고 싶대."

"왜?"

"자기 언니에 대해서 알고 싶다는 거야."

"왜 갑자기? 다 잊고 살겠다더니 왜?"

"그거야 그쪽 어머니만의 생각이셨을 수도 있지. 동생 입장은 또 다를 수 있으니까. 자세한 건 만나서 얘기하겠대. 마침 우리 학교 교양과정에 시간강사로 출강하고 있더라고."

"누가? 정연이 동생이라는 애가?"

"응, 그래서 오늘 2시에 내 연구실로 오라고 했지."

"뭐? 오늘 2시?"

"유하연이 강의하러 나오는 날이 오늘이야. 그래서 진태 너하고 같이 만나보면 어떨까 싶어서."

진태는 회를 집으려던 젓가락을 내려놓고 잠시 생각에 잠긴 후 고개를 끄덕였다.

"그래, 잘했다. 날 아주 잘 불렀어. 그럼 가만있자, 내가 오늘 오후에 스케줄이 어떻게 되더라? 아니, 그런 얼어죽을 것들은 다 됐고, 일단 정연이 동생이라는 애를 만나서 뭘 좀 물어봐야 할 것 같다는 생각이 언뜻 뇌리를 스치네. 우리가 얘기해줄 게 있으면 얘기도 해주고. 근데 왠지 난 얘기해줄 것보다 들을 게 더 많을 것 같다는 필이 오거든. 자기도 궁금하겠지만 나도 궁금하다 이거야. 근데 왜 갑자기 정연이 일이 궁금해졌대? 아, 맞다, 그건 만나서 얘기한 댔지? 아, 헷갈리네. 신진태 머리가 오늘따라 왜 이렇게 잘 안 돌아가나? 바보 천치 얼간망둥이가 된 기분이네."

재현이 턱을 쓸며 말했다.

"나도 어제 잠 못 잤다. 그렇게 세월이 흘렀는데도."

진태가 회를 집으려던 젓가락을 내려놓았다.

"세월이 흐르기만 하냐? 삼십년도 넘었다! 이럴 줄 알았으면 니 말대로 아까 회나 잔뜩 먹어두는 건데. 재현아, 내가 말이지, 오십 줄에 접어들면서 이제 이 신진태 인생에 남은 숙제는 곱게 처죽을 일 하나밖에 없겠구나 생각했거든. 근데 이게 뭐냐? 진 땅 피하고 마른 땅 밟으면서 성질 죽이고 사고 안 치고 새색시처럼 조심조심 살아가기로 작심했는데 이게 또 무슨 일이냐고, 대체?"

"뭐 그렇게까지 큰일은 아니지 싶은데."

재현의 말에 진태가 큰 모욕이라도 당한 듯 입에 거품을 물었다.

"아냐! 이거 큰일이야. 나 불길해. 내가 머리도 거의 천재급으로 똘똘하기 짝이 없지만 영혼이 또 천부적으로다가 예민해서 온몸에서 뿜어져나오는 필빨이 장난이 아니잖냐? 근데 이거 신진태 제일감으로 완전 불길하단 말이야. 그때는 그렇게 찾아도 꽁꽁 숨어서 나오질 않던 식구들이 삼십년 만에! 아이쿠, 내가 못산다."

석빈은 멀리서 까만 점이 움직이는 속도만 보고도 하연을 알아보았다. 까만 모자를 쓴 하연은 회색 면사 스웨터에 발목까지 내려오는 긴 스커트를 입고 있었다. 석빈은 눈으로 하연의 움직임을 좇았다. 그녀의 걸음걸이는 절도는 부족했지만 보폭과 속도의 균등성에 있어서는 여군에 뒤질 게 없었다.

만일 석빈이 지금 하연에 대해 알고 있는 걸 누군가 다른 사람의 입을 통해 들었다면 그는 그녀를 희귀하지만 매력적이지는 않은 여성으로 여겼을 것이다. 정보나 소문의 힘이 참신성과 충격에 있다면 그녀는 분명 새롭지도 충격적이지도 않은 인물이었기 때문이다. 정열이나 일탈 없이 오로지 의무감만으로 규칙적인 일상을 꾸려나가는 청춘에게 무슨 매력이 있겠는가. 하지만 가까이에서 직접 관찰하고 부딪쳐보면 그녀의 하루하루가 거의 경이로울 만큼 고귀한 전투에 가깝다는 것을 느낄 수 있었다.

하연이 가방에서 뭔가를 꺼냈다. 강사카드일 것이다. 학생식당 벽에 걸린 디지털시계의 붉은 숫자는 1:10을 표시하고 있었다. 배식대 안쪽에서 분홍 제복을 입은 여자가 얼굴을 내밀어 배식 줄을 살폈다. 배식이 끝나기까지는 이십여분밖에 안 남았지만 줄은 길었다. 여자는 다시 고개를 집어넣고 식판에 밥을 퍼 회전대에 벽돌 쌓듯 올려놓았다. 배식대 뒤편에서 요란스러운 물소리와 함께 식판들이 탕탕 던져지고 수저들이 차르르 쏟아지는 소리가 났다.

하연은 강사와 교직원 들을 위한 별도의 코너에서 곧바로 배식을 받았다. 식판을 들고 키모노를 입은 일본 여자처럼 조심스레 걷는 품이 오늘도 국을 많이 달라고 하여 넘치도록 받은 게 틀림없었다. 그녀는 자리에 앉자 국부터 떠먹었다. 항상 국을 세 숟가락 먼저 먹고 밥을 먹었다. 음식을 오래 씹고 양을 절제한다는 섭생원칙도 굳건히 지켰다. 석빈은 그녀의 그런 결사성이 수전노의 그것과 꼭 닮았다고 생각했다. 그녀는 정말 수전노처럼 돈에도 맹렬한 집착을 보였다. 섭생과 위생, 규칙적인 운동을 엄수하는 것도 그 일차적인 목표가 건강하고 쾌적한 육체를 유지하는 데 있다기보다, 병원비를 아끼고 더 많은 알바를 뛸 수 있는 체력을 비축하는 데 있지 않나 생각될 정도였다.

음식을 씹으며 주변을 둘러보던 하연이 석빈을 보고 손을 들어 인사를 했다. 석빈이 그녀 맞은편에 앉으며 물었다.

"강의 잘했어?"

"잘했지, 그럼."

자신만만한 대답과 달리 그녀는 스치면 사망일 정도로 지쳐 보였다. 늙은 엄마에게서 태어나 몸이 약하다던가 뭐라던가. 수저를 양손에 나눠쥐고 시럽에 응고된 코다리강정을 헤집는 게 질긴 쇠심줄이라도 잘라내듯 힘겨워 보였다.

"어제 잠 잘 못 잤구나."

"응."

"빠리는 물 건너간 거 같다."

석빈의 비장한 통고에 하연은 밥을 뜨려다 말고 물었다.

"그래?"

"아직까지 연락 없는 거 보니까 떨어진 게 확실해."

석빈이 한껏 불쌍한 표정을 지어 보였지만 하연은 집 없는 고양이의 죽음만큼도 애도하지 않는 얼굴로 간단히 대꾸했다.

"음, 그거 안됐네."

석빈은 팔짱을 끼고 창밖을 보는 척하며 하연을 흘끔거렸다. 그녀는 느린 속도로 콩나물과 김치와 뭇국에 만 밥을 먹었다. 그는 그녀가 자기 말을 믿고 있지 않다는 걸 알았다. 그렇다고 아주 안 믿는 것도 아니었다. 그는 종종 그녀의 무심한 태도와 루틴한 일상에 작은 균열이라도 내보려고 대화 속에 진실과 거짓을 무작위로 섞고 농담과 말장난을 툭툭 던져왔다.

예전에 그는 그녀에게 빠리로 유학 가고 싶다는 얘기를 한 적이 있었다. 얼마 지나지 않아 그녀가 또 거짓말이었느냐고 물었을 때 그는 의아했다. 그건 결코 거짓말이 아니었기 때문이다. 그녀는 그에게 유학 갈 결심을 했다면서 왜 꼼꼼히 절차를 밟고 하루 중에 일정한 시간을 할애해 유학 준비를 하지 않느냐고 물었다. 그녀에게 소망이란 내면의 드라마가 아닌, 엄격한 외적 수행을 일컫는 말이었다. 그런 현실적인 준비나 실천이 뒷받침되지 않는 욕망의 표현은 거짓말과 다름없었다. 물론 이런 그녀의 생각이 늘 옳은 것은 아니었지만, 그는 욕망의 실현을 위해 눈곱만큼도 노력하지 않으면서 그걸 간절히 원한다고 말하는 게 과연 거짓이 아닌지 확신할 수 없었다. 시간이 지나고 차일피일 유학 일정을 미루다보니, 정말 유학 갈 생각이 있는 건지 아니면 무료하여 괜히 해본 망상인지 스스로도 알 수 없게 되고 말았다. 그런데 정작 가려고 보니 암초에 부딪힌 것이다.

석빈은 손가락으로 코다리강정을 가리켰다.

"이거 왜 안 먹어? 니가 그토록 중시하는 단백질인데."

"맛이 없네."

입안에 든 걸 내보이지 않으려는 조심성에서인지 아니면 사투리의 일종인지 하연은 '폭폭하다'고 말했다.

"생긴 건 맛있어 보이는데."

"오랜 세월 냉동된 건가봐. 그 얘기나 더 해봐. 유학 엎어진 얘기."

하연은 믿는 기색도 아닌 기색도 없이, 그렇다고 치열하게 그 말의 진위를 가리려는 노력도 없이 그의 푸념을 들으며 고개를 끄덕였다. 그의 말에 호응해서가 아니라 고개를 끄덕이는 박자에 맞춰 음식물을 씹기 위해서인 듯했다. 오래 씹으면 뇌가 자극되어 기억력이 좋아진다나 뭐라나.

"밥 먹고 뭐 할 거야?"

석빈은 화제를 바꾸었다.

"2시에 국문과 교수님 한분 만나러 가야 해."

석빈의 얼굴이 흐려졌다. 식당의 디지털시계는 1:26을 가리키고 있었다.

"2시면 얼마 안 남았잖아?"

"그러네."

"왜 만나는데?"

"지금 얘기하긴 싫어."

석빈은 선선히 고개를 끄덕였다.

"알았어. 그럼 나중에 듣기로 하고, 그 약속 끝나면?"

"6시에 과외 있어."

에잇, 그놈의 알바! 석빈은 대놓고 비아냥대는 대신 알비노니의 아다지오를 흥얼거렸다. 게으른 비장미 때문에 그가 '하연의 테마'로 지정해놓은 곡이었다. 그는 잠깐의 데이트를 위해 인내심을 갖고 그녀의 느린 식사가 끝나기를 기다렸다. 그녀가 수저를 내려놓는 순간 그는 냉큼 식판을 들어 음식물을 수거통에 쏟아붓고 돌아왔다. 그동안 하연은 휴대하고 다니는 텀블러에 정수기의 온수를 받았다.

그들이 학생식당에서 나와 도서관 앞 벤치로 향할 때 갑자기 몰려온 검은 구름이 해를 덮으면서 사방이 저녁 무렵처럼 어둑해졌다. 순간 하연이 날쌔게 뒤를 돌아보았다. 석빈도 돌아보았다. 눈에 띄는 변화는 없었다. 세상은 조금 어두워졌을 뿐 여전히 평온하고 적당히 소란스러웠다. 하연은 거기에서 어떤 의심스러운 징후라도 발견하려는 듯 큰 눈 속에서 눈동자를 맹렬히 굴렸다.

"왜 그래? 괜찮아?"

하연은 가까운 벤치에 무너지듯 앉았다. 텀블러 뚜껑을 열어 물을 따르는데 손이 떨렸다. 그녀는 가방에서 작은 약통을 꺼내 알약 두개를 삼켰다. 잠시 후 눈을 천천히 감았다 뜬 그녀의 얼굴에는 몽유병에서 깨어난 듯 해쓱한 표정이 떠올라 있었다.

가끔 이럴 때가 있었다. 석빈이 깜짝 놀래주거나 충격을 주려고 갖은 애를 써도 바위처럼 꿈쩍도 안하던 그녀가, 어느 순간 주위의 사소한 변화나 작은 기척에도 격렬하게 놀라 소스라치며 평소로 봐서는 상상조차 할 수 없는 무섭고 사나운 표정을, 그토록 귀엽고 침착해 보이는 바탕화면에 섬뜩 띄우곤 했다. 그때마다 그는 이상했지만 왜냐고 묻지는 않았다. 알고 지낸 지 십년이 넘었고 지극한 호감을 품고 친밀하게 지내온 지도 오년이 넘은 사이고 보면, 뭘 물어야 하고 뭘 물어선 안되는지, 뭘 재촉하고 뭘 기다려야 하는지 정도는 느낌으로 알게 되는 법이다.

2

하연은 모자를 벗어 가방에 넣고 연구실 문을 노크했다.

연구실에 들어선 하연을 본 순간 진태와 재현은 빠르게 눈빛을 교환했다. 그 눈빛에는 역시 그렇다는 수긍이 담겨 있었다. 진태가 보기에 하연의 얼굴 윗부분, 특히 이마와 눈언저리는 오래전 정연의 모습과 판박이라, 이제 와서 본인이 정연의 동생이 아니라고 부인하더라도 자기가 나서서 그럴 리 없다며 어떻게든 둘이 혈족간

임을 입증해내고야 말 지경이었다. 하연은 서른이 넘은 나이로는 보이지 않았지만 스무살 무렵의 정연보다는 나이가 들어 보이고 키도 큰 편이어서 일견 정연의 언니를 보는 듯한 느낌을 주었다.

"어서 와요. 여기 앉아요."

재현이 일어나 소파를 가리키자 하연은 망설이는 기색을 보였다.

"손님이 계신 줄 몰랐는데 잠시 후에 다시 올까요?"

진태가 소파에서 튕기듯 일어나 손을 내저었다.

"아니, 나 손님 아니에요. 결코 손님 아니라고. 가더라도 내가 갈 테니 일단 앉아요. 이쪽으로 편하게 앉아요."

하연이 소파에 앉았다. 재현이 차를 마시겠느냐고 물어보려는데 성질 급한 진태가 먼저 질문을 던졌다.

"그런데 왜 갑자기 언니 일이 궁금해진 거요?"

하연은 얼떨떨한 얼굴로 재현을 올려다보았다. 재현이 뭐라고 설명하려는데 다시 진태가 선수를 쳤다.

"나 이상한 사람 아니에요. 나하고 이교수하고 오정연이하고 옛 날에 다 친구 사이였다고. 내가 정연이에 대해서 이교수보다 더 잘 아는 것도 많을걸. 아니, 나만큼 정연이에 대해서 잘 아는 사람도 없다고 봐도 돼. 그러니까 정연이에 대해서 궁금한 게 있으면 나한 테도 반드시 물어봐야 한다고. 근데 그전에 말이야, 내가 궁금한 사 항에 대해서도 그쪽이 대답을 해줘야죠. 내 입장에서 볼 때 내가 이상한 사람 아닌 건 확실하지만, 그쪽이 이상한 사람 아닌 건 확 실하지 않으니까. 안 그래요?"

"그러네요."

하연이 미소를 지었다. 그 미소 속에는, 당신이 이상한 사람 아닌 건 내 입장에서도 그리 확실하지 않은걸, 하는 의미가 담겨 있는 듯했다. 그녀의 볼이 살짝 올라갔다 내려앉는 순간 진태와 재현은 다시금 서로의 얼굴을 마주 보았다. 역시 그렇다는 수긍이 기필코 그렇다는 확신으로 발전한 눈빛이었다. 진태가 감탄하며 말했다.

"와, 웃는 것도 진짜…… 확인하고 자시고 할 것도 없겠네."

재현이 차를 마시겠느냐고 재차 물으려는데 진태가 또 기회를 빼앗았다.

"아, 내가 궁금한 게 많아서 미치겠지만, 그래도 차근차근 갑시다, 우리. 그러니까 내 말은……"

참다못한 재현이 진태의 말을 끊었다.

"진태야, 너만 차근차근 가면 될 것 같다. 하연양, 우리 차라도 한 잔 마시면서 얘기할까요? 커피도 있고 국화차도 있는데 뭘로 하겠어요?"

"국화차로 하겠습니다."

"좋아요, 그럼 국화차로 합시다. 진태 니가 물 끓여서 차 좀 만들어라."

"내가?"

진태가 믿기 힘들다는 듯 손가락으로 자기 가슴을 가리켰다.

"그럼 누가 해?"

"누가 하긴? 니가 이 방 주인이잖아? 너 호스트, 나 게스트, 몰라?"

"내가 이 방 주인이었나? 난 니가 주인인 줄 알았는데. 너 혼자 얘기 다 하길래."

"아, 이 자식이 진짜."

진태가 천하의 횡액을 당한 포즈로 소파에서 일어서자 하연은 입술을 지그시 깨물며 웃음을 참았다. 진태는 재빠르게 국화차를 두 잔 만들어 하연과 재현 앞에 놓고 서둘러 자리에 앉으며 말했다.

"그러니까 내가 궁금한 건 말이지……"

이번에는 재현이 복수하듯 진태 말을 가로챘다.

"진태야, 차근차근 가자며? 근데 넌 국화차 안 마셔?"

"아, 안 마셔, 국화차! 이교수, 진짜 나한테 왜 이러는데?"

재현은 진태 말에는 아랑곳하지 않고 하연을 향해 물었다.

"차 맛이 어때요?"

하연이 차를 한모금 마시고 말했다.

"향이 풍성한데요."

재현이 고개를 끄덕였다.

"풍성하다, 그렇죠. 풍성하네. 여인네들 넓은 치마폭처럼."

하연이 예의 바른 미소를 지었다.

"이게 풍미가 그윽하면서도 은근히 진해서 이거 먹다 다른 국화차는 싱거워서 못 먹어요."

진태는 볼을 실룩거리며 불만스러운 얼굴로 둘이 차 맛을 논하는 광경을 지켜보았다.

"그래, 갑자기 언니 일로 나한테 연락한 이유가 뭐예요?"

재현의 질문에 진태는 그동안 품었던 모든 분을 삭이고 하연을 주시했다.

"언니 얘기를 글로 쓰고 싶다는 생각이 들어서요."

하연이 찻잔을 내려놓으며 말했다.

"글로 쓰고 싶다면, 소설 같은 것?"

"네."

"소설을 쓰고 있나?"

"네."

"그런데 왜 갑자기 지금 와서?"

진태가 자기가 알고 싶은 대목도 바로 그거라는 듯 목이 부러져라 고개를 끄덕였다.

"갑자기는 아닙니다. 계속 생각하고 있었어요." 하연은 잔잔하고 듣기 좋은 음성으로 얘기를 시작했다. "제가 언니에 대해서 자세한 얘기를 들은 건 고등학교 2학년 때였어요. 그전에는 그냥 제 위로 언니가 있다는 정도만 알고 있었습니다. 그런데 그때 저에게, 아니 저희 집에 좋지 않은 일이 생겼어요."

진태가 하연의 말끝을 챘다.

"무슨 좋지 않은 일?"

"그건 말씀드리고 싶지 않습니다."

진태는 곧 시무룩해졌지만 하연이 말을 잇자 다시 눈을 빛내며 귀를 기울였다.

"그 일 때문에 저는 학교도 일년을 쉬었습니다. 그때 엄마가 언니 얘기를 해주셨어요. 그후 꼬치꼬치 물어서 언니에 대한 얘기를 대충 다 알아냈습니다. 아니, 그때는 그랬다고 생각했어요. 그런데 막상 글을 쓰려니까 가장 중요한 대목이 빠져 있다는 걸 알았습니다. 아시다시피 엄마도 모르는 언니만의 시간대가 있었던 거죠. 언니가 서울에서 대학을 다니던, 약 팔개월가량 되는 시간이라고 생각합니다. 그때 언니가 무슨 생각을 하고, 어떤 책을 읽고, 어떻게 살았는지 알고 싶었습니다. 그래서 언니와 가까이 지냈던 분들을 만나서 얘기를 듣고 싶었어요. 하지만 어디서부터 어떻게 일을 시작해야 할지 몰라서 행정실에 문의도 하고 대학 동문회보도 뒤졌지만 별 성과가 없었습니다. 다행히 이런저런 복잡한 과정을 거쳐서, 제가 동원할 수 있는 편법도 조금 동원하고 해서, 언니와 같은 해에 입학한 인문계열 학생들의 명단을 입수하게 됐습니다.”

“그때 날 찾아왔으면 큰 도움을 줬을 텐데.”

취재의 달인인 진태가 아쉽다는 듯 말하자 재현이 면박을 주었다.

“우릴 찾으려는데 우릴 찾아왔으면 도움을 줬을 거라니?”

“아니, 나는 하연양 혼자 무지하게 힘들었겠다는 안타까운 마음을 역설적으로 표현한 건데 왜 그래?” 진태가 억울한 표정으로 하연에게 물었다. “안 그래요?”

하연이 웃음을 참으며 대답했다.

“네, 그때 만나뵐 수 있었으면 행운이었을 겁니다. 제 능력으로는 쉽지 않았어요. 어쨌든 어렵사리 입수한 명단 중에 이재현 교수님이 계셔서 반신반의하는 마음으로 메일을 보냈어요. 마침 제가 이 대학에 강의를 나오는 중이기도 해서.”

“그럼 내가 첫번째 탐문대상이었나요?”

재현이 물었다.

“첫번째 탐문대상은 아니었지만, 제게 답장을 보내주신 첫번째 분이셨습니다. 전에 다른 분들께도 열몇통 정도 이메일을 보내봤지만 답장을 받은 적은 없습니다.”

진태가 무릎을 톡톡 치고 고개를 까딱거렸다.

“거참, 어쨌거나 그 정도면 나름 신속정확하게 접선이 됐구만. 좋아, 좋아. 이제 일은 다 된 거나 마찬가지야.”

진태는 갑자기 벌떡 일어나더니 무슨 일이 다 된 거나 마찬가지라는 건지 의아해하는 재현을 무시하고 하연에게 다가가 그녀의 두 손을 모아 움켜잡고 위아래로 힘차게 흔들었다.

"만나서 반가워요, 하연양. 이렇게 우리를 찾아내줘서 정말 고마워. 우리 앞으로 자주 만나자고. 내가 조만간 자리 한번 마련하지. 한두번 만나고 끝날 사이도 아니니까 오늘은 서로 간단하게 확인할 것만 확인했으면 다들 그만 일어납시다. 이교수도 그만 일어나지!"

재현은 또 한번 이 연구실의 주인이 누구인지 헷갈리는 경험을 했다.

석빈은 만지작거리던 레종 블랙을 도로 담뱃갑에 집어넣었다. 하연이 두 남자 사이에 끼어 인문관을 나오고 있었다. 하연은 왼편의 키가 크고 말쑥한 양복 차림의 남자와 대화를 나누고 있었는데, 그쪽이 교수인 것 같았다. 그런데 하연의 오른편에 선 사내가 수상쩍기 짝이 없었다. 점퍼에 노타이 차림인 그는 고개를 뒤튼 채 노골적으로 하연을 관찰하고 있었다. 그것도 모자라 한 발 옆으로 물러나 눈알을 데굴거리며 하연의 머리끝부터 발끝까지 훑은 뒤 혼자 고개를 갸우뚱거리고 뭐라고 혼잣말을 하는 꼴이, 석빈으로서는 적잖은 의혹을 품기에 충분했다.

하연이 허리를 굽혀 키 큰 남자에게 인사하자 오른쪽 사내가 기회를 포착했다는 듯 다가섰다. 하연이 그쪽에도 꾸벅 인사를 하자 사내는 다급하게 한 손으로는 가지 말라는 표시를 하고 다른 손으로는 점퍼 안쪽을 더듬어 명함을 꺼내 건넸다. 또 휴대폰을 켜고 하연을 바라보는 폼이 전화번호를 캐내려는 것 같았다. 사내를 향해 움직이는 하연의 입모양이 그녀의 휴대폰 번호를 고분고분하게 재생하는 중이라 석빈은 분통이 터졌다. 사내는 거기에 만족하지 못하고 뭔가를 더 요구하는 듯했다. 하연이 그 뭔가를 불러주자 사내는 부지런히 그 내용을 입력한 후 그제야 만족한 듯 휴대폰을 주머니에 넣었다. 산전수전 다 겪은 나이에도 사그라들지 않은 명랑한 장난기와 언젠가 기회가 되면 꼭 한번 술을 함께 마셔보고 싶게 만드는 우울한 노회함이 사내의 표정에 묘한 비율로 섞여 있었다.

하연이 그들과 헤어져 병약한 여군처럼 또박또박 걸음을 옮겨놓기 시작했을 때에야 석빈은 벤치에서 일어났다.

"일 다 끝났어?"

골똘한 생각을 방해받을 때면 늘 그러듯이 하연은 가볍게 미간을 찌푸렸다.

"안 가고 있었네."

이런 찌푸림 따위는 아무 감정도 들어 있지 않은 반사작용이니 무시해도 좋았다.

"할 일도 없고 가을볕 좀 쬐느라고. 저 키 큰 양반이 만나기로 한 교수였어?"

"응, 이재현 교수라고, 최근에 평론집도 새로 나왔으니까 너도 읽어봐. 재미있을 거야. 무엇보다 중요한 건…… 아니다."

"뭐야? 이제껏 기다렸는데 아직도 얘기 안해주기야?"

하연은 누가 들을까 두렵다는 듯 조그맣게 말했다.

"우리 언니하고 같은 학번이야."

"아! 드디어 만났구나!"

　석빈은 크게 고개를 끄덕였다. 하연의 언니에 대해서라면 귀에 못이 박히도록 들었다. 그녀의 언니는 그녀가 유일하게 돈보다 더 광적으로 반응하고 집착하는 대상이었다. 그러나 지금 그가 알고 싶은 건 다른 사내의 정체였다.

　"키 큰 양반 말고 다른 인간도 교수야?"

　"아니."

　"그럼?"

　하연이 손에 들고 있던 사내의 명함을 건네주었다. 석빈이 원하던 바였다. 자질구레한 것도 툭하면 숨기길 좋아하는 내숭스러운 여자들과 달리 하연이 비밀을 가질 만큼 사생활에의 열정이 없다는 건 이럴 때 아주 큰 도움이 되었다. 명함에는 '신 출판기획 President 신진태'라고 새겨져 있었다.

　"프레지당 신진태?" 석빈은 불어식 발음으로 조롱하듯 몇번 읊조렸다. "프레지당? 프레지당? 쳇!"

　석빈은 명함을 찢어버릴까도 했으나 좀처럼 잘 찢어지지 않는 재질인 걸 확인하고 돌려주었다.

　"니 전화번호도 따고 뭐 다른 것도 물어보는 것 같던데."

　"응, 이메일 주소."

　하연은 딴생각에 빠진 얼굴로 대답했다.

　"왜?"

　"일거리 때문에. 출판사에 그런 일 많으니까."

　또 그놈의 알바! 알바! 알바! 이 수전노처녀 같으니! 석빈의 입에서 자동적으로 알비노니의 아다지오가 흘러나왔다.

묵묵히 걷던 재현이 침묵을 깼다.

"어떻게 생각해?"

진태가 손을 내저었다.

"어떻게 생각하고 말고 그 얘기는 나중에 하자. 사기 칠 목적이 아닌 건 확실한데 그래도 몇가지 조사는 해봐야지. 지금은 머리 복잡하니까 다른 얘기 하자. 와, 예나 지금이나 이놈의 캠퍼스는 예쁘기 짝이 없구나."

진태의 말에 교정을 둘러보던 재현이 말했다.

"생각해보면 이 학교란 데가 제법 을씨년스런 동네야. 곳곳에 열사들이 추락하거나 분신해 죽은 자리고, 곳곳에 추모비가 서 있고. 괴담 같은 게 나올 법도 한데 의외로 그런 건 없어."

진태가 손가락을 딱 튕겼다.

"오케이! 왜 여고괴담은 있는데 대학괴담은 없는지 알아?"

"왜?"

"열사들은 말이지, 원귀가 되기엔 너무 합리적인 정신을 가졌고 또 설사 원귀가 됐더라도 기껏 교정에서 오밤중에 까마득하게 어린 후배들이나 놀래키면서 놀기에는 품은 뜻이 너무 원대하거든."

"그럼 진태야," 재현이 진지한 얼굴로 물었다. "과연 열사들은 죽어서도 열사적 정신을 잃지 않는 거냐? 다른 어법으로 하자면, 열사적 정신은 죽어서도 열사들을 놓아주지 않는 거냐?"

진태가 멀뚱한 표정을 지었다.

"음, 그런 생각은 안해봤는데. 뭐, 어떤 열사들은 죽은 다음엔 좀 더 경쾌한 정신으로 갈아타고 싶기도 하겠지. 다들 어린 나이에 열사가 됐으니까 실컷 놀고 싶기도 할 테고. 그래도 어떡해? 자기들은 거기서 의미를 매듭지어버린걸. 근데 나로서는 옛날부터 진짜 궁금했던 게 따로 있다.”

“뭔데?”

“저기선 여자들끼리 뭐 할까?”

진태가 여학생 휴게실 팻말을 가리키자 재현이 한심하다는 표정을 지었다.

“넌 열사 얘기 하다가 그러고 싶냐?”

진태가 싱글벙글했다.

“아니, 이게 열사하고도 관계가 아주 없진 않아요. 열사적 정신이라는 경직된 의미를 해체할 수 있는 좋은 찬스라고. 어쩌면 열사 같은 거 그만하고 싶은 열사들은 저런 데서 기웃거리며 놀지 않을까? 뭔가 재미난 일이 무궁무진 일어날 것 같잖아? 내가 옛날부터 궁금했다고. 굳이 여학생들끼리만 따로 휴게할 이유가 뭐냐고? 남학생들이랑 같이 있으면 휴게가 안되는 이유가 뭐냐고?”

재현이 심드렁하게 대꾸했다.

“아무래도 다르겠지, 이성의 시선이 없다는 건.”

“여자들도 자기들끼리만 있으면 무지하게 방만하겠지? 남자들로 치면 군대 내무반 같을 거야, 응? 웃통도 훌떡훌떡 벗고 그럴까?”

“그렇기까지야. 옛날에 정연이가 그러던데, 뭐 별거 없다더라. 커피 마시고, 수다 떨고, 피아노도 치고, 전도하러도 다니고. 요즘엔 어떤지 모르지.”

“아, 또 오정연이! 그 얘기 좀 안할랬더니.”

진태는 잠시 굳은 표정이더니 이내 짓궂은 웃음을 띠고 이죽거렸다.

"이교수도 별수 없구만. 너도 그때 저기가 궁금해서 정연이한테 물어봤던 거잖아? 어디서 이게 나만 순 양아치 취급하고."

"내가 물어본 게 아니라 옛날에 우리 첫 피쎄일 할 때 정연이가……"

"변명하지 마!"

"변명이 아니라 그때 정연이가 짭새 피해서……"

"안 들어. 난 변명 같은 거 일절 안 듣는다고. 안 들으려고 작정하면 안 들린다고. 그만 간다."

멀어지는 진태를 보며 재현이 손을 흔들었다.

"알았어. 잘 가라."

"난 처음부터 다 알고 있었어. 짜식, 끝까지 발뺌하기는! 너 오늘도 잠자긴 다 틀렸어, 인마!"

연구실로 돌아오는 길에 재현은 국문과 과방 앞을 지나다 문이 활짝 열려 있는 걸 보고 무심코 안을 들여다보았다. 교내 행사에라도 몰려갔는지 한창 학생들로 북적거릴 시간에 텅 비어 있었다. 벽면을 가득 채운 책장에는 영인본과 전집류가 꽂혀 있고, 한가운데 놓인 타원형 탁자 위엔 꽃이 꽂히지 않은 꽃병 하나, 그리고 유리창에는 큼직한 경고문이 붙어 있었다.

꽃병에

재를떨

지말자

처음에는 좀 이상하다 싶었지만 볼수록 감칠맛 나는 경고문이었다. 삼단으로 배열된 글자들은 문법적으로가 아니라 음절 수로 배분되었다. '꽃병에'라는 첫 줄의 명료한 선언성, '재를떨'이라는 둘째 줄의 의미혼란과 유음으로 끝나는 혀의 떨림, 마지막 줄 '지말자'에서 구개음이 양 끝에 배치됨으로써 의미가 아스라하게 날개를 접고 내려앉는 느낌, 그리고 문장부호 없이 권유형 종지로 끝나는 날렵한 여운은 이 경고문을 국문과가 오랫동안 지키고 사랑해 온 문장이 되게 했다. 만일 경고문이

꽃병에

재를

떨지 말자!

라는 식의, 의미와 형태의 일점 오차 없는 상투적인 표어식 문장이었다면 국문학도들의 시심은 대단히 상처입었을 것이다. 그러나

꽃병에

재를떨

지말자

이 감미로운 배치 속에는 내면적이고 반성적인 리듬이 깃들어 있었으며 문자추상을 연상시키는 시각적 쾌감 또한 교묘했다.

재현은 경고문이 붙은 창가로 다가섰다. 창밖의 키 큰 나무는 가을 햇살이 먼저 닿은 우듬지부터 단풍이 들기 시작하고 있었다. 그 아래의 잎들도 차례차례 제 색을 바꾸기 위해 잠자코 목마름을 견디는 중이었다.

유하연에게서 메일을 받은 후부터 그의 머릿속엔 시도 때도 없이 옛날 기억이 떠올랐다. 오래 잊고 지낸 터라 기억 속의 타인들뿐 아니라 자신의 모습마저 흐릿하고 낯설었다. 가끔은 생각지도

않은 장면이 떠올라 웃음도 났고 얼굴이 화끈거릴 만큼 부끄러운 기억도 있었다. 하지만 솔직히 말해 그는 다시 옛 기억에 깊이 연루되고 싶지 않았다. 늙은 인간이란 이미 가지고 있는 것으로 그럭저럭 꾸려나가다 모자라는 게 있으면 그때그때 조금씩 조달하며 사는 데 익숙해져버린 존재인 것이다. 갑작스런 기억의 환기로 일상에 작은 혼란이나 번거로움이 초래되는 것을 달갑지 않게 여기게 된 존재인 것이다. 과거는 과거일 뿐이다. 어쩌면 그래서 자신이 진태를 이 일에 끌어들였는지도 모른다. 호기심 많은 진태라면 덥석 물 줄 알고.

복도를 지나가는 얇은 슬리퍼 뒤축 소리가 타닥타닥 울렸다. 창밖엔 어느새 빗방울이 떨어지고 있었다. 재현은 서둘러 과방을 나오면서 자신이 생각보다 훨씬 더 재미없고 위선적인 인간으로 변했다는 느낌이 들었다. 아니, 변한 게 아니라 원래 그랬던 거였으리라. 꽃병에 재를 떨면 안되듯이, 재떨이에 꽃을 꽂아서도 안된다. 스스로를 재떨이라고 규정하고 나니 한결 마음이 가벼워졌다.

3

전동차 내부에 띄엄띄엄 빈자리가 있었지만 하연은 서 있었다. 피부의 접촉면이 적으면 적을수록 좋으니, 눕는 것보다 앉는 게 좋고, 앉는 것보다 서는 게 좋은 것이다. 전철역에서 내려 지하도 계단을 올라와보니 비가 내리고 있었다.

하연은 일기예보를 꼼꼼히 체크하는 편이었다. 그런데 오늘 비가 온다는 얘기는 없었다. 비는 제법 세차게 내리고 있었다. 동작을 빨리하기 위해선 잠깐의 휴지(休止)가 필요했다. 그녀는 출발선에 선 육상선수처럼 지하도 입구에서 잠시 복식호흡을 한 후 빠르게 뛰어나갔다. 몸은 약해도 달음박질만은 자신있었다. 그나마 모자를 쓰고 나온 게 다행이었다. 그녀가 한달음에 뛰어 도착한 곳은 대로변 모퉁이에 있는 편의점이었다. 계산대 앞에는 우산들이 막대 초콜릿처럼 진열되어 있었다.

하연은 검정 우산과 플레인 요구르트를 사서 편의점 스탠드 앞에 섰다. 비에 젖은 모자를 벗어 가방에 넣고 손수건을 꺼내 맨살에 튄 빗물을 닦고 연고를 발랐다. 비는 계속 내릴 기세였다. 그녀는 요구르트를 마시며 지난여름의 일을 떠올렸다.

그들은 십분가량 나란히 서서 커피를 마시며 몇마디 얘기를 나누었다. 커피를 마신 후 그녀가 요구르트를 내밀자 박의원은 이게 뭔가 하는 표정을 지었다. 의원님이 커피를 사시고 제가 요구르트를 사기로 했었습니다. 그는 생각난 듯 고개를 끄덕이더니 고마워요, 하고 요구르트를 받았다. 그는 자신의 연락처를 알려주거나 그녀의 연락처를 알려달라고 하지 않았다. 그녀의 이름도 묻지 않았다. 그저 세희를 가르치는 과외선생이라는 것으로 충분한 듯했다. 그날 밤 그녀는 약을 평소의 두 배나 먹었지만 그와 마신 원두커피 탓에 잠을 이루지 못할 만큼 심한 알레르기에 시달렸다.

그가 왜 함께 커피를 마시자고 제안했는지 그녀는 이해할 수 없었다. 더 이해할 수 없는 건 자신이 왜 거기에 응했는가 하는 것이었다. 그녀처럼 나약하고 겁 많은 인간이 왜 그런 충동적인 제안에 선뜻 응했을까. 열번도 넘게 되풀이해온 질문이었다. 그녀의 감정은 초식동물의 위처럼 더뎌서 후딱 체험된 것들은 몇번이고 느릿느릿 반추하지 않으면 제대로 소화할 수 없었다. 하지만 이해할 수 없는 건 이해할 수 없는 것이고, 아무리 돌이켜 생각해봐도 그날의 짧은 장면 속에는 해석해야 할 만한 중대한 내용이 들어 있지 않았다. 그녀는 우편물 봉투에 붉은 도장을 찍듯 그날의 일에 대해 선명한 결정을 내렸다. 내용 없음! 다시는 그 생각을 하지 않으리라. 그리고 반송함에 우편물을 떨어뜨리듯 쓰레기통에 빈 요구르트 통을 버리고 편의점을 나왔다.

습기를 머금은 바람이 우산 속으로 들어와 머리칼을 날렸다. 드러난 이마가 시원했다. 고급 주택가 골목엔 왕래하는 사람이 거의 없었다. 순간 격렬하게 빗속을 질주하며 마음껏 비에 젖고 싶은 충동이 일었다. 언제나 그렇듯 충동이 솟는 순간 방어기제가 작동했다. 불이 나면 자동으로 분사되는 스프링클러처럼.

염여사네 저택 근처에서 하연은 오십대 후반의 여자와 마주쳤다. 지쳐 내려앉은 얼굴에 쐐기형의 짙고 날렵한 눈썹 문신이 위태롭게 걸려 있었다. 여자가 지나간 후 그녀는 뒤를 돌아보았다. 여자의 낡은 우산살 하나가 길게 삐져나와 있었다. 영락없었다. 이 동네에서 자가용을 타지 않고 걸어다니는 사람은 그녀를 포함해 고용된 자들뿐이었다.

세희를 가르치고 돌아올 때면 하연은 늘 녹초가 되었다. 집중력이 없는 세희를 달래고 닦달하는 일도, 세희 멋대로 인생 과목까지 떠맡는 바람에 염여사와 세희 모녀의 소소한 불화를 귀가 닳도록 듣는 일도 힘에 부쳤다. 그녀는 조만간 다른 일거리가 생기면 이 과외를 정리해야겠다고 생각했다.

비 오는 날이면 하연의 코는 더 민감해졌다. 앞자리에 앉은 짧은 머리의 여자애에게서 옅은 민트향 담배 냄새가 났다. 버스가 강변 도로로 접어들었다. 유리창에 부딪친 빗방울들이 올챙이처럼 빠르고 불규칙하게 꿈틀거리며 사선운동을 하고 있었다. 그녀는 가장 큰 올챙이 모양의 빗방울을 손가락으로 조심스레 눌렀다. 빗방울은 곧 미끄러져 달아났다.

앞자리의 여자애는 세희 또래로 보였다. 아마 열일곱이나 열여덟쯤? 하연이 세희를 가르치면서 조금이나마 그애를 이해해보려고 노력해온 것도 어쩌면 자신이 그 시절을 매우 사납고 어지럽게 겪어냈기 때문일 것이다.

고등학교 2학년이 되면서 하연은 틈만 나면 옥상에 올라가 하늘을 바라보는 버릇이 생겼다. 비가 내리던 어느날에는 체육복으로 갈아입고 옥상에서 점심시간 내내 비를 맞고 서 있기도 했다. 시시때때로 참을 수 없는 분노와 설움이 치받쳐올라왔다. 무덥고 답답한 여름이 왔다. 그녀는 낮에는 도서관에서 소설책을 읽거나 책상에 엎드려 낮잠을 잤다. 저녁엔 혼자 지내는 광주 시내 고시원 원룸에서 담배를 피우고 술을 마셨다. 주말이면 시외버스를 타고 성암사로 달려가 유보살을 들볶았다. 내 아버지가 대체 누구야? 죽었어, 살았어? 건달이었어, 중이었어? 아직도 나한테 얘기 못할 만큼 부끄러운 인간이었어? 그런 인간이 그렇게 좋았어? 유보살은 틱 현상으로 왼쪽 눈을 연신 찌긋거리며 침묵을 지켰고, 그 곁에서 말더듬이 권보살이, 하연이잉, 그,글지 말어잉, 왜냐믄요잉, 하연이잉, 글지 말어잉, 하며 대신 낯을 붉혔다. 산을 내려오면서 그녀는

제 뺨을 세차게 때리거나 까칠한 나무둥치에 이마를 비벼댔다. 원
룸에 돌아와 울 때면 자신이 버러지만도 못한 인간이 된 듯한 기분
이 들었다.

가을이 되면서 하연은 술과 담배를 끊었고, 유보살에게 아버지
에 대해 따져묻지도 않았다. 원룸 책상에 붙은 짧은 형광등 아래
의자를 바짝 당겨앉아 밤샘 공부를 했다. 단풍이 한창이던 늦가을
아침, 그녀는 등교길 버스에서 손잡이를 잡고 서서 몽롱한 상태로
영어단어를 암기하고 있었다. 버스 차창으로 새어들어온 바람이
그녀의 둥근 이마를 스쳐갔다. 그녀는 얼굴에서 이마가 제일 먼저
바람과 입맞춤하는 느낌을 좋아했다. 눈을 감고 그 감촉을 즐기는
데 누군가 날카롭게 소리쳤다. 어머! 이게 뭐야? 그녀의 가방을 받
아준 여학생이었다. 여학생이 받아준 가방 위로 맑은 코피가 똑똑
떨어지고 있었다. 그녀는 엉겁결에 손에 쥐고 있던 영어단어장을
뜯어 코를 막았다.

일반도로로 접어들면서 버스의 속도가 늦춰졌다. 빗방울의 질
주도 느려졌다. 하연은 지금 이 버스에서 그 가을날 아침의 깨끗한
코피를 다시 한번 흘리고 싶다고 생각했다. 철이 들고 온전한 어른
이 될 자격을 얻었음을 느끼게 해주던 그 맑은 선홍빛 액체. 코피
가 멎은 순간 그녀는 자신을 미친 듯이 휘젓던 소용돌이가 어느덧
가라앉았음을 느꼈다. 안온한 자긍심이 그 자리를 대신했다.

앞자리에 앉은 여자애가 끼고 있는 헤드셋에서 가요가 조그맣게
흘러나왔다. 여자애는 발로 가볍게 박자를 맞추며 노래의 후렴을
따라 불렀다. 하연은 알지 못하는 노래였다.

코피를 흘린 지 얼마 지나지 않아 지독한 피부병이 찾아왔다. 붉

은 반점과 오돌토돌한 부기가 온몸을 뒤덮었고 가려움증에 잠을 못 자 꼬챙이처럼 말라갔다. 끊임없이 징징대고 보채는 선병질적인 소양증상과 함께 평생을 살지 않으면 안되리라는 사실을 받아들이기까지 그녀는 오래도록 고통을 겪었다. 도내 병원을 네군데나 돌았고 유명하다는 광주 시내 한약방을 문턱이 닳게 드나들었다. 뜸도 뜨고 굿도 하고 삼천배 오천배도 했다. 매일 식후에 스무 알이 넘는 양약과 쓴 탕약을 먹었고 살갗을 오직 순면으로만 감싸고 지냈다. 피부가 눌리거나 다른 사람의 피부와 접촉하는 일은 삼가야 했고 잠잘 때 말고는 하루 종일 서서 생활해야 했다. 바지보다 치마를 입고 가려움증이 돋기 시작하면 귀, 겨드랑이, 젖꼭지, 발가락 어느 부위를 막론하고 가능한 한 빨리 연고를 발라야 했다. 악수, 포옹, 햇볕, 뜨겁거나 차가운 물, 풀, 꽃, 먼지, 화장, 비, 동물의 털, 눈물, 땀, 수많은 음식 들이 금지되었다. 그래도 학교는 빠지지 않고 나갔다. 그러나 차디찬 겨울밤 눈밭에서 벌어진 무서운 사건 이후로 그녀는 고등학교 2학년을 채 마치지 못한 채 성암사에 틀어박혀 한 발도 나가지 않고 일년을 보냈다.

이제 하연은 느닷없이 찾아온 알레르기 증상도, 그 겨울의 피비린내나는 사건도 운명이나 저주라고는 생각하지 않았다. 자신을 낳아준 유보살을 숨도 못 쉬게 다그쳐 고문하고 자신을 진주처럼 길러준 권보살을 차갑게 무시한 그녀에게, 어느날 철이 조금 들었다는 이유로 아무 책임도 묻지 않는 윤리란 대체 무슨 윤리란 말인가. 사악한 기운을 불러들인 건 그녀라는 사악한 주체였다. 그녀는 벌을 받아야 했고 받을 용의도 있었다. 다만 하필 이렇게 번거롭고 짜증스럽게 지속되는 단죄여야 했는가에 대해서는 가끔 불만이었다. 사춘기의 어리광으로 치부하고 조금 더 너그럽게 처벌할 수는 없었던가. 차라리 강렬한 고통을 주더라도 짧고 화끈하게 끝낼 수는 없었던가, 이 고지식한 우주의 윤리여.

휴대폰 벨이 울렸다. 하연은 가방을 열고 휴대폰을 꺼냈다.

"여보세요."

그녀의 목소리만 듣고 상대편 남자가 얼른 말했다.

"하이고, 죄송합미다. 전화가 잘못 갔습미다."

전화가 끊겼다. 그녀 내부에 죽은 듯 엎드려 있던 작은 짐승 하나가 분연히 일어나 노엽게 캉캉 짖었다. 자기가 전화를 잘못 걸었다고 하지 않고 전화가 잘못 갔단다. 곧 휴대폰이 다시 울렸다. 이번에도 전화가 제 발로 잘못 갔나요? 단단히 물어뜯을 준비를 하고 그녀는 침묵을 지켰다. 상대가 여보세요, 여보세요, 했다.

"아, 석빈이구나."

하연은 가볍게 한숨을 내쉬었다.

"왜 말을 안해?" 석빈은 잠시 휘파람을 불다 말했다. "나 이번 주말에 빠리로 떠나게 됐어."

하연은 그 말이 거짓인지 아닌지 따져볼 생각도 하지 않았다.

"그럼 송별회 해야겠네. 오늘 성암사에서 택배 오는 날이야. 우리집으로 와."

"오케이!"

전화를 끊고 나자 오늘은 소주를 마셔야겠다는 오기가 치솟았다. 열일곱 무렵에 그녀를 사로잡았던 격렬한 분노와 설움은 완전히 휘발되어 사라지지 못하고 여전히 그녀 내부 깊은 곳에 남아 있었다. 그녀는 느낄 수 있었다. 열 배나 백 배쯤 희석되어 비활성화

된 상태로 남아 있는 그 감정의 화석을. 딱히 뭐라 이름 붙일 수 없는, 아련한 슬픔과 서늘한 결핍감을.

4

하연은 원룸 오피스텔 문을 열고 들어서서 택배 상자를 씽크대 밑에 내려놓고 욕실에 들어가 샤워를 했다. 잠자기 전에 비누질을 할 것이라 당장은 미지근한 물로만 씻었다. 수건으로 피부를 눌러 닦고 집에서 입는 허름한 면 옷으로 갈아입으니 기저귀를 갈아준 아기처럼 몸이 방싯 미소짓는 게 느껴졌다.

그녀는 노트북을 켜고 메일부터 확인했다. 새로운 메일이 두통 와 있었다. 유보살이 보낸 메일과 신진태가 보낸 메일이었다. 하연은 신진태의 메일부터 열었다.

하연양, 오늘 낮에 만난 신진태예요.

난 전화나 문자보다 이메일이 편해요.

일단 일 문제예요. 이런 일 해봤나 모르겠는데, 회고록 비슷한 거 엮는 일이오.

하연양이 할 일은 인터뷰하고 녹취 뜨는 일!

녹취 푸는 건 전문가 시킬 거니까, 하연양은 큰 틀 잡아서 인터뷰하는 데만 신경쓰면 돼요.

일주일에 1회, 1회 취재하는 데 서너시간 잡고, 회당 페이는 20만원. 기간은 두달쯤.

추가되면 추가되는 횟수만큼 따로 지급할 거고.

일단 하연양이 오케이 싸인을 보내면 인터뷰이의 신상에 대해 알려줄게요. 그 사람도 옛날에 오정연이하고 알던 사이요. 이렇게 일을 핑계 삼아 언니 주변을 찬찬히 더듬어나가는 것도 나쁘지 않은 것 같은데.

뭐 더 궁금한 것 있으면 물어봐요. 조속한 답변 바라오.

하연은 신진태의 메일을 주의 깊게 두번 읽고 페이와 일정에 대해 메모한 후 유보살의 메일을 열었다. 그때 석빈에게서 술은 뭘 사갈까 묻는 문자가 왔다. 소주 다섯 병 이상,이라고 찍어보내자 예상대로 깜짝 놀라는 반응이 왔다. 그녀는 빙긋 웃고 유보살의 메일을 읽기 시작했다.

연아 에미여 거두절미하고 권보살델고 병원에 잘 댕기고 잇어야 우덜은 니가 알레루기땀시 괴럽지 안은가 고것이 걱정이여 으미 나가 썻는디 권보살이 알레루기 야그를 다부 물어봐달라 히쌋네 그려 올치 저분에 택배로 보낸 약이 효가가 있능가도 물어보라 히네 글고 연아 권보살이 자개는 암시랑토 안으니 절대로 걱정을 하덜말랴 긍께 약을 따박따박 먹으문서 글면 누가 뭐란답더 연이한티 편지 보낼적이만 걱정을 하덜말라고 하면 그기 솔찌거니 우덜이 애기 속여묵는게 아니냔 말이시 근디 요딴 식으로 권보살이 자꼬 나으정신을 훗뜨리노면 쓰고자픈 야그는 만날천날 까묵고 번버니 맹탕편지만 보내불게 된당께

올치 연아 병원비는 우덜이 다내부럿은게 걱정하덜 말어 지

난보름에 성암사에 천도해달라고 두집이서나 청이 들와서 돈을
솔차니 만져봣당께 절사람이라 넘눈 무서 못하는 거이지 우덜
이 괴기반찬 사묵고 비단옷 사입고도 돈을 남구게 생깃당께 긍
게 연아 니가 지발덕신 돈에 노애가 되지말고 서울서 존글 쓰는
디 심을 쏯아야써 권보살도 백번 글타고 히네 에미 소원은 고거
하나 뿌니여 권보살 소원도 고거하나 뿌니라 존글 쓰는거 잉 근
디 옆이서 존남자란다 권보살은 아적도 사나타령이여 첫서방이
좋긴 좋았는개벼 존글 쓰서 존남자도 쪼까 만나보라는디

아이고 나가 당치 집중이 안된당께 긍게 뭐시냐 암생각이 안
나부러 오널은 이것으로 마친당께 애껍고 애꺼운 우리 강아지
연아 에미가 낼 다부 핀지쓸겨 우덜이 한시간 넘게 북새를 떨어
서라매 요만큼 썻당께

아따 폴써 끗나따고 권보살이 뭐라 히쌋네 연아 나가 다부 쓴
다 권보살은 자개이름만 쓰면 구신갓치 알아본당께 긍께 연아
우덜이……

유보살의 메일을 반쯤 읽다 하연은 속에서 아지랑이처럼 솟아오
르는 촉촉한 기미를 느끼고 손수건을 꺼냈다. 그녀가 유보살에게
노트북을 사주고 인터넷에 연결하여 메일 쓰는 법을 가르친 게 재
작년 겨울이었다. 처음에 유보살은 안 배우려 들었다. 글을 못 깨친
권보살이 틈만 나면 왜냐믄요이잉, 나,나넌 까,까막눈이라요이잉,
까,까막눈이라요잉, 하고 우는소리를 하며 유보살을 부추기고 닦
달하는 바람에 마침내 까막눈 아닌 유보살이 키보드 치는 법을 배
우기 시작했다. 배우더니 재미가 났는지 밤새 혼자 또닥또닥 자판

을 두드려 열 줄도 써놓고 스무 줄도 써놓았다. 그걸 하연이 읽어주면 권보살이 그렇게 좋아했다. 그래서 시도 때도 없이 권보살이 메일을 쓰라고 조르면 그 등쌀에, 하따, 종년이 따로 없당께, 하고 기꺼이 노트북 앞에 앉는 유보살이었다.

메일을 읽는 그녀의 눈앞엔 유보살이 눈 근육을 틱틱 떨며 중얼중얼 자판을 치는 내내 권보살이 옆에서 더듬거리며 뭐라요잉 왜냐믄요잉 뭐라요이잉 하고 끼어드는 장면이 생생히 떠올랐다. 당장이라도 성암사로 달려가고 싶었다. 엄마! 이모! 드디어 언니 친구들을 찾았어요. 밤새 그들 손을 붙들고 언니 얘기를 하고 싶었다. 평생 그들 곁에 머물며 천년만년 살고 싶었다.

하연은 고개를 숙이고 손수건을 눈 가까이에 받쳤다. 눈물이 손수건 위로 똑똑 떨어졌다. 스무살이 되기 전부터 그녀의 소원은 아주 소박해졌다. 햇살이 쨍한 날 반팔 셔츠와 반바지를 입고 잔디밭에 누워 개미가 팔 위로 기어오르는 것을 지켜보는 것. 강아지나 고양이를 마음껏 보듬어안는 것. 쏟아지는 빗속을 질주하며 흠뻑 젖어보는 것. 커피를 마시고 담배를 피우고 삶은 돼지고기와 닭튀김을 먹으며 소주를 마시는 것. 면 생리대를 빨지 않고 일회용 생리대를 쓰는 것. 레깅스나 스키니 진을 입고 담배연기 자욱한 노래방이나 클럽에서 밤새 노는 것. 열렬한 스킨십을 하는 것.

그러나 무엇보다 하고 싶은 건 보통 사람들처럼 우는 것이었다. 그녀는 먼 산을 본다든지 이마를 짚는다든지 하는 자연스러운 포즈로 눈물을 흘리고 싶었지만, 그랬다간 양 볼에 갯지렁이처럼 붉은 줄이 부풀어오를 게 분명했다. 손수건을 받치고 울 때마다 그녀는 슬픔의 표정과 몸짓이 동반되지 않고 토끼똥처럼 떨구는 눈물이란 감정의 결정(結晶)이 아닌, 땀이나 침처럼 단순한 분비물에 불과하다는 생각이 들었다.

하연이 택배 상자를 풀기 시작했을 때 석빈이 왔다. 석빈은 벌써 캔맥주 하나를 따서 마시는 중이었다. 하연이 물었다.

"반나절 사이에 왜 얘기가 바뀐 거야?"

석빈이 상자를 사이에 두고 마주 앉았다.

"어플라이에 답신이 늦게 온 거지, 뭐. 휴가기간이 여기하고 다른지, 그쪽 교수가 팔자 좋게 휴가 다녀오는 동안 나는 연락이 없어서 잔뜩 풀이 죽어 있었던 거고."

"다행이네. 축하해."

석빈이 쑥스럽게 말했다.

"축하는 무슨. 그런데 오늘 메뉴는 뭐야?"

"기다려봐. 뭐가 왔나 보고."

상자에는 야채나 버섯처럼 가벼운 것은 위쪽에, 좀 눌려도 괜찮은 말린 생선이나 데친 나물은 중간에, 통이나 병에 든 김치나 장아찌처럼 무거운 것은 아래에 차곡차곡 솜씨있게 들어 있었다.

"그건 뭐야? 시커먼 거."

"말린 표고."

"그럼 보라색 나는 그건?"

"이건 삶은 문어 냉동한 거. 해동해서 바로 썰어먹으면 돼."

"와! 맛있겠다. 또 그건?"

"이건 보쌈김치."

하연이 식재료와 밑반찬을 정리하고 안주를 마련할 동안 석빈은 그 언저리에서 맥주나 마시며 노닥거리고 싶었지만 그녀는 결단코 그런 나태를 용납하려 하지 않았다.

"손발 깨끗이 씻고, 씻으러 들어간 김에 욕실 청소도 하고 나와."

하연의 엄명에 석빈은 남은 캔맥주를 마시고 욕실로 쫓겨 들어갔다. 락스나 방향제를 쓰지 않은 욕실에서는 옛날 이불 홑청에서 풍기던 은은한 비누 냄새가 났다. 세면대도 변기도 타일도 말끔했다. 마른 수건으로 싹 닦아냈는지 습기도 거의 없어 당장 바닥에 이불을 깔고 자도 무방할 지경이었다. 석빈은 손발을 씻고 멀뚱멀뚱 거울을 바라보며 이럴 줄 알았으면 캔맥주나 몰래 반입해와 마실 걸 그랬다고 생각했다.

욕실에서 꾸물대다 나온 석빈은 책을 읽는 척하며, 면 옷을 입고 나긋나긋 움직이는 하연을 훔쳐보았다. 브래지어를 하지 않은 가슴과 허리 라인이 자연스러웠다. 팔다리는 길고 우아했고 동작은 느리지만 간결했다. 거기다 무취하여 신선한 체취까지, 과잉도 수식도 없는 정갈한 생물체 같았다. 하연이 주방 앞 공간에 접이식 식탁을 내리고 음식을 늘어놓았다. 보쌈김치와 삶은 문어, 표고버섯 튀김과 두부탕이었다.

"첫 잔은 원샷하자."

하연이 소주잔을 놓으며 말했다.

"어떻게 니가 소주 마실 생각을 다 했냐? 이 오빠가 그 정도로 비중있는 인물인 줄 몰랐다."

화학주에 대한 거부반응 때문에 하연은 가끔 와인이나 조금 입에 대는 정도였다. 하지만 소주를 워낙 좋아해서 일년에 한번 정도는 마약에 육박하는 독한 진통제와 해독제를 먹어가며 마시곤 했다. 그들은 첫 잔을 단숨에 비웠다. 석빈은 문어를 초장에 찍어 먹었고 하연은 두부탕 국물을 세 숟갈 떠먹었다.

둘의 대화는 늘 그렇듯 석빈이 먼저 진실인지 거짓인지 모를 장황한 얘기를 꺼내면서 시작되었다. 그는 어린날 자기가 얼마나 똑똑한 아이였으며, 골방에서 책 읽는 데 폭 빠져 밥때를 잊은 적이 얼마나 많았는지, 그리고 이제 빠리라는 이름의 골방이 자신을 얼마나 찬란한 구원의 길로 인도해줄 것인지에 대해 광신도처럼 열변을 토해놓았다. 하연은 불붙이지 않은 레종 블랙을 입에 물고 필터를 천천히 빨았다.

"빠리에 가서 구원씩이나 받으려고?"

"그럼, 그러려고 가는 건데."

"그게 그렇게 쉽지가 않을 텐데." 하연이 연기를 내뱉듯 숨을 길게 내쉰 후 말했다. "우리 유보살님 말씀이 부엌에서 새는 바가지 냇가에서도 샌다고 했어."

석빈이 고개를 흔들었다.

"아냐, 난 이 무기력한 일상에서 탈출해서 다이렉트로 구원받을 거야."

"그럼 무릎부터 꿇어 제발. 머리만 굴리지 말고."

"또 그놈의 파스칼주의! 아무리 생각해도 넌 수녀나 비구니가 되었어야 해."

하연이 두번째 잔을 반쯤 마시고 내려놓았다.

"안 그래도 채식을 해볼까 생각 중이야."

"채식은 아무나 하나? 고기를 그렇게 좋아하면서 잘도!"

석빈이 표고버섯 튀김을 간장에 찍으며 비아냥거렸다.

"그러게. 난 평소에는 제법 자제력이 있다고 생각하는데 고기 앞에서는 왜 그렇게 사족을 못 쓰나 몰라."

"그것도 알레르기에 안 좋다는 닭고기랑 돼지고기만."

하연이 순순히 고개를 끄덕였다.

"그건 그래. 넌 진짜 그 맛을 모를 거다."

"내가 왜 몰라? 니 몫까지 얼마나 자주 먹어주고 있는데."

"그러니까 더 모르지. 언제든지 누릴 수 있으면 그 가치를 모르는 법이야."

그 말을 들으니 석빈은 유학을 떠나면 이 안주들이 얼마나 그리워질까 하는 생각에 보쌈김치 큰 쪽을 집어 입에 넣었다. 그리고 다시 어린날의 골방 얘기로 돌아갔다.

"어렸을 땐 몰랐는데, 그 골방 시절 이후로 다시는 그런 무아지경에 빠진 적이 없는 것 같아. 나이가 들수록 머리가 벗겨지는 것처럼, 머릿속에 하얗게 빈 공간이 점점 늘어나는 게 느껴져. 아무리 집중하려고 해도 그 빈터에서 안개 같은 게 스멀스멀 피어나서 내 명민한 사고를 흐려놓고 말아."

명민한 사고라는 대목에서 하연이 뭔가 지적하려다 그만두자 석빈은 의기양양하게 이야기를 이어나갔다.

"어릴 때 골방에서 나는 나를 잊고 세상을 잊고 모든 걸 잊었어. 그러면서 내가 행복하다는 걸 느꼈지. 완전한 행복이란 게 이런 거구나 하는 걸."

"나는 왜 그런 위인전스러운 골방의 추억은 없고 디킨즈 소설처럼 아무도 없는 성암사 법당에서 사과 훔쳐 먹은 기억만 있는지 몰라."

"이 수전노! 넌 그때 뭘 훔치기까지 했구나."

하연이 변명을 했다.

"그땐 수전노 아니었을 때야. 그러니 훔치자마자 축적하지 못하고 곧바로 먹어치웠겠지."

"그럼 대체 넌 언제부터 수전노가 된 거니? 내가 널 십년 가까이 만나왔지만 내 기억에 니가 돈에 벌벌 떨지 않은 적은 없는 것 같거든."

"학부 때는 우리 별로 안 친했잖아? 그때는 정식 수전노가 되기 전이었어. 이를테면 수습이었지."

"그럼 뭐야? 나랑 친해지면서 점점 그쪽으로 변해왔다, 이런 얘기야?"

"팩트상으로 그런 셈이네."

"그럼 나와의 친교가 너의 수전노 되기에 영향을 미쳤다고 봐도 돼?"

"전혀."

"그럼 우연의 일치야?"

"그렇지. 권보살 이모가 아프면서부터 내가 수습 딱지를 뗐으니까."

하연이 자리에서 일어나 두부탕 냄비를 가스레인지에 올려 다시 데우기 시작했다.

"참 너……" 돌아보는 하연의 가슴께에서 유두가 풋콩처럼 또르르 도드라졌다. "괜찮으면 자고 가라."

석빈은 잠시 생각에 잠겼다. 그가 그녀의 유두를 목도한 순간 그녀가 자고 가라고 말했다. 아니, 그녀가 자고 가라고 말한 순간 그가 그녀의 유두를 목도했던가. 아무튼 그 동시성 때문에 말을 한 주체가 그녀의 유두인 것 같았다. 왼쪽 유두가 괜찮으면, 하고 운을 떼자 오른쪽 유두가 자고 가라, 하고 받아친 듯한. 괜찮으면 자고 가라. 물론 석빈은 괜찮았다. 하지만 그녀가 말했건 유두가 말했건, 자고 가라는 말의 의미는 그들의 유구한 관계의 역사상 자명했다. 딴짓하지 말고 잠만 자빠져 자라는 것. 한쪽 유두가 딴짓 말고, 하고 경고하면 다른 쪽 유두가 잠만 자라, 하고 엄포를 놓는 식이었다. 딴짓 말고 잠만 자라. 섹스는커녕 어떤 종류의 스킨십이나 키스도 허락되지 않는 그런 자고 감이라니.

에잇, 그놈의 알레르기! 석빈은 상체를 흔들며 알비노니의 아다지오를 휘파람으로 불었다. 이름은 한없이 야들야들한데 정신은 용의 피를 뒤집어쓴 지크프리트처럼 철통같은 이 여자. 무엇이 그녀를 이렇게 금욕적인 수전노처녀로 완성시켰을까. 지독한 알레르기가? 늙고 가난한 유보살이? 권보살의 병이? 실종된 언니가? 이 모든 것이? 석빈은 휘파람을 뚝 그치고 말했다.

"됐어! 관둬!"

"그래, 그럼. 편할 때 가든지."

하연의 무심한 대응에 석빈은 약이 올랐다. 옷이 늘어져 주름이 잡히면서 귀여운 유두들도 흔적 없이 사라져버렸다. 그는 작은 표고튀김 조각을 공중에 던져 받아먹고 건들거리는 말투로 말했다.

"잠을 왜 자? 밤새 마셔야지! 너 오늘 밤 완전 죽었다!"

"마지막 멘트 너무 야하시네."

하연이 소주를 마시고 소년처럼 웃었다.

"그렇게 웃지 마! 너까지 통째로 마셔버리기 전에."

"오, 그렇게 말하니까 제법 빠리지앵 같은데?"

하연이 소주병을 들었다. 이 여인 술 먹으니 제법 재롱도 떨 줄 아는걸, 하고 생각하며 석빈이 빈 잔을 내미는데, 하연이 소주를 병째 발칵 들이켰다.

"야! 너 오늘 왜 그래? 무슨 일 있어?"

하연의 얇은 입술이 가로로 길어졌다.

"난 이러면 안되냐?"

목소리까지 울먹거리는 게 혹시 울려나? 나 때문에……?

"아아아! 석빈아!"

하연이 고개를 반짝 들고 외쳤다. 그건 사나운 포효라기보다 고양이의 하품에 가까운 얌전한 외침이었지만, 그녀가 이 정도의 감정표현이라도 하는 일은 매우 드물었다. 석빈은 드디어 올 것이 왔다는 생각이 들었다.

"왜? 얘기해. 무슨 일이야? 다 얘기해."

"너무 좋아서!"

하연이 촉촉한 눈으로 석빈을 빤히 바라보았다. 석빈의 눈이 두 배로 커졌다. 진짜 이 과격한 반응은 뭐지? 날 그럭저럭은 좋아하는 줄 알았지만 막판에 이렇게 마구잡이로 들이댈 줄은 몰랐는데. 이런 고백에 비하면 빠리가 무슨 대순가? 구원은 무슨 말라빠진? 결혼하자고 붙들면 안 간다, 그깟 빠리!

"……소주 마시니까 이렇게 좋은걸!"

말을 마치자마자 하연은 허둥지둥 손수건을 집더니 고개를 숙였다. 이제 정말 우는 건가? 맞네. 이 녀석 이렇게 똑똑 눈물 흘리는 거 오랜만에 보네. 석빈은 우울하고 느린 음조로 휘파람을 불며 속으로는 가슴 아픈 이수일 버전의 가사를 읊조렸다. 머지않아 이 오빠는 먼 길을 떠나는데…… 그깟 소주가 오빠보다 더 좋더냐…… 그깟 머릿고기가 오빠보다 탐나더냐……

석빈은 휘파람을 그쳤다. 가만, 언제든지 누릴 수 있으면 그 가치를 모른다고? 그는 무릎을 쳤다. 아하, 그래서 유하연이 임석빈의 가치를 모르는구나. 그게 바로 내가 빠리에 가야 하는 이유구나!

4 . 보헤미안 랩소디

1

　1교시 수업이 있는 룸메이트 수진을 먼저 보내놓고 정연은 밥상을 부엌으로 내려 설거지를 했다. 빈 그릇만 조르르 엎드려 있는 찬장을 보자 김치를 담그고 밑반찬을 장만할 때가 되었다는 생각이 들었다.

　그녀는 마른행주질을 하다 말고 부엌 바닥에 쪼그리고 앉았다. 무슨 일을 하다가도 그날의 기억만 떠오르면 온몸이 오들오들 떨리고 심장 언저리가 요동치듯 쿨럭거렸다. 흘레붙으라고 한우리에 가둬놓은 가축도 아니고, 하루 종일 축사 같은 방구석에서 안고 뒹굴고 잠들었다 깨면 만지고 주무르고 빨고…… 얻어맞고 발가벗고 굶주려 냄새도 맡을 수 없고 고통도 느끼지 못했던 그 시간들을 생각하자 저절로 입술이 깨물어졌다. 떨리던 몸이 가라앉고 심장박동이 진정될 때까지 그녀는 마른행주로 가슴을 누르고 있었다. 무릎을 펴고 일어서려다 다시 주저앉았다. 도끼처럼 묵직하고 날 선 회한이 가슴을 찍었다. 그녀는 행주를 쥔 손으로 얼굴을 감쌌다. 나는 왜 더 일찍 그 방에서 나오지 않았을까. 밤에 나왔다 다시 김밥을 사들고 돌아간 까닭은 무엇일까. 나는 도대체 뭘 바랐던 것일까.

정연은 힘을 내어 발딱 일어나 행주를 바락바락 문질러 빨고, 연탄을 갈기 전에 불문을 활짝 열어 물을 데웠다. 머리를 감고 몸을 씻고 방으로 들어왔다. 왼쪽 아랫부분이 옷장에 가려진 동향 창문을 통해 들어온 햇살은 아직은 균형 잡힌 ㄱ자 모양이었다. 그러나 점점 기울기와 두께를 달리하며 아랫목이 까맣게 눌은 장판의 굴곡을 따라 움직이다 끝내 벽에 부딪혀 정강이가 부러진 키다리 모양이 되었다가 정오가 지나면 사라질 빛이었다.

정연은 창턱에 거울을 세워놓고 큰 눈을 이리저리 굴렸다. 눈동자를 굴릴 때마다 왼쪽 흰자위에 작고 동그란 빨간 점이 흰 홑청에 떨어진 한 방울의 피처럼 희뜩 나타났다 사라졌다. 혈관이 터졌네요,라고 젊은 보건의는 말했다. 인하의 강요를 견디다 못한 용호가 제발 한번만 같이 가보자고 애걸하는 바람에 그녀는 마지못해 학교 보건소에 갔다. 눈에 멍이 든 거라고 보시면 됩니다. 심하게 부딪치면 핏줄이 터지게 돼 있죠. 딴 데 생긴 멍이랑 다른 점은 이게 빨리 안 없어지고 시간이 걸린다는 건데, 이젠 아프진 않죠? 의사 말대로 아프진 않았지만 보기에 좋지 않았다. 얼굴 반쪽에 대해 나머지 얼굴 반쪽이 적대하는 반인반수의 짝눈을 하고 다닌 지도 한 달이 넘었다. 그동안 그녀의 감정 또한 반으로 쪼개져 있었다. 한달 내내 그녀보다 더 눈을 제대로 못 뜨고 말없이 제 머리를 쿵쿵 쥐어박으며 자학한 사람은 용호였지만, 그녀의 애증이 쏠린 대상은 용호가 아니었다.

정연은 족집게를 눈가로 가져갔다. 눈알을 어쩌려는 것이 아니라 눈썹을 다듬으려는 것이었다. 대학 입학 전에 그녀는 여고 시절 광주에서 멋쟁이로 이름을 날린 수진에게 반강제로 눕혀져 눈썹을 뽑혔다. 서울 것들이 얼마나 멋을 부리는지 아니? 우리가 얼른 촌티를 벗어불지 않으면 안되야. 수진은 사투리 섞인 어색한 서울말로 충고했다. 수진이 만들어준 가느다랗고 인위적인 눈썹선이 마음에 든 건 아니었지만 그후 새로 돋는 눈썹이 거슬려 대충 뽑곤 했는데, 전통연구회에 가입한 후로는 그럴 틈마저 없었다. 스스로 사는 것 같지 않고 뭔가 힘센 기운이 정신없이 그녀를 굴려가는 느낌이었다. 눈썹은 이미 수북이 자라 수진이 애초에 만들어놓은 라인을 찾기는 어려웠다.

죽기를 각오하고 저항했어야 하는가. 정연은 족집게를 든 채 생각에 잠겼다. 그의 방에서 바지를 벗고 속옷을 내릴 때 그녀를 괴롭힌 것은 어처구니없게도 지난주에 목욕을 못했다는 뼈아픈 후회였다. 부엌에 내려가 찬물로 아랫도리만이라도 씻고 오고 싶었지만 미친 야수로 돌변한 그에게 사람의 말은 통하지 않았다. 그녀는 무조건 복종해야 했다. 그 복종이 어떤 무서운 결과를 가져올지라도 그가 시키는 대로 할 수밖에 없었다. 그는 동상처럼 버티고 서서 그녀를 내려다보았다. 그가 단 한마디라도, 차라리 욕이라도 했다면 그토록 무섭지는 않았을 것이다. 그가 그녀를 이불 속으로 끌고 들어가 벗은 다리로 그녀의 바짝 오므린 다리를 뒤틀기 시작했을 때, 그녀는 마지막 남아 있던 내적 저항마저 완전히 포기했다.

그는 처음이면서 그 사실을 감추려 애쓰고 있었다. 물론 그녀도 처음이었지만 그의 서투름을 직감했다. 감당 못할 비행을 저지른 심약한 소년처럼 그는 그녀를 때리고 벗겨서 눕혀놓기는 했지만 어찌할 바를 몰라 초조하게 서두르고 있었다. 어디가 어디인지도 못 찾는 것 같았다. 그래, 나도 처음이고 너도 처음이라면 그깟짓 한번 해보자,라는 신랄한 오기와 역심이 치솟았다. 박인하라는 존재, 부유하고 아름다운 사회학과 여학생의 일방적인 구애와 삼년방 회원들의 존경을 한 몸에 받는 신비롭고 멋진 혁명아가 아니라 더럽고 냄새나는 방에 사는 가난하고 병약하고 자존심을 다친 고학생에 불과한 그의 존재를 그녀는 가엾게 여겼다. 그녀는 그의 요구에 따라 다리를 벌렸다. 어쩌면 세상에서 그와 가장 가까운 사이가 될 수 있을지도 모른다는 환상에 그녀는 잠시 걷잡을 수 없는 쾌감마저 느꼈다. 그러나 곧 그 쾌감을 산산이 부수는 통증이 왔다. 그녀는 비명을 지르지 않기 위해 이를 악물었다. 조금도 고상하거나 특별하지 않은, 무릎이나 손등을 심하게 긁히거나 베인 것 같은 조잡하고 사실적인 고통이 그녀를 덮쳤다.

그가 잠이 든 후 그녀는 이부자리를 살그머니 들춰보았다. 피는 생각보다 적었다. 고작 한 티스푼 정도였다. 그녀는 적어도 한 테이블스푼 정도는 되리라고 막연히 상상하고 있었다. 여고 시절 가사 실습 시간에 핫케이크를 장식하기 위해 붉은 딸기시럽을 한 테이블스푼 떴을 때, 그 달콤하고 끈적한 농도는 그녀에게 첫경험의 결과물을 연상시켰다. 그런데 첫경험이란 게 고작 이런 것이었나. 소태처럼 쓰고 암염처럼 거친, 자신의 상상에 하나도 들어맞지 않는 이 살 뜯어지는 고통이 첫경험인가.

그녀는 부엌으로 내려가 미끈거리는 아랫도리를 찬물로 씻어내렸다. 춥고 두려워 목구멍에서 울음처럼 기묘한 흥얼거림이 새어나왔다. 방에 들어와 물기를 닦을 수건을 찾다가 그녀는 자기가 흥얼거리는 선율이 전날 여학생 휴게실에서 긴 머리 여학생이 피아노로 치던 곡이라는 것을 알았다. 그 낯설고 절망적인 선율 때문이었을까. 추위나 피로 때문이었을까. 아니면 그에게서 단 한마디라도 의미있는 해명을 듣기 위해서였을까. 그 모든 것일 수도 있고 아닐 수도 있다. 그녀는 옷을 입고 떠나는 대신 휴지로 아랫도리를 닦고 그의 옆자리에 다시 누웠다.

그날 밤늦게 돌아온 정연을 보고 수진은 기겁을 했다. 거울을 들여다본 그녀 역시 경악하여 또다시 실신할 뻔했다. 이마에 찰싹 달라붙은 앞머리 아래 선지 빛깔로 충혈된 왼쪽 눈과 푸르죽죽하게 부어오른 왼쪽 뺨. 그와 반대로 맑고 큰 오른쪽 눈과 매끈하고 창백한 오른쪽 뺨. 이 몰골로 버젓이 김밥까지 사러 갔었다. 김밥을 썰지 말고 그냥 달라고 했을 때 분식집 주인이 깜짝 놀란 것은 김밥을 어찌 썰지 않고 먹겠느냐는 뜻이 아니라 그녀의 해괴한 인상 때문이었던 것이다. 평소 그녀의 삐딱한 시국관을 아는 수진은 그녀가 불온한 짓을 하다 경찰에 끌려가 밤새 두들겨맞고 풀려났다고 생각하는 듯했다. 그녀는 수진의 오해를 풀어주지 않았다. 풀어줄 수도 없었다.

그녀는 족집게 쥔 손을 힘없이 늘어뜨렸다. 머지않아 수진과도 헤어져 살게 되리라는 예감이 들었다. 룸메이트라곤 하지만 사실 이 방도 수진네 집에서 마련한 것이었고, 그녀는 얹혀사는 여고동

창에 불과했다. 입학 전에는 둘이 손잡고 옷이나 구두를 보러 다니기도 했고, 음악다방에 가서 생맥주도 마셔봤고, 밤새 종잡을 수 없는 얘기를 나누기도 했다. 그후 수진은 서울 생활에 빠르게 적응해 점점 세련된 여대생의 풍모를 갖춰갔지만, 그녀는 그 반대 방향으로만 치달려왔다. 함께 바라보고 있다고 믿었던 찬란한 미래는 이 방처럼 원래부터 수진의 것이었지 그녀에게는 잠깐 엿보는 것이 허락된 잡지 못할 무지개였을 따름이다. 수진이 뽑아준 대로 날렵한 눈썹 모양을 하고, 수진이 시키는 대로 분을 바르고, 수진이 빌려준 미니스커트를 입고 참석했던, 다시 오지 않을 신입생 오리엔테이션의 화사하고 어색했던 그날처럼.

정연은 다시 족집게를 쥐고 눈썹을 다듬기 시작했다. 이틀 후 카타콤에 갔을 때 인하는 왔냐, 하고 평범하게 말했다. 정연의 눈 상태를 처음 본 회원들은 놀라자빠졌다. 용호는 비난의 시선을 이기지 못해 슬그머니 카타콤을 나가버렸다. 그녀는 인하가 자신과 눈을 마주치지 않으려 한다는 것을 알았다. 그녀가 그를 보고 있지 않을 때에만 그는 그녀를 보았다. 그의 눈길이 궁금해 고개를 돌리면 그는 어느새 다른 곳을 보고 있었다. 증오와 친밀감, 반가움과 적의가 그녀 내부에서 풀 수 없이 엉겨 휘돌았다. 따끔, 하면서 눈썹이 흰 구근 같은 뿌리를 매달고 살에서 뽑혀나왔다. 세상엔 교미 동작을 닮은 게 너무 많다고, 그녀는 뽑힌 눈썹을 내려다보며 씁쓸하게 생각했다. 그날 이후로 한달여의 시간이 흘러갔다. 오늘은 무슨 일이 있어도 그와 단둘이 만나야 한다. 그의 입을 통해 어떤 대답이라도 들어야 한다. 그날 밤 그에게서 빌려온 낡은 검정 우산을 돌려주고 대신 무언가 다른 낱말들을 받아오리라. 보드랍고 착하고 새싹처럼 연한 미래의 낱말들을. 과연 그런 게 그의 내부에 있기만 하다면…… 그런데 한달 내내 그는 비 오는 날 우산 없이 어떻게 다녔을까.

정연은 멍하니 거울을 보다 깜짝 놀랐다. 얼마나 정신없이 뽑아댔던지 수북하던 눈썹 숱이 손톱 끝에 낀 얇은 때처럼 경박한 외줄을 그리고 있었다. 괜한 짓을 했다는 생각이 들었다. 대학에 들어온 뒤론 늘 이 모양이었다. 정신없이 휘몰아치는 대로 끌려다니다 잠시 숨 돌릴 짬이 나면 달린 머리로 생각이라는 걸 해보는 게 아니라 괜히 생뚱맞은 짓만 저지르고 마는…… 아아, 그녀는 절망하여 눈을 감았다. 이건 자신이 그토록 벗어나려 했던 엄마 유보살의 육성이었다.

그러나 그녀는 또 어느새 족집게를 딸깍거리며, 수진이 클래식 기타 모임 엠티에 가서 오늘밤 돌아오지 않는다는 사실을 생각하고 있었다.

2

오후 내내 전연 선배들은 탈춤반과의 합동공연 준비로 바빴다. 그 덕에 신입생들은 음습한 카타콤을 벗어나 학생회관 앞 잔디밭에 오붓하게 둘러앉아 선배의 간섭과 구박을 받지 않고 자유롭게 떠들어낼 수 있었다. 그러나 화제는 역시 축제 때 하게 될 공연 문제로 돌아오곤 했다.

재현이 누구에게랄 것도 없이 느릿느릿 말했다.

"어제 영남대에서는 탈춤공연 하고 민주주의 장례식 하다 경찰에 달렸대. 우리도 판을 벌일 수나 있으려나?"

준환 또한 누구에게랄 것도 없이 말했다.

"용호형이 그러는데 아직 본부에서 허가가 안 떨어졌대."

둘의 표정을 살핀 진태는 그들이 누구에게 말하고 있는지, 누가 듣고 대답하기를 바라는지 알아차렸다. 말을 마칠 때쯤 그들의 시선이 어디로 향하는지를 보면 알 수 있었다. 물론 그 대상이 자신은 아니었지만 그는 불쑥 끼어들고 싶은 욕망을 느꼈다.

"지난주엔 씨발, 계명대에서 연극공연 하는데 교직원들이 학생들을 끌어내가지고 무지하게 두들겨패서 경찰에 넘겼다더라."

진태는 준환의 가슴팍을 더듬어 한산도를 꺼내며 말했다. 그리고 자신의 시선이 향하려는 곳을 애써 외면하고 본부 건물 쪽을 바라보았다. 기대도 하지 않았는데 잔디밭 귀퉁이에서 고개를 숙이고 네 잎 클로버를 찾던 정연이 앞머리를 쓸어올리며 말했다.

"정말 으스스한 놈들 다 보겠네. 한솥밥 먹는 처지에 어떻게 그럴 수가 있을까?"

요즘 부쩍 음울한 문학을 탐독하는 경애가 엄숙하게 선언했다.

"나는 일찍이 그런 교직원들과 한솥밥 먹기를 거부했다!"

잠시 침묵이 흐른 후 준환이 그 선언의 심오함을 깨닫고 허벅지를 쳤다.

"맞아! 우리가 축제 때 공연할 연극 제목이 '대왕은 죽기를 거부했다'랬어."

천진무식한 명식이 마침 준환이 탁 쳐서 판판하게 해놓은 허벅지를 베고 누우며 말했다.

"크아! 대왕이 죽기를 거부해? 누가 지었는지 제목 한번 좋다."

진태가 명식의 머리를 쥐어박았다.

"짜샤! 넌 공부 좀 해라. 그거 이근삼 거 아니냐, 이근삼! 그것도 모르냐?"

어리둥절해하는 명식을 경애와 준환도 힐난하듯 내려다보았다.

"아, 짜식! 모르긴 누가 몰라? 나도 알아, 이근상."

"누구?"

진태가 귀를 쫑긋 갖다댔다.

"이근상이라매?"

피식피식 웃음이 터지자 명식이 투덜거렸다.

"그래, 몰라! 그렇다고 제목 멋있다는 말도 못하냐?"

진태가 담배연기를 내뿜으며 개탄하듯 말했다.

"사실 명식이 너만 나무랄 게 아니고, 나도 더럽게 무식한 게, 고등학교 때까지는 대통령이 종신젠 줄 알았지 뭐냐."

"그런 실력으로 대학은 어떻게 들어왔냐? 앞으로가 심히 걱정된다."

진태가 빙긋이 웃었다.

"명식아, 니가 걱정해주는 건 고마워 죽을 판이지만, 나는 원래 교과서보다는 현실에서 배움을 얻자 주의였거든."

"그런 걸 경험주의라고 하는 거야."

준환이 한수 가르치려 들었지만 진태는 쉽사리 기가 죽지 않았다.

"경험주의고 나발이고, 내가 두살 때부터 대통령은 오까모또였고 지금까지 쭉 오까모똔데 그게 종신제가 아니면 뭐냐? 참, 니들은 세살 때부터겠구나. 오까모또 치하에선 내가 니들보다 일년이

나 더 살았다는 것만 알아둬라. 니들 말야, 내가 고등학교 때 공부 잘해서 까딱 재수 안하고 직방으로 대학 들어왔으면 이렇게 가까이에서 내 얼굴 상면도 못할 뻔했어."

동기들의 얼굴에, 아이쿠, 그렇게 아쉬울 데가, 하는 표정이 떠올랐다. 이걸 기화로 명식이 제안을 했다.

"그래, 우리 그런 얘기나 해보자. 옛날에 다들 뭐 하고 살아왔는가 하는 라이프 스토리."

진지하기 짝이 없는 경애가 단박에 명식의 제안을 깔아뭉갰다.

"난 그런 나이브하고 고리타분한 주제보다 이번 연극의 의미나 문화운동의 나아갈 바와 같은 거국적인 주제로 나갔으면 한다."

네 잎 클로버 찾기를 포기하고 먼산바라기로 앉아 있던 정연이 한숨을 쉬며 말했다.

"과연 오까모또 대왕이 언젠가 죽기는 죽을까?"

준환과 재현이 뭐라고 대답을 하려는데 진태가 냉큼 나섰다.

"난 제일 이해가 안 가는 게 이런 식의 옛날 얘기야."

이러면서 진태가 긴 이야기를 시작할 듯한 포즈를 취하자 모두 불길한 표정을 지었다.

"옛날에 왕이 늙어서 뒈질락 말락 하면 꼭 쳐죽일 놈의 명의란 놈이 알랑거리면서 이러저러한 신묘한 영약을 구해 먹으면 살 수 있사옵니다 그러잖아? 그런데 그 영약이란 게 구하기 좆나게 어려운 거라서 뭐 이를테면,"

하더니 진태는 양손으로 둥근 모양을 만들며,

"천년 묵은 구렁이 알을 썩혀가지고,"

하더니 이번에는 집게손가락을 꿈틀거리며,

"거기서 나온 구더기 있잖아, 그걸 먹여가지고 키운 닭을,"
하더니 양손을 벌렸다 오므려 답삭 채는 시늉을 하며,
"통째로 삼킨 독수리를 잡아다가,"
하더니 제 손톱을 있는 힘껏 잡아당기며,
"그 독수리한테서 발톱을 뽑아가지고,"
하는데, 누워 있던 명식이 참다못해 진태의 등을 치며 외쳤다.
"아, 됐어, 그만해. 담뱃재 날려서 숨도 못 쉬겠어."
그러자 진태가 낄낄거리며 말을 이었다.
"하여간 그런 걸 고아먹으면 산다니깐, 이놈의 치매 걸린 왕이
공주를 경품으로 내걸고 방방곡곡에 방 붙이고 난리를 떨잖아? 그
럴 때 또 꼭 백성 중에 멍청한 놈 하나 있어가지고 천신만고 끝에
그걸 구해와서 왕한테 바치고 공주랑 결혼하고 그러거든. 난 그런
얘기 들으면 이 똘똘한 머리로도 도무지 이해가 안 가더라고. 왕이
지한테 해준 게 뭔데? 독약을 처먹여도 시원찮을 판에 영약을 구해
다 바치고 지랄이냐고."
　진태가 청중의 열렬한 무관심 속에 얘기를 마치자 경애가 그토
록 재미없는 얘기는 들어본 적이 없다는 얼굴로 풀을 뜯어 날리며
따끔하게 일침을 놓았다.
　"그 멍청한 것들이 죄다 남자라는 사실만 가슴 깊이 새기도록 하
여라."
　멍청한 남자들을 대변하기 위해 재현이 의젓하게 나섰다.
　"그렇지 않아, 경애야. 그건 경품으로 공주만이 아니라 왕국의
반도 걸렸기 때문이야. 나 같아도 영약을 구해다 바치겠다. 그리고
못생긴 공주는 차버리고 왕국 반만 뺏어다 거기서 우리끼리 해방

구 만들어서 잘 먹고 잘사는 거야.”

그 말을 듣고 명식이 대번에 불만을 터뜨렸다.

“그러면 우선 축제 때 술부터 팔게 해야 돼. 이게 뭐냐, 맨송맨송하게.”

모두가 고개를 끄덕이며 입맛을 다셨다.

잔디밭은 햇살에 데워져 따뜻했고 간간이 부는 바람이 봄꽃 냄새를 실어다주었다. 전연 신입생들은 불현듯, 스스로를 대견하게 여기는 마음과 서로를 목숨처럼 아낀다는 착각과 한창 젊다는 데서 오는 맹목적 열정에 사로잡혀, 손가락이라도 콱 베물어 피를 섞어 마시든지 해서라도 이 벅찬 유대감을 영원히 기억 속에 새기고 싶은 심정이 되었다. 그런 도원결의를 위해서는 명식의 말대로 술이 절대적으로 필요하긴 했다.

갑자기 준환이 큰 발견이라도 한 듯 외쳤다.

“야, 정연아! 너 이제 눈 괜찮아졌다?”

쏟아지는 관심에 정연이 당황하여 고개를 숙였다.

“이제 괜찮을 때도 됐지, 뭐.”

“근데 너……” 준환이 정연의 앞으로 다가앉으며 말했다. “눈은 괜찮아졌는데 눈썹이 좀 이상하다. 담뱃불 붙이다 태웠어?”

“아니, 그냥 좀 뽑았더니……”

정연이 우물거리며 말을 흐렸다. 모두의 시선이 붉게 달아오른 정연의 둥근 이마 아래 아슬아슬하게 걸려 있는 가련한 두 줄기 눈썹에 꽂혔다.

“에이! 왜 뽑았어? 너무 이상하다.”

준환이 눈치 없는 소리를 해 화기애애한 분위기를 흐리자 경애가 발칵 화를 냈다.

"왜 그래? 니 눈썹 뽑은 것도 아닌데? 내가 보기엔 멋있기만 하구만. 눈들이 하나같이 낮아가지고."

이때 진태가 자리에서 벌떡 일어나 벗들의 이름을 애절하게 불렀다.

"재현아! 명식아! 정연아! 경애야! 준환아!"

진태는 어깨를 건들거리고 다리를 떨며 말했다.

"용호형 그때 된통 당한 것 다들 봤지? 정연이 한번 잘못 건드려서 눈 터뜨려가지고 한달 내내 숨도 제대로 못 쉬고. 그날 맞기는 또 나한테 무지하게 두드려맞았거든. 근데 자기 눈은 멀쩡하니까 어디 하소연할 데도 없고."

진태는 자기를 올려다보는 경애의 턱을 손가락으로 치켜들며 물었다.

"나의 경애하는 경애씨여! 그날 나의 날랜 발차기 실력을 보았는가?"

"못 봤는데?"

경애가 싸늘하게 고개를 돌렸다.

"아, 너 그때 아마 찔찔 짜느라고 못 본 모양이구나."

"아이씨, 이게!"

경애가 주먹을 휘두르자 진태가 급히 몸을 피하며 명식에게 물었다.

"명식이 넌 내 옆에서 그거 딱 정확하게 목격했지? 니가 대신 얘기 좀 해줘봐."

명식이 멀뚱멀뚱 아무 기억도 안 난다는 표정을 짓자 진태는 영

한심하다는 듯 혀를 차더니 이번엔 준환을 가리켰다.

"그럼 오난이 니가 대신 얘기해봐."

"야! 넌 이런 기분 좋은 순간에 하필 오난이가 뭐냐, 오난이가?"

준환이 코를 벌름거리며 투덜거렸다. 아, 나, 우리 할아버지 하는 얘기가 나오기 전에 진태가 마지막으로 재현에게 물을 기색을 보이자 재현이 선수를 쳤다.

"자자! 이러지 말고 우리 오정연양 좌안 본색 회복 기념으로 산 너머 남촌에 막걸리나 한잔 먹으러 갑시다."

명식이 기다렸다는 듯 환호성을 질렀다.

"우와! 좋지."

"나도!"

"신난다!"

다들 주섬주섬 가방을 메고 일어나 엉덩이에 묻은 풀을 터는데 정연만이 시큰둥한 표정으로 늑장을 부렸다.

"그럼 일단 너희들 먼저 가 있어."

그 말에 준환은 눈에 띄게 서운한 기색을 보였다.

"왜 같이 안 가고? 너 눈 괜찮아진 거 축하하는 자린데."

"응, 난 가기가 좀 그래서."

"왜?"

정연이 뭔가 비밀스러운 약속이 있는 것처럼 머뭇거리자 준환이 자기한테만은 모든 걸 털어놓을 걸 의심하지 않는다는 투로 귓속 말을 했다.

"나한테만 얘기해. 왜?"

정연은 잠시 망설이는 기색을 보이더니 누구나 들을 수 있도록 낭랑한 목소리로 외쳤다.

"눈썹이 이 꼴이라 창피해서!"

정연의 말이 끝나자마자 둘러선 벗들이 준환을 잡아먹을 듯 노려보았고, 죄밑이 구린 준환은 목을 잔뜩 옴츠리고 비실대며 중얼거렸다.

"앞머리로 덮으면 모르는데."

정연이 웃으며 말했다.

"아니, 눈썹 때문이 아니라 집에 가서 할 일이 있어."

진태가 고개를 설레설레 흔들며 경고했다.

"오정연! 너 요즘 영 출석률이 불량해. 조퇴도 잦고. 혹시 연애하냐?"

"너는, 무슨, 실성했냐?"

정연이 더듬거리며 진태의 어깨를 찰싹 때리자 경애가 심각한 얼굴로 동조했다.

"그럼, 그럼, 시국이 시국이니만큼, 실성한 게 아닌 다음에는 그런 자질구레한 일로 피 같은 젊음을 소진해선 안되지."

"집에 김치 담그려고 열무를 절여놓고 와서 그래. 그거 얼른 버무리고 남촌으로 달려갈게."

정연의 말에 모두 악머구리처럼 떠들어대기 시작했다.

아니, 네가 어떻게 김치를 다 담글 줄 안단 말이냐, 아, 김치에 관해서라면 나도 일가견이 있다, 사내놈이 무슨 김치에 일가견씩이나 있느냐, 배추는 오래 절일수록 짜지기 때문에 오래 두고 먹을 수 있는 장점이 있다, 배추가 아니라 열무란다, 열무도 마찬가지다, 열무라고 오래 절이면 안 짜지겠느냐, 그럼 맛없어서 어떡하나, 맛

없으면 그 김치 내가 다 먹어준다, 그게 무슨 해결책이냐, 아니 그
럼 너는 이 중차대한 역사적 순간에 정연이가 김치 담그러 가야 된
단 말이냐, 그건 절대 아니고 다만 니 말이 지겹고 니 논리가 못 미
더울 뿐이다, 이제 그만해라, 나는 딱 한마디만 하겠다, 정연이 너
는 김치가 소중하냐, 우리가 소중하냐?

전연 친구들은 그 대답을 들을 필요조차 없다는 듯, 아니 그 대
답을 들을까 두렵다는 듯, 좌안의 본색을 회복한 정연을 깃발처럼
앞세우고 국민윤리 교과서의 삽화에 등장하는 자유를 찾는 월남민
들처럼 교정 철조망을 넘고 험한 언덕을 넘어 남촌으로 술을 찾아
갔다.

3

야학 수업을 마치고 나오던 인하는 교회 앞마당에서 상일을 만
났다.

"가냐?"

"오냐, 수고해라."

인하가 가려 하자 상일이 놀란 기색을 보였다.

"진짜 가는 거야? 내 수업 끝나고 술 한잔 하게 기다리지 왜?"

"약속 있어."

"무슨 약속? 오늘 순구 군대 간다고 술 한잔 하자던데."

"그래? 순구가? 그런 말 없던데."

상일이 자랑스럽게 어깨를 으쓱했다.

"그러니까 짜샤, 내가 뭐랬어? 넌 풀어도 한참 풀어야 된다 그랬지? 마음을 탁 풀어 탁. 알았어? 그러니까 애들이 니 앞에서 사사로운 얘기를 통 안하잖냐?"

"그럼 잠깐 어디 좀 들렀다가," 인하는 손목시계를 보고 말했다. "11시쯤 다시 올게."

"그래, 나중에 광주집에서 보자. 딴 놈도 아니고 순구놈 간다는데 술 한 상 거하게 먹여 보내줘야지."

교회 뒤편 어두운 골목길을 내려오는 내내 드롭스 향처럼 다디단 봄꽃 향이 풍겼다. 인하는 정류장에서 버스를 탔다. 종점행 버스라 빈자리가 많았다.

군대에 간다는 순구는 야학에 열심인 스무살 난 방직공장 공원이었다. 몸집이 건장하고 골격이 튼실한데다 눈이 둥글고 예뻐 천생 농사꾼처럼 착해 보이는 녀석인데, 안타깝게도 왼쪽 귀부터 입술까지 커다란 흉터가 퍼져 있었다. 불에 쬔 비닐처럼 쭈글쭈글하기도 하고 자갈밭처럼 오돌토돌하기도 하고 다림질한 실크처럼 맨드르하기도 한 살갗이 왼 볼을 넓게 덮다가 입술 절반쯤을 뭉개놓고서야 오그라들었다. 야학 첫 엠티에서 돌아가며 라이프 스토리를 털어놓을 때 제일 먼저 일어난 청년도 순구였다.

지가 마 네살 직에 이리 디삤다 캅니더.

순구는 고개를 숙이고 책을 읽듯이 말했다.

옆집 할마씨가 지를 이쁘다꼬 쪼매만 키와보겠다고 델꼬 가가 물 끓이놓고 잠시잠깐 한눈파는 새 마 이리됐답니더. 자라는 내내 동네에서 지 이름 천순구 냅비리두고 다들 딘둥이라 불렀십니더. 쬐만할 직엔 몰랐는데 크면서 마이 울었십니더. 넘들 얼굴도 잘 몬 치다보고 여자들 근처에도 몬 가보고 한여름에도 목에 카라를 시우고 댕깄십니더. 어무이가 마 더 표난다꼬 닐 좀 보소 광고하고 댕기냐고 그래 댕기지 말라 카는데, 밥 묵다 말고 밥상을 발로 차뿟십니더. 와 지 새끼 지가 안 길르고 남으 할마씨 손에 맽기가 이래 딘둥이를 맹글어났냐고, 마 누가 닐로 보고 시집을 올 끼냐고…… 지가 그랬십니더. 그 할마씨는 버얼써 죽었십니더. 지가 직일 놈입니더. 그 할마씨가 지를 을마나 이뻐했던가 지 오줌 받았던 그륵을 부시도 않고 바로 물 떠가 마시고 그캤다 카는데 지가 마 직일 놈입니더. 눈도 멀쩡하고 귀도 잘 듣기고 남 볼 직에만 쬐매 숭한 긴데 마…… 지가 직일 놈입니더.

그러면서 덩치에 어울리지 않게 꾸지람 들은 아이처럼 눈가를 막 비비던 순구, 저러다 덴 흉터에 닿으면 혹시 아프지 않으려나 조마조마한 생각이 들게 하던 그놈 천순구가 갑자기 군대를 간단다.

인하는 주머니에서 정연이 준 쪽지를 꺼냈다. 오늘 민경이 도시락을 가져오기 직전, 회원들이 점심을 먹으러 1층 식당으로 올라갈 때 정연은 조금 뒤로 처졌다가 그의 앞에 쪽지를 가만히 손으로 눌러놓고 갔다. 쪽지를 펴자 접힌 가로금과 빗금 한가운데 단 한 줄의 글이 적혀 있었다. 잉크가 급하게 연결된 빠른 호흡의 글씨에다 마침표도 없는 문장이었다.

만나서 얘기를 하고 싶어요

가슴이 뛰었다. 지난 한달 내내 그는 정연과 만나고 싶었다. 밤이면 그녀를 안고 싶었고 그녀의 몸을 만지고 싶었다. 섹스를 하고 싶지 않았다면 거짓말일 테지만, 그저 그녀가 옆에 있어주기만 해도 좋을 것 같았다. 귀가할 때마다 그는 어쩌면 오늘은 그녀가 방에 와 있을지도 모른다는 망상에 시달렸다. 창문이 캄캄해도 헛된 기대는 사라지지 않았다. 그녀가 불을 켜지 않고 어둠속에 웅크리고 앉아 김밥이나 요깃거리를 사다 먹고 있으리라는 생각이 들었다. 서둘러 부엌문을 열고 불을 켜면 그녀의 단화가 없었다. 그래도 망상은 질기게 이어졌다. 그럴 이유는 없지만, 신발을 방에 가지고 들어갔거나 부엌 어느 구석에 몰래 감췄을지 모른다고 생각했다. 그러나 방의 전구를 켜는 순간 백일하에 드러나는 빈 방과 그녀의 부재에 그는 털썩 주저앉곤 했다. 그는 평생 지난 한달만큼 고독해 본 적은 없는 것 같았다.

처음에 정연은 눈에 띄게 그를 피했다. 카타콤에서도 멀찌감치 떨어져 앉았고 그를 보는 눈길도 곱지 않았다. 하지만 그는 그녀에게 아무 강요도 할 수 없었다. 그녀가 그를 보기 싫다면, 그를 미워한다면, 전연을 탈퇴하겠다 해도, 설사 그의 신체부위를 도려내거나 목을 조르겠다고 해도 그에겐 이의를 제기할 자격이 없었다. 오늘 그녀를 만나 무슨 얘기를 할지 작정한 건 없었다. 그녀를 만난다는 사실만으로도 긴장되고 떨렸다. 교회를 나설 때만 해도 그녀가 허락한다면 방에 데려가 다정하게 그녀를 안고 진심으로 용서를 빌리라 생각했다. 다시는 아픔을 주지 않겠다고 맹세하리라 생각했다. 그러나 11시까지 광주집으로 돌아오려면 그녀와의 약속을 한시간 안에 끝내야 한다. 그런 마음을 전하기에 한시간은 너무 짧다. 그녀도 하고 싶어요라는 말 끝에 마침표를 못 찍을 만큼 하고 싶은 얘기가 끝없이 많다는 걸 암시하지 않았던가. 그날 새벽 그의 손가락을 따준 후 한없이 풀어내던 사투리 섞인 주문처럼, 그녀 내부에는 날 선 그의 마음을 위로하고 잠재울 신기하고 오래된 말들이 가득할 것이다. 그녀로 인해 그는 어쩌면 자신이 여성을 혐오하거나 냉소하지 않고 진심을 다해 사랑할 수 있을지 모른다는 희망을 품었다. 그가 광주집에서 순구 환송회를 하고 돌아올 동안 부디 그녀가 그의 방에서 기다려만 준다면……

쪽지를 주머니에 넣기 위해 몸을 기울이던 인하는 버스 운전석에 걸린 거울을 통해 뒷자리 사내와 눈이 마주쳤다. 사내는 거울을 통해 그를 쭉 지켜보고 있었던 것 같았다. 어디서 본 듯 눈에 익었다. 사내는 천천히 고개를 숙였다. 사내의 얼굴은 그의 얼굴에 완전히 가려졌다. 그것은 자연스러워 보이는 만큼이나 의식적으로 계산된 행동이었다. 인하는 창밖을 바라보다 두어 정류장 지나 조는 시늉을 했다. 이마에 땀이 뱄다. 고개를 조금씩 숙이면서 눈을 치떴다. 그러나 사내 역시 용의주도하게 그만큼씩만 상체를 낮춰 얼굴을 숨겼다. 거울 속에는 청커버를 걸친 사내의 양어깨만 보였다.

퀸 커피숍에 가려면 내렸어야 할 정류장을 지나쳤다. 뒷자리 사내도 내리지 않았다. 종점이 가까웠다. 요금을 받으러 다니는 안내양이 인하의 어깨를 쳤다. 그는 잠에서 깬 듯 두리번거린 후 주머니에서 회수권을 꺼내주었다. 마지막 정류장에서도 사내는 내리지 않았다. 종점 근처에서 차가 둥글게 회차했다. 인하는 고개를 숙인 채 꼼짝하지 않았다. 사내가 먼저 일어났다. 그는 눈동자를 옆으로 휙 굴려 사내의 회색 바지를 노려보았다. 턱이 높은 종점 입구에서 차체가 덜컹 솟구치다 내려앉았다. 풀쩍 뛰었다 내려서는 사내의 다리가 바깥쪽으로 심하게 휘어 있었다. 상도동 그놈이다,라고 그는 생각했다. 버스는 포장이 안된 울퉁불퉁한 바닥을 천천히 구르다 멈췄다. 덜덜거리던 시동이 꺼졌다. 흙 속에 파묻힌 듯 세상이 조용해졌다.

먼저 차에서 내린 휜 다리 사내가 종점 입구에 버티고 서 있는 걸 확인한 순간 인하는 자신에게 하나의 선택밖에 남지 않았다는 걸 알았다. 도망칠 것인가, 붙들릴 것인가. 그는 횡대로 늘어선 버스 뒤쪽으로 돌아갔다. 지금 잡히기에는 그가 알고 있는 것들이 너무 많았다. 타캠 지도부에도 언더팀 지도부에도 정리할 시간을 주어야 했다. 그리고 저들이 그에게 어떤 혐의를 두고 있는지도 생각해보아야 했다. 그는 종점 뒤편에 놓인 양철 기름통을 밟고 올라가 담장 너머를 살폈다. 뒤편은 상가 건물이었다. 담벼락과 건물이 거의 붙어 있어 상가 쪽으로 건너뛰는 데는 문제가 없었지만 상가가 끝나는 곳이 축대였다. 그 까마득한 높이로 보아 축대 아래로 뛰어내린다는 건 불가능했다. 그는 양철통에서 내려왔다. 이제 아무 선택도 남지 않았다. 시계를 보았다. 9시 반이었다. 퀸에서 정연이 삼십분째 그를 기다리고 있을 것이다. 기다리면서 「보헤미안 랩소디」를 듣고 있을지도 모른다. 주머니에 든 정연의 쪽지가 생각났다. 잡히면 이 쪽지는 수난을 겪을 것이다. 그는 쪽지를 꺼내 펼쳤다. 어둠속이라 글자는 보이지 않았다. 그는 문장이 적힌 검은 부분을 검지로 길게 문질렀다. 손끝에 흡수된 의미를 빨아들이듯 그는 검지손가락을 입에 넣었다.

왼쪽 끝 버스 뒤로 사람의 모습이 나타났다. 오른쪽 끝에도 사람이 나타났다. 휜 다리였다. 그들이 그를 발견하고 서서히 위협하듯 다가왔다. 그는 급히 쪽지를 입에 넣었다. 하고 싶어요 하고 싶어요 만나서 얘기를 하고 싶어요…… 그도…… 하고 싶었다. 보고 싶었다. 용서를 빌고 싶었다. 그가 쪽지를 삼키는 순간 그들이 덮쳤다.

그는 짙은 석유 냄새가 풍기는 종점 바닥에 쓰러졌다. 눈을 질끈 감고 두 주먹으로 귀를 막고 태아처럼 몸을 둥글게 말았다. 오! 어머니! 어머니! 야윈 그의 육체 위로 거친 주먹질과 발길질이 쏟아졌다.

"퀸 좋아하세요?"

「보헤미안 랩소디」에 두번째로 바늘을 올려놓으며 퀸의 주인여자가 물었다. 정연은 애매하게 고개를 끄덕였다.

Is this the real life?

Is this just fantasy?

Caught in a landslide

no escape from reality……

이게 진짜 삶인가?

그저 환상인 건 아닌가?

흙더미에 파묻혀

벗어날 길이 없네……

오늘 그녀가 인하에게 쪽지를 건네고 점심을 먹고 내려올 때 인하는 계단 입구에서 탈춤반 회장과 함께 있었다. 그는 잠시 대화를 중단하고 그녀를 따라 몇 계단 내려왔다. 그는 어색하고 딱딱한 어조로 말했다. 큰길에서 내 방 쪽으로 올라가다 오른쪽 두번째 골목으로 들어가면 퀸이라는 커피숍이 있어. 거기서 저녁 9시에 보자. 그녀가 고개를 끄덕이자 그는, 두번째 골목 퀸이다, 9시에, 하고 다시 한번 다짐을 두었다. 그녀가 또 고개를 끄덕이자 그는, 거기……
하더니 손바닥 모서리로 눈가를 짚었다 뗐다. 금지곡이지만, 신청
하면 퀸의 「보헤미안 랩소디」도 틀어준다. 그녀가 무슨 소린지 몰
라 눈을 크게 뜨자 그는, 그거 흥얼거리던데, 하고는 얼굴을 붉히
더니, 그날,이라고 작은 소리로 덧붙였다. 아, 그게 퀸의 「보헤미안
랩소디」였던가, 하고 정연은 생각했다. 여학생 휴게실에서 긴 머리
여학생이 치던 피아노곡이 전설처럼 제목만 전해듣던 그 노래였던
가. 그런데 내 앞에 선 이 남자…… 이 남자도 얼굴을 붉힐 줄 아는
사람이었던가. 예전에 그가 얼굴을 붉히는 걸 본 적이 있던가.

전연 친구들은 지금 산 너머 남촌에서 풍년집으로 자리를 옮겨 2
차를 하고 있을 터였다. 정연은 경애에게 술값으로 삼백원을 건네
주고 몰래 빠져나왔다. 핑계는 역시 김칫거리였다. 달콤한 막걸리
냄새가 트림을 타고 올라왔다. 이백원만 줄 걸 그랬다고 그녀는 후
회하고 있었다.

커피숍 퀸은 인하가 가르쳐준 대로 두번째 후미진 골목 안쪽에
있었다. 정연이 커피를 시킬 때 퀸의 여자는 주저하면서 오늘부터
커피값이 백이십원에서 백오십원으로 올랐다고 말했다. 그녀가 얼
핏 내보인 불안감을 가격인상에 대한 불만으로 생각했는지 퀸의
여자는 2차 석유파동 탓에 주위에 오르지 않은 것이 없다고, 다른
다방들도 오늘부터 모두 커피값을 인상했다고 말했다.

10시가 넘어도 인하는 오지 않았다. 아침에 천원이나 들고 나왔
지만 지금 그녀의 주머니에는 정확히 백원짜리 지폐 한장과 십원
짜리 동전 두개밖에 남아 있지 않았다. 그녀는 왼손바닥에 오른손
엄지와 검지로 주판셈을 해보았다. 담배 한 갑을 사고 학생식당에

서 점심을 먹고 술값을 내고, 그리고 백원을 어디다 썼는지 기억나지 않았다. 만일 인하가 오지 않는다면 그녀는 오른 커피값만큼 외상을 져야 하고 버스가 끊겨 자취방까지 걸어가야 한다. 통금에 걸리지 않으려면 11시 반에는 나가야 한다. 인하는 그전에 와야 한다.

Nothing really matters
Nothing really matters to me
Anyway the wind blows
아무것도 상관없어
내겐 아무것도 상관없어
어쨌든 바람이 부네

네번째 청해 들은 「보헤미안 랩소디」도 끝났다. 정연은 자리에서 일어났다. 가방에 든 검정 우산이 갑자기 묵직하고 거추장스럽게 느껴졌다. 그래, 아무 일도 아니다. 정말 아무 일도 아니다. 하여간 바람이 분다지 않는가. 빨리 뛰면 통금에 걸리지 않고 자취방에 도착할 수 있을 것이다. 오래 절여진 열무를 물에 담가 간기를 빼고 연탄불을 갈고 찹쌀풀을 쑤어 김치를 버무려야 한다. 커피값을 올린 때문인지, 기다리던 사람이 오지 않은 때문인지, 퀸의 주인여자는 백이십원과 대학생 회수권 한장을 맡기고 나서는 정연의 뒷모습을 미안한 얼굴로 배웅했다.

다음날 정연은 정확히 오전 10시 55분에 카타콤에 들렀다. 혼자 앉아 있던 정민경이 그녀를 보고 고개를 까딱했다. 정연도 답례로 고개를 까딱한 후 창가 자리에 앉았다.

"점심 먹었어요?"

민경이 물었다.

"아뇨."

정연은 가방에서 복사물을 꺼내며 짧게 대답했다.

"다들 방금 점심 먹으러 올라갔는데."

왜 안 가느냐는 말이겠지. 정연은 화가 났다. 여기는 우리 써클룸인데 당신이 오면 왜 우리가 나가야 하지? 정연은 몇번이나 재복사를 하여 얼룩덜룩하고 글자가 뭉개진 복사물을 펼쳐 한자 한자 차근히 짚어가며 담시를 읽기 시작했다. 그녀는 지금부터 내처 한밤중까지라도 인하를 기다릴 참이었다. 자기와의 약속은 지키지 않고 민경과의 도시락 시간에는 맞춰 온다면…… 그녀는 우선 그를 정면으로 쏘아봐줄 것이다. 마음으로 침을 뱉어줄 것이다. 어쩌면 가방에 든 검정 우산으로 그를 후려갈길지도 모른다. 그러나 그런다고 뭐가 달라질까.

민경에게서 은은한 향기가 풍겨왔다. 야단을 맞을 줄 알면서도 저절로 음식 접시에 다가드는 강아지처럼 정연의 예민한 코는 그 향기를 좇아 하염없이 킁킁거렸다. 문득 정신을 차린 그녀는 가방에서 담배를 꺼내 불을 붙였다.

"창문 좀 더 열죠."

민경이 말했다.

"아, 네."

정연은 반쯤 열린 창문을 활짝 열어젖히고 다시 복사물을 들여다보았다. 그녀의 눈은 오적(五賊)의 천인공노할 만행을 뒤쫓고 있었지만 그녀의 신경은 온통 민경에게 집중되어 있었다. 민경에게서 뿜어져오는 싸하고 새콤한 향은 담배연기를 뚫고 여전히 그녀 주변을 맴돌았다. 다림질이 잘된 연노랑 셔츠에 초록색으로 테를 두른 연둣빛 니트 스웨터를 걸친 민경의 산뜻한 차림새가 눈앞에 어른거렸다. 셔츠 깃과 겨드랑이와 손목 끝에 향수를 뿌렸을 것이다. 이렇게 냄새가 진동을 하는 걸 보면 파마한 머리에까지 그 젠장할 것을 잔뜩 뿌린 게 틀림없었다.

두 여자가 서로 왜 상대방이 어딘가로 꺼져주지 않나 하는 마음으로 아무리 오랫동안 대치하며 기다려도 인하는 오지 않았다. 정연이 담배를 세대나 피워 없애고 담시 앞부분을 거의 외워버릴 즈음이 되어서야 점심을 먹은 문연 회원들이 기운차게 떠들며 담배를 물고 몰려들어왔다. 민경이 먼저 일어났다. 정연은 자기가 이겼다고 생각했다. 민경이 손수건을 풀어 은박지 도시락을 꺼냈다.

"인하 선배한테 이거 좀 전해줄래요?"

민경이 밀어놓은 도시락에서 볶은 고기 냄새가 났다.

"오늘 좀 늦을 것 같다더니 진짜 많이 늦네."

이긴 자의 관용으로 어떤 부탁이든 들어줄 듯 미소를 짓던 정연의 얼굴이 굳었다. 오늘 좀 늦을 것 같다고 했다고? 그녀는 말없이 담배를 눌러 끄고 가방을 챙겼다.

"아, 정연이 와 있었네."

"밥 먹었냐, 정연아?"

반색을 하며 들어서는 준환과 명식을 본체만체하고 정연은 카타콤을 나왔다. 그후 일주일의 축제기간 내내 전연 회원들은 카타콤에서고 어디에서고 인하뿐 아니라 정연도 볼 수 없었다.

4

"저…… 잠깐만요."

정연은 소리가 난 쪽으로 고개를 돌렸다. 두 여자가 그녀를 내려다보며 오랜만이라는 듯 다정한 미소를 짓고 있었다. 처음 보는 얼굴들이었다. 그들의 손에는 적과 흑으로 도배된 두꺼운 성경책이 들려 있었다. 정연은 거부하는 의미로 고개를 저었다.

두 여자 중 작고 뚱뚱한 쪽이 키 큰 쪽을 보며 의논을 구하는 표정을 지었다. 키 큰 쪽은 정연의 옆자리를 가리켜 보이며 거기 앉도록 종용하는 눈짓을 했다. 작고 뚱뚱한 쪽은 자리를 많이 차지할까 두려운 듯 조심스레 정연의 옆자리에 엉덩이를 앉혔다. 큰 쪽은 작은 쪽이 간절히 도움을 청하는 눈길을 보내는 걸 외면하고 위풍당당하게 다른 전도 대상을 찾아 떠났다.

정연은 옆에 앉은 여자를 슬쩍 곁눈질했다. 첫눈에도 여자의 얼굴은 내성적이고 볼품없게 생겼다. 넓적한 크기에 비해 이목구비가 작고 동글동글한데다 균형도 맞지 않아 조그만 색단추 몇개를 되는대로 붙여놓은 타원형 방석 같은 얼굴이었다. 여자는 자기 외모에 대해 사죄라도 하듯 얼른 눈을 내리깔고 얕게 한숨을 쉬었다.

"저도 크리스천이 된 지 일년뿐이 안됐그든요."

살집에 어울리지 않게 가느다란 목소리였다. 정연은 여자의 인중이 성암사의 깊은 처마선보다도 더 길게 튀어나왔다고 생각했다. 무엇보다 기분 나쁜 것은 여자에게서 좋지 않은 냄새가 풍긴다는 사실이었다. 상하기 시작한 날고기에서 풍길 법한 비릿하고 쿰

쿰한 냄새였다.

"전요…… 사실 이 학교 학생도 아니그든요."

'그든요'라고 말할 때 여자의 목소리가 소심하게 떨렸다. 정연은 솔직한 여자의 말에 감동하려는 자신에게 화가 났다.

"죄송하지만 지금 혼자 있고 싶은데요."

여자는 아, 네에, 하고 부들부들 떨리는 소리로 말했다.

"그럼 제가 방해 안하고 성경 말씀 딱 한 말씀만 전해드리고 갈게요. 제가 너무 좋아하는 말씀인데 시편 말씀이그든요."

표시를 해놓은 갈피를 펼친 여자는 이제까지와는 사뭇 다른 힘 있는 음성으로 시편을 외우기 시작했다.

"나의 힘이 되신 여호와여, 내가 주를 사랑하나이다, 여호와는 나의 반석이시요, 나의 요새시요, 나를 건지시는 자시요, 나의 하나님이시요, 나의 피할 바위시요, 나의 방패시요, 나의 구원의 뿔이시요, 나의 산성이시로다."

정연이 노골적으로 거부하는 기색이 없자 여자는 몇말씀 더 들려줘도 좋겠다는 생각이 들었는지 다시 입을 열어 암송을 시작했다.

"그 노염은 잠깐이요, 그 은총은 평생이로다, 저녁에는 울음이 기숙할지라도, 아침에는 기쁨이 오리로다. 다음은, 다음은 이사야 말씀이그든요."

여자는 허둥대며 다음 갈피를 펼쳤다. 누군가 피아노를 치기 시작했다. 소파 뒤편으로 지나가는 여학생들의 무리에서 독한 화장품 냄새가 풍겼다. 이내 여학생 휴게실 전체에 피아노 소리가 울려퍼졌다. 정연은 피아노 쪽을 돌아보았다. 긴 머리 여학생이었다. 여학생은 「보헤미안 랩소디」가 아닌 다른 곡을 치고 있었다. 장중한 피아노 소리에 묻혀 옆자리 여자의 목소리는 잘 들리지 않았다.

"……육체는 풀이요…… 들의 꽃 같으니…… 시듦은…… 백성은 실로…… 풀은 마르고…… 우리 하나님의 말씀은 ……리라. 다음은…… 말씀이그든요."

여자에게서 입냄새까지 풍겨와 정연은 눈살을 찌푸렸다. 전도를 하러 다니려면 모름지기 구강과 겨드랑이와 아랫도리부터 청결히 해야 하지 않을까. 정연은 문득 피쎄일을 하거나 운동의 정당성을 아지프로할 때도 마땅히 구강과 겨드랑이와 아랫도리를 청결히 해야 할 것이라고, 그래야 남자 선배에게 당할 때도 후회가 없으리라고 생각하며 씁쓸히 웃었다. 그녀는 옆자리 여자를 불쾌하고 성가시게 여기면서도 여자가 갑자기 목청을 돋우자 자기도 모르게 귀를 기울였다.

"너는 내게 부르짖으라, 내가 네게 응답하겠고, 네가 알지 못하는 크고 비밀한 일을 네게 보이리라!"

여자는 성경 말씀에 감동해야 할 사람이 자기가 아니라 상대방이라는 걸 잊고 있었다. 암송에 도취된 여자는 의기양양한 눈빛을 정연에게 곧바로 대고 쏘았다. 네가 알지 못하는 크고 비밀한 일을 네게 보이리라! 여자의 작고 오목한 눈자위 안에서 영채를 띤 눈동자가 까맣게 빛났다. 그러나 정연은 여자의 시선을 정면으로 포착할 수 없었다. 여자의 눈은 신의 눈처럼 사시였다.

"너희가 내 안에 거하고, 내 말이 너희 안에 거하면, 무엇이든지 원하는 대로 구하라, 그리하면 이루리라."

바지 위에 놓인 정연의 손이 떨리기 시작했다. 그녀는 묻고 싶었다. 사람을 미워하는 일도? 그 사람이 죽기를 바라는 일도? 생명을 죽이는 일도? 그런 것을 구해도 신은 이루어주는가? 그녀는 계속 떨리는 자신의 손이 마음에 들지 않았다. 신도 마음에 들지 않았고 신의 충실한 종인 이 암내나는 여자도 마음에 들지 않았다. 이 여자는 하루에도 수십번씩 똑같은 문장을 외우고 다닐 것이다. 같이 다니는 키 큰 여자가 이 여자에게 전도에 유용한 구절들을 뽑아주었는지 모른다. 그런 걸 단체로 교육받는지도 모른다. 이 여자의 암송은 행상의 호객처럼 기계적인 것이다. 그러므로 나는 감동해선 안된다. 이 여자는 사팔의 눈으로 내 어둠을 엿보고 나를 유혹하고 있다.

그러나 어느 순간 정연의 가슴속에서는 이 여자가 오로지 자기만을 위해 평소 아껴왔던 말씀들을 아낌없이 암송해주는 것이었으면 하는 바람이 잔잔히 솟구쳐올랐다. 이 여자라면 자기의 고민을 들어주고 함께 울며 기도해줄 수 있지 않을까 하는 기대도 피어올랐다. 그녀는 떨리는 두 손을 신경질적으로 눌러 깍지를 끼었다. 기도하듯 손을 깍지 끼는 순간 눈물이 솟구쳤다. 넋이 까맣게 타버린 듯한 폐허 같은 절망감 위로 귀에 익은 선율이 흘러들었다. 퀸이었다.

이게 진짜 삶인가?
그저 환상인 건 아닌가?
흙더미에 파묻혀
벗어날 길이 없네……

옆자리의 여자는 계속 신이야 넋이야 성경 말씀을 외워댔다.

"구하라, 그러면 너희에게 주실 것이요, 찾으라, 그러면 찾을 것이요, 문을 두드리라, 그러면 너희에게 열릴 것이니, 구하는 이마다 얻을 것이요, 찾는 이가 찾을 것이요, 두드리는 이에게 열릴 것이니라."

정연은 팔로 얼굴을 감싸고 무릎 위에 엎드렸다. 육체는 풀이라는 말, 저녁엔 울음이 기숙하더라도 아침엔 기쁨이 오리라는 말, 부르짖으면 응답하겠다는 말, 크고 비밀한 일을 보이리라는 말, 구하면 주실 것이요 찾으면 찾을 것이라는 말…… 여자가 외운 문장들이 가슴속에 파문을 일으키며 격렬하게 소용돌이쳤다. 심한 몸살 감기에 걸렸을 때처럼 뺨이 달아오르고 온몸에 오한이 났다. 옆자리의 여자가 조용히 일어나는 기척과 함께 또 한번 역한 암내가 풍겼다. 그녀는 눈물에 젖은 손으로 입을 막고 조용히 구역질을 했다.

Mama, just killed a man……
엄마, 사람을 죽였어……

정연은 엎드린 채 퀸의 노래를 들으며 흐느꼈다. 피아노 소리에 울음소리가 묻히는 게 다행이었다. 얼굴을 감싼 손끝에 짧게 돋아난 눈썹이 만져졌다. 검지를 천천히 움직이자 까칠한 촉감이 느껴졌다. 손가락을 구부렸다. 그래도 새 생명처럼 움튼 눈썹의 감촉이 검지 끝에 남아 까끌거렸다. 육체는 풀이며 들꽃이니……

Mama, oooh, I don't wanna die!
I sometimes wish I'd never been born at all

엄마, 오오, 난 죽기 싫어!
난 가끔 내가 태어나지 말았으면 좋았을 것 같아

정연은 방언이 터진 사람처럼 중얼대기 시작했다. 신이여! 구하
면 주실 것이라 하였으니 용서를 구하노라. 그가 저지른 죄를 용서
하라. 내가 저지를 죄를 용서하라. 다시는 눈썹을 뽑지 않으리라.
다시는 어리석은 감상에 빠지지 않으리라. 다시는 그 사람을 기다
리지 않으리라. 맹세컨대 다시는 그 사람을 믿지 않으리라. 다시
는…… 다시는……

교문 앞 정류장에 방심하고 서 있던 정연은 누가 다가와 팔꿈치
를 잡는 바람에 질겁을 했다.
"정연이 너 요즘 왜 이렇게 보기가 힘드니?"
은수였다.
"아! 예에, 언니!"
한때는 속에 있는 어떤 고민도 털어놓을 수 있다고 믿은 선배였
지만 이제 그녀는 은수가 조금도 가깝게 느껴지지 않았다.
"어디 아프니? 얼굴이 안 좋다."
"예에, 좀."
"많이 아팠나보구나. 그동안 카타콤에도 안 나오고."
은수가 걱정스러운 눈으로 정연의 얼굴을 들여다보았다. 정연은
은수의 아름다운 입술이 매혹적으로 달싹거리는 걸 보는 순간 이
여자도 인하와 섹스를 한 사이가 아닐까 생각했다. 의혹은 곧 확신
이 되었고 확신은 더 큰 의혹을 불러왔다. 어쩌면 인하는 그날 자

기와 그 짓을 한 게 처음이 아니었는지 모른다. 여자 후배들 대부분과 그런 짓을 했는지 모른다. 이년 저년 무년 가리지 않고 카타콤 삼년방의 모든 년들과 섹스를 했는지 모른다. 응하면 응하는 대로, 거부하면 강제로라도.

"우리 축제 때 공연 못했다."

은수가 침울하게 말했다.

"알아요."

정연은 은수를 경멸하려는 마음을 간신히 억누르면서 대답했다.

"그럼 인하형 달린 것도 알아?"

정연은 그 인간 얘기는 하지도 말라는 표정을 지었다가 화들짝 놀라 물었다.

"왜요?"

"몰라. 지난번 피쎄일 때문인지, 이번 공연 때문인지, 아니면 더 큰 게 걸렸는지, 참 걱정이다. 어제 상일이형이랑 용호가 가서 인하형 방 치우고 왔다더라."

"언제, 언제 달렸는데요?"

"상일이형이 그러는데 지난주 목요일 밤에 그랬대지. 야학 끝나고 바로 달렸나봐."

"목요일 밤?"

정연은 두 손으로 입을 틀어막았다. 정류장에 몰려선 사람들이 호기심에 찬 눈으로 힐끔거리는 것도 알지 못한 채 그녀는 토하듯 꺽꺽 울음을 쏟아놓았다.

"오, 언니! 오오, 은수언니! 어떡해요?"

은수는 정연의 들먹거리는 어깨를 양손으로 껴안고 자기도 솟구치는 눈물을 삼키려고 애를 썼다. 용호가 보았다면 씨발, 저년 것들은 정이 많아 탈이야, 하고 투덜거릴 광경이었다.

정연은 기쁜 나머지 울면서도 발을 동동 굴렀다. 인하는 달렸던 것이다. 그래서 퀸에 오지 못했던 것이다. 향수 냄새를 퐁퐁 풍기던 정민경의 말은 새빨간 거짓말이었다. 자기가 전날 인하와 만나기라도 한 듯이, 혹은 아침에 그와 전화 통화라도 한 듯이 그가 좀 늦을 거라고 꾸며 말하던 그 여자는 지독한 거짓말쟁이였다. 오, 세상에, 젠장! 오, 신이여! 퀸이여!

정연은 정류장에서 은수와 헤어지자마자 곧바로 인하의 자취방으로 달려갔다. 경찰이 한차례 들쑤시고 상일과 용호가 서둘러 짐을 뺀 빈 방은 휑뎅그렁했다. 부엌 집기 일부와 앉은뱅이책상이 빠진 것뿐인데도 주인을 잃은 공간은 폐가처럼 황폐했고 곰팡이가 잔뜩 슨 벽은 금세라도 무너질 듯 허술했다. 그녀는 찬장이 놓였던 자리에서 검정색 우산집을 찾아냈다. 기우뚱한 찬장을 괴는 데 썼는지 우산집은 납작하게 말려 있었다. 그녀는 꼬깃꼬깃한 우산집을 펴 먼지를 털었다. 그의 우산에게 집을 찾아줄 수 있게 된 것이 기뻤다. 그도 우산처럼 곧 집을 찾아 돌아올 수 있을 것 같았다. 방 구석에 제본이 풀려 낱장이 흩어진 소설책이 떨어져 있었다. 그녀는 그것도 잘 추슬러 가방에 넣었다.

돌아오는 길에 정연은 퀸에 들렀다. 퀸의 주인여자가 그녀를 보자마자 「보헤미안 랩소디」를 틀었다. 이제 그녀를 알아본다는 뜻이었다.

"커피값이 백오십원에서 백팔십원으로 또 올랐답니다."

퀸의 여자가 커피를 내려놓으며 말했다.

“오늘은 돈 있어요.”

정연이 그새 또 올랐느냐고 따지기는커녕 돈을 내보이려 하자 퀸의 여자는 기가 막힌지 손을 저었다.

“그게 아니라 학생한테만 백팔십원 받으려구요. 그때 맡긴 회수권 찾아가야죠.”

아, 하고 정연은 고개를 끄덕였다. 퀸의 여자가 보이는 친근감이 인하에 대해 뭔가 물어볼 용기를 주었다.

“저 혹시…… 여기 자주 왔는지는 모르겠는데요, 마르고 키는 보통이고 얼굴이 흰 남학생 아세요?”

“마르고 키는 보통이고? 또?”

“얼굴이 흰 편인데요.”

“얼굴이 흰 편? 잘……”

퀸의 여자가 턱을 긁으며 웃었다. 잘 모르겠다고 말할 줄 알았는데, 잘……생겼죠?라고 물었다.

“몇주 내내 와서 이 노래만 신청해서 듣고 가던 그 남학생 말하는 것 같네. 학생도 처음 온 날 이 노래만 신청하길래 안 그래도 둘이 아는 사이인가 생각했는데. 이름은 모르고, 밤늦게 잘 왔어요. 요즘엔 통 못 봤네요.”

버스 안에서도 인하의 방에서도 줄곧 다른 생각에만 매달려 있던 정연은 퀸에 앉아 호젓이 커피를 한모금 마신 후에야 비로소 그가 달렸다는 의미에 대해 생각해보기 시작했다. 그러니까 인하형이 대체 어떻게 되었다는 말이지? 별안간 가슴이 턱 내려앉았다. 이게 무슨 일일까. 가슴속 우리에 가둬둔 짐승의 울음소리가 가냘프게 들려오는 것 같았다. 순간 독문과 사무실에서 눈이 마주친 검은 재킷의 남자가 떠올랐다. 유리에 바짝 붙은 얼굴, 적의에 찬 눈빛, 잘근잘근 입술을 씹으며 숨을 훅훅 내뿜던 모양, 그 숨결에 유리가 살짝 흐려지던 것까지 모조리 살아 꿈틀거리듯 생생했다. 정연은 놀라 두 손으로 얼굴을 가렸다. 아, 아버지! 급박한 템포의 음악에 따라 맥박이 빠르게 뛰었다.

고향집인 성암사의 보살들과 단골 신도들은 늘 앓고 있는 오택근을 두려워했다. 그는 가끔 성암사 곁채에서 짐승처럼 포효하며 발작을 일으키는 적이 있었다. 유보살과 오보살이 번갈아 아버지를 달래는 소리가 들려오는 밤이면 어둠이 짐승의 눈처럼 빛깔을 알 수 없는 두개의 구멍으로 응축되어 그녀를 조용히 응시하는 듯한 묘한 고적감이 찾아오곤 했다.

어린애가 울고 서 있는 거인의 정원 구석처럼 아버지가 기거하는 성암사 곁채에는 항상 냉기가 돌았다. 꽃도 피지 않고 해도 들지 않았다. 그가 누군가에게 화를 내거나 고함을 치는 일은 드물었다. 그는 조용하고 말이 없는 편이었는데 이상하게도 성암사 여인들은 그의 앞에만 가면 전전긍긍하며 한시바삐 그 자리를 모면할 궁리만 했다. 그러나 어려서부터 그의 방에서 기어다니며 놀았던 외동딸인 정연만은 예외였다. 누구든 감히 생심도 못할, 그의 발가락을 빨고 그의 얼굴을 엉덩이로 뭉개고 그의 국그릇을 내동댕이쳐 고기를 건져먹을 수 있는 유일한 존재가 그녀였다.

그가 죽던 해 가을, 성암사 뒤로 난 산길을 그는 딸과 함께 자주 산책을 나갔다. 발작도 뜸하고 조금씩 기동도 해 이제 병이 낫는가 싶은 즈음이었다.

연아, 단풍이 이쁘냐?

이, 나넌 단풍이 질로 이뻐, 아부지.

그때 단풍잎을 모으던 정연은 국민학교 6학년이었다.

아부진 단풍이 슬프고 무서버야.

뭣 땀씨 단풍이 무서버야?

금시 겨울이 온께. 춥고 눈 오고 배 곯고 그랑께.

불 때서 쌀 씩거서 밥 해묵으면 되지.

연기가 나는디 불을 어떻게 때야?

부채로 부친당께. 연기 나믄 요래요래 눈 안 시리게 부채로 부친당께.

아이고, 연이 니가 무선 게 뭔지를 아냐?

정연은 단풍잎을 줍느라 무선 게 뭔지 알 틈이 없었다.

연이 니도 차차 사램을 만내고 사귀보믄 알게 되겠지마는, 아부지 생각은 이렇당께. 원체 본바탕이 막돼묵은 눔하구는 의당 상종을 말어야 쓰지마는, 넘들이 괜시리 무서버하는 그런 눔하구두 동무하지 말어. 그눔은 지가 외롭구 무서버서 그런 것이지만 죽을 적까정 그 마음을 못 벗으믄 가차이 있는 사램을 자꼬 다치게 한께.

단풍잎을 잔뜩 모은 그녀가 아버지의 손에 단풍잎 같은 작은 손을 밀어넣으며 말했다.

아부지, 나는 오늘 저녁에 삶은 도야지괴기가 묵구 잡은디.

어이구, 우리 연이, 삶은 도야지 묵구 잡냐?

이.

절집이서 괴기를 워찌케 삶냐?

초하루 보름도 아닌께 뒤꼍에서 살그무니 삶으믄 안되까?

안뒤야.

안뒤야?

그녀가 눈을 동그랗게 떴다.

아녀, 아녀. 연이 놀릴라 그런 겨. 초하루 보름이믄 워뗘? 우리 연이 묵구 잡으면 삶는 것이제. 괴기 삶을라면 시간이 쪼까 걸린께 이만 내려가야 쓰겄다.

그해 늦가을까지도 딸을 앞세우고 산을 다니던 오택근은 겨울이 되면서 앓아눕기 시작하더니 한달 정도 앓다가 자는 듯이 죽었다. 초상을 치른 직후였다. 정연은 아버지가 기거하던 곁채 방에 누워 낮잠을 자고 있었다. 유보살과 오보살, 그리고 상 치르는 걸 도우러 온 산 아랫마을 신도들이 모여 있는 본채 쪽에서 웃는 소리가 들려왔다. 웃음소리가 유난히 큰, 그녀와 같은 학년 친구인 동자의 엄마 동자네도 있었다. 웃는 간간이 탁탁 무릎을 치는지 방바닥을 치는지 손장단 소리까지 들려왔다. 방은 어두워지기 시작했고 본채에서 새어나오는 불빛과 웃음소리는 그녀를 외롭게 했다. 그녀는 자기에게만 덮씌워진 어둠과 냉기를 느꼈다. 방에서 혼자 앓던 아버지가 된 기분이었다.

집 없는 떠돌이가 따뜻한 음식 냄새가 풍겨오는 환한 부엌 들창을 엿보듯, 배역을 맡지 못한 견습배우가 검은 휘장 뒤에서 조명이 찬란한 무대를 엿보듯, 정연은 웃고 손뼉을 치는 그들을 향한 선망과 증오에 어깨를 떨었다. 아버지의 죽음이 그들에게 자유와 기쁨을 선사한 것 같아 가슴에 봉화를 지핀 듯 뜨거운 울화가 치밀었다. 아부지…… 아부지…… 시커먼 연기 같은 분노가 온몸 마디마디 퍼져나가 몸이 재처럼 바스라져버릴 것 같았다. 저들은, 심지어 엄마와 당고모마저 아버지가 없어진 걸 좋아하고 있는 건 아닌가

하는 생각이 들자 말할 수 없이 아버지가 측은했다. 그들과 아버지, 그들과 그녀 사이는 몇억광년 별들처럼 멀었고 그녀는 아버지가 몹시 그리웠다.

그날 가을 산길을 내려오면서 오택근은 딸에게 물었다.

연이는 이 아부지가 무서브냐, 안 무서브냐?

한나도 안 무섭당께.

그려, 아부지 무선 사람 아녀.

이, 나도 알어. 아부지 워디가 무섭당가?

그녀의 아버지는 무서운 사람이 아니라 무섬증이 많은 사람이었다. 산에서 끝까지 내려오지 못하고 버티다 토벌대에 잡힌 것도 투쟁심 때문이 아니라 공포 때문이었다. 노란색만 보면 그 무섬증이 도진다 했다. 왜 하필 노란색이었는지는 아무도 모른다고 했다.

「보헤미안 랩소디」는 계속 흐르고 정연은 불붙이지 않은 담배의 필터를 축축해질 때까지 빨며 생각에 잠겨 있었다. 어쩌면 인하도 아버지처럼 되어 돌아올지 모른다는 생각이 들었다. 온몸이 만신창이가 되어 집 밖에도 못 나가고 낯선 사람의 그림자만 비쳐도 이불 속에 숨고 노란색만 보면 팥죽같이 땀을 흘리다 발작을 일으킬지 모른다. 그러나 더 무서운 건 그가 영영 돌아오지 않는 것이었다.

If I'm not back again this time tomorrow,
Carry on…… Carry on……
As if nothing really matters
내가 내일 이 시간에 돌아오지 않아도,
계속 살아가요…… 계속 살아가……

164

아무 일도 없던 것처럼

커피를 한모금 마시고 잔을 내려놓는 정연의 얼굴에 단단한 결기가 서렸다. 그녀는 그날 흘린 한 티스푼의 피를 생각했다. 그러자 한 티스푼만큼의 힘이 났다. 처녀도 뭣도 아니면서 베개를 눈물로 흠뻑 적시거나 툭하면 한숨짓고 입술을 깨무는 일 따위는 이제 그만두어야 한다. 사정이야 어찌되었건 일이 이렇게 된 이상 쇠떡심처럼 질기고 염소처럼 힘이 세져야 하며 화전보다 기름지고 먼 길을 떠나는 나그네의 신발끈보다 매섭게 동여져야 한다. 망자를 향해 손수건을 흔들듯, 그녀는 눈물을 글썽이며 불붙이지 않은 담배를 까딱까딱 양쪽으로 흔들어 자기 속의 죽은 처녀를 애도했다.

5

반지하 써클룸인 카타콤에도 5월의 화사한 기운은 어김없이 찾아왔다. 창밖에는 잘라서 색동소매 한동을 덧대어도 좋을 만큼 결이 고운 진초록의 잔디가 뻗어 있었고, 그 위로 흰 벚꽃잎이 들리지 않는 종소리를 내며 사분사분 떨어지고 있었다. 향긋한 풀냄새와 꽃들의 단 향이 카타콤에 그윽하게 퍼졌다.

그러나 전연 탁자에 둘러앉아 있던 회원들이 윤상일의 폭탄선언 한마디에 놀라 뒤로 넘어가는 시늉을 한 후 일제히 담배를 피워무는 바람에 풀과 꽃의 향기는 씁쓸한 담배연기에 묻히고 말았다.

"이럴 수가!"

진태의 탄식을 마지막으로 침묵이 흘렀다.

언제부턴가 준환은 창가 자리를 정연에게 빼앗기고 말았다. 지금도 정연은 슬그머니 자리에서 일어나 창가로 가더니 잔디밭을 바라보고 서 있었다. 요즘 곧잘 그렇게 골똘하니 서 있는 그녀를 용호가 힐끗 돌아보고 물었다.

"쥐 잡는 애처럼 넌 왜 그러고 섰냐?"

"담배연기가 싫어서요."

그 말을 진태가 날쌔게 받아쳤다.

"아, 거참! 시집살이도 해본 년이 더 오지게 시킨다고 피우다 끊은 주제에 되게 유세 떠네."

"너도 끊어봐. 이렇게 치 떨리게 안 싫어하면 얼마나 피우고 싶은데."

정연이 낮은 소리로 잔잔히 노래하듯 말했다.

"넌 뭐 그렇게 쓸데없는 데까지 증오심을 키우고 그러냐? 안 그래도 우리가 증오할 게 얼마나 많은데."

"저런 잔소리 듣지 말고 차라리 피워, 피워."

준환이 정연에게 환희 한 개비를 내밀었다. 흡연량도 늘었지만 무엇보다 선배들의 무자비한 착취를 견디다 못해 눈물을 머금고 가격대를 낮출 수밖에 없었노라는 것이 한산도에서 환희로 연종을 갈아탄 준환의 애달픈 변이었다. 정연은 담배를 받아들고 냄새를 맡았다.

"냄새가 한산도보단 안 좋다, 응?"

"그럼, 반값인데."

냄새가 안 좋아 미안하다는 듯 준환이 수줍게 성냥을 꺼내자 정연이 고개를 저었다.

"아냐! 듣고만 있을게."

"신경쓰이게 하지 말고 피워."

진태가 또 참견을 하고 나섰다. 재현은 그런 진태를 보고 속으로 혀를 찼다. 신경 가닥도 참 여러군데 걸쳐놓고 사는 놈이었다. 몇초 전까지만 해도 상일이형 앞에 무릎을 맞추고 앉아 와! 어! 하고 연신 감탄사를 터뜨리며 고개를 뒤흔들던 놈이, 게다가 창가에서 멀리도 떨어져 앉은 놈이 왜 공연히 정연에게 트집을 잡는지 몰랐다. 옆에 앉았으면 발이라도 꾹 밟아주고 싶었지만, 그들 사이에는 경애가 떡 버티고 앉아 맹렬히 담배를 빨아대며 막 입수한 정보를 해독하지 못해 극도로 난감한 표정을 짓고 있었다.

"아니, 상일이형!" 진태가 생각났다는 듯 다시 상일에게 턱이 닿도록 달려들었다. "진짜야? 인하형네가 그렇게 으리삐까하게 잘산단 말야?"

"내가 니들 붙잡고 사기 쳐서 뭐할 건데?"

인하의 첫 면회를 다녀온 윤상일의 말이 사실이라면 재현도 놀랍지 않은 건 아니었다. 박인하가 부잣집 외동아들에 어머니는 왕년의 뜨르르한 여배우라니. 그렇지만 왠지 그럴 것 같았다는 기분도 들었다. 정연의 반응이 궁금했지만 그녀는 불붙이지 않은 담배를 손가락에 끼운 채 창밖을 보고 있었다. 왼손으로 오른쪽 팔꿈치를 받치고 오른팔을 접어 비스듬히 바깥으로 젖힌 뒷모습이 얼마 전까지 담배를 피우던 자세와 한치도 틀리지 않았다. 그래서인지 재현이 보기에 그 자세는 담배를 증오하기는커녕 한층 더 연모하는 자세 같았다.

"하 참! 인하형네가 그렇게 부자였다니 믿어지지가 않네. 난 삼년방 멤버 중에서 우리집이 제일 부잔 줄 알았는데."

진태의 말에 조용하던 문연과 이연 쪽 탁자에서 자기들을 뭘로 보고 그런 소리를 하느냐는 분개에 찬 항의가 빗발쳤지만 진태는 아랑곳하지 않았다.

"신진태 아버지 분발하셔야지, 이거 아들 자존심이 말이 아니잖나 말이야."

"아울러 어머니도 분발하셔야 할 듯! 여배우셨다지 않니?"

경애가 이렇게 토를 달자 준환이 시무룩하게 말했다.

"난 진짜 배신감 느낀다. 맨날 나한테 담배 달라 돈 달라 그러더니만."

그 말이 끝나기가 무섭게 용호가 볼을 푸들푸들 떨었다.

"오난이 너뿐이냐? 여기서 인하형한테 담배 안 뜯기고 돈 안 뜯긴 연놈 있으면 손들어봐라. 난 일학년 때부터 뜯겼으니까 니 몇 배냐, 몇 배?"

은수도 이번 경우에 한해서만은 용호의 말에 백번 공감한다는 눈치였다.

"그럼 난 용호 니 몇 배냐? 니들 배신감이 어디 내 배신감만하겠냐?"

상일이 초연하게 말하고 어깨를 으쓱했다. 한참 동안 넋이 나간 듯 앉아 있던 명식이 잠꼬대하듯 말했다.

"그러니까 원래는 가난했었는데 그새 에너미들이 떼돈을 안겨준 거 아닐까? 빨리 뭔가를 불라고."

"말이 되는 소릴 해."

재현이 핀잔을 주었다. 이때 진태가 수상쩍다는 듯 상일을 쪼아 보았다.

"용호형이랑 은수누나는 몰라도 같이 삼년을 지낸 상일이형이 몰랐다는 건 진짜 말이 안되는데. 혹시 형네도 엄청 부자인 거 아냐?"

상일의 얼굴이 급격히 어두워졌다.

"하아, 참, 이거 난감하네. 내가 사실 그동안 너희들한테는 보안을 지키느라 말을 못했는데……"

호기심에 찬 회원들의 눈빛이 상일에게 집중되었다.

"지금에사 말이지만…… 안채는 따로 있다."

다들 의아한 얼굴로 마주 보며 고개를 갸웃거렸다. 안채? 안채가 무슨 뜻이야? 그건 또 무슨 은어, 비어, 약어야? 언더랑 다른 건가? 언더 지도부 말고 안채 지도부가 따로 있나?

"인하네 집은 우리집 사랑채에 불과하다!"

그제야 와하하 웃음이 터졌다. 문연과 이연 탁자에서도 제대로들 놀고 있다는 비아냥거림과 함께 낄낄대는 웃음소리가 들려왔다. 재현이 굳이 돌아볼 것도 없이 카타콤 안에서 웃지 않는 사람은 정연뿐이었다. 아니나 다를까 정연은 고개를 조금 끄덕이고 맨 담배를 사탕처럼 한 입 빨더니 다시 창 쪽으로 몸을 돌려세웠다.

인하가 구속된 후 비 오는 날처럼 우중충하던 분위기도 잠시, 요즘 카타콤엔 난만한 봄기운과 함께 들놀이 화전을 부치는 화덕 주변처럼 분방한 활기가 넘쳤다. 인하의 공석을 승계한 전연 회장 윤상일이 판에 슬슬 기름을 두르면 벌써 이연과 문연에까지 고소한 냄새가 파문을 그리며 퍼져나갔다. 저마다 맛깔난 농들을 반죽에 던져넣는 가운데 진태가 한바탕 익살을 떨어 냅다 판을 뒤집으면 달군 기름에 밀반죽이 튀듯 와그르르 웃음이 터졌다. 분위기에 휩쓸려 막 지져낸 식지 않은 농담 한 조각을 선뜻 입에 베어물던 재현은, 언제나 구석에서 소금 덩어리를 씹은 사람처럼 표정이 굳어 있는 정연을 발견하곤 했다. 그녀는 농담이나 우스개를 즐기는 대신 해독하려는 듯 보였다. 아, 그런 뜻이었군, 그런 의미였어, 하고 해석을 내린 후, 마치 그것이 농담을 선물한 자에 대한 최대의 보답이기라도 하듯 가볍게 고개를 끄덕일 따름이었다.

언제부턴가 재현은 준환을 따돌리고 정연의 주변을 맴돌기 시작했다. 틈만 나면 함께 밥을 먹고 책을 읽고 차를 마시고 집까지 바래다주었다. 정연은 룸메이트와 방을 같이 쓰는 게 신경쓰인다며 새 자취방을 얻어 독립했는데 하필 그게 인하형이 살던 방이었다. 보증금이 없고 방세가 싸긴 했지만 워낙 환경이 열악했다. 그는 정연이 이사한다는 사실을 준환에게 비밀에 부치고, 이사하는 날 아침 일찍 달려가 짐 나르는 것을 도왔다. 새로 도배한 벽에 못도 치고 방에서 물것이 나온다고 해서 소독약도 사다 뿌렸다. 둘만의 신방을 꾸미는 기분이었다.

언제부터 정연이 자기 마음속에 슬쩍 잠입해들어왔는지 재현은 정확히 알 수 없었다. 그래서 첫눈에 반해 연애를 시작한 청년처럼, 그녀를 처음 만났을 때, 두번째, 세번째 만났을 때 하는 식으로 그들의 연애사를 예쁜 필연의 팻말로 구획지을 수 없었다. 하지만 어느날 아침 눈을 뜨고 보니 갑자기 사랑이 싹텄다는 식의 충동적인 스타트는 그의 낭만적 취향에 맞지 않았다. 우연의 힘과 아름다움을 알기에는 아직 젊디젊은 스무살이었으므로 그는 정연과의 관계를 필연화하기 위해 기를 쓰다 급기야 그들이 최초로 만난 순간으로까지 거슬러올라갔다. 다행히 그는 그녀를 처음 만나던 날을 정확히 기억하고 있었다. 그날 허름한 중국집 골방에서 신입회원 오정연은 황은수에게 또랑또랑한 목소리로 물었다.

그럼 언니, 우린 모두 노동자가 돼야 하나요?

첫 만남 이후 그들의 관계가 어떻게 운명적으로 발전해왔는가를 입증하기 위해 재현은 과거를 다소 윤색하거나 억지로 끼워맞추는 일마저 불사했다. 그리하여 가까스로 그들의 인연을 우연보다 필연에 가깝도록 인식하는 데 성공했다. 다만 한가지, 요즘 그는 정연이 자주 짓는 이방인처럼 낯설고 딱딱한 표정이 마음에 걸렸다. 그녀는 요즘 들어 도회여성처럼 수척하고 아름다워진 대신 부쩍 무심하고 비사교적이 되었다. 그는 그 변화를 해석할 수도, 무시할 수도, 넘어설 수도 없었다.

재현은 카타콤에 한바탕 웃음이 퍼질 때면 항상 정연을 돌아보았다. 민요자락을 뽑고 어깨춤을 추고 추임새를 넣고 박수 치고 떠들고 웃는 회원들을 보는 그녀의 둥근 눈가에는 야릇한 슬픔이 떠올라 있었다. 그 표정에서 그는, 소외를 자처하는 자의 고독과 지금 여기 부재하는 어떤 것에 대한 가없는 그리움을 읽었다. 경애가 문연 회장 김선욱을 사모하듯 정연도 남몰래 박인하를 사랑했나, 하는 생각이 들기도 했다. 철없는 마음에 그랬을 수도 있지. 신입 여학생들은 무턱대고 선배 남학생을 사랑하곤 하니까. 그렇게 가볍게 생각하려 해도 재현은 가끔 질투심으로 끓는 기름에 덴 듯 눈알이 후끈거렸다.

5 . 춤추는 우연

1

우윳빛 유리로 둘러싸인 욕실에는 늦가을 아침 햇살이 가득했다. 인하는 서재에 딸린 환한 유백색 공간에 홀로 앉아 진땀을 흘렸다. 배변이 순조롭지 않은 지 오래였다. 한번은 변기 위에서 잠깐 정신을 잃은 적도 있었다.

오늘 아침의 설사 역시 심한 복통을 동반했다. 그는 변기에 앉아 고개를 늘어뜨리고 고된 숨을 몰아쉬었다. 배를 움켜쥔 굽은 자세는 가끔 커피숍 퀸의 기억을 불러왔다. 잊지 않으려 하면 잊지 않아지는 일들이 있다. 잊으려 해도 잊지 않아지는 일들이 있다. 그의 욕실용 파란 슬리퍼 발등에는 *KING & QUEEN*이라는 흘림체 글씨가 인쇄되어 있었다. 설사를 하는 중간중간 그는 슬리퍼의 철자를 읽으며 사나운 록 음악이 흘러나오던 커피숍 퀸과 그곳에 가지 못했던 그날 밤을 생각했다. 정연은 그를 기다렸을까. 그랬을 것이다. 그게 마지막이었다.

독재자가 죽고 그가 풀려났을 때는 커피숍 퀸은 없어졌고 그의 자취방에 세 들어 살았다던 정연은 휴학을 하고 고향에 내려간 뒤였다. 그가 그녀의 실종 소식을 전해들은 건 그로부터 일년이 지난 후 다시 감옥에 들어가 있을 때였다. 아랫배가 싸늘해져왔다. 장이 펄떡 뒤집히면서 눈물인지 땀인지 모를 액체가 정확히 & 위에 떨어졌다. 인연의 허망함을 탄식하는 여인의 자세로 비스듬히 기운 &.

변기에서 일어서면서 그는 어지럼증에 한 손으로 유리벽을 짚었다. 한 손으로 바지를 끌어올리는데 헐렁한 실내옷 바지의 허리선이 팽팽해지더니 탄력을 놓치면서 툭 끊어졌다. 그는 얼른 벽을 짚었던 손을 내려 흘러내리는 바지춤을 양손으로 붙들었다. 버스 종점에서 흰 다리의 사복에게 잡히던 밤의 공포가 떠올랐다. 그들은 그에게 커다란 바지를 입히고 혁대나 허리끈을 지급하지 않았다. 자해를 우려해서였다. 조사실에서 고문과 취조를 당하고 가까스로 몸을 일으켜 양손으로 바지춤을 붙들고 일어설 때면 그는 자신이 그들 말대로 정신적으로 '불온'한 게 아니라 '불구'라는 생각을 지울 수 없었다.

인하는 늙은 노숙자처럼 실내옷의 바지춤을 붙들고 서재를 지나 식당으로 갔다. 아주머니는 오늘 아침 전복죽을 끓여놓았다. 내장을 넣어 끓여 연한 이끼빛이 도는 죽그릇 옆에는 고춧가루를 넣지 않은 물김치와 새우를 다져넣은 계란찜이 놓여 있었다. 매일 그의 셔츠를 다림질하고 그가 더럽힌 변기를 닦고 그에게 세심한 밥상을 차려주는 여자가 단지 고용된 여인이라는 사실이 가끔 그를 놀라게 했다. 그들도 그에게 매끼 식사를 주었다. 순두부찌개, 비빔밥, 식었지만 고깃점이 실하게 든 설렁탕. 충실한 자술서를 쓴 날은 술까지 주었다. 술과 밥과 자유. 매 맞거나 위협당하지 않고 배불리 먹고 마시며 적에게 속마음을 털어놓을 수 있는 자유. 그러나 잠깐의 꿀 같은 휴식이 지나고 고문이 재개되었다. 그때는 그도 버틸 만큼 버텼다. 그들은 그가 진짜 빨갱이인지 아닌지에는 관심이 없었다. 요식적인 수순을 밟는 것뿐이었다. 더는 못 버티겠다 싶을 즈음 기적처럼 고문이 중단되었다. 나중에야 어머니가 윗선에 줄을 댄 걸 알았다.

인하는 바지춤을 접어넣고 식탁에 앉았다. 수저를 드는데 가운 차림의 민경이 죽그릇 옆에 녹즙 잔을 내려놓으며 휴대폰에 대고 웃었다.

"아하하하, 그건 차장님 생각이시고 이 정민경이 생각은 아니라니까요."

울적한 기분에 전혀 어울리지 않는 웃음소리를 듣자 그의 미간이 찌푸려졌다. 소리가 작긴 했지만 웃음의 마디를 똑똑 꺾는 게 어머니나 염여사의 웃음과 완전한 합동이었다. 민경은 눈짓으로 녹즙부터 마시라는 메시지를 보냈다. 그녀가 거실 쪽으로 나가는 걸 보고 그는 안경을 끼고 노트북을 켰다. 지난주에 치러진 보궐선거의 여파로 여야 모두 어수선한 분위기였다. 그는 죽을 떠먹으면서 선거 결과에 대해 보도하는 각 매체의 헤드라인을 훑어보았다.

통화를 마친 민경이 식탁 앞에 와서 녹즙 잔을 힐긋 보고 말했다.

"왜 다 안 마셨어요?"

다 안 마시기는커녕 입에 대지도 않았다. 설사에 녹즙이 가당키나 한가.

"아, 난 참……"

인하는 잠시 뜸을 들였다.

"왜요? 맛으로 먹나 뭐."

"그게 아니라, 당신 웃음 말이야."

민경은 게스트의 다음 멘트를 기다리듯 상냥한 표정을 지었다. 언제부턴가 그의 눈에는 아내의 표정이나 말투나 포즈가 죄다 어디서 본 듯이만 여겨졌다.

"그렇게 무슨 드라마 연기 하듯이……"

인하는 말을 끊었다. 이제 와서 이 여자와 무슨 대화를 하려는가. 민경은 살짝 고개를 외로 틀고 눈썹을 치켜올렸다.

"내가 그랬나요?"

의외로 수긍하는 말투였다.

"내 말은 그러니까," 인하는 애써 말끝을 눅였다. "당신 아나운서지 배우 아니잖아? 가끔 부자연스러워 보인다고."

그는 양손으로 바지춤을 붙들고 일어났다.

"나 배우 아닌 건 맞죠."

민경은 식탁에 놓인 녹즙 잔을 끌어다 손에 감싸쥐었다. 마치 녹즙 성분에 대해 말하듯 평이한 말투였지만 그녀의 혀 위에서는 최강 풍속의 세찬 토네이도가 발생하고 있었다.

"배우는 당신 어머니지. 안 그래요? 그 피를 받아 당신도 그 방면엔 선수 아니던가? 학생운동할 땐 가난뱅이 고학생이더니, 감옥에 들어가면서는 부잣집 외동아들이 되고, 연수원에서는 공부만 파는 수재에다, 정치하면서는 민주투사에……"

인하가 그만하자는 뜻으로 몸을 돌렸지만 민경은 이대로 접을 생각이 없는 듯했다.

"그거 아무나 못하는 출중한 연기거든요. 난 그래도 당신보다는 일관성이 있어. 당신 잊었나본데, 분명히 말하지만 이 정민경이는 처음부터 가난뱅이 박인하를 사랑했어. 박인하가 가난하지 않다는 걸 알고도 계속 사랑한 것뿐이야. 그건 설마 부정 못하겠죠?"

물론 그건 인하도 부정하지 않았다. 그는 가난한 자신을 사랑했다는 젊은 날의 민경을 떠올리려 애썼다. 10시 55분에 꼬박꼬박 도시락을 가져오던 민경. 그가 아무 생각 없이 용호에게 도시락을 주어버렸을 때 그의 앞에선 자기가 약자라고, 자기가 가난하고 헐벗고 굶주린 사람이라고 대차게 따지던 민경. 그러기 위해 오후 내내 카타콤 구석에 벌서듯 서 있었을 민경. 그때의 민경을 생각하자 그는 오래전 낯선 칼에 찔려 충분히 조섭하지 못한 옆구리의 상처가 다시금 결려오는 듯한 서늘한 통증을 느꼈다.

인하는 말없이 바지춤을 붙들고 서재 쪽으로 향했다. 이십대까지만 해도 그는 자신의 인생을 망가뜨릴 수 있는 존재는 어머니뿐이라고 생각했다. 그런데 뜻밖에도 그의 인생엔 정민경이란 무서운 복병이 숨어 있었다. 민경이 그의 삶의 다리를 이토록 심각하게 휘어뜨릴 수 있는 위력을 가진 존재라는 걸 그는 결혼하기 전까지 몰랐다. 어머니와 민경, 사랑한다면서 방치하는 여자와 사랑한다는 이유로 정복하려는 여자, 둘 중 누가 더 끔찍한지는 그도 섣불리 판단하기 어려웠다. 하지만 다행히 그가 둘에 대해 공히 행할 수 있는 조촐한 복수가 하나 있었으니, 그건 자식을 만들지 않는 것이었다. 민경과의 관계에서뿐만 아니라 어떤 관계에서도, 그가 누군가를 아버지라 불러본 적 없듯이, 그가 누구에게 아버지라 불리는 일은 없을 것이다. 바지춤을 붙든 양손에 지그시 힘이 들어갔다. 이 무력한 악력은 언제나 그에게서 깊은 자술의 욕망을 끌어냈다.

네, 그렇습니다. 나는 성폭행범입니다. 강간범입니다. 착하고 힘없는 후배를 때리고 욕보였습니다. 그녀는 나도 모르는 내 아픔을 알고 내 손톱 밑을 바늘로 따주었던 여자입니다. 이방의 언어로 나를 편안히 잠들게 해주었던 여자입니다. 강제로 당한 후에도 풀처럼 조용히 일어나 몸을 씻고 아침 이슬처럼 맑은 흐느낌으로 「보헤미안 랩소디」를 흥얼거리던 여자입니다. 나는 두려움과 외로움에 거듭 그녀를 범했습니다. 그런데 그녀는 지금 어디에 있습니까? 정말 사라진 겁니까? 어디에도 없습니까?

2

신 출판기획 대표실은 제법 넓은 편이었지만 워낙 어질러져 있어 넓다는 느낌을 주지 않았다. 신진태의 책상을 중심으로 방사선형으로 퍼져나간 책과 서류와 사무집기 들의 퇴적물은 문 앞에 놓인 손님 접대용 소파와 탁자에까지 밀려가 쌓여 있었다.

진태는 혼란의 진원지인 책상에 앉아, 이 정도로는 어림없다는 듯 서류들을 한쪽으로 밀어내고 책상 한가운데 복잡한 퍼즐 상자를 펼쳐놓았다. 일년에 몇번 열어보지 않으니 삼년 전에 산 지그소 퍼즐 조각들은 아직 한번도 제자리를 찾은 적이 없었다. 디트로이트 공업도시의 야경은 아직 절반도 그 모습을 드러내지 않았다. 그는 새끼손톱만한 퍼즐 조각을 집어든 채 생각에 잠겼다.

퍼즐에 찍힌 작은 불빛들로 봐서는 검푸른 밤하늘과 맞닿은 원경의 지평선 어디쯤에 끼워질 퍼즐 같았다. 거기까지 맞추는 데는 또 몇년이 걸릴까. 죽기 전에 이 퍼즐을 다 맞출 수 있을까. 그건 아무래도 좋았다. 지금 그는 오래전에 흩어진 기억들 가운데서 가장 어려운 귀퉁이를 깔끔하게 맞춰줄 단 하나의 퍼즐 조각을 찾는 중이다. 과연 그런 게 있기만 하다면. 그는 퍼즐을 내려놓고 하연을 바라보았다.

왼편 의자에 앉은 하연은 내일의 첫 인터뷰를 위해 카메라를 점검하는 중이었다. 그는 맞춰놓은 퍼즐 위에 팔꿈치를 찍고 턱을 고인 채 그녀의 옆모습을 바라보았다. 기껏 맞춰놓은 퍼즐들이 팔꿈치에 짓눌리면서 틈을 벌렸다. 하연은 새 렌즈를 끼운 후 카메라를 들어 이런저런 각도로 실내의 근경과 원경을 찍었다. 갑자기 그의 삶에 뛰어든 저 신기한 퍼즐 조각. 피리를 불어 구름을 불러들이는 주술사처럼, 낯익고 천진한 윤곽선으로 오래전 까마득한 기억의 편린들을 불러들이는 저 작고 귀여운 환영의 조각.

"쳐다보지 마세요."

카메라 액정을 들여다보고 있던 하연이 말했다. 진태는 가끔 하연의 이런 점이 놀라웠다. 하연은 예민한 짐승처럼, 보지 않고도 타인의 시선이나 기척을 감지하는 능력이 있었다.

"예뻐서 쳐다보는데 왜?"

"아닌 거 알아요. 얼마나 닮았나 보시는 거면서."

"하 참! 꼭 그런 건 아니야, 인마. 겸사겸사 보는 거지. 오늘따라 더 예뻐 보여서."

채집된 곤충 같아 싫겠지, 싶으면서도 진태는 하연을 자꾸 보지 않고는 견딜 수 없었다. 그는 그녀에게서 미묘한 겹침과 배열을 보고 있었다. '가'와 '나'가 겹치고 그렇게 만들어진 형상 위에 다시 '나'가 얹히고, 그 위에 언뜻 새로워 보이지만 '가'의 변형인 어떤 것이 겹친다. 섬뜩한 기시감이었다. 이때 그가 할 일은 겹겹이 쌓인 피막과 살과 근육과 중추적인 뼈대를 한 단층씩 분리해 각각의 값을 측정하고 그것을 어디에 귀속시킬지 결정하는 것이었다. '가'는 무엇이고 '나'는 무엇인가.

하연이 천천히 회전의자를 돌려 뒷모습을 보이고 앉았다.

"아이고, 그러니까 뒤통수도 닮았는데?"

하연의 동그란 뒤통수에 살며시 성난 뿔이라도 돋아오를 듯해 진태는 낄낄 웃었다. 그는 퍼즐 상자를 옆으로 밀어놓고 메모지에 두서없이 숫자를 적기 시작했다.

79년 4월에서 80년 1월까지 9개월.

3×9 = 27. 270일이라.

진태는 펜을 든 채 생각에 잠겼다. 특종을 잡은 듯도 하고 아닌 듯도 했다. 그러나 특종이라 하더라도 이번 건은 때를 보아 터뜨릴 비장의 특종이 아니라 그의 빌어먹을 청춘과 엮인 고통스러운 특종일 것 같아 마음이 산란스러웠다. 재현에게서 하연의 얘기를 들었을 때부터 왠지 감이 불길하긴 했다. 더 불길한 건 그의 감이 빗나가는 일이 거의 없다는 사실이었다.

진태는 펜을 양쪽으로 흔들며 단순한 산수와 메모를 이어나갔다.

7월 —4개월, 8월 —5개월, 9월 —6개월, 10월 —7개월……

그는 각각의 월 뒤에 괄호를 치고 내용을 적었다.

7월(농활)—4개월, 8월(합숙)—5개월, 9월(통닭)—6개월, 10월(휴학)—7개월……

그럼 9월에 통닭집에서 마지막으로 본 그때가 벌써 6개월째였나? 10월에 휴학을 한 게 운동이 힘들어서가 아니라 7개월이나 되어서 할 수 없이 한 건가? 그럼 대체 누구의……? 여기까지 생각한 진태는 날쌔게 고개를 저었다. 아니야, 아니야. 내가 이 무슨 망상에 사로잡힌 거람. 그는 잠시 메모지를 들여다보다 하연을 불렀다.

"하연아."

"네."

하연이 돌아보았다. 반짝 떠오르는 기시감에 가슴이 덜컥 내려앉았다. 이건 뭐 저애 얼굴을 볼 때마다 청심환을 먹을 수도 없고, 하고 속으로 투덜대며 그는 가까이 오라는 손짓을 했다. 하연이 카메라를 든 채 그의 책상 앞으로 왔다. 밤색 스웨터에 체크무늬 모직 스커트가 썩 잘 어울렸다.

"소설은 잘돼가냐?"

하연이 웃는 듯 마는 듯했다. 무슨 그런 실없는 질문을 하느냐는 뜻일 터였다.

"너 여기 취직 안할래?"

"싫습니다."

원 이런 것이 다 있나. 진태는 혀를 끌끌 찼다. 그는 가벼운 기침으로 목을 가다듬은 후 물었다.

"내일 박의원 처음 취재 가는 날이지?"

"네."

"그 양반 자료들은 기본적인 건 대충 정리가 돼 있으니까, 니가 할 일은 보완할 건 보완하면서 그 딱딱한 자료들에 문학적 향기를 불어넣는 거라고."

하연은 말없이 눈을 내리깔았다. 아마 '문학적 향기'라는 말이 달갑지 않을 터. 그건 그렇고 저 얇고 단정한 입술이 계속 마음에 걸렸다.

"니가 내일 박의원한테 꼭 물어볼 게 하나 있는데 말야."

"네."

"이건 책에 들어갈 내용은 아닌데, 니 언니 오정연이……"

하연의 둥근 눈이 호기심으로 짙푸르게 물들었다.

"어디가 그렇게 좋았냐고 물어봐라."

"네?"

"오정연이 어디가 그렇게 좋았냐고."

하연의 양 볼이 발갛게 달아올랐다. 뭔가 물어보려다 꾹 참는 얼굴이었다. 진태는 메모지에 쓴 숫자에 신경질적으로 금을 쭉쭉 그으며 말했다.

"뭐 이런 거 저런 거 묻다가 그냥 슬쩍 끼워넣어보라고. 니가 궁금해서 그런 것처럼 하고. 너도 궁금하지? 그 인간이 뭐라나 잘 듣고 와서 나한테 얘기 좀 해줘라. 내 생각에는 보나마나 아무 말도 안하겠다마는, 그래도 무슨 표정은 지을 것 아니냐?"

동요하는 감정선을 고를 때면 늘 그러듯이 하연은 시선을 한군데로 집중했다. 진태의 책상 위에 놓인 지그소 퍼즐의 완성도인 디트로이트 야경 사진이 눈에 들어왔다. 망원렌즈와 삼각대, 릴리스만 있으면 그녀도 서울의 야경을 이 정도는 찍어낼 수 있을 것이다. 하이앵글로 잡고 조리개를 최대한 열고 피사계 심도를 조정해서 연달아 찍으면 된다. 하지만 서울 어디에도 없는 건 저 너르고 캄캄한 지평선이었다. 하연은 마음을 가라앉히고 낮은 소리로 말했다.

"책에 들어갈 내용이 아니면 묻지 않겠습니다."

진태는 이맛살을 찌푸리고 입맛을 쩝쩝 다셨다.

"그래? 그럼 관두고. 근데 하연이 넌 원래 주근깨는 없냐? 정연이는 주근깨 있었는데. 반짝반짝, 요즘 애들 펄 바른 것처럼 귀엽게."

정연의 얘기만 나오면 하연의 얼굴은 가벼운 긴장과 설렘으로 빛났다.

"저도 주근깨 잘 생기는 편이에요."

"근데 왜 없어? 안 보이는데?"

"알레르기 때문에 모자나 양산을 써요. 그래도 가까이서 보면 조금 있어요."

하연이 얼굴을 살짝 들이밀었다.

"음, 그래. 좀 있군. 아, 알레르기! 모자! 양산! 그래, 그래. 그래도 니가 피부는 원래 흰 편이지?"

"네."

"정연이는 가무잡잡한 편이었는데. 그래, 알았어. 주근깨는 잘 생기고 피부는 흰 편. 음, 알았어. 음, 음."

진태는 무슨 의미심장한 정보라도 얻은 것처럼 고개를 끄덕이다 말고 별안간 펜을 책상 구석에 집어던졌다. 그는 기껏 맞춰놓은 퍼즐 조각들을 상자에 마구 쓸어담더니 뚜껑을 덮었다.

"됐어! 가봐! 가서 할 일 해! 이거, 세상이 왜 이렇게 복잡하게 생겨먹었어? 단순명쾌하지를 않고. 아, 내 참!"

하연은 잠시 움찔했지만 이내 평온을 되찾았다. 진태를 몇번 만나면서 하연은 남자의 변덕과 히스테리가 여자보다 훨씬 더 심할 수도 있다는 걸 알게 되었다. 진태는 어느 순간 예고 없이 갑작스레 감정을 폭발시키곤 했는데, 그게 그다지 무섭거나 난폭하지는 않았다. 대상도 없고 악의도 없고 뒤끝도 없는 진태의 발작은 무섭다기보다 가여웠고 난폭하기보다 난감한 쪽이었다.

하연은 진태가 마음이 풀릴 때까지 실컷 성질을 부릴 수 있도록 자리로 돌아와 앉았다. 탁자 위에는 박의원 관련 자료가 놓여 있었다. 그녀가 고개를 숙이고 다시 카메라를 만지기 시작했을 때 진태가 화를 못 이겨 발광하듯 소리를 질러대는 게 들려왔다.

"법칙이 왜 법칙이야? 법칙대로 돌아가야 법칙인 거 아냐? 근데 이놈의 미친 세상에 법칙대로 되는 게 뭐가 있어, 하나나!"

진태는 숫자를 끄적거려놓은 메모지를 갈기갈기 찢어 입에 우겨넣었다. 몇년 전 사기계약을 당하고 분을 못 이겨 날뛰다 계약서를 박박 찢어먹은 이후로 극도로 흥분하면 나타나는 버릇이었다.

"이게 뭐야? 사는 게 이게 뭐야? 쑥개떡같이!"

진태는 양 어금니로 종이를 바짝 사려물고 뭐 더 뜯어먹을 게 없나 하는 얼굴로 눈알을 희번덕거렸다. 그 곁에서 하연이 측은한 눈길로 그를 바라보았다.

진태와 재현은 양육관 작은 방에 마주 앉아 고량주를 서로의 잔에 따랐다. 방문 틈으로 양꼬치 굽는 냄새가 들어왔다. 진태는 고량주 첫 잔을 단숨에 비우고 접시에 담긴 야채를 춘장에 찍어 먹었다.

"천천히 마셔."

재현이 반쯤 마신 잔을 내려놓고 진태의 빈 잔에 고량주를 채웠다.

"그래야지. 천천히 마셔야지. 근데 요새 우리 마누라가 말이야," 진태는 예의상 잔을 입에 대었다 떼고 말했다. "밥을 안 굶기니까 아주 보석에 꽂혀가지고 허구한 날 내 낯짝만 보면 보석 타령이야. 들은 척도 안했더니 제 깐엔 되도 않는 잔머리를 굴려서 무슨 큰 양보를 한답시고 오늘 아침엔 들으란 듯이, 보석을 사느니보담은 바꾸는 게 낫겠다, 요러고 앉았더라고. 요즘엔 보석도 바꿔주나봐. 내가 하 기가 막혀, 나 같으면 보석을 바꾸느니보담은 마누라를 바꾸는 게 낫겠다, 이래버렸지. 이번엔 지가 기가 막힌지 아무 말도 안하더구만."

재현이 잔을 비우자 진태가 고량주 병을 잡았다. 담배를 손가락에 끼운 채로 술을 따르는 진태의 손이 수전증 환자처럼 떨려 잔에 재가 떨어질까 걱정이었다.

"관계란 게 그렇게 어긋나고 미끄러지게 돼 있어. 니들 부부 대화는 전형적인 환유의 룰에 맞아떨어지네. 제수씨는 보석에 방점 찍고 있는데 너는 바꾸는 데 방점 찍고 있으니."

재현은 이렇게 말하고 고량주를 마신 입을 재스민 차로 헹구었다.

"우라질! 방점 찍고 있냐? 코믹 영화 찍고 있지. 이 여자가 재작년에 늦둥이 하나 뽑아내고 나더니 무슨 장한 일이나 한 줄 알고 하루가 다르게 웃기는 정도가 장난이 아니야. 나보다 한참 어리니까 내가 웬만하면 참지. 이래도 귀엽다, 저래도 귀엽다, 똥을 싸도 귀엽다 하니까 진짜 똥을 싸고 앉았어요. 내가 그놈의 늦둥이 때문에 칠십 넘어까지 벌어야 하는 것도 모르고 말야.”

태극 모양으로 반이 나뉜 냄비에서 붉은 국물과 흰 국물이 시차를 두고 끓기 시작했다. 진태가 버섯과 야채를 양쪽에 골고루 넣으며 말했다.

“이게 중국말로 훠궈야.”

“나도 알아.”

“니가 어떻게 아냐? 먹는 일에 온통 무심하고 태만한 놈이?”

“요즘 중국에서 학생들 많이 오잖아? 나도 몇번 왔다 갔다 했고.”

“아, 어쩐지. 그래, 화과(火鍋)! 불타는 냄비. 근데 이거 좀 보라고. 중간에 여자 몸처럼 에스자로 분할해놓은 이 라인이 참 기가 막히지 않나 말이야. 이 안에서 뻘건 국물 허연 국물이 그 바다 끓며 넘치며 하는 거야.”

진태는 잠시 입을 쑥 내밀고 생각에 잠겨 있더니 젓가락으로 냄비를 톡톡 쳤다.

“이거 가만 보면 꼭 우리 심장 같지 않냐? 물리적 심장 말고 그 뭐냐, 욕망의 심장. 오, 그래, 이제부터 훠궈, 너는 욕망의 냄비다.”

재현이 붉은 국물에서 숨 죽은 버섯을 건지며 물었다.

“니가 생각하는 욕망이란 게 뭔데?”

“뭐긴 뭐냐? 병 주고 약 주고 지 혼자 지랄병 떠는 미친놈이지.

이 욕망이란 게 아주 사람 반 죽여놨다가 꼴까닥 죽게 생겼으면 그때 딱 안 죽을 만큼 약 한 방울 치는 싸이코패스 같은 놈이거든. 그래서 겨우 꼼지락거리고 다시 살아날 만하지? 그럼 또 죽기 일보 직전까지 펄펄 뛰다 쓰러지게 만들어. 환장할 노릇이지.”

“그럼 난 이제 욕망이 다 죽어버렸나보다.”

진태는 재현의 말을 들은 척도 하지 않고 젓가락으로 얇게 저민 고깃점을 들었다.

“이 집 양고기 맛이 괜찮아. 새끼양인 램만 쓴대. 소고기처럼 담갔다가 바로 건져먹으면 돼. 아, 안돼. 고기 먼저 먹고 만두는 나중에 넣자고.”

양고기를 건져먹은 재현의 이마에 땀이 뱄다. 진태가 혀를 찼다.

“너 매운 거 잘 못 먹냐? 그럴 줄 알았다. 욕망이 죽어버리면 그런 거야. 매운 것도 못 처먹어.”

진태는 붉은 국물이 흐르는 양고기와 야채를 팽이버섯에 감싸 날름 입에 넣고 말했다.

“여기 휘궈 보라고. 이쪽 뻘건 국물을 라탕, 이쪽 허연 국물을 칭탕이라고 하는데, 난 우리 식으로 랄탕 청탕 그러는 게 더 감이 와. 자, 봐. 욕망의 냄비 속에 랄탕 청탕 반반 있어. 욕망은 랄기 반 청기 반이야. 인간 정신의 사생아지. 사생아가 뭐냐? 홍길동이처럼 질서를 뒤흔드는 종자들이거든. 근데 이게 반대면서 대척하는 건 또 아니에요. 왜냐? 청탕도 펄펄 끓거든. 이게 차가운 냉탕이면 대척점이 잡혔겠지. 맵고 뜨거운 거 먹다 맑고 냉한 거 먹으면 속이 싹 가라앉으니까. 근데 이 청탕이 맑아도 펄펄 끓는단 말이야. 그러니까 어떤 땐 뻘건 지랄탕 먹다 허연 멍청탕 먹으면 더 매워. 내가 뭘 퍼먹었나 싶다니까. 욕망이란 게 그렇게 경계를 넘어 들들 끓는 거라고. 들입다 끓다보면 어느 찰나에 똥인지 된장인지 분간 못하는 때가 오는 거고, 그담엔 손 털고 강 건너가는 거고.”

진태는 랄탕이니 청탕이니 하는 격음을 발음하면서 있는 대로 침을 튀긴 후 국물에 적신 건더기를 건져먹기 시작했다. 재현은 붉게 달아오른 진태의 얼굴을 보면서 이 녀석도 퍽 늙었구나 생각했다.

“정말 죽을 때가 다 됐는지 요즘 자꾸 옛날 생각이 난다.”

재현이 남은 고량주를 비우고 자작을 했다. 진태가 붉은 국물에서 건진 낙지를 질겅질겅 씹으며 물었다.

“옛날 언제? 스무살 때?” 그러더니 재현의 대답도 듣지 않고 주절거렸다. “아, 씨발! 그땐 박통만 죽으면 다 잘될 줄 알았는데. 생각나냐? 학생회관 앞 잔디밭에서 오까모또 언제 죽나 얘기하던 거? 오까모또 대왕이 제아무리 죽기를 거부해도 결국 죽긴 죽었는데 말야. 만약 그때 누가, 야, 인마 신진태야, 잘 봐라, 삼십년이 지나서도 너는 인간 못되고 요 모양 요 꼴로 요렇게 좆빽이치면서 살고 있을 거다, 이렇게 얘기해줬으면 나 당장 그 자리에서 그놈 패죽이고 나도 거미줄에 목매달았지 여지껏 안 살았다. 야! 너 너무 매우면 허연 거 먹어라. 야채하고 말린 두부 넣어서.”

“매운 거 먹으러 왔는데 매운 거 먹어야지.”

재현은 진태가 내민 잔에 고량주를 채워주고 붉은 국물에서 오그라든 새우를 건졌다.

“오기 부리지 말고 허연 거 먹으라니까. 아, 참! 하연이 있잖아? 걔가 이번에 우리 출판사 일에 낑기기로 했다. 볼수록 영리하고 괜찮은 애더라고. 내가 뒷조사를 좀 해봤더니 걔가 학부 때 소설로 대학 문학상을 받았더라고."

"알아."

진태가 눈을 치켜떴다.

"인마! 넌 제발 뭐든 모르는 게 없는 척 좀 하지 마라. 알면 미리 얘기나 해주든가."

재현이 말했다.

"그래, 얘기할게. 너 조금 전에 허연 국물에서 하연이로 흘렀으니 이번엔 은유의 룰이다."

진태가 물끄러미 재현을 보다 피식 웃었다.

"그러지 말고, 이교수! 더 깊은 유사성을 좀 찾으시오."

매운 맛에 취한 건지 고량주 몇 잔에 취한 건지 재현은 정신이 멍했다. 뭘 찾으라고? 귀까지 먹먹해 진태가 이죽거리는 말이 희미하게 들렸다.

"내가 조금 전에 오기 부리지 말고 허연 거 먹으라고 했지? 허연 거에서 하연이를 찾아냈으면 그보다 먼저 오기 부리지 말고에서 오정연이를 찾아냈어야지. 우리 이교수께서 어째 오자 들어간 어휘를 그렇게 심상하게 흘리시나? 왜? 짜증나? 자꾸 옛날 생각난다며?"

재현이 아무 말이 없자 진태는 꼼꼼히 챙겨야 할 계약서 조항을 일러주듯 빈주먹으로 탁자를 오목조목 짚으며 말했다.

"말 나온 김에 우리 유하연 양에 대해서 기본적인 것들부터 짚어보자고. 하연이 생년월일이 80년 1월 3일인 거 맞아. 뭐 사생아거나 유복자거나 간에 말이지. 하연이 얘기 들어보니까 그때 어머니 연세가 서른여덟인가 아홉이셨더라고. 우리 마누라가 마흔 넘어 늦둥이 낳은 거 생각하면 젊은 나이지. 그 양반이 80년 벽두에 하연이를 낳으려면 일단 79년 3월 말에서 4월 초에 임신을 하셨어야 된다고.”

진태가 말을 멈추고 고량주를 훅 들이켰다.

“그래서?”

재현이 묻자 진태가 빠르게 말을 이었다.

“그러니까 오정연이가 그때 당장 그 사실을 알았는지 몰랐는지는 모르겠다마는, 중요한 건 너도 알다시피 개가 점점 이상하게 변해갔다는 거 아니냐? 왜, 2학기 되면서 우리 슬슬 피해다니고 우거지상 쓰고 다니다 결국 휴학한 게, 내 생각에는 운동하기 힘들어서도 있지만 십중팔구는 마음 복잡한 게 더 컸지 싶어. 상식적으로 생각해봐도, 아버지는 죽고 없는데 엄마는 애를 배고, 어느 자식이 거 조오타 하면서 손뼉 치고 앉았겠냐? 또 그 아버지가 어디 보통 아버지냐? 산사람이었다 붙들려 내려와서 그 후유증으로 빨리 뜬 사람이라며?”

재현은 갑자기 만사가 다 귀찮다는 생각이 들었다. 훌쩍 떠나 바닷가 여관방 같은 데 처박혀 한달 내내 술이나 퍼마시고 잠이나 푹 잤으면 싶었다. 그렇더라도 나흘 뒤의 심포는 마무리짓고 처박혀야겠지만, 아니, 심포 뒤엔 답사가 있고, 답사 뒤엔 강의도 마무리지어야 하고, 겨울방학이 시작되면 중국엘 또 다녀와야 하지만.

“난 정말 모르겠다, 진태야.”

밑도 끝도 없는 재현의 말을 진태가 찰떡처럼 알아듣고 말했다.

“정연이에 대해서 모를 게 어디 한두가지냐? 내 언젠가 얘기했을걸? 체육관에서 우리 신입생 오리엔테이션 했을 때 개가 미니스커트 입고 왔더란 얘기. 논노에서 막 빠져나온 차림이었다니까. 나중에 전연에 가입했다고 떡하니 중국집 골방에 나타난 거 보고 깜짝 놀랐지. 얘가 한달 전 개 맞나 싶어서. 미니스커트는 어디다 갖다버렸는지 그담부터는 비가 오나 눈이 오나 주구장창 청바지만 입고 다니고. 그래도 참 귀엽고 날씬하던 애가 나중엔 살도 많이 찌고……”

진태는 또 말을 뚝 끊더니 담배에 새로 불을 붙였다. 재현이 잔을 들었다 내려놓고 망설이듯 말을 꺼냈다.

“진태 니가 통닭 사던 그날 말이다.”

진태가 담배를 문 입가를 씰긋거리며 말했다.

“그래, 그날 가을 날씨 처절했지.”

재현이 숟가락을 들어 라탕 국물을 휘젓다 말고 물었다.

“그때 정연이가 나가는 걸 붙잡았더라면 상황이 달라졌을까?”

진태가 반도 피우지 않은 담배를 무작스럽게 껐다.

“뭐가 달라져? 또 달라졌으면 어쩔 건데? 그날 정연이는 나갔고 우리는 가만히 있었는데. 야, 인마! 니가 먹을 것만 터뜨려. 난 터진 만두 안 먹는단 말야, 재수 없어서.”

재현은 만두를 터뜨리던 숟가락을 내려놓고 물수건으로 눈가를 닦았다. 실컷 운 사람처럼 눈가가 벌겋게 부어올랐다. 진태는 이거야말로 잘 명념을 해두란 듯 젓가락을 치켜들었다.

“지금까지 내가 한 얘기는 다 포장이고, 조만간 깜놀 자빠질 일이 하나 터질 것 같아.”

“무슨 일?”

“이 신진태가 지금까지 눈썰미 하나로 이 길고 험한 인생의 소롯

길을 빡빡 처절하게 포복해온 놈 아니냐?”

재현은 제발 진태가 자기 자랑으로 빠지지 말고 얘기의 맥을 이어가기를 바랐다.

“아직 내놓고 얘기할 단계는 아닌데, 엄청난 대어가 낚인 느낌이와. 진짜 오랜만이야, 이런 느낌. 방울 떨어지게 고생해서 어렵게 만든 책 긴가민가 세상에 던져놓고 맘 졸이다 대박 터지기 직전에 딱 이런 기분이거든. 막 겨드랑이가 간지럽고 금방이라도 날아갈 것 같고. 근데 이번엔 기분이 완전 더러워.”

“그러니까 그게 뭔데?”

“아직 얘기할 단계가 아니라니까.” 진태는 졸아든 라탕 국물에 만두를 넣으며 딴소리를 했다. “근데 이 양반이 올 때가 됐는데 안 오네.”

재현이 물수건의 귀를 맞춰 접으며 물었다.

“누구 오기로 했어?”

“응, 인하형 불렀어. 우리 출판사에서 회고록 하나 얽어내기로 했거든.”

인하는 안주는 거의 먹지 않고 고량주만 조금 마셨다. 진태는 재현을 부추겨 걸신들린 듯 면까지 볶아 설거지하듯 훠궈를 싹싹 비우고 양육관을 나왔다.

“오난이는 안 온대, 형?”

진태가 담뱃불을 붙이며 물었다.

“일 있다더라.”

“어떻게 된 게 보좌관이 의원보다 더 바빠? 원래 그게 정상인가?

내가 그 새끼한테 꼭 물어볼 게 있는데. 그나저나 형이 속이 안 좋다니 2차는 어디 죽집으로 갈거나? 근데 맥주 파는 죽집이 있어야지.”

“신경쓸 거 없어. 그냥 가려던 데 가.”

인하의 말에 진태가 반색을 했다.

“괜찮겠어? 이 근처에 닭 날갯죽지 기가 막히게 굽는 집이 있어. 사실 내가 오늘 그게 확 땡겼거든.”

어느덧 11월에 접어든데다 개천변이어서 바람이 제법 찼다. 맵고 뜨거운 음식을 먹은 붉은 입을 하하 벌려 식히는 진태와 재현 곁에서 종일 설사에 시달린 인하는 몸을 떨며 코트 자락을 여몄다.

붉은 글씨로 ‘닭’이라고 적힌 나무간판 아래 쪽문을 열고 들어서자 찌든 기름 냄새와 볼륨을 크게 틀어놓은 텔레비전 소리가 그들을 맞았다. 입구에는 냅킨 봉지와 무절임 통, 양배추 채가 쌓인 채반 등이 어지럽게 놓여 있었다. 인하는 버릇처럼 눈살을 찌푸리고 전기히터 앞으로 다가섰다. 주방 앞에 마주 앉아 사과를 깎아 먹고 있던 두 여인 중 통통하고 작달막한 여자가 일어나 인사를 했다.

“어서 오세요. 많이 추우세요?”

닭을 많이 구워 그런지 여자의 피부는 거칠고 거무스레했다.

“오늘은 손님이 별로 없네.”

진태가 지배인처럼 가게를 둘러보며 말했다.

“그러게요. 이러다 한꺼번에 확 들이닥치기도 하고 그래요.”

“닭날개 기름 쫙 빼서 한 접시 구워주고 병맥주 좀 줘요.”

“병맥주는 뭘로 드려요?”

“뭐뭐 있는데? 시키면 다 줘요? 미켈롭 스타우트 삿뽀로 후치 다 있어요?"

주인여자가 싱겁게 웃었다. 진태는 손을 비비며 텔레비전이 잘 보이는 자리를 골라 앉았다. 진태와 재현이 지난주에 있었던 보궐 선거 결과에 대해 열을 올리며 떠들어댔지만 인하는 흥미를 보이지 않았다. 맥주와 닭날개 구이가 왔다.

"이 집, 바람만 불어도 금세 무너지게 생겼지만 닭 맛 하나는 죽여."

진태는 맥주를 따르고 바삭하게 구워진 닭날개를 집어 인하와 재현의 접시에 놓아주고 자기도 하나를 뜯으며 인하에게 말했다.

"참, 형! 책 작업 이제 시동 겁니다. 내일 오후에 첫 인터뷰 하러 젊은 친구 하나 갈 거예요."

"알았다."

"유하연이라고……"

진태의 말에 재현이 놀라 물었다.

"하연양한테 맡겼다는 게 그 일이야?"

"응, 인터뷰 아우트라인 잡고 녹취 뜨는 거 시켰어. 사진도 수준급으로 찍더라고. 잘됐지 뭐. 원래 소설 쓰기 전에 영화 하려고 했었다나? 요즘 애들은 다들 그렇게 야물딱진지 보통이 아냐. 참, 인하형, 걔가 정연이 동생이래. 정연이랑 되게 닮았어."

어물쩍 넘어가는 식으로 얘기했지만 진태는 암범처럼 날카로운 눈빛으로 인하를 주시하고 있었다. 재현도 덩달아 긴장해 인하를 돌아보았다.

"누구 동생?"

인하는 피곤한 듯 힘없이 눈을 깜빡였다.

“오정연이.”

인하는 말없이 고개를 끄덕였다.

“형은 그때 빵에 들어가 있어서 잘 모르나?” 진태가 머리를 벅벅 긁으며 물었다. “우리 동기 중에 용호형한테 맞아서 눈 터진 애 기억 안 나?”

“알아.”

“알아?”

“안다니까.”

“흐음, 하긴 모를 수가 없겠지.”

“왜 몰라? 들어가기 전까진 명색이 짱이었는데.”

인하의 말투와 표정에 변화가 없자 진태는 그럴 줄 알았다는 듯 맥주잔을 들었다. 셋은 잔을 부딪치고 맥주를 마셨다. 진태가 재현을 보며 말했다.

“재현아, 정치하는 인간은 사뭇 이래야 된다. 넌 부디 정치하지 마라.”

인하가 앞접시에 놓인 닭날개를 집으려다 말고 무언의 물음을 던졌지만 진태는 어깨를 으쓱하고 말았다. 인하는 불쾌한 얼굴로 닭날개를 내려놓고 냅킨으로 손을 꼼꼼히 닦았다. 그리고 코트 주머니에서 담배를 꺼내 진태 앞에 놓인 라이터를 가져가 불을 붙였다.

“다시 담배 피워, 형?”

진태의 말에 인하는 담배를 빨아들이느라 그런지 말이 없었다.

“피우지 마요.”

재현의 말에도 인하는 연기를 내뿜느라 그런지 말이 없었다.

어색한 침묵 사이로 여자들의 대화가 끼어들었다. 주인여자가 맞은편 여자에게 물었다.

"걘 그래 어떻게 됐어?"

주인여자만큼 통통하지만 물에 불려 꺼풀을 벗겨놓은 백콩처럼 피부가 곱고 뽀얀 맞은편 여자가 사과 한쪽을 베어물며 대답했다.

"응, 아직 죽진 않았는데, 의사 말이 얼마 못 갈 것 같대."

"그랬구나. 눈이 부어서 죽을 것 같더니만."

주인여자가 이마를 긁으며 고개를 끄덕였다. 진태가 궁금증을 참지 못하고 고개를 돌렸다.

"아, 우리 사장님 골때리네. 눈이 부으면 죽는대요?"

"아니, 사장님은 모르세요? 밤의 노랜가 하는 드라마? 거기 나오는 그 뭐냐……"

주인여자의 말에 맞은편 흰 피부의 여자가 빨리 맞혀야 상을 타는 퀴즈 프로에서처럼 기겁을 하고 입안의 씹던 것까지 내뿜으며 정지선이! 하고 일러주었다.

"응, 정지선이. 정지선이 걔, 눈이 부어서 금방 짤릴 거 같다고 내가 첫눈에 알아봤거든요. 어제 교통사고 당하는 거 나왔는데 얼마 못 갈 것 같다잖아요. 눈도 부어터지고 목소리도 쉬어터지고, 왜 하필 그런 애를 내보냈대?"

"난 또 눈 부은 사람은 다 죽어야 되나 했네."

신이 난 주인여자가 수다를 늘어놓았다.

"근데 거기 나오는 신은비란 애는 진짜 너무 이쁘더라고요. 어디서 그런 요물이 나왔대요? 근데 말 못하는 벙어리라니 속이 에려 죽겠어요."

진태가 웃음을 터뜨렸다.

"사장님, 속 에릴 것 없어. 걔 진짜 벙어리 아니거든."

주인여자가 어울리지 않게 배시시 웃으며 말했다.

"그래요? 난 또 몰랐네요."

"아이고, 우리 사장님이 사람 갖고 노는 솜씨가 보통이 아니시네."

진태가 고개를 돌려 인하를 보며 말했다.

"인하형, 지금 말한 쟤네들 말야, 이번 여름에 염마담네 쌕쌕 파티에서 본 애들인 거 알아? 눈이 부어서 죽게 생겼다는 애가 바로 그때 성문영어하고 나하고 파티장에 들여보냈다가 구비서한테 한 따까리 당한 애야. 내가 그때 말했지? 먼로가 울고 갈 만한 애가 하나 있다고. 석달 안에 안 뜨면 내 열 손가락에 장을 지진다고. 개가 신은비야."

"그래?"

인하가 관심을 보였다.

"요즘 개 몸값이 천정부지야. 나온 지 얼마 되지도 않았는데 씨 에프 억대는 기본이래. 아, 난 연예기획사 같은 걸 했어야 이 눈썹 미도 살리고 예쁜 애들 헌팅도 다니고, 팔자 활짝 피는 길이었는데 말이야. 상일이형 프로덕션에나 쑤시고 들어가볼까?"

타악기를 경쾌하게 두드리는 효과음과 함께 스포츠 뉴스가 시작되자 진태는 턱을 치켜들고 텔레비전을 보았다. 재현은 조용히 맥주를 마셨고 인하는 담뱃불을 붙이다 말고 손바닥 모서리로 눈가를 짚었다. 손을 거두었을 때 그의 찡그린 눈가에 물기가 맺혀 있었다.

텔레비전을 보며 낄낄거리던 진태가 입에서 가느다란 닭뼈를 뽑아내며 말했다.

"야! 요즘엔 스포츠 해설자들도 무지하게 웃기네. 재현아, 너 바둑 잘 두지? 내가 얼마 전에 술도 안 깨고 미치겠어서 바둑방송 틀어놓고 반나절 개긴 적이 있는데 바둑 해설자들도 그렇게 웃기더만. 하여간 말 못하고 죽은 귀신은 없는 나라야. 근데 다들 왜 이렇게 안 드서? 닭다리보다 닭날개가 더 맛있다는 걸 사람들이 잘 몰라요. 나도 젊었을 땐 닭다리가 최곤 줄 알았는데, 기름만 쪽 빼면 이거만큼 고소한 게 없더라고."

진태는 새로 닭날개 하나를 집어 눈앞에 놓고 들여다보며 말했다.

"이 날갯죽지를 참 잘 먹던 여자가 있었지, 오래전에. 그렇지, 재현아?"

재현이 맥주를 마시다 말고 기침을 했다. 인하는 그 여자가 누군지 알고 싶지도 않다는 듯 침침한 눈을 꿈쩍거리며 담배만 피웠다.

시간이 꽤 늦었는데도 진태가 한잔만 더 하자고 붙드는 바람에 그들은 포장마차로 들어갔다. 소주와 오뎅 국물이 나오자 진태가 버럭 소리를 질렀다.

"아, 오뎅! 이걸 어쩌나? 우리 이재현 교수 또 오정연이 생각나서."

그러고는 영문을 모르는 인하에게 어찌된 사연인지 낱낱이 일러바치기 시작했다.

"형, 재현이가 언젠가 이런 얘기를 하더라고. 강의시간에 애들한테 금오신화가 몇개의 작품으로 되어 있냐 물었더니 어떤 놈이 다섯개요, 하더래. 아, 이놈 기특하다 싶었는데 그 녀석이 글쎄 금오신화의 오자를 다섯 오(五)자로 알고 있더라나. 경주 금오산 할 때 오자가 자라 오(鰲)자 아냐? 잘 안 쓰는 글자긴 한데 그래도 그렇지 다섯 오가 뭐냐, 자라 오다, 자라 오, 이러는데 갑자기 오정연이 생각이 확 나더라는 거야."

재현은 입맛이 써서 얼굴을 찌푸렸다.

"참 어처구니없는 얘기지 않아? 그래서 내가 그랬지. 오월 하면 오정연이 생각난다 그러면 이해가 되겠다. 근데 금오신화? 그럼 뭐 오라질 욕하면서도 오정연이 생각해야겠네? 오미자차 시킬 때도, 오골계 오도리 오이지 먹을 때도, 오대산 갈 때도."

진태가 쉴새없이 오자 들어가는 낱말들을 주워섬기자 인하가 히죽 웃었다. 재현은 누군가 인체의 구조를 설명하기 위해 자기 몸을 표본 삼아 세워놓고 심장이며 성기며 마구 조심성 없이 만지고 찔러대는 기분이었다.

"오리무중, 오선지, 뭐 또 생각나는 거 없어, 형?"

"오렌지."

"에이, 그건 어륀지지. 아무튼 형, 오징어값이 하필 오 점 오 퍼센트 오르면 어쩔 거냐고? 정연이하고의 우정을 생각해서 우리 그냥 다 까무라쳐야겠네."

재현이 그만하라는데도 진태는 끝내 큰 소리로 오돌뼈를 주문했다.

"그래서?"

인하가 입가에 희미한 미소를 띠고 물었다.

"그래서는 뭐가 그래서야? 그냥 그랬다는 거지."

인하가 실망한 듯 담배를 피워물자 진태가 라이터로 불을 붙여

주었다. 가스버너에 올린 오돌뼈가 왔다. 고추장에 버무린 오돌뼈가 채 익기도 전에 정작 3차의 깃발을 잡았던 진태가 끄덕끄덕 졸기 시작했다. 재현은 술도 오르고 기분도 좋지 않아 먼저 일어나고 싶었지만 진태가 조는 바람에 할 수 없이 눌러앉아 있었다. 오돌뼈도 오뎅 국물도 먹지 않고 소주만 조금씩 홀짝이던 인하가 말했다.

"재현아, 너 만약 정연이가 살아 돌아온다면 당장 이혼할 수 있겠냐?"

재현은 자기 귀를 의심했다.

"형 취했어요?"

인하가 가면처럼 무표정한 얼굴로 재현을 보았다.

"왜?"

"느닷없이 무슨 그런 얘길 해요?"

"느닷없다?"

"그렇잖아요? 유치하기도 하고."

"유치하다?" 인하는 고개를 들어 허공을 보며 말했다. "난 니가 좀 비겁하다고 생각하는데."

"이건 비겁하고 말고의 문제가 아니라, 현실적 책임과 무책임의 문제 아닌가? 어쨌거나 난 이미 결혼했고, 집사람하고 애들이 있는데 다짜고짜 이혼을 할 수 있느냐 묻는 건 아무래도……"

인하가 재현의 말을 끊었다.

"그럼 간단하게 아니라고 대답하면 되잖아? 왜 이것저것 핑계를 늘어놓으면서 회피하지?"

"회피하려는 게 아니고," 재현은 자기도 모르게 흥분했다. "여러 가지를 고려해봐야 한다는 얘기죠. 만약 정연이가 살아 돌아온다면,이라고 형이 말했지만 어떤 상태로, 어떻게 돌아오는가 하는 문제도 있는 거고. 아무리 실현 가능성이 없는 문제라 해도, 섣불리 순정적인 대답만 하는 게 능사는 아니잖아, 형?"

"그래도 살아오면? 다 떠나서 살아오면?" 인하는 마치 누군가의 험담이라도 하듯 나지막이 속삭였다. "어떤 모습으로 살아오는지는 상관없고 그저 살아오면,이라고 나는 물었다. 정신이 나갔을 수도 있겠지. 팔다리가 없을 수도 있고, 몹쓸 병에 걸렸을 수도 있겠지. 어떤 식으로든 정연이가 삼십년 세월을 뛰어넘어 이 자리에 뚝 떨어진다면, 너하고 내 앞에 기적처럼 나타난다면, 그럼 너는 어쩌겠냐? 이혼을 할 수 있겠냐, 못하겠냐?"

재현은 문득 용호를 떠올렸다. 기면 기고 아니면 아니지 무슨 잡소리가 그렇게 많아? 예전에 용호는 늘 이런 윽박지름으로 말 많은 후배들의 입을 닥치게 했다. 이런저런 전제와 유보와 제한 들을 무시하고 간명하게 양자택일만을 요구하는 질문들의 폭력성. 인하의 질문도 비록 톤은 낮았지만 내용은 동일했다. 살아오면? 그럼 이혼해, 못해? 기야, 아니야?

재현은 소주잔을 들어 쭉 마시고 내려놓았다.

"어려울 것 같아요."

인하의 표정이 돌연 부드러워졌다.

"그래, 처음부터 그렇게 말했으면 되잖아."

인하의 말 속에는 얼마든지 이해한다는 관용이 담겨 있었다. 그래서 재현은 오히려 더 지독한 모욕감을 느꼈다.

"재현아."

"네."

말없이 어깨를 옹송그린 인하의 눈가에는 잔혹한 고문을 끝낸 고문관의 만족감이 드리워져 있는 듯했다. 재현은 그 섬뜩한 푸른 기운이 두렵고 불쾌했다.

"그럼 오자만 들어도 어쩐다는 얘기는 하지 마라. 생각도 하지 마라."

재현이 발끈했다.

"이혼하지 못할 거면 정연이 생각도 하지 말아야 한다는 겁니까? 친구로서 기억하고 애도하는 마음도 못 가져요? 그럼 내가 형에게 그 엿같은 질문을 되돌려준다면, 형은요? 정연이가 살아온다면?"

인하가 빠르게 대답했다.

"나 같으면 이혼하지."

재현이 가벼운 탄식을 내뱉었다. 나 같으면이라니, 그런 애매하고 기회주의적인 표현이 어디 있나. 만일 정연이 살아온다면, 그래서 재현이 인하에게, 형 이제 이혼하셔야죠, 하고 말한다면 인하는, 아니, 내가 한다는 얘기가 아니라 내가 네 경우라면 그렇게 한다는 얘기였지, 하고 교묘히 빠져나갈 게 분명했다. 그런 의미에서 '나 같으면'이라는 말은 방어용으로 매설한 지뢰와 같았다. 재현은 싸늘하게 말했다.

"형은 진짜 조금도 안 변하네."

인하는 담배를 물려다 라이터가 없는 걸 알고 손을 내렸다. 아마 진태가 엉겁결에 주머니에 넣어버린 모양이었다. 조금도 안 변한다는 재현의 말이 자신에 대한 통렬한 비난이라는 걸 그도 알고 있었다. 그는 가끔 자신의 내부에, 누구도 믿을 수 없고 누구와도 마음을 나눌 수 없게 만드는 견고한 자폐의 벽이 버티고 있는 느낌을 받았다. 지금도 그랬다. 그는 소주잔을 털어 비웠다. 배가 움찔 뒤틀렸다. 등에 진땀이 흐르면서 온몸의 관절을 말랑하게 녹여버릴 듯한 신열이 전신을 훑어내렸다.

뒷자리에 앉은 남자가 거칠게 욕설을 내뱉었다.

"으이씨! 다 개 같애, 씨발. 다 개 같다고."

인하는 돌아앉아 그 남자와 술잔을 나누고 싶은 충동을 느꼈다. 그는 몸을 돌려 남자의 어깨를 톡톡 쳤다.

"뭐야? 썅!"

남자가 팩 쏘며 신경질적으로 뒤를 돌아보았다. 함께 대작하고 싶은 생각이 말끔히 사라졌다.

"라이터 좀 빌리죠."

"그러쇼, 뭐."

인하는 남자에게서 라이터를 받아 담뱃불을 붙이고 자리에서 일어났다. 그는 걸대에 매달린 휴지를 말아쥐면서 포장마차 주인에게 화장실이 어디인지 물었다. 그를 지켜보고 있던 재현이 못 볼 걸 본 듯 외면했다.

인하는 좁고 더러운 화장실 양변기에 앉아 허리를 구부렸다. 슬리퍼 대신 반질한 갈색 구두코가 눈에 들어왔다. 그는 구두코에 손톱으로 조그맣게 썼다. 퀸 & 연.

그때 정연이 그의 수치스러운 행동을 남들에게 떠벌릴지 모른다는 두려움에 사로잡혀 그녀를 강제로 범하지 않았더라면 어땠을까. 그랬더라면 그가 잡혀가기까지 영겁처럼 길었던 그해 4월 동안 그들은 보통의 연인들처럼 사랑했을까. 그녀에게서 쪽지를 받은 날 그들이 만나서 얘기를 했다면 어땠을까. 그랬다면 그녀는 그를 용서했을까.

누군가 옆 화장실 문을 벌컥 열더니 쾅 소리가 나게 닫았다. 금세라도 쏟아지려던 설사가 뚝 끊기면서 놀란 아랫배가 뒤틀렸다. 으이씨! 다 개 같애, 씨발! 낮게 욕설을 내뱉는 순간 맑은 소리를 내면서 물변이 좍 쏟아졌다. 이대로 술에 취해 아랫도리를 설사오물로 더럽힌 채 추하게 까발려진 상태로 죽고 싶다는 생각이 들었다.

그는 변기에 앉아 바지와 팬티를 벗어 목에 걸었다. 포장마차에서 말아온 휴지의 일부를 떼어 엉덩이에 튄 오물을 닦고 엉거주춤한 자세로 일어나 다리를 벌렸다. 순간, 이와 똑같은 자세를 취하고 서 있던 그녀의 모습이 떠올랐다. 그날 그가 잠깐 코를 골다 눈을 떴을 때 그녀는 벌거벗은 채 엉거주춤한 자세로 서서 싸구려 휴지로 아랫도리를 닦으며 「보헤미안 랩소디」를 흥얼거리고 있었다. 그녀도 그때 그렇게 까발려진 채로 죽고 싶었을까. 그는 남은 휴지로 아랫도리를 꼼꼼히 닦았다. 그의 입에서 차마 「보헤미안 랩소디」는 흘러나오지 않았다.

인하는 손을 씻고 화장실에서 나와 담배에 불을 붙였다. 취기가 가라앉자 재현에게 쓸데없는 소리를 지껄인 게 후회가 되었다. 돌이킬 수 없는 과오를 저지르지 않은 자는 기억의 저주에 대해 알 리가 없다. 그러니 재현은 모를 것이다. 정연이 살아오면,이라는 가정이 그에게 얼마나 절체절명의 소망인지를.

불현듯 준환이 보고 싶었다. 어쩌면 준환은 알지도 모른다고 인하는 생각했다. 자기를 망가뜨리지 않고서는 자기 속의 그것도 부

술 수 없다는 듯, 스스로를 녹슨 철근처럼 차근차근 부식시켜온 준
환은. 저 끔찍한 나락과 망조의 상태에서 벌레처럼 묵묵히 견디고
있는 준환은. 그런데 준환은 대체 어떤 과오를 저지른 것일까. 혹시
준환도 정연과 잤나. 그는 코트 주머니에 든 낯선 사내의 라이터를
지그시 움켜쥐었다. 어쩌면 이런 의혹 때문에 자신이 툭하면 준환
을 모욕하는지도 모른다는 생각이 들었다. 그는 준환을 증오하는
게 아니라 질투하는 것인지도 모른다. 알 수 없는 죄의 연대 때문
에 지금 이 순간 준환이 사무치게 보고 싶은 것인지도 모른다.

그는 담배를 끄고 포장마차로 향했다. 확인할 수 있는 건 아무것
도 없었다. 분명한 것은 그게 무엇이든, 그도 준환도 죽을 때까지 그
죄를 혼자 짊어지고 가야 한다는 엄연하고도 잔혹한 사실이었다.

4

유하연 씨가 왔다는 비서의 인터폰을 받고 인하는 자리에서 일어
섰다. 그는 문을 열고 들어온 방문객을 유심히 바라보았다. 그녀는
젖은 낙엽 빛깔의 원피스 위에 겨자색 트렌치코트를 입고 있었다.

"안녕하세요? 신 출판기획에서 왔습니다. 유하연이라고 합니
다."

그의 눈에 돌연 힘이 들어갔다. 그 탓에 입매는 방심한 듯 조금
흐트러졌다.

"앉아요."

그는 소파를 가리키며 말했다.

하연은 소파에 앉아 큼직한 가방에서 카메라, 녹음기, 필기용구 등을 차례로 꺼내 상품을 팔러 온 사람처럼 탁자 유리 위에 단정히 늘어놓았다. 가죽소파 위에 입구를 벌리고 쓰러진 가방은 마치 길게 누운 캥거루의 늘어진 배 같았고 그녀는 그곳에서 막 뛰어나온 어리고 날씬한 캥거루 같았다.

"유하연 씨?"

"네."

하연이 긴장한 얼굴로 그를 쳐다보았다.

"신사장한테 얘기 들었어요. 정연이 동생이라고?"

"네, 그렇습니다."

인하가 소파에 앉으며 물었다.

"우리…… 구면이죠?"

"네."

"기억나요?"

"네."

그녀는 추운 듯 몸을 옴츠리고 손등을 트렌치코트와 소파 사이에 꺾쇠처럼 끼웠다.

"커피 할까요?"

"아니요, 전 뜨거운 물 한 잔이면 됩니다."

그는 일어나 인터폰으로 뜨거운 물을 두 잔 시키고 다시 소파에 앉았다.

"오늘은 커피, 아니 물 마시면서 그날 못한 몫까지 말을 많이 해야겠네."

"네."

웃을 법도 한데 하연은 웃지 않았다.

"어떻게, 술은 많이 마시는 편이에요?"

"많이는 안 마십니다."

"정연이는 제법 마셨는데. 하긴 요즘 젊은 사람들은 술을 많이 안 먹지. 그 누구야, 염여사 딸 세희? 그 녀석, 공부는 잘하고 있나?"

"일주일 전에 그만뒀습니다."

그는 마치 신입사원 면접을 보는 임원처럼 물었고 그녀는 입사 지원자처럼 대답했다.

"아, 그래? 애가 어때요? 피아노 한다던데."

"가르친 제자에 대해선 말하지 않습니다."

"언급회피도 하나의 발언이지. 기껍진 않았던 모양이군."

"그렇지 않습니다."

"담배, 피워도 돼요."

"괜찮습니다."

"피워요. 나도 다시 피우니까."

"아닙니다. 저는 원래 안 피웁니다."

인하는 그럴 리가, 하는 듯이 고개를 갸웃했다.

"그때 편의점에서 담배 사는 것 같던데."

"그게……"

담배를 불붙이지 않은 상태로 손에 들고 빨기만 한다는 걸 어떻게 설명해야 할까, 하연이 머뭇거리는 동안, 인하는 그녀가 난처해서 그러는 줄 알고 고개를 끄덕였다.

"그래요, 그럼 우리 둘 다 좀 참아봅시다."

뜨거운 물 두 잔이 왔다. 책장에 꽂힌 낚시잡지를 물끄러미 바라보는 하연을 보고 인하가 물었다.

"낚시 가봤어요?"

"아뇨."

"나도 자주는 못 가는데 좋아는 해요. 언제 기회가 되면," 인하는 같이 가자는 말 대신 이렇게 말했다. "한번 가봐요. 좋아하게 될 거요."

"네."

그들은 더이상의 사담은 나누지 않았다. 이미 정리된 자료를 토대로 인하가 생각나는 대로 굵직한 과거사를 얘기하면 하연은 녹음을 하면서 간간이 메모를 했다. 기존 자료에서 보태고 뺄 것들을 체크하고 사진을 몇장 찍는 것으로 첫 인터뷰는 끝났다.

"그럼 가보겠습니다."

카메라와 녹음기를 챙긴 하연이 꾸뻑 인사를 했다. 인하가 손을 내밀었다.

"앞으로 계속 수고 좀 해줘요."

하연이 그의 손을 맞잡았다. 그는 잠시 그녀의 손을 꼭 쥐고 있었다. 하연의 볼과 이마가 달아올랐다. 그녀를 바라보는 그의 눈이 시렸다. 시린 번짐 속으로 그녀의 희미한 주근깨 자국이 들어와 작은 십자화(十字花)처럼 빛났다.

"조심해 가요."

인하는 잡은 새를 놓아주듯 손을 놓았다. 어린 새의 할딱이는 배의 느낌이 손에 남았다.

그는 뒷짐을 지고 사무실을 서성거렸다. 아침에 진태와 통화한

바에 따르면, 유하연도 아버지가 누군지 모르는 자식이라 했다. 그 유하연이 염여사네 연회 때 본 하얀 스커트의 아가씨였다. 누구의 딸이길래 낯이 익은가 했더니 정연의 동생이었다. 그때 편의점에서 인연의 실마리를 흘려보낸 후엔 까맣게 잊고 있었다.

동생은 언니와는 좀 달랐다. 피부가 희고 이목구비가 오목조목했다. 그러나 이마와 눈이 닮았고, 말수는 적은 편인데 밤비 같은 음성이 똑같았다. 말끝이 깍듯한 경어체인 것도, 줄여 부르면 연이인 것도, 그리고 표정을 통해 감지되는 어떤 급박한 감정의 격류도…… 그렇다. 그날 편의점에서 커피를 같이 마시자고 권했을 때 그는 보았다. 처음엔 습격의 공포 앞에 선 어린 짐승처럼 날이 잔뜩 섰다가 어느 찰나 양파처럼 말갛게 꺼풀이 벗겨지던 표정의 급변을. 삼십년 전 그날도 그는 보았다. 앉은뱅이책상 옆에 주저앉아 그를 올려다보던 정연의 얼굴에서 새빨간 분노가 급류처럼 흐르다 어느 순간 무력한 체념이 서리처럼 하얗게 내리던 것을.

인하는 손바닥 모서리로 눈가를 누르다 말고 양손으로 바지춤을 잡았다. 흥분했다가도 이 자세로 몇발짝만 걸으면 피가 싸늘히 식으면서 감각이 바위처럼 무뎌지곤 했다. 가장 끔찍한 과거와의 대면을 망각하고 가는 인생도 있지만, 그것을 굳이 환기함으로써 나아갈 힘을 얻는 인생도 있다. 그는 바지춤을 단단히 움켜쥐었다. 정연에게 천 겹의 고통과 슬픔과 능욕을 안겨준 자신을 기억함으로써, 퍼펙트한 자술서로 동지들을 팔아먹고 번번이 어머니의 치마폭에 감싸여 사지를 빠져나온 자신을 기억함으로써 그는 또 한번 삶에 단단한 옹이를 짓는다. 약발이 얼마나 갈지 모르지만 이것이 한시적으로나마 그에게 작은 고난과 유혹 들을 인내할 힘을 줄 것이다. 자신이 가진 모든 상처와 야만을 다이너마이트로 만들어 질주하는 차량에 탑재해야 한다. 그럴 수밖에 없는 게 불가역한 삶의 운명이다.

인하는 바지춤을 놓고 양손을 늘어뜨렸다. 인터뷰는 사무적으로 잘 끝났다. 그녀는 젊지만 침착하다. 마음에 든다. 그뿐이다. 그는 책상으로 돌아와 스케줄 표를 확인했다.

인터뷰를 마치고 돌아오는 길에 하연은 휴대폰을 열어보았다. 오늘 하루 내내 한통의 전화나 문자도 오지 않았다. 빠리에 있는 석빈이 이 사실을 알면 처음엔 경악할 테고 다음엔 왕따니 뭐니 잔뜩 놀려댈 것이다. 친구를 만들기에 그녀는 여러모로 불리했다. 돈과 시간의 여유가 부족했고, 알레르기 때문에 유흥에도 취약했다. 그래도 오늘만은 그게 누구이든, 무엇인가 연락이 왔으면 하고 그녀는 막연히 기다리고 있었다.

집에 돌아와 씻고 편한 옷으로 갈아입고 세탁기에 빨래를 넣어 돌렸다. 아침과 똑같은 반찬을 해서 똑같은 양의 밥을 먹었다. 약을 먹고 설거지를 하고 청소를 한 후 세탁기에서 빨래를 꺼내 널었다. 접이식 식탁을 내리고 앉아 타이머를 맞춰놓고 한시간 반가량 외국어 공부를 했다. 감을 놓치지 않기 위해 매일 시간을 배분해 영어 일어 불어를 이십분 이상씩 학습하기로 정해놓고 있었다. 공부를 마치고 성암사에서 보내온 약초 달인 물을 데워 마신 후 창가에 놓인 컴퓨터 책상에 앉아 노트북을 켜고 두시간 동안 집중해서 소설을 썼다. 그런 다음 자리에서 일어나 가벼운 스트레칭을 했다.

여전히 뭔가 도착할 기미는 보이지 않았다. 하연은 인터넷에 올라온 기사들을 읽었다. 벌써부터 겨울철 우울증으로 한 주부가 자식 둘을 죽이고 아파트 옥상에서 떨어져 자살한 뉴스가 올라와 있었다. 취재기자는 빛 구경과 사람 구경을 못하면 우울증에 걸리기 쉽다며, 야외로 나가 햇볕을 쬐고 사람들을 많이 만나고 밝고 명랑한 생각을 하는 게 우울증 예방에 효과가 있다고 조언했다. 경계를 반쯤 넘어선 자들에게는 이미 실현 불가능했을 처방이었다. 자주 가는 커뮤니티에 들러 게시판을 훑어보고 이메일을 확인했다. 석빈에게서 두번째 메일을 받고 답장을 보낸 지가 꽤 되었는데도 메일이 와 있지 않았다. 골방에서 책 읽는 데 몰두해 밥때도 잊었다는 어린시절처럼 빠리에서 구원받은 삶을 살고 있는 모양이었다.

하연은 가방에서 카메라를 꺼냈다. 액정을 들여다보며 찍은 사진을 훑어본 뒤 메모리를 꺼내 노트북에 끼우고 큰 화면으로 한장씩 천천히 돌려보았다. 그리고 프린터에 인화지를 넣고 가장 마음에 드는 사진 한장을 출력했다. 노트북을 끄고 냉장고에서 사과를 꺼내 씻었다. 성암사에서 보내온 사과였다. 사과의 반을 잘라 랩을 씌워 냉장고에 넣고 반은 껍질을 벗겼다. 어린시절 석빈이 골방에서 책을 읽는 동안 그녀는 법당에서 사과를 훔쳐 먹었다. 그 시절 석빈은 서울에 있었고 그녀는 성암사에 있었다. 지금 석빈은 빠리의 골방에서 책에 빠져 있을 테고 그녀는 서울에서 성암사 사과를 먹고 있다. 오래전에 흘러가버린 시절의 행위와 장면 들이 장소만 바꿔 재연되고 있는 것 같은 기시감이 들었다.

그녀는 물이 많고 새콤한 사과를 오래 씹으며 출력한 인하의 사진을 들여다보았다. 단정하게 빗어넘긴 희끗한 머리, 깨끗이 면도한 턱, 턱을 받친 손등, 검은 양복 소매 밖으로 나온 흰 셔츠 소매,

셔츠 소매 테두리를 장식한 점선의 스티치 등을 그녀는 검지로 차례차례 짚어나갔다. 그는 여름에 보았을 때보다 조금 여윈 것 같았다. 난방이 들어오는지 방바닥이 따뜻해졌다. 발라낸 사과 속이 빨갛게 변해가도록 그녀는 간절하게 무엇인가 찾아와주기를 기다렸다. 잇몸과 손바닥이 가려워지기 시작했다.

침대에 눕자 가려움증이 폭발했다. 하연은 약 먹는 간격을 늘리기 위해 이를 악물고 주먹을 쥐고 버텼다. 한시간이라도, 삼십분이라도, 하다못해 오분이라도. 아랫집에서 젊은 남녀가 싸우는 소리가 들려왔다. 남자가 고함을 지르며 뭔가를 치는 소리가 쿵쿵 울렸고 여자는 죽어가는 새처럼 끼익끼익 소리를 질렀다. 피층은 물론이고 도저히 긁을 수 없는 곳, 이를테면 눈알 뒤쪽이라든가 식도 안쪽이라든가 무릎 관절 깊숙한 곳까지 가려웠다. 굵은 소금이나 거친 자갈 같은 것으로 가려운 부위를 박박 문지르고 싶었다. 요란한 소리를 내며 소방차가 지나갔다. 전국에 건조주의보가 내렸다. 빠리에 있을 석빈이 부러웠다. 그곳은 우기(雨期)일 것이다.

하연은 자리에서 일어나 알약을 한움큼 삼켰다. 가려움증은 겨울 건기에 가중되었다. 일년 중 항상 이즈음 가려움증이 온몸을 뒤덮을 때면 그녀는 십오년 전 이맘때 자신을 처음 방문했던 그 빚쟁이 피부병이 제 딴에는 그 만남을 경축하느라 그러는 것이려니 기특히 여기려 했다. 그러나 오늘 하루 내내 기다린 소식이 바로 이것이었나 생각하니 서럽고 노여웠다. 그녀는 눈을 크게 뜨고 지압봉으로 왼손 엄지부터 오른손 새끼손가락까지 열 손가락을 공들여 눌렀다. 유보살과 권보살의 병원비, 성암사 본채와 곁채의 수리비, 그리고 세 식구가 간신히 먹고살 만큼의 돈만 모이면 성암사로 돌아가 영영 그곳에 머무를 생각이었다. 새소리를 듣고 맑은 공기를 마시며 산책을 하고 엄마와 이모가 해주는 음식을 먹고 곁채에서 글을 쓰는 게 그녀의 꿈이었다. 그게 언제가 될지 모르지만 그날이 오기까진 이 도시에서 끈질기게 버텨내야 한다.

"아무 소식도 오지 않아."

하연은 결론을 내리듯 소리내어 말하고 책장에서 언니의 오래된 책을 꺼내 펼쳤다. 낱장이 흩어지고 판형이 세로로 된 책이었다. 몇십년 전에 언니가 그어놓은 밑줄은 유심히 찾지 않으면 거의 보이지 않을 정도로 희미했다. 그녀는 밑줄 그은 부분을 소리내어 읽었다.

"바위 속에는 고통이 없지만 바위에 대한 공포 속에는 고통이 있습니다."

바위 속에는 고통이 없지만 바위에 대한 공포 속에는 고통이 있습니다…… 바위에 대한 공포 속에는…… 고통이 있습니다…… 약 기운이 돌면서 용의 피처럼 끈적한 무감각이 밀려왔다. 그녀는 조심스레 책을 덮고 불을 끈 후 잠자리에 누웠다. 머리맡에 놓인 휴대폰의 음악파일에서 패티김의 「이별」을 찾아 재생시킨 후 눈을 감았다.

어쩌다 생각이 나겠지
냉정한 사람이지만
그렇게 사랑했던 기억을
잊을 수는 없을 거야

기억도 할 수 없는 아득한 유년의 시간 너머에서부터 하연은 이 노래를 들어왔다. 유보살은 남몰래 이 노래를 들으며 눈물을 흘리곤 했다. 이 노래를 들을 때마다 그녀는 수백번이나 생각했다. 엄마가 사랑했던 냉정한 사람은 언니의 아버지였을까, 자신의 아버지였을까.

때로는 보고파지겠지
둥근 달을 쳐다보면은
그날 밤 그 언약을 생각하면서
지난날을 후회할 거야

하연은 찰랑찰랑한 잠의 물결 속에 서서히 잠겨들면서 물수제비를 뜨듯 작은 질문을 던졌다.
"엄마…… 그 사람 어디가 그렇게 좋았어? 나는…… 그 사람 어디가 그렇게…… 좋은 걸까……"

6 . 진흙의 시간

1

사방이 푸르고 또 푸르렀다. 고남리 마을 어디를 둘러보아도 초록의 물결이었다. 녹청색으로 번득이는 나뭇잎 위로 여름 햇발이 맹렬히 떨어지고 있었다. 비가 올 기미는 보이지 않았다.

정연은 마을회관이 만들어놓은 납작한 사각의 그늘 아래 처진 몸을 늘어뜨리고 앉아 초점 없는 눈으로 회관 앞마당에 둥글게 둘러서서 춤추는 무리를 바라보았다.

"더엉닥기 덩닥 얼쑤!"

원의 중심에 선 전연 회장 윤상일의 선창에 맞춰 회원들이 몸을 들썩이고 팔을 벌려 땀에 젖은 겨드랑이를 접었다 펼쳤다.

"더엉닥기 덩닥 얼쑤!"

얼쑤, 하면서 상일이 나뭇가지를 쥔 손을 치켜들면 춤을 배우던 무리들이 다 같이 얼쑤, 합창을 했다. 정연은 현기증을 일으키고 쓰러진 덕에 점심이 준비되는 동안 땡볕 아래서 춤을 배우는 노역에서 면제되었다.

"더엉닥기 덩닥 얼쑤!"

상일이 쥐고 있던 나뭇가지로 땅바닥을 탁탁 쳤다.

"야야! 얼쑤 할 때 무르팍만 꾸뻑하지 말고 엉덩이를 철퍼덕 앉히면서 동작을 크게 하란 말야. 야! 손 봐라, 손! 내가 뭐랬냐? 연탄불에 김 굽듯이 납신납신. 더엉닥기 덩닥 얼쑤!"

상일이 뻣뻣한 재현의 춤사위를 보고 혀를 찼다.

"재현이 너 마분지 굽냐?"

동작이 느려 매번 반 박자씩 늦는 진태를 보곤 아예 고개를 저었다.

"진태 넌 김 다 탔다, 다 탔어! 경애하고 명식이, 옳지! 잘한다! 오난이도 잘한다! 오난이 넌 잘한다는데도 왜 인상에 황을 그리냐? 이름 져주신 할아버지 땜에 그러냐? 다시!"

"덩닥기 덩닥 얼쑤!"

"덩닥기 덩닥 얼쑤!"

얼쑤, 하는 합창이 터져나올 때마다 춤추는 이들의 발뒤꿈치에 매달린 짧은 그림자들이 빠른 수축과 이완을 반복했다.

정연은 힘없이 눈을 감았다. 눈을 감으니 논둑길에 떨어져 있던 팥빵 생각이 더 간절했다. 오늘 오전 일을 마치고 마을회관으로 돌아오던 길이었다. 땅만 보며 걷던 그녀가 갑자기 걸음을 멈췄다. 빵이다! 논둑길 가장자리의 가느다랗게 토막난 똥 끝자락에 떨어진 팥빵은 반이 납작하게 뭉개져 있었다. 누군가 밟아서 그렇게 된 것 같았다. 그녀는 팥빵에 눌린 신발 자국과 앞서가는 경애와 준환의 고무신 뒤축을 번갈아 살폈다. 작고 암팡진 게 경애의 고무신 자국 같았지만 상관없었다. 빵을 주워 흙과 똥이 묻은 부분을 떼어내고 빵 안에 든 팥 앙금만 파내서 조금 혀 위에 얹어놓을 수 있다면. 그 생각만으로도 침샘이 자극되어 핀으로 찌르는 듯 귀밑이 찌릿거렸다.

꼭두새벽에 일어나 잠도 덜 깬 상태로 「바람 씽씽」을 부르며 마을을 한바퀴 돌고, 아침이라곤 멀건 된장국에 보리밥 한술 말아먹고, 비닐로 둘러친 담배밭에서 오전 내내 담뱃잎을 땄다. 담배밭 아주머니가 내온 새참은 낡은 면보가 걷히기도 전에 곧바로 준환에 의해 거절당하고 말았다.

어머니, 새참 준비하시지 말라고 몇번을 말씀드려요? 자꾸 이러시면 이제 여기 일하러 안 옵니다.

아이, 별것도 아닌데 그냥 먹고 하지.

아주머니는 미안한 웃음을 지으며 새참 바구니를 들썩거렸다. 비록 먹을 수는 없어도 정연은 아주머니가 내온 새참이 무엇인지만은 알고 싶었다. 아는 것이 힘이라 했거늘, 새참의 정체만 알면 안 먹고도 먹은 듯이 힘이 날 것 같았는데, 더구나 가져온 사람 정성이 있으니 그저 구경이라도 했으면 싶었는데 결국 새참은 보자기도 걷히지 못한 채 담배밭에서 추방당했다. 날긋날긋한 면 보자기에 덮여 있던 오전의 새참은 무엇이었을까. 별것도 아니라 했으니 밭에서 딴 참외나 수박, 아니면 찐 감자나 밀전, 아니면 국수……?

담뱃잎에서 흘러내린 축축한 진액이 머리와 목과 팔에 끈끈히 달라붙어 있었다. 그녀는 뜨거운 뙤약볕 아래서 팔을 긁으며 뭉개진 팥빵 앞을 떠나지 못하고 있었다. 저 달콤한 팥소 한점만 먹으면 오늘 하루를 버텨낼 것 같았다. 그녀는 자기도 모르게 팥빵을 향해 손을 뻗었다. 그 순간 경애가 돌아서서 강아지풀을 흔들며 그녀를 부르지만 않았던들 그녀는 빵을 주워 더러운 부분은 대충 떼어내고 입에 덥석 넣었을 것이다. 흙이 묻은들 똥이 묻은들 어떠리. 일출과 일몰이 모두 아름답듯, 똥은 음식의 황혼인 것을.

마을회관으로 돌아오는 내내 정연은 사나운 눈빛으로 경애의 뒤통수를 노려보았다. 어떻게 빵을 밟을 수가 있을까. 어떻게 빵을 밟고도 밟았다는 걸 모를 수가 있을까. 그녀는 빵을 밟은 사람이 경애가 아닐 수도 있다는 생각은 하지 않았다. 자신이 빵을 먹지도 못하게 밟아버리고 그 빵을 줍지도 못하게 자기를 부른 경애가 미웠다. 마을회관 계단에서 기절할 때까지 그녀의 머릿속엔 온통 빵…… 생각뿐이었다.

정연은 눈을 떴다. 침이 솟는데도 목이 말랐다. 푸른 하늘엔 해진 천처럼 가장자리부터 올이 가닥가닥 풀리며 흘러가는 뽀얀 깃털구름이 한점 떠 있을 뿐이었다. 정오의 태양은 화로처럼 이글거리고 벌레 소리가 따갑게 귀를 울렸다. 언젠가 준환이 해준 쇠똥구리 얘기가 생각났다. 이집트인들은 쇠똥구리에게서 동쪽에서 서쪽으로 태양을 굴리는 태양신의 이미지를 보았다고 했다. 준환은 엉덩이를 들고 엉거주춤한 자세로 뒷다리를 들어 쇠똥을 굴리는 쇠똥구리 흉내를 냈다. 그러면서 이런 신의 이미지야말로 최고로 유쾌한 신의 이미지가 아니겠느냐고 말했다. 그때 그녀는 정말 그렇겠다고 동의했다.

그러나 이제 정연은 그 유머러스한 신의 뒷다리를 그만 똑 분질러버렸으면 좋겠다는 증오심을 불사르고 있었다. 수진과 함께 살던 방 창문으로 들어오던 오전 11시 무렵의 햇빛처럼, 신의 정강이를 직각으로 부러뜨려 저 불타는 쇠똥 같은 태양을 덜컥 놓치게 하였으면. 그리하여 제발 비가 좀 왔으면. 오는 비는 올지라도 한 닷새 왔으면 좋지.

춤 연습을 마친 전연 회원들이 어깨를 겯고 「농민가」를 부르며 스크럼 깨부수기를 하고 있었다.

"삼천만 잠들었을 때 허이!"

"우리는 깨어 허이허이!"

쨍쨍한 햇살이 만들어낸 발밑 그림자가 너무 짙어 그들은 스스로 움직인다기보다 그림자 난쟁이들이 조종하는 데 따라 움직이는 꼭두각시처럼 보였다.

"와아아아!"

스크럼을 깨기 위해 두 무리가 서로를 향해 달려들었다. 까만 도깨비들의 풀무에서 나온 누런 허깨비들처럼 그들은 한 덩어리로 뒤엉킨 채 상하좌우로 흔들렸다. 현기증이 재발했다. 세상이 어두워졌다. 식사당번인 은수와 용호가 밥이 다 됐다고 냄비 뚜껑과 솥뚜껑을 챙챙 부딪치는 소리가 귓가에 희미하게 울렸다. 밥을 먹어야 하는데 왜 몸이 움직여주지 않을까. 밥을 먹어야 오후 일을 할 수 있는데. 아직도 농활이 사흘이나 남았는데.

하늘은 금방이라도 비를 뿌릴 듯 흐렸다. 열흘 동안의 전통연구회 농촌활동이 마감을 고하는 날이었다. 마을회관 앞 공터에서 고남리 마을잔치가 열렸다. 누런 대자리가 깔리고 자리마다 주민들이 추렴하여 준비한 음식들이 놓였다. 삶은 돼지고기와 몇가지 소박한 떡들, 색색의 야채와 과일, 묵무침과 볶은 메뚜기, 뱀을 잡아넣은 고추장찌개까지 있었다. 대자리 옆에는 막걸리가 가득 담긴 커다란 양은주전자가 하나씩 놓였다.

"오늘은 몸보신 좀 해볼까나?"

진태는 먹고 마실 생각에 부풀어 손을 싹싹 비볐다. 그런데 아무래도 불길한 조짐이 그의 날카로운 시야에 포착되었다. 정연이 음식을 나르면서 새우젓도 찍지 않은 삶은 돼지고기를 쉴새없이 입에 집어넣고 있었다. 동전을 커다란 주머니에 집어넣듯이, 미처 이와 혀를 쓸 새도 없이 꿀꺽 삼키고 마는 놀라운 속도였다. 설탕을 뿌린 토마토와 물이 많은 오이도 눈 깜빡할 새 접시에서 사라졌다. 그녀의 침은 공업용 염산처럼 독해 뭐든 입안에 들어오는 족족 순식간에 녹여버리는 것 같았다.

진태는 상습적으로 반칙을 범하는 선수를 적발한 심판처럼 빠른 걸음으로 걸어가 경고의 의미로 정연의 어깨를 톡톡 쳤다. 돌아보는 와중에도 그녀는 상추 한장을 집어 입에 쑤셔넣는 중이었다.

"너 통닭 좋아하지?"

"통닭?"

정연의 큰 눈에 갈망이 담겼다.

"그래, 통닭! 서울 가면 내가 배 터지게 한번 산다."

"그 비싼 통닭을?"

"그래, 그러니까 지금은 좀 참아라. 상에 갖다놓기 전에 다 먹어치울래? 시방 너는 음식을 저짝으로 안 나르고 니 뱃속으로 나르고 있지 않냐?"

정연은 상추 잎사귀가 낀 앞니를 드러내며 민망한 듯 웃었다.

송별식은 마을 이장이 그동안 고생해준 학생들에게 고맙다는 인사를 간단히 하고 윤상일이 그에 대해 거창하고 장황한 답사를 하는 것으로 시작되었다.

"엄혹한 암흑의 시대에 척박한 조국의 강토를 지키고 일궈나가시는 고남리 주민 어르신들……"

초상 때나 쓸 법한 어려운 말을 쏟아놓는 바람에 잔치 분위기가 잠시 숙연해졌다. 마을 사람들은 역시 배운 학생들이라 다르다며 관대한 마음으로 반은 넘겨짚고 반은 흘려가며 상일의 기나긴 성명서식 답사를 들어주었다. 그나마 마지막 말은 알아들을 만해서 다행이었다.

"어르신들께 노동의 땀을 배운 저희들은 앞으로 고남리에서 함께한 시간을 평생 잊지 못할 기억으로 가슴 깊이 간직하겠습니다. 고남리 어르신네들, 제가 대표로 큰절 한번 올리겠습니다."

상일이 평소에 얼마나 방정맞고 까불까불한지 짐작도 못 치는 나이 지긋한 마을 여인들은, 생긴 풍모도 해사하니 말도 선비처럼 잘한다며 서로들 사위 삼고 싶어 야단들이었다. 심지어 절하는 것이 어찌 저리 고우냐며 우는 여인까지 있어 상일은 우쭐했고 전연 후배들은 아연했다.

다들 고기 구경을 못 한 터라 삶은 돼지고기가 제일 먼저 동이 났다. 남자들은 기름이 동동 뜬 찌개 그릇을 휘휘 저어 뱀 건더기를 낚았고 여자들은 파리를 쫓던 손에 침을 묻혀 시루떡을 떼 먹었다.

두터운 구름에 해는 숨었어도 날이 워낙 후텁지근해 사람들은 저마다 옆사람에게서 풍기는 쉰 땀내를 구수하게 맡아야 했다.

오락시간이 시작되었다. 청년회 노총각 회장이 허리를 흔들며 노래를 불렀다. 취한 노인들이 자리에서 엉거주춤 일어나 상일이 탄복해 마지않는, 끝이 조금도 안 타게 탄불에 김을 굽는 춤사위를 했다. 안주가 풋것밖에 남지 않자 여인들이 곤로에 불을 피워 전을 부치기 시작했다. 호박전, 감자전, 고추와 깻잎을 넣은 두툼한 장떡이 길이 잘 든 무쇠솥 뚜껑에서 한 채반씩 부쳐져 나왔다. 낮게 깔리는 기름 냄새가 잔치 분위기를 돋웠다.

"어디 한번 판을 벌여볼까나?"

상일의 말에 전연 회원들은 각자 맡은 장구와 북과 꽹과리, 징들을 메고 들고 나섰다. 동네 남정네들이 앞서거니 뒤서거니 놀이패를 따라 마당을 빙빙 돌며 어깨춤을 추었다. 꾀죄죄한 옷을 입거나 벌거벗은 어린애들이 기이한 소리를 지르며 뛰어다녔고, 개들은 놀이패를 피해 어슬렁거리다 생각난 듯 고개를 숙이고 젖은 흙냄새를 맡았다.

막걸리에 얼근히 취한 진태는 마을회관 뒤편에 오줌을 누러 가다 걸음을 멈췄다. 재래식 변소 근처에선 함부로 내깔긴 오줌 냄새와 거름이 되지 못한 날똥 냄새, 습한 진흙내가 뒤섞여 눈이 시릴 만큼 독한 악취가 풍겼다. 공중에는 덩치가 커서 얼굴이나 팔에 부딪히면 작은 조약돌에 맞은 듯한 느낌을 주는 쇠파리들이 어지럽게 날고 있었다. 초록색 물이끼가 돋은 습기 차고 질척한 뒤란 구석에 정연이 등을 보인 채 쪼그리고 앉아 있었다.

"너 거기서 뭐 해?"

진태는 앞마당에서 울려오는 사물놀이 장단에 맞춰 훨훨 반 박자 늦은 춤을 추며 정연을 향해 다가갔다. 그녀 앞에는 질펀하게 토해놓은 자국이 있었다. 막걸리빛 뽀얀 토사물 속에 소화가 안된 울긋불긋한 풋것의 건더기가 멍울져 있었다.

"많이 마셨냐?"

정연이 손등으로 입가를 훔치며 올려다보는 순간 진태는 머리를 징채로 두드려맞은 듯 띵한 충격을 받았다.

"얘가 왜 이래?"

정연의 둥근 이마는 진땀으로 반들거렸고 퀭한 눈가엔 눈물 자국이 번져 있었다. 볼은 살이 빠져 우묵했고 표정은 칠흑처럼 어두웠다. 토하는 와중에도 그녀는 양손에 먹을 것을 틀어쥐고 있었다. 장떡을 움켜쥔 왼손은 붉은 기름에 물들어 있었고, 오른손엔 토한 직후에 베어문 쑥개떡이 잇자국을 보인 채 비죽이 나와 있었다. 진태는 정연의 곁에 앉아 어깨에 손을 얹었다.

"왜 그래? 응?"

정연이 쑥개떡을 씹으며 중얼거렸다.

"나 죽고 싶다, 진태야."

"일이 그렇게 많이 힘들었냐?"

진태는 안쓰러운 눈으로 바라보았다. 호된 매질을 당하고 몇 조각의 떡으로 달래진 소녀처럼, 젖은 둥근 눈에는 두려움이 깃들었고 기계적으로 떡을 씹는 입가에는 체념이 배어 있었다. 진태는 그녀를 끌어당겨 품에 바짝 안았다. 기다렸다는 듯 그녀가 어린애처럼 소리내어 울기 시작했다. 그래, 울어라. 영문은 모르겠지만 맘껏 울어라. 러닝셔츠 위로 드러난 그의 목과 어깨에 그녀의 눈물이 젖

어들었다. 울음이 잦아들자 그녀는 입안의 것을 오물오물 씹기 시
작했다. 어깨에 오근자근 느껴지는 턱의 저작이 그래도 어떻게든
살아보겠다는 자그마한 의지처럼 느껴져 그의 마음도 오근자근 아
팠다.

"고맙다."

정연이 그의 품에서 벗어나며 말했다.

"내친김에," 진태가 담뱃불을 붙이며 말했다. "키스까지 확 해버
리려고 했는데, 먹성 좋은 니가 나까지 잡아먹어버릴까봐 못했다."

정연이 그의 어깨를 동그란 이마로 쿡 들이받더니 그을린 뺨을
실룩거리며 킬킬 웃었다.

"이 짜식! 남은 죽고 싶다는데 잡아먹는다니 뭐니, 너 그거 무지
하게 야한 농담이지?"

그러면서 그녀는 왼손에 쥔 붉은 장떡을 입에 넣었다. 담배 맛에
서도 오줌 냄새가 났다. 진태는 궁금했다. 조금 전에 본, 곧 목을 맬
듯한 절망의 표정은 이 녀석의 어디에서 흘러나온 것일까. 이 녀석
이 틀어쥔 쑥개떡처럼 이 녀석을 꽉 틀어쥐고 놓아주지 않는 이 어
마어마한 슬픔과 허기는 뭘까. 오리엔테이션 때 논노 잡지에서 막
튀어나온 듯 새침하던 짧은 치마의 숙녀는 대체 어디로 갔나. 한달
뒤 중국집 골방에 나타나, 산골에서 자라 겁도 없고 힘도 세다며
자기소개를 하던 맹랑한 신입회원은 어디로 갔나.

갑자기 굵은 빗방울이 툭툭 떨어졌다. 농활 내내 학수고대해도
오지 않던 비였다. 정연이 한숨을 쉬었다.

"왜 하필 이제 오는 거니?"

멀리서 우우웅 천둥 치는 소리가 났다.

2

농활이 끝나고 한달 뒤에 합숙이 시작되었다. 보름치 방세를 내고 빌린 합숙방은 여덟명이 자기엔 형편없이 비좁았다. 게다가 방에 이나 쥐벼룩 따위의 물것이 들끓어 자고 일어나면 다들 몰골이 말이 아니었다. 아침이면 서로의 얼굴을 들여다보며 박장대소하느라 한동안 정신이 없었다.

오늘 아침 재현의 코는 밤톨이 되었고 정연의 이마는 왼쪽 귀퉁이가 뒤둥그러졌고 경애의 귓불은 왕구슬을 넣은 것처럼 두두룩했다. 오늘의 식사당번은 용호와 준환이었다. 하필 용호와 한 조가 된 데다 인중을 물려 윗입술까지 퉁퉁 부어오른 준환의 인상이 범상치 않아, 전연 친구들은 그 앞에서는 웃음을 자제하며 삼가 애도를 표하는 것이었다.

반찬거리랄 것이 없었기 때문에 식사당번이 할 일은 곤로에 밥을 짓는 것뿐이었다. 관리감독만 하려던 용호도 오늘 아침 준환의 표정이 심상치 않아 보였는지, 부어오른 입으로 쌀을 씻는 준환 옆에서 손수 신 김치를 꺼내 써는 자발성까지 보였다. 보리밥과 김치, 간장과 고추장과 된장. 이것이 하루 세 끼 불변하는 전연의 합숙 식단이었다.

주인집에서 좁은 방에 학생들이 우글거리는 걸 보면 이상하게 생각하고 신고할지도 모른다며 용호와 은수가 출입을 통제해 전연 1학년생들은 불볕더위가 계속되는 8월 염천에 작은 합숙방과 곁달린 부엌만을 오가며 단체로 팔자에 없는 감옥살이를 하고 있었다. 그들은 준환이 밥을 짓는 부엌을 한명씩 번차례로 드나들며 세수를 했다. 세수라고 해봤자 겨우 얼굴에 물칠만 하는 게 고작이었다.

"농활 끝나고 한달 동안 겨우겨우 영양보충해놨는데 합숙 와서 이렇게 먹고 또 어떻게 살아?"

진태가 세수를 마치고 비듬이 듬성한 머리를 수건으로 털며 방으로 들어섰다. 경애가 냉큼 부엌으로 나서며 말했다.

"난세에 살찌면 역적이란다."

진태가 부엌을 향해 수건을 뭉쳐 던지며 말했다.

"니가 몰라서 그렇지 탄수화물만 먹으면 더 살쪄. 머리가 잘 돌아가려면 쇠고기나 흰 살 생선 같은 걸 먹어야 하는데, 그런 거나 먹여주면서 공부를 시키든지 말야."

용호가 부엌에서 부지깽이로 바닥을 내리쳤다.

"그러니까 새끼들아, 열심히 투쟁할 궁리를 하란 말이야. 민중들 생활수준이 올라가야 니들도 좀 낫게 먹고살 거 아냐? 기야, 아니야?"

드러누워 머리를 긁적이던 명식이 손을 코밑에 대고 냄새를 맡으며 툴툴거렸다.

"사실 영어는 그렇다고 쳐도 생판 모르던 일어를 사흘 만에 문법 떼고 바로 강독 들어간다는 게 말이 되는 소리냐?"

진태가 백번 안됐다는 듯 고개를 끄덕였다.

"나 같은 천재도 겨우겨우 따라가는데 명식이 넌 얼마나 힘이 드냐? 히라가나도 꼬래비로 외우고 카따까나는 아예 읽을 줄도 모르니."

명식이 물가에 몸을 드러내는 악어처럼 느물느물 일어나며 반발했다.

“내가 왜 못 읽어, 짜샤? 다 읽을 줄 알아.”

“명식이 너 글자 수 세가지고 네 글자면 부루조와, 여섯 글자면 뿌로레따리아, 그렇게 때려맞추는 거 다 알어, 인마.”

“그럼 어제 내가 레닌 딱 때려맞춘 건 뭐냐?”

“하! 이젠 지 입으로 때려맞췄다고 실토하네.”

구석에 앉아 있던 재현이 긴 팔을 들어올려 기지개를 켜며 말했다.

“맨날 이렇게 방에 갇혀서 골 터지게 공부만 하니까 차라리 농활 가서 몸 부서지게 일하던 때가 그립다.”

방으로 들어온 경애가 수건 귀퉁이로 얼굴을 꼭꼭 누르며 잘난 척을 했다.

“재현이 넌 노가다 체질이라 그렇지, 난 학자 타입이라 그런지 일하는 것보단 그래도 공부가 더 나은 것 같아.”

진태가 반색을 했다.

“경애하는 경애양! 노가다, 그거 일본말이지? 잘됐다. 명식이 너 그거 한번 카따까나로 써봐라.”

“아 됐어. 노가다는 고유명사도 외국어도 아닌데 왜 카따까나로 써?”

“그래도 써봐, 인마!”

“나 지금 세수하러 가야 돼.”

재현이 경애에게 대신 수건을 건네받으며 말했다.

“명식이 너 좀 바쁜 거 같으니까 내가 먼저 하지 뭐.”

“아냐, 아냐. 나 안 바빠.”

진태가 명식을 붙들어 앉히고 볼펜을 쥐여주며 재촉했다.

226

“얼른 써봐! 카따까나로, 노, 가, 다!”

명식이 볼펜을 쥐고 눈알을 굴렸다.

“봐! 못 쓰지? 못 쓰겠지?”

명식이 볼펜을 집어던졌다.

“이 자식이 진짜, 내가 읽을 줄 안댔지 언제 쓸 줄 안댔냐?”

“와, 이 미꾸라지 같은 새끼. 읽을 줄 알면 쓸 줄도 아는 거지. 너 저번에도 뿌라우다를 네 글자라고 무조건 부루조와로 찍어놓고 뭘 그래?”

재현이 세수를 마치고 방에 들어왔을 때 정연은 칫솔을 입에 문 채 방구석에 기대 졸고 있었다.

“정연아, 세수해.”

재현이 귀에 대고 속삭이자 정연은 눈을 뜨고 한숨을 쉬었다. 재현이 보기에 요즘 정연은 이상하리만큼 말이 없었다. 무기력증에 걸린 사람처럼 굼뜨고 나른하고 통 기운이 없어 보였다. 오전에 영어강독을 할 때도 멍하니 딴생각을 하기 일쑤였고, 오후에 일어를 강독할 때도 자기가 맡은 부분만 재빨리 해석해놓고는 눈을 감아버렸다. 용호가, 넌 왜 맨날 졸고 앉았냐? 하면, 그냥 눈 감고 있는 거예요, 했다. 그런데도 어학에 소질이 있는지 또래 중에선 해석을 제일 잘해내는 바람에 용호도 뭐라고 더 씨불거리지는 못하는 눈치였다.

뜻밖에 합숙 닷새째인 오늘 아침 식단에는 대단히 호사로운 반찬 한가지가 추가되었다. 아침 일찍 외출했던 은수가 상일과 함께 돌아왔는데, 그래도 명색이 회장이라고 상일의 손에 꽁치 통조림 두 캔이 들려 있었다. 합숙자들은 신 김치를 넣고 멀겋게 된장을 풀어 끓인 꽁치국에 달려들어 귀신같이 꽁치 토막을 건져먹었다. 별식을 맛본 포만감에 모두 뿌듯한 얼굴로 수저를 내려놓고 벽 쪽으로 물러앉아 담배를 피워물었을 때 상일이 가방에서 신문을 꺼내 바닥에 펴놓았다.

"얘들아, 사태가 심상치 않다. 어제 신민당사에서 농성하던 여공 중에 한명이 떨어져 죽었다."

모두들 일제히 신문 가까이 다가앉았다. '경찰 신민당사 기습, YH 여공 1명 사망, 여공 170여명 강제연행, 신민 국회의원 폭행피해 주장……' 친구들이 여공 김경숙의 죽음에 대해 이러니저러니 시국방담을 늘어놓는 동안 늦게까지 솥을 지키며 밥을 긁어먹던 정연은 저인망 그물로 바닥을 훑는 어선처럼 숟가락 두개를 이용해 꽁치국 냄비에 가라앉은 보잘것없는 살점들을 건져올리는 데 온 신경을 집중하고 있었다.

가을학기가 시작되자 상일의 말대로 학내 분위기는 심상치 않게 변했다. 다른 대학들도 마찬가지였다. 신문엔 조그맣게나마 연일 데모 소식이 실렸다.

9월 중순에 첫 교내 시위가 있었다. 1학기에는 아주 작은 시위조차 없었기 때문에 전연 1학년생들로서는 처음 접해보는 데모였다. 그러나 그들은 이미 어리고 철없는 신입생의 때를 벗은 지 오래였다. 반년의 써클 생활, 피쎄일과 학회, 농활과 합숙은 그들을 학생 운동의 예비전사로 단련시켰다.

첫 데모가 있던 날, 경애는 시위대에서 멀찌감치 떨어져서 구경만 하고 있는 정연을 발견했다. 정해진 동원 시각에 나타나지도 않더니 끝까지 시위대에 합류할 생각이 없는 듯했다. 정연은 잠깐 구경만 하다가 몸을 돌려 시위장소를 떠났다.

개학 후에 만났을 때 척 보기에도 살이 좀 쪘구나 싶었는데 뒷모습을 보니 확연했다. 청바지가 팽팽하게 당겨 여간 불편해 보이지 않았다. 정연의 뒷모습이 도서관 건물 뒤로 사라지는 걸 본 순간 경애는 딱히 정연은 아니지만 그렇다고 누구라고 꼭 집어 말할 수 없는 대상에 대한 미움이 화화하게 치솟는 걸 느끼고 이마를 짚었다. 그날 문연 회장 김선욱이 3대 선언서를 기초하고 주동을 뜬 혐의로 잡혀갔다는 얘기를 듣고 경애는 여자화장실 문을 잠그고 조용히 울었다.

3

진태가 과외비 받은 걸로 한턱 쏜다고 하여 얼씨구나 몰려간 학교 앞 통닭집이었다. 오백 씨씨 생맥주를 보자 광분한 명식이 원샷을 제의했지만 모두 거절했다.

"오난이 새끼 있었으면 쫙 한잔했을 텐데."

명식은 고향 섬으로 일 도우러 혼자 가을농활을 떠난 준환을 떠올리고 아쉬워했다. 깡통식당에서 부실하게 때운 점심의 면발이 다 소화되어 허기가 아슴아슴 저녁노을처럼 혀 위를 맴도는 시간이었다. 게다가 진태가 전기구이 통닭을 두마리 시키고 생맥주도 마음껏 마시라고 인심을 쓴 터였다. 그들은 시큼한 무를 씹고 생맥주를 마시며 농활과 합숙 때의 쓰라린 굶주림을 화제에 올렸다. 진태가 정연을 툭 치며 말했다.

"내가 그랬지? 통닭 산다고. 배 터지게 한번 먹어봐라. 얼마나 먹나 보자."

"고마워."

정연의 말에 진태가 은근한 목소리로 물었다.

"그때 너 마을회관 변소 앞에서 나한테 뭐랬는지 생각나냐?"

"내가 뭘 뭐래?"

정연이 낯을 붉혔다. 명식이, 뭐랬는데, 뭐랬는데? 묻자 진태가 말을 흐렸다.

"아, 그런 게 있어."

한 접시에 한마리씩 두마리의 통닭이 타원형 접시에 담겨 나왔다. 진태가 그중 한마리에서 다리 두개를 뜯어 경애와 정연 앞에 하나씩 놓았다. 동작 빠른 명식은 벌써 다른 접시에서 신속하게 닭다리를 뜯어내 입에 넣는 중이었고, 재현은 체면을 차리느라 망설이고 있었다.

"인간은 다섯이고 다리는 넷이니……"

스핑크스의 수수께끼만큼이나 복잡한 상황에서 진태가 용단을 내렸다.

"부잣집 아들인 내가 오늘은 양보하도록 하지."

진태가 마지막 닭다리를 뜯어주자 재현은 결코 사양하는 미덕을 보이지 않았다. 그러자 정연이 자기 몫의 닭다리를 진태에게 내밀었다.

"너 먹어."

"왜 그래? 오늘은 내가 양보한다니까."

"난 날개가 더 맛있어."

"다리도 먹고 날개도 먹어."

"날개 두개 먹으면 되잖아?"

정연은 닭다리를 진태 앞접시에 내려놓고 포크로 날갯죽지를 뜯었다. 진태는 좀더 사양하려다, 정 너희가 안 먹는다면 내가 먹으면 어떻겠느냐는 얼굴로 변해가는 명식을 보고 얼른 닭다리를 집었다.

닭 날갯죽지 먹으면 바람피운다는 얘기, 그건 애인 있을 때 얘기인데 우리 중에 어디 애인 있게 생긴 연놈이 있느냐는 얘기, 뭐니 뭐니해도 닭은 다리가 제일 맛있다는 얘기, 유전공학과 애들을 고문해서 닭과 지네를 교배시키게 하자는 얘기, 다리 갯수만 많고 살은 별로 없으면 어쩌느냐는 얘기, 차라리 닭과 코끼리를 교배해 다리 크기를 키우자는 얘기, 그럴 양이면 차라리 인간을 세뇌해 닭다리를 싫어하게 만들자는 얘기, 갈등의 씨앗인 닭을 멸종시키자는 얘기, 닭을 절대 못 먹는 계율의 종교를 널리 포교하자는 얘기, 포교고 나발이고 간에 너부터 우선 믿어줬으면 좋겠다는 얘기, 다 집어치우고 이런 갈등을 종식시키려면 진태만 과외 그만두면 된다는 얘기, 기껏 돈 벌어 사줘도 지랄이라는 얘기 등등 말꼬리를 잡는 시시껄렁한 잡담들을 늘어놓으며 그들은 맥주를 마시고 통닭을 뜯었다. 연신 잔이 비었다. 마신 양이 각자 천오백 씨씨를 넘어가면서부터는 화장실을 들락거리는 횟수도 잦아졌다. 진태가 생맥주의 급속한 소비에 놀라 주종을 소주로 바꾸면 대신 통닭 한마리를 추가로 주문해주겠다는 제안을 하자 모두 찬성했다.

세번째로 화장실에 다녀온 경애는 벽에 기대앉아 닭을 뜯는 정연을 보고 그 끈기와 식탐에 놀랐다. 정연은 닭날개를 세 토막째 먹고 있었다. 포크로 닭 토막을 누르고 손으로 날렵하게 날개 끝을 분질러 입에 넣고 뼈째 오독오독 소리가 나게 씹었다. 닭봉의 살을 발라먹고 관절을 감싼 물렁뼈를 말끔히 뜯어먹은 후 어금니로 동그란 관절뼈를 아작아작 씹었다. 그녀 앞에 쌓인 소복한 뼈들은 살점 하나 없이 깨끗했고 뼈의 양 끝은 납작하고 거무스레했다. 절인무도 두번이나 더 달라고 하여 다 먹어치운 상태였다. 그러나 그녀 몫의 오백 씨씨 생맥주는 김이 빠진 채 그대로였다. 그녀는 건배가 있을 때마다 포크를 쥔 손을 잠시 내려놓고 잔을 들었다 입에 대는 시늉만 하고 내려놓았다. 그러니 화장실에 갈 일도 없는 것이다.

"넌 맥주 왜 안 먹냐?"

진태의 말에 정연은 새로 추가된 통닭에서 네 토막째 날갯죽지를 뜯어내며 말했다.

"그냥."

"마셔, 인마. 돈 걱정 하지 말고."

진태가 잔을 부딪치자고 내밀자 정연이 고개를 흔들었다.

"돈 걱정 해서 그러는 거 아니야."

"니 맘 다 알아. 오늘은 이 오빠가 산다니까. 걱정 말고 마셔."

진태가 장난스럽게 눈을 찡긋하고 잔을 들어올렸다.

"싫어!" 정연이 포크를 탁 내려놓았다. "돈 걱정 해서 그러는 게 아니라 내가 마시기 싫다고!"

"왜 그래? 술 좀 마시자는데 무섭게. 알았어."

진태가 슬그머니 물러섰지만 정연은 여전히 뾰로통한 채였다.

"왜 내 말을 듣지를 않아? 난 내 맘대로 술도 안 먹지 못하니?"

몰라보게 살이 쪄서 두터워진 턱을 목에 눌러붙여 두 턱을 만들고 눈을 빤히 치켜뜨며 상대를 노려보는 정연의 얼굴은 누가 봐도 질색할 만큼 심술궂은 표정이었다. 경애는 소주를 마신 뒤 단단히 결심을 하고 말을 꺼냈다.

"정연이 너 고민이 뭐냐?"

정연이 적의에 찬 얼굴을 경애 쪽으로 돌렸다.

"내가 어쨌다고? 갑자기 무슨 고민을 말하래?"

"요즘 너 왜 그래? 카타콤에도 잘 안 나오고. 얘기를 해야 우리가 알 거 아냐?"

정연은 신경질적으로 손에 묻은 기름을 냅킨으로 닦아냈다. 재현이 부드럽게 말을 보탰다.

"정연아, 무슨 얘기든 해봐."

"그래, 얘기할게." 정연의 눈빛이 돌연 사나워졌다. "나 카타콤인지 나발인지 거기 가기 싫어. 지긋지긋해. 누가 더 과격한지 내기라도 하듯이 이년 저년 무년 것들이 언제 배웠다고 담배나 죽어라 피워대면서, 담배연기처럼 자욱한 투쟁심이나 과시하는 걸 도저히 못 참겠다. 점점 역겨워서 견딜 수가 없어."

마침 자욱하게 담배연기를 내뿜던 명식은 움찔 놀라, 난 그저 담배만 피웠을 뿐 자욱한 투쟁심 같은 건 과시한 적이 없다는 표정을 지었다. 막 담뱃불을 붙이려던 재현은 얼른 담배를 끼운 손을 탁자 밑에 숨겼다. 격노한 경애만이 담배를 급히 빤 후 담배연기를 자욱하게 내뿜으며 속사포처럼 말을 쏟아냈다.

"정연이 너 왜 그렇게 변했니? 너만 고민 있고 너만 무섭고 너만 그렇게 예민하니? 우리 다 고민 있고 두렵고 힘들어."

정연이 가볍게 입을 실룩거렸다. 속으로는 젠장! 하고 있는 입매였다.

"삐딱하게 왜 그래, 요즘? 뭐가 무섭니 대체? 데모하는 게 무섭니? 최루탄이 무서워? 두드려맞는 게? 달려들어가는 게? 인하형이나 선욱형은 그게 안 무서웠겠어? 그 형들은 사람 아니야?"

정연이 갑자기 둥근 눈을 희번덕거리며 날카롭게 물었다.

"그러는 넌! 권경애 넌, 전태일처럼 그렇게 죽을 수 있어? 김경숙처럼 그렇게 죽을 수 있어?"

경애가 꽁초를 쥔 손을 달달 떨면서 말했다.

"지금 당장 누가 우리보고 죽으라고 그러니?"

정연이 뭔가를 털어내듯이 한 손을 휙 내저었다.

"여기서 한발짝이야. 그렇게 멀지 않다고. 너도 그럴 자신 없으면서 내 앞에서 잘난 척하지 마! 강요하지 마! 친한 척, 걱정해주는 척도 하지 마! 내가…… 내가…… 만약 죽거나 병신 되면, 내가 혹시 잘못되면 니가 다 책임질 수 있니?"

경애가 답답하다는 듯 꽁초를 바닥에 집어던지고 소주를 병째 집어 들이켰다. 분위기를 가라앉히기 위해 재현이 침을 꿀꺽 삼키고 조심스레 끼어들었다.

"정연아, 경애 얘기는 그런 뜻이 아니라, 우리도 곧 2학년이 되고, 그러면 신입생 후배들도 들어오고 그럴 텐데, 힘들어도 마음가짐을 강고하게 가져가자, 그런 얘기 아니겠어?"

정연이 고개를 획 돌려 재현을 노려보았다.

"야! 이재현!"

"응, 그래."

"가져가긴 뭘 가져가? 그런 말투도 난 이제 지긋지긋해."

재현은 억지로라도 웃으려고 했지만 잘 되지 않았다.

"왜? 너도 2학년 되면 강고한 마음가짐으로 신입생 후배들 뺨 후려치고 그럴래? 윽박지르고, 짐승처럼 때리고 그럴래?"

재현이 더듬거렸다.

"저,정연아, 왜 마음에도 없는 말을 하고 그래?"

정연이 입 끝을 경련하듯 뒤틀며 말했다.

"내 마음에 그런 말이 있는지 없는지 재현이 니가 어떻게 알아? 진태, 경애, 명식이, 니들이 어떻게 아냐고? 그리고 니들이 가져가긴 뭘 가져가? 누가 니들 좋은 것만 그렇게 쏙쏙 가져가게 내버려두대? 니들…… 진짜 니들이…… 니들이 뭐나 되는 줄 알고……"

정연은 더이상 말을 잇지 못했다. 그녀의 커다란 눈 속에서 일렁이던 사나운 불꽃이 서서히 잦아들었다. 침묵이 흘렀다. 다들 정연이 자리를 박차고 일어나리라 예상했다. 명식이 참다못해 먼저 의자를 요란스레 밀고 일어나 화장실로 갔다. 정연의 차례였다. 모두 눈을 내리깔았다. 딸깍, 포크 소리가 들렸다. 정연은 그대로 앉아 포크를 쥐고 앞접시에 놓인 날갯죽지를 뜯어 입에 넣고 있었다. 눈을 살짝 치켜뜨고 그 꼴을 본 경애가 빈 소주병을 들었다 쾅 내려놓았다.

"오정연! 그럴 거면 너 전연 나가라. 지겹다며? 역겹다며? 그런 생각으로 뭐하러 이 자리에 비비적거리고 끼어 있니? 난 니가 더 지겹고 역겹다. 깨끗하게 나가! 안 말려!"

정연은 묵묵히 고기를 씹었다. 살찐 볼이 오목조목 야무지게 움직였고, 고기를 씹는 볼 위로 눈물이 흘러내렸다. 재현은 문득 이 자리에 준환이 있었으면 어땠을까 생각했다. 준환은 정연을 감싸고 달랬을까. 다른 친구들을 나무랐을까. 순간 경애가 왁 울음을 터뜨리며 악을 썼다.

"그럴 거면 나가라고! 제발! 나가!"

그제야 정연은 포크를 내려놓고 경애를 바라보았다. 그리고 냅킨으로 손을 꼼꼼히 닦으며 진태와 재현을 바라보았다. 그들은 그녀의 시선을 외면했다.

"미안하다. 그럼 먼저 갈게."

정연은 자리에서 일어나 가방을 메고 둔한 몸을 움직여 탁자 사이를 빠져나갔다. 진태가 말없이 소주잔을 비웠다. 재현이 손가락 사이에 끼워져 있던 담배에 불을 붙였다. 경애가 엎드려 울기 시작했다. 명식이 돌아와 자리에 앉았다.

부산에 계엄령이 선포되었고 마산 창원에 위수령이 발동되었다. 그 지역 인근 대학들에 차례로 휴교조치가 내려졌다.

가을이 깊어가면서 일교차가 심해졌고 준환은 지독한 감기에 걸렸다. 보건소에서 약을 타서 나오던 준환은 한달 가까이나 얼굴을 보지 못했던 정연을 본부 건물 앞에서 우연히 마주쳤다. 준환이 반갑게 인사를 했지만 정연은 당황하여 어쩔 줄 몰랐다. 학생식당에서 커피를 마시는 내내 그녀는 혹시 전연의 친구나 선배라도 만나지 않을까 전전긍긍하는 눈치였다.

"되게 오랜만이다, 그치?"

준환의 말에 정연은 말없이 고개를 끄덕였다. 준환은 그녀에게 시국에 대해서도, 써클 상황에 대해서도 말하지 않기로 결심했다.

"좋은 시집을 한권 샀는데 읽고 나서 너 주고 싶어."

정연이 고개를 들었다. 왜 하필 나야? 하는 얼굴이었다. 준환이 벌쭉 웃었다.

"정연이 넌 소설 많이 읽으니까 나중에 나한테 소설책 좋은 거 하나 사줘."

정연이 한참을 머뭇거리다 말문을 열었다.

"내가 너를 많이……"

그녀는 갑자기 누구에게 입을 틀어막힌 듯 말을 그쳤다. 많이…… 어쨌다는 것일까. 준환은 코가 벌름거릴까봐 조바심이 났다. 그는 얼굴의 창문은 크면 클수록 좋다든가 이목구비 중 비의 움직임이 가장 대장부답다든가 하는 할아버지의 관상학을 더이상 신봉하지 않았다.

"……부려먹어서 미안해."

정연은 준환이 뭐라고 대꾸할 틈도 주지 않고 재빨리 덧붙였다.

"많이 좋아하지도 않으면서."

준환은 잠시 얼떨떨했다. 그러니까 그녀의 말을 정리해보면, 많이 좋아하지도 않으면서 많이 부려먹어서 미안하다, 이런 뜻이었다. 그 말을, 수순을 섞고 휴지를 두고 간격을 질러 말하니 신기하게도 그다지 기분 나쁜 내용으로 들리지 않았다. 다만 그녀가 왜 하필 '부려먹는다'는 표현을 썼는지는 의아했다. 그런 식으로 말하는 친구가 아니었는데.

"별 얘기를 다 한다." 준환은 잠시 틈을 두었다가 말했다. "나도 이제 널 많이 좋아하지 않으면 되잖아?"

준환의 말에 정연이 웃었다. 그녀가 웃는 걸 보는 게 퍽 오랜만인데도 준환의 눈에 그 미소는 자연스럽지 않아 보였다. 미소 때문에, 아니 미소를 지으려는 의지 때문에 두툼하게 살찐 볼이 밀리면서 코 양쪽에 둥근 주름이 잡혔다. 정연이 고개를 옆으로 기울이고 말했다.

"그 말 들으니까 슬프네, 조금."

준환은 이번에도 말의 수순에 미혹되었다. 슬프네, 뒤에 따라붙은 조금이라는 말. 아예 처음부터 조금 슬프네, 하지 왜 슬프네, 한 뒤에 조금이라고 했을까. 야박한지 단정한지 모를 모호한 말투와 귀를 서늘하게 적시는 촉촉한 목소리는 그대로인데, 살이 올라 퍼진 얼굴과 굳고 탁한 그녀의 표정이 준환의 마음을 안타깝게 했다. 아니, 그의 마음은 이미 정연뿐만 아니라 과거의 삶 전체로부터도 급속히 멀어져버린 것 같았다.

요즘 준환은 풀밭에서 벌레를 찾지도 않았고 고시 준비도 깨끗이 접었다. 존재론적 결단에 대해서 고민하지도 않았다. 용호와 한 조가 되든 말든 불평하지 않았다. 그저 낮에는 시위에 나가고 저녁에는 술을 퍼마시고 밤에는 시를 끄적거릴 뿐이었다. 그의 길지 않은 스무해 삶 중에 지금처럼 예민하고 불안하면서도 무심하고 무감각한, 모순투성이의 시간을 산 적은 없는 듯했다.

준환은 화제를 바꾸려고 점퍼 소매로 콧물을 훔치며 말했다.

"독감 조심해, 정연아. 내가 지금 일주일째 이 고생이다. 약을 먹어도 낫지를 않아."

"독감?"

준환이 독감으로 해쓱해진 낯을 드는 순간 정연은 한 손으로 입을 가리고 자리에서 벌떡 일어났다. 흡사 치사율이 높은 전염병에 감염된 환자를 보는 듯한 태도였다.

"미안해, 준환아. 나 먼저 갈게. 나중에 보자."

정연은 허둥지둥 도망치듯 자리를 떴다. 준환의 시선으로부터 빨리 벗어나고 싶은 조급함과 신속하게 움직여주지 않는 육체의 둔함이 그녀의 살찐 엉덩이를 더욱 실룩거리게 만들었다.

다음날 대통령이 총 맞아 죽었다. 그리고 며칠 뒤에 준환은 그날 정연이 대학본부에 휴학계를 제출하고 나오던 길이라는 걸 알았다. 그리고 아주 오랜 세월이 흐른 뒤 그는 그날의 마지막 만남에서 그녀가 자신을 오난이라 부르지 않고 꼬박꼬박 준환이라 불렀던 걸 깨닫고 가슴을 툭툭 치며 울었다.

4

성암산 중턱에 있는 작은 암자인 성암사에 올해엔 일찍 서리가 내렸다. 절간답게 조용하던 성암사 마당에 유보살의 목소리가 크게 울려퍼지기 시작한 건 정연이 내려온 후부터였다. 오늘도 유보살은 마당 수돗가에 걸터앉아 채반을 씻는다 양재기를 씻는다 요란한 물소리를 내며 곁채 쪽을 향해 들으란 듯 목소리를 높여 떠들었다.

"내남적없이 몸땡이가 무거울수록에 더 재게 몸땡이를 움직여줘야는디, 뭣 땀씨 방구석에만 틀어박혀 앉았는가 모리겄네. 동네 사램들 들이닥치기 전에 횡하니 나가서 한바쿠 돌고 저녁참에나 들어오면 누가 잡아먹는당가?"

곁채 방에 있던 정연은 창호지문 밖에서 들려오는 유보살의 뼈

있는 말을 다 듣고 있었다. 그렇지 않아도 나갈 생각으로 내복 위에 털조끼를 받쳐입는 중인데 그새를 못 참고 닦달이었다. 그나마 유보살 목소리가 빼어나게 곱기 망정이지, 계모 구박이 이보다 더할까 싶었다. 사실 유보살만 모르는 얘기지, 정연의 당고모인 오보살이 어린 유순덕을 절에 들인 것도 소리가 맑고 낭창해 경 읽기 맞춤이라 그리했다 들었다. 당고모는 늘 말했다. 소리가 꽃겉이 피기만 한담사 우리 순덕이 목소리는 똑 연꽃이라. 욕을 씨부리도 독경 소리로 듣긴당께. 아버지가 엄마와 결혼한 것도 평생 저 목소리를 듣고 살려니 해서였다니 말 다했다.

"그,글지 마씨요잉. 왜냐믄요잉……"

권보살이 애원하듯이 자그맣게 떠듬거리는 소리가 들려왔다.

"아니, 막말로다가 지가 그 몸땡이로 찬물에 손 잠그고 배추를 헹굴 것이여, 매운 속버무리를 버물 것이여?"

"아,아그가 다, 드,드,드,듣소잉."

아그? 정연은 코트 단추를 채우다 고개를 갸웃했다. 권보살이 말하는 '아그'가 자기를 지칭하는 것인지 뱃속의 아기를 일컫는 것인지 알 수 없었지만, 그 말이 매우 정겹게 들려 미소가 지어졌다. 피한 방울 안 섞인 권보살 이모조차 아그가 다 듣는다는 걸 알고 저리 삼가고 일러주는 판국에 그 어미라는 자가, 그 할미 될 자가 저 지경이었다. 우리 유보살님 진짜 못 말리겠네, 하고 중얼거리며 정연은 털모자를 뒤집어썼다.

"들으면 대순갑네. 나 말이 시방 자개더러 째빠지게 일을 하란 말인가? 탄도 들인다 하고 김장도 담근다 하면 품앗이할 사램들이 몰켜들기가 일반인디 그전에 알아서 싸게……"

정연이 곁채의 방문을 소리내어 열자 기겁을 한 쪽은 권보살이었다. 유보살은 모른 척 외면을 하고 수돗가에서 무릎을 짚고 일어섰다.

정연이 성암사에 내려온 날 밤, 눈을 휘둥그렇게 뜨고 딸의 몸을 찬찬히 살핀 이래 유보살은 딸과 눈을 제대로 맞춘 적이 없었다. 모녀간에는 눈길뿐 아니라 대화의 교환도 없었다. 잠도 같이 자지 않고 밥도 같이 먹지 않았다. 하지만 유보살은 물론 권보살도 정연의 몸이 어떤 상태인지는 의당 눈치채고 있었다. 유보살을 닮아 늦게 부르는 대신 부르기 시작하면 하루가 다르게 쑥쑥 불러오는 배라 누가 봐도 모를 수가 없었다. 유보살은 들으란 듯 큰소리를 내는 것으로, 권보살은 그런 유보살을 전전긍긍하며 만류하는 것으로 그 앓을 나타냈다.

정연이 댓돌 위에 놓인 운동화 한 짝을 미처 다 신기도 전에 권보살이 득달같이 달려와 눈병 앓는 사람처럼 눈을 꿈쩍거리더니 그녀의 운동화를 뺏어신고 자기 털신을 벗어놓았다. 그러고는 보자기에 싼 도시락을 마루턱에 내려놓고 모녀 중에 누가 또 뭐라고 제 행동을 타박할세라 잽싸게 뒤꼍으로 줄행랑을 쳤다. 그녀는 권보살의 체온이 은은히 남아 있는 털신을 꿰고 목도리를 단단히 여몄다. 연탄을 들이고 김장을 다 끝낸 후에 돌아오려면 날이 어둑해질 때까지 산에 있어야 할지도 몰랐다. 유보살이 아침부터 곁채 앞에서 들으란 듯이 피리새처럼 고운 소리로 악을 써댄 까닭은, 부도덕을 역력히 드러내는 딸의 육체가 김장을 도와주러 오는 아랫마을 사람들의 눈에 띄지 않고 어디로든 미리 대피해주기를 바라는 마음에서였다. 그들이 모두 사라질 때까지는 그녀가 사라져줘야

했다.

　성암사는 오택근의 사촌누이인 오숙정 보살이 전쟁 중에 횡사한 남편의 천도도 할 겸 거친 세파도 피할 겸 열어놓은 절이었는데, 이름만 절 사(寺)자를 걸어놓았달 뿐 기구(器具) 없는 작은 암자에 지나지 않았다. 일주문도 없는 구식 가옥의 파란 철대문에 당우라고는 본채와 곁채뿐으로, 본채 마루에 법당을 들여 불상을 모신 것이 절 흉내의 전부였다.

　오보살 혼자 꾸려가던 성암사에 어느날 전쟁고아로 떠돌던 열다섯 유순덕이 거둠을 받아 물 긷고 밥 지으며 더부살이를 하게 되었다. 그런 지 얼마 안돼 산에서 잡혀내려와 고문받고 다 죽게 된 사촌동생 오택근이 시체처럼 실려와 같이 살게 되었는데, 그를 간호하던 어린 순덕이 그에게 반해 어찌어찌하여 애까지 배고 말았다. 그때 순덕의 나이 꽃 같은 열여덟이었고, 오택근은 딱 두 배인 서른여섯이었다. 오보살의 주선으로 그해 오택근과 유순덕은 곁채에 살림을 차렸고 다음해 정연이 태어났다.

　정연이 국민학교 졸업을 앞둔 겨울에 오택근이 죽고, 이태 뒤에 오보살마저 죽은 후론 유보살이 주지 겸 집주인이 되어 광주 시내에서 여중 다니는 정연이만 바라고 홀로 살았다. 그런데 사람 거두는 것도 내력이었던지, 유보살은 초파일에 성암사에 품을 팔러 온 권씨 여인을 보자 아무래도 남 같지 않은 생각이 들었다. 알아보니 권씨는 살뜰하던 남편이 횡사하자마자 곰보 버버리라며 시댁에서 내쳐져 갈 데 없이 떠돌다 얼마 전 아랫마을로 흘러들어와 진일 마른일 가리지 않고 품을 팔러 다니는 여자라 했다. 몇번 권씨를 불러 요모조모 일을 시켜본 끝에 유보살은 덜컥 그네와 함께 살기로 결심했다. 여고 1학년이던 정연은 말을 더듬는 권씨를 인내심 있게 심문한 끝에 권씨의 나이가 유보살보다 여덟살 어리고 자기보다 열살 많다는 사실을 알아내고는, 언니와 이모라는 호칭 중에 이모라 부르겠노라고 선언했다. 정연이 자꾸 뭘 캐물어 마음이 적잖이 불안했던 권씨는 그때 성암사에 들어온 후 처음으로 수줍게 웃었다. 그렇게 두 보살이 자매처럼 의지하며 단출한 절 살림을 꾸려온 게 불과 사년 남짓이었지만, 유보살은 권보살과 십년도 넘게 같이 살아온 듯한 느낌이었다.

유보살은 권보살을 들이면서 왼쪽 방은 자기가 쓰고 공양실 딸린 오른쪽 방은 권보살이 쓰게 했다. 오택근이 쓰던 곁채는 초하루나 보름에 먼 걸음 한 신도들이 가끔 머물다 가는 곳이었는데, 방문객이 뜸한 겨울엔 연탄을 아끼느라고 잠가두고 쓰지 않았다. 그런데 정연은 서울에서 내려오자마자 떡하니 곁채에 거처를 정했다. 그것부터 유보살의 눈 밖에 날 일이었다. 마땅히 정연은 두 보살의 방 중 어느 하나에 빌붙을 생각을 했어야 했다. 아무래도 유보살이 쓰는 왼쪽 방이 더 큼직하고 그 방 주인이 어미인 만큼 그 방으로 들어왔어야 했다. 그런데 이 철없는 것이 곁채에 자리를 잡고 하루에 연탄을 두장씩 잡아먹으며 꼼짝도 하지 않는 것이었다.

그뿐이면 말도 안했다. 처음엔 노랜지 뭔지 알 수도 없는 해괴한 양가요를 노상 틀어대는 통에 하루 종일 정신이 산란했다. 나른하게 시시덕대는 소리를 내는가 하면, 히우롱히우롱 여우 소리에, 그르랑그르랑 늑대 소리에, 둥당둥당 굿하는 소리에 아주 머리가 깨질 판이었다. 그러다 테이프가 늘어졌는지 저도 그 소리에 지쳤는지, 언제부턴가는 또 패티김 노래 하나만 주구장창 틀어댔다. 유보살도 몇번 들어본, 어쩌다 생각이 나겠지 냉정한 사람이지만 어쩌고 하는 노래였는데, 그게 또 심란하기 그지없는 게, 차라리 가사를 못 알아들을 때가 나았지 가사 뜻을 알고 보니 더 가슴이 턱턱 막히는 것이었다.

"하이고, 서울 가서 냉정한 사램도 만나고 아주 잘났당께. 벼실을 하고 왔당께. 아나, 공부! 광주도 그 욕심에 안 차서 서울까정 공부하러 간다고 나대더니 이 꼴이 나야? 여자라꼬 훌륭한 사람 못되란 법 있냐고, 나가 남녀차별을 한디야? 즈그 아부지 유언만 아니었으면 어림없었제. 어림도 없고말고."

"아,아그 모,모,몸이잉, 왜냐믄요잉……"

유보살은 권보살의 말처럼 딸의 몸을 봐서라도 일단 마음을 접어야겠다 생각은 굴뚝같으면서도 어찌된 일인지 하루가 다르게 딸의 소행이 괘씸해 견딜 수가 없었다. 자다가도 열과 분이 솟구쳐 잠이 달아나는 판국이었다. 유보살은 딸이 성암사의 파란 대문을 밀고 들어서던 그 순간의 충격을 잊을 수가 없었다. 유보살도 나중에 안 사실이지만 그날 박정희가 총에 맞아 죽었다고 했다. 하필 그런 날 밤에 시집도 안 간 딸이 부른 배를 안고 한밤중에 들이닥칠 게 뭐란 말인가.

나가 와 이런댜. 뭣 땀씨 이런댜. 기왕지사 엎질르진 물에 깨박난 물동이인디 나가 이력해서 뭔 영화를 보겠다고 이런당가. 나부텀도 시집가기 전에 아부텀 배놓고 입이 열개라도 할 말이 없는 것이제. 처니가 아를 밴 그 심정을 나가 어찌 못 세아리고 이러는가 말이시. 유보살은 한밤중에 벌떡 일어나 가슴을 쓸고 염불을 외우고 딸을 가엾게 여기는 마음에 눈물로 뺨을 흥건히 적시곤 했지만 아침녘에 곁채에서, 때로는 보고파지겠지 둥근 달을 쳐다보면은, 하는 노래가 흘러나오는 걸 듣거나, 누렇게 뜨고 부석하게 부은 딸의 얼굴과 붕긋한 배를 힐긋 보는 것만으로도 십년 수도가 그만 물거품이 되고 말았다.

"시상에 저런 고집통머리 신 년이 다 있어야? 그 잘난 공부는 해서 남 줬는가? 남 부끄런 건 하낙도 모르고 항차 그 꼴을 하고 왔으면 에미한테 선은 이렇고 후는 이렇고 이약이 있어야 할 것이 아닌가벼, 이약이? 그 비루먹을 냉정한 사램이 당최 워떤 놈이냔 말여?"

"왜냐믄요잉, 가,가,갔당께요잉. 그,그만하씨요잉. 왜냐믄요잉, 맴이 짜,짜,짠 안혀요잉."

유보살이 빈 고무다라이를 수둣가에 탕 내려놓았다.

"뭣이 그리 짠하당가. 일도 않고 공부도 않고 팔자가 훨씬 폈구마는."

"왜냐믄요잉. 치,치,친정이잉 여그요잉. 아,아그가 맴이 핀해야 이잉, 왜냐믄요잉……"

유보살은 잘 벗어지지 않는 고무장갑을 더럭더럭 잡아당기다 말고 잠시 넋을 놓고 하늘을 쳐다보았다. 권보살 당신 말이 맞소. 시집은 안 갔어도 아를 배면 친정에 오는 것이고 친정 하면 여기밖이 더 있는가. 나나 당신이나 친정 없는 설움을 좀 독하게 겪었는가. 즈그 아부지가 살어 있었으면 아그 아니라 아그 할배를 배고 왔기로서니 나가 언감 큰소리나 한분 냈간디? 즈그 아부지 생각을 해서락도 이러면 안뒤야.

안뛰야 안뛰야 하듯 여윈 나뭇가지들이 가로로 흔들렸다. 흔들리는 나뭇가지들이 만들어놓은 그물무늬 사이로 해뜩해뜩 겨울 햇살이 창백하게 어른거렸다. 서리 내린 뒤의 김장이라니, 땅이 굳어 독 묻을 자리를 어찌 팔지, 유보살은 또 한걱정이었다.

정연은 장갑 낀 손으로 도시락을 들고 예전에 토끼장이 있던 뒤꼍을 지나 아버지와 함께 산책을 하던 산길로 접어들었다. 서리가 내렸지만 아직 뼛속까지 춥다고는 할 수 없는 날씨였다. 진짜 추위는 산속 깊이깊이 숨은 산사람과 산짐승에게 제일 먼저 찾아온다고 아버지는 말했다.

짐승들도 불을 못 피운께 똑 우리랑 한가지여. 춥고 양식도 없고 하면, 헐수할수없이 마을로 내리온당께. 내리오면 누가 상 채리놓고 기다리는 사람 있는가. 사람이나 짐승이나 매 맞구 총 맞구는 평양 일반이제. 겨울이란 눔두 그려. 지도 추운께 자꾸 내리오는 거겄제. 지도 추운께 저짝 위에서부텀 이짝 아래로 슬그무니, 저짝 북에서부텀 이짝 남으로 슬그무니……

아버지 말대로 겨울은 그렇게 소리 소문 없이 깊은 숲 마른 나무와 골짜기 물을 먼저 얼리고 산 중턱의 성암사 새벽을 징검다리 삼아 슬그무니 아랫마을로 시퍼렇게 언 낯빛으로 내려왔다. 정연은 겨울의 행보를 거슬러 천천히 산길을 올랐다. 해가 있는데다 고무줄을 넣은 누비 솜바지에 목도리 위로 눈만 빼꼼 내놓은 차림이라 추운 줄을 몰랐다. 겨울 가뭄에 바짝 마른 흙이 서리를 맞아 발밑에서 서걱거렸다. 날숨에 젖은 목도리에서 김이 났다. 그녀는 오래 걸을 작정으로 심호흡을 하며 느린 걸음으로 산을 올랐다. 뱃속에서 아이가 기분 좋게 움직이는 느낌이 전해져왔다.

산사람과 산짐승의 관계처럼 정연과 뱃속 아이는 서울의 남루한 인하의 자취방에서 똑같은 공포와 불안에 시달려왔다. 오까모또가 죽었다지만 그녀는 그것조차 믿기지 않았다. 오까모또가 죽었어도 독문과 유리창에 매미처럼 달라붙어 있던 짧은 머리에 검은 재킷을 입은 사내는 여전히 그 주변을 맴돌고 있을 것만 같았다. 그녀는 아직도 서울이 무섭기만 했다.

악몽에 시달리다 그게 뭔지도 모르면서 목이 쉬도록 싫어, 싫어, 소리치다 정연은 잠에서 깨어났다. 잠은 깼지만 사지에 힘이 풀려 꼼짝도 할 수 없었다. 그녀는 방에 놓인 장롱 머리의 구름 장식을 멍하니 올려다보았다. 구름의 모양으로 보아 원래는 세 짝 장롱 중 가운데 놓였어야 할 농이었다. 구름은 뜬금없이 왼쪽 중간부터 위용있게 시작되어 위로 굽이치다가 오른쪽 부분에 이르러 뚝 부러지듯 중단되어 있었다. 왼쪽과 이어지는 구름은 유보살 방 천장 아래를 흐르고 있을 테고, 오른쪽과 이어지는 구름은 권보살의 방 천장 아래를 맴돌고 있을 것이었다.

정연은 무거운 몸을 추슬러 상체를 일으켰다. 아침이면 한층 부어 뻣뻣한 느낌이 드는 얼굴을 손으로 가볍게 문질렀다. 눕는 자세가 불편해지고 요강을 이용하는 횟수가 잦아지면서 잠이 얕아져 아침에 일어나는 시간이 조금씩 늦어졌다. 요강이 놓여선지 그녀가 머무는 곁채 방에서는 아버지가 앓아누워 있던 때와 흡사한 병자의 냄새가 떠돌았다. 문살을 통해 유보살의 잔소리가 한바탕 쏟아져들어와야 할 시간인데 오늘따라 조용한 게 이상했다. 얼마나 잔 것일까. 배가 고팠지만 그녀는 쉽게 자리를 털고 일어나지 못했다. 먹고 싶은 것들이 눈앞에 뭉게뭉게 떠올랐다.

정연은 다시 눈길을 우중충한 갈색 장롱에 두었다. 아무 무늬가 없는 민짜 문짝엔 구름 장식을 본뜬 꽈배기 모양의 손잡이가 달려 있었다. 설탕을 잔뜩 묻힌 따끈따끈한 꽈배기가 하나. 오른쪽 손잡이는 귀퉁이가 부서져나갔고 그 아래 열쇠구멍에는 열쇠가 꽂혀 있었다. 막대에 꽂아 튀긴 둥근 핫도그가 하나. 꽂힌 열쇠에는 철사 옷걸이가 두개 걸려 있었고, 그 아래로 때에 전 알록달록한 술 장식이 늘어져 있었다. 센베이와 구운 오징어, 원뿔 모양에 팥죽빛 크림이 든 고동빵이 하나.

정연은 자리에서 일어나 허리를 곧게 펴고 섰다. 체조를 해볼까 싶어 팔을 들어올리는데 문득 농활 때 본 뭉개진 팥빵이 떠올랐다. 그토록 자신을 목메게 만들었던 그 팥빵. 그러자 전연 친구들의 얼굴도 떠올랐다. 오까모또가 죽었으니 인하가 풀려났을지 모른다는 생각도 들었다. 아니면 상황이 더 나빠져 전연 회원들이 모조리 잡혀갔는지 모른다는 생각도 들었다. 그런데도 그녀는 산중에 갇혀 아무것도 모른 채 빈둥거리며 지내고 있다. 어디론가 전화를 해봐야 하는 건 아닐까? 그러나 어디로?

잠시 후 정연은 힘없이 이불 위에 주저앉았다. 지금은 아무것도 할 수 없고 할 필요도 없었다. 산을 내려가 차부 근처 쌀집에 찾아들어가 돈을 내고 서울로 시외전화를 걸 수는 있다. 그러나 그녀가 무슨 말을 할 수 있겠는가. 재현이나 진태, 경애나 준환에게 인하의 안부를 묻고 자신의 이러저러한 근황을 전해달라고 말할 수 있을까. 퀸 여자에게 그 왜 자주 가던, 「보헤미안 랩소디」를 즐겨 듣던 여학생을 기억하느냐고, 그 왜 자주 왔다던, 「보헤미안 랩소디」를 즐겨 듣던 남학생은 혹시 기억하느냐고, 그 남학생이 언제 들르지는 않았느냐고, 그런 걸 물을 수 있을까. 친구들과 선배들이 어떤 사나운 싸움에 휘말려 있는지, 그들의 안위에 어떤 위급이 닥쳤는지 관심도 없이 태평하게 배만 문지르며 먹을 것만 탐하고 있는 자신이.

정연은 두 손에 얼굴을 묻고 자신이 임신하지 않았다면 어땠을까 생각했다. 그랬다면 다른 친구들처럼 시위에 참가할 수 있었을까. 뱃속 아이를 핑계로 내 비겁을 숨긴 건 아닐까. 피쎄일 한번 하고도 무서워 벌벌 떨었던 내가 아니었나. 어차피 난 그 정도밖에 못되는 인간이 아니었을까.

기운을 돋워야 할 때면 늘 그랬듯이 정연은 그날 흘린 한 티스푼의 피를 생각했다. 인하를 받아들였을 때의 찢기는 고통을 생각했다. 그를 생각하자 심장이 덜컥거렸다. 그의 내부에는 안전핀이 뽑힌 수류탄처럼 위험한, 제 껍질을 깨고 제 내용물 전부를 파열시켜버리려는 금속적인 충동이 독가스처럼 가득 들어차 있는 것만 같았다. 아버지는 남들이 괜히 무서워하는 사람과는 친구하지 말라고 했다. 그런 사람은 자기가 외롭고 무서워서 그러는 거지만 죽을 때까지 그걸 못 벗으면 가까이 있는 사람을 자꾸 다치게 한다고 했다. 아버지도 그런 사람이었을까. 인하도 그런 사람일까. 그녀는 그가 감옥에 들어가 더 나빠졌을까봐 걱정이 되었다. 더 응축되고 단단해져, 심이 박힌 무처럼 아주 못쓰게 되었을까봐.

한 티스푼의 피, 그것이 자라고 있다는 걸 안다면 그것은 그에게 힘이 될까, 독이 될까. 그녀는 짐작도 할 수 없었다.

　정연이 공양실 문을 열고 들어섰을 때 권보살은 방과 공양실을 연결하는 쪽문을 열어놓고 붉은 털실을 감고 있었다. 아궁이 위엔 주전자의 물이 끓고 있었고 주전자 뚜껑이 살짝 들린 사이로 털실이 지나가고 있었다. 꼬부랑한 털실은 뜨거운 김을 쐬면서 매끈히 펴지고 습기까지 머금어 복슬복슬 살아났다. 쪽문의 테두리 속에서 실을 감고 앉아 있는 권보살의 모습은 액자 속 그림처럼 보였다.

　그녀를 본 권보살이 반색을 하며 액자틀에서 빠져나와 부뚜막으로 내려섰다.

　"유,유보,보,보살님이잉, 쩌그잉, 왜냐믄요잉……"

　정연은 말없이 고개를 끄덕였다. 말상대가 그렇게 넉넉히 안심을 시켜줘야 권보살은 계속 말을 이어갈 용기를 얻었다. 그렇지 않으면 왜냐믄요잉에서 딱 막혀 상대가 아무리 그다음 말을 캐내려 조바심을 쳐도 영영 알 길이 막혀버리고 말았다.

　"기,기,기저구까밍, 배배,배냇까밍, 왜냐믄요잉, 아,아그 오,옷까밍……"

　유보살이 아기 기저귓감이니 배내옷감 같은 걸 끊으러 마을로 내려갔다는 얘기 같았다.

　"아, 네에."

　정연이 깊이 고개를 끄덕이며 잘 알아들었다는 표시를 하자 권보살은 만족한 얼굴로 양손을 비비더니 이것 좀 보라는 듯 낡은 모시 상보를 살며시 들어올렸다. 뜨거운 여름날 담배밭에서 끝내 걷히지 않았던 낡은 면보가 덮인 새참 바구니가 생각났다.

　"아!"

정연은 목구멍 깊은 곳에서 터져나오는 기쁨을 감출 수 없었다. 모시 상보를 걷자 크고 둥근 접시에 다시마채, 볶은 당근, 희고 노란 계란 알고명과 김채가 뱅 둘러놓여 있었다. 그 곁엔 된장에 지진 배추고갱이 접시, 김장 김칫소가 담긴 보시기, 양념간장 종지가 점점 줄어드는 말줄임표처럼 얌전히 숨을 죽이고 있었다.

권보살은 유보살이 없는 동안 정연에게 별식을 만들어 먹이고픈 생각이 든지라 차분히 국수 웃기들을 마련해놓고 그녀가 일어나기만을 기다리던 참이었다. 권보살은 활기찬 몸놀림으로 털실을 말아 방 안에 밀어넣고는 아궁이에서 주전자를 내리고 그 자리에 국수 삶을 냄비를 얹었다.

"왜냐믄요잉, 미,미,밀컷이잉, 이,입에요잉, 때때땡땡기지라잉?"

"네, 네, 밀가루 음식이 먹고 싶었어요, 이모."

"나,나가 소,손이 차,찬께라잉……"

권보살은 두 손을 맹렬히 흔들어 보이더니 곰보투성이 얼굴을 정연에게 쑥 들이밀었다. 새끼를 밴 암컷답게 신경이 날카로운 그녀는 순간적으로 몸을 피하려다 권보살이 무안을 탈세라 억지로 참았다. 권보살이 정연의 매끈하고 동그란 이마에 자신의 얽은 이마를 가만히 갖다댔다. 권보살 몸에서는 언제나 음식 냄새가 났다. 오늘은 고소한 들기름내와 털옷에서 풍기는 장뇌 냄새가 섞였다.

"왜냐믄요잉, 추,춘 데잉, 나,나가 이이이있었웅게잉, 고,고,고뿔이잉……"

"괜찮아요, 이모."

"왜냐믄요잉, 어,어젯밤에잉, 여,열이 나지라잉, 열이잉……"

정연은 코끝이 싸해졌다. 권보살은 어젯밤 언제 곁채에 들러 자신의 이마를 짚어보았던가. 그때도 손이 차서 이마에 이마를 대보았던가.

"이제 열 안 나죠?"

권보살은 아직도 안심할 수 없다는 듯 고개를 흔들더니 얼른 들어가 있으라고 위엄있게 방으로 통하는 쪽문을 가리켰다. 그녀는 시키는 대로 권보살 방에 들어앉아 열린 쪽문으로 권보살이 국수를 넉넉히 삶아 헹구고 무와 다시마로 맛을 낸 국물을 데우는 모양을 구경했다.

아, 행복해.

뱃속의 아기가 그렇게 속삭이며 빨간 털실 뭉치처럼 떼구루루 구르는 느낌이 왔다.

5

뜨거운 물에 삶은 가위와 바늘을 양재기에 담아 들고 권보살이 들어왔다. 먼지 한톨 없이 깨끗하게 걸레질한 유보살의 방 안에는 흰 천이 가득 펼쳐져 있었다. 권보살의 마음은 첫눈을 본 강아지처럼 설레었다.

"보살님, 이만만 하면 떡을 치겠지라?"

유보살이 물었다.

"그,그려요잉."

권보살이 맞잡아준 천을 소독한 가위로 죽죽 마르며 유보살이 투덜거렸다.

"절기만 무난해도 이만만 하면 충분하겠지마는 날씨가 추운께 걱정이제 달래 걱정인가. 몸 풀어 휘질러, 기저구 갈아대, 섣달 정월에 그 빨래를 누가 해낼 것이여? 도시 그런 것 저런 것을 아는 인사라야 말이제."

"왜냐믄요잉, 그런 소리잉, 마씨요잉. 새,새 식구가 서,섭하요잉."

유보살은 뭐라고 더 말을 하려다 입을 다물었다. 둘은 말없이 기저귓감을 마르고 처네를 시쳤다. 딸이 눈앞에 보이지 않는데다 보송한 순백의 천을 만지고 있노라니 유보살의 마음도 고즈넉이 가라앉아 어린 새 식구가 들어 섭섭할 말은 굳이 하고 싶지 않았다.

"보살님은 배냇저고리 맹글어보셨소?"

"그려요잉."

"워따메, 생산도 안허신 깨끔한 보살님이 배냇저고리는 원제 또 맹글어보셨는가?"

"푸푸푸……"

당황한 권보살이 말을 심하게 더듬자 유보살의 입가에 미소가 떠올랐다.

"푸,품으로잉……"

"이, 품으로다 넘의 집 아그들 것을 맹글어보셨구마이."

"그,그,그려요잉."

부지런히 바늘을 놀리는 권보살의 얼굴이 붉게 달아올랐다. 빈틈없이 얽지만 않았다면 대단한 미인이었을 것이라고 유보살은 안타깝게 생각했다.

"솜씨 좋다고 품일도 솔찮게 들어왔겄소잉."

권보살은 아니라고 체머리를 흔들었다. 품일이 많이 들어온 걸

부정하는 게 아니라 자기 솜씨가 좋다는 걸 부정하는 고갯짓이라는 걸 유보살은 십분 알아차렸다. 타고난 천성이 보살이라 무슨 칭찬 비슷한 말이라도 들으면 냅다 고개부터 내젓고 보는 권보살이었다.

"저 고집통머리가 이약을 하니 아나, 안하니 아나? 그려도 우리 보매 섣달 전에 몸을 풀겄지라?"

"그려요잉."

마음이 가라앉자 권보살의 더듬증도 한결 나아졌다.

"나가 폴써 할마씨가 되게 안 생겼소잉?"

유보살의 푸념에 권보살이 상긋 웃었다.

"하따, 보살님은 음식만 맛나게 맹글 줄 아는가 했더만 바누질도 시상에 워디로 워찌케 실이 지나간 중 자국이 없구만. 한 살림 틀어쥐고 살았을 적엔 참말 윤이 반들반들 나게 잘 살았을 거이 정녕 한디."

끝난 줄 알았던 자기에 관한 화제가 이어지는 바람에 권보살의 얼굴은 다시금 발개졌다. 권보살로서는 화제가 자신에게 집중되는 것만큼 괴로운 일이 없었고 자기가 희생해야 할 것으로 집중되는 것만큼 기쁜 일이 없었다.

정연이 아이를 배고 성암사에 내려온 날부터 권보살은 다른 생을 사는 것만 같았다. 유보살의 구박에 팩하는 구석이 있는 정연이 말없이 어디론가 떠나버릴세라 유보살이 모진 소리만 내놓으면 지레 권보살의 등허리에선 식은땀이 흐르곤 했다. 애 배고 소박맞아 돌아온 어린 동생을 계모에게서 감싸고도는 친언니가 그보다 더할까, 미운털이 박혀 시어미 눈 밖에 난 딸의 허물을 감추는 친정

어미가 그보다 더할까. 유보살로부터 정연을 보호하느라 권보살은 온종일 종종거렸다.

권보살은 부지런히 바늘을 놀렸다. 아기의 연한 살이 행여 쓸리지 않도록 시접을 곱게 감추며 찬찬히 한땀 한땀 바느질을 해 배내옷을 만드는 일은 아기의 말랑한 살이 옥실옥실 여물도록 맛나고 기름진 음식을 만들어 정연의 입에 쏙쏙 밀어넣는 것만큼이나 권보살에겐 한없이 즐겁고 보람찬 일이어서, 만일 유보살이 혼자만 그 재미를 보자고 했던들 부처님 가운데 토막 같은 권보살로서도 서운함과 분함을 차마 이기지 못했을 것이다.

"유유유우우, 보보보,보사아알니임!"

손은 천리만리 허공을 가리키고 숨은 반 나마 넘어갔다. 그런 권보살을 보자 유보살은 무슨 말을 더 듣고 자시고 할 것도 없이 사태를 즉각 알아차렸다.

"산통이 시작됐구마!"

"그,그,그……"

"이, 진정하씨요, 보살님. 아그 나올라면 안직 멀었당께. 춉춉하게 잡어도 한나절은 걸린께 진정하시고이."

말은 이렇게 하면서도 유보살 역시 허방을 딛듯 휘청휘청한 걸음으로 곁채로 달려갔다.

"시상에! 땀을 덮어썼구마는."

유보살은 경직이 일어난 딸의 다리를 주무르며 솜바지를 벗겨냈다. 속옷이 묽은 피와 기름으로 흥건히 젖어 있었다.

"옴매! 이슬 터진 것 잠 보소. 열렸네, 열렸어. 연이 야가 누굴 닮

어 이리 독헌가 모르겄소. 권보살님, 나 잠 보씨요. 당장 물을 끓여
야제. 나가 휭하니 내리가서 산파 데불고 올 동안 보살님은 물부텀
올리놓고 산모 쪼까 붙들고 기시요잉. 이빨 안 상하게 수건 물리놓
고 불구녁은 훨훨 다 열어놓시요."

권보살은 긴장한 얼굴로 고개를 끄덕였다. 유보살이 옷을 챙겨
입고 나서기도 전에 권보살은 가마솥 가득 물을 채우고 한 대야 가
득 물수건을 만들어 곁채로 돌아와 연탄불 구멍을 있는 대로 열어
놓았다. 그리고 방으로 뛰어들어가 오래도록 찾아 헤매던 부처님
사리라도 쥐듯 헐떡거리는 정연의 손을 소중하게 감싸쥐었다.

"왜냐믄요잉, 이이잉, 이잉, 이잉."

괜찮다고, 아무 염려 말라고, 부처님이 돌봐주신다고, 권보살은
그렇게 말하고 싶었다. 그러나 말이 되어 나오지 않았다. 산모 입에
물수건을 물리고 이잉, 이잉, 이이잉, 권보살이 대신 앓는 소리를
내고 있으니 밖에서 들으면 누가 산모인지 분간하기 어려웠다. 유
보살은 혀를 끌끌 차고 대문을 나섰다.

"하따, 날씨 한분 맵고만. 날도 날도 잘 잡았당께. 동자 에미가 워
디 마실이나 안 갔어야 할 거인디."

유보살은 얼음처럼 쨍한 하늘을 한번 올려다보곤 종종걸음을
쳤다.

아침부터 시작된 진통이 오후에 잠시 잦아드는가 싶더니 저녁
부터 다시 심해졌다. 초산이라고 하염없이 늑장을 부리는 동자네
를 개 몰듯 데리고 올라온 유보살은 한밤중이 되도록 아기가 나오
지 않자 애가 바짝 탔다. 진통 시간은 점점 길어지고 통증의 간격
은 짧아지고 그 강도는 심해졌다. 그러나 아기문은 반도 열리지 않

왔다.

병풍을 둘러치고 두둑하게 자리를 깐 한가운데 산모를 눕히고 그 아래로 세 여인이 삼각 편대로 자리를 잡았다. 유보살과 권보살은 산모 양편에서 손을 쥐었다 발목을 쥐었다 부산한데, 벌어진 다리 한가운데 가부좌를 틀고 앉은 동자네는 여유롭게 입만 나불나불 놀리고 있었다.

"첨이라 안 그려요잉? 둘찌만 되야도 심 한분 찍 써불믄 직방 얼라를 쏟는디 첨이라 안 그려요, 첨이라. 뭣이든 첨이 안 어렵소? 나도 동자 쏟아내다 고마 세상 하직하는 중 알았다 아니요?"

아랫도리가 저며내리고 골반이 빠개지는 듯한 산통이 찾아오면 산모는 얼굴을 일그러뜨리고 얼음장에라도 누운 듯 이를 딱딱 마주치며 온몸을 와들와들 떨었다. 그럴 때마다 권보살은 탄불 구멍을 확인하러 튀어나가고 싶었지만 방에 찬바람이라도 한숨 들면 큰일이다 싶어 발발 떨며 꾹 참고 있었다. 잠시 통증이 가라앉으면 산모는 지옥에라도 다녀온 듯 참혹하게 씨근거리던 얼굴 그대로 금세 잠이 들어버리곤 해서 산구완을 하는 세 여자의 성화를 바쳤다.

"야야! 연아! 이짝으로다 몸을 쪼까 돌리보장께."

"왜냐믄요잉, 이잉, 이이잉, 이잉."

정연은 양쪽에서 두 보살이 몸을 뒤흔드는 바람에 희미하게 눈을 떴다.

"야야, 착하쟈? 눈을 빤짝허니 뜨고 쩌어기 쪼까 보랑께." 동자네는 손가락에 걸리는 대로 아무렇게나 장롱의 구름 장식을 가리키며 말했다. "쩌기 농짝 꼭지에 구름 보이쟈? 쩌기를 노려봄서 심을 한분 대차게 써불자잉."

구름은 멀어졌다 가까워지는가 싶더니 뱅뱅 돌며 눈 속으로 꺼져드는 것 같았다.

"연아! 자뿔면 안뒤야, 연아!"

"왜냐믄요잉, 이이잉, 이잉,"

"야야, 눈을 뜨고 쩌기를 노려봄서, 옳지, 숨을 들이쉬고 내쉬고 함서, 심을 썼다 뺐다 함서, 나온다 나온다 고로크롬 맴을 묵음서, 옳지, 옳지."

"왜냐믄요잉, 이잉. 이잉. 이이이이잉."

산모는 새벽에야 자그마한 핏덩이를 내놓았다. 딸이었다. 산모의 잠을 무자비하게 깨워가며 후산까지 마친 동자네는 소꼬리를 넣고 하루 내 곤 미역국을 독이 있나 알아보는 셈치고 산모보다 먼저 한 그릇 뚝딱 먹어치우고는 이 맛에 산구완을 합네 어쩌네 하더니 피와 오물이 묻은 치마를 벗지도 않고 권보살의 방에 들어가 대자로 누워 잠이 들어버렸다. 산모도 까무룩 깊은 잠에 빠지고 씻겨 놓은 아기도 새빨간 얼굴로 새근새근 숨을 쉬며 잠이 들었다. 유보살마저 죽은 듯 그 옆에 엎어졌건만 권보살은 온몸이 파김치처럼 폭삭 절여진 느낌인데도 생판 잠이 오지를 않았다.

"히이이힝. 꾸루루루. 는는는는. 야잉. 쩌음쩌음. 피우브브브."

권보살은 언제까지나 그런 무의미한 소리를 내면서 잠든 아기와 소통을 시도하고 있었다. 아기는 무슨 말인지 못 알아듣겠다는 듯 가끔 얼굴을 찡그렸다. 그럴 때마다 권보살은 몸서리가 쳐져 어찌할 바를 몰랐다. 이토록 신비로우면서도 슬프고 아름다우면서도 눈물겨운 마음의 진동이 어디서 오는지 그녀는 알 길이 없었다.

정연은 장롱에 기대앉아 아기를 안고 꼼꼼히 들여다보았다. 밖이 추워 문을 활짝 열고 환기를 못하니 방에서는 아직도 찌든 땀내와 오줌내, 야릇한 피비린내가 났다. 아기는 신 김치를 먹은 표정으로 눈을 찌그려 감고 차려 자세로 둘둘 말려 있었다. 대관절 누굴 닮아 이렇게 못생겼나 싶은데 유보살의 말은 달랐다.

"애비가 인물이 있는갑네. 보매 니보다 훨 나슨께."

성암사에 내려온 이래 유보살이 처음으로 딸에게 직접 대놓고 한 말이었다.

"못생겼는데?"

"볼 중 몰르는 소리도 한다. 니는 야한테 딜 것도 아니게 생겨묵었는디도 숙정 당고모님께서 척 보매 자라면 이뿌겄다 하셨느니라. 그려, 후생이 가위야제."

쟁반에 미역국과 산모 밥을 담아 상보를 씌워 날라온 권보살은 유보살이 딸에게 고함도 안 지르고 꾀꼬리 같은 목소리로 자분자분 말하는 것을 듣자 흐뭇해서 입귀가 싱긋벙긋했다.

"아그는 인 주고 밥부터 묵거라. 밥을 묵어야 젖을 빨리제."

유보살이 아기를 받아안았다. 권보살은 상보를 젖혀 정연 앞에 쟁반을 받쳐주었다. 마음 같아서는 아기 쪽으로 달라붙고 싶었지만 아무래도 산모 수발 들 일이 있겠거니 싶어 어물쩍거리며 중간에 앉아 눈으로는 쉬지 않고 아기를 힐끔거렸다.

쟁반에는 흐물거리는 미역국 한 사발과 진밥, 물에 씻어 잘게 썬 김치와 푹 찐 시래기가 있었다. 집는 수저가 따끈한 게 산모 몸에 냉기 들지 말라고 뜨거운 물로 한번 튀해온 것 같았다. 정연은 권보살 마음의 온기를 전해받은 것 같아 기운이 부쩍 났다.

"워쪄, 보살님? 나가 엄마보담 이뿌지라?"

아기를 안은 유보살이 어린 입내로 권보살에게 물었다.

"그려요잉."

권보살은 그것이 정연의 외모에 대한 폄하라고는 조금도 생각하지 못한 채 몸을 부르르 떨며 솔직히 대답했다.

"명색이 절집인디 이리 괴깃내를 말씬말씬 풍겨도 될랑가 모르겄네, 이 양반아. 에미 밥 다 묵고 니도 밥 묵자이. 첫 빨심이 중요한께 심이 쪼매 들어도 암팡지게 빨어야 하는 것이여. 아시겄능가?"

유보살이 호들갑스럽게 어깨춤까지 추며 아기를 교육시켰지만 아기는 영 젖을 시원스럽게 빨지 못했다.

"괜찮다. 젖이 썩썩 안 나온께 글제 자주 대주면 원젠가는 빨게 돼 있당께. 오늘닐 영 못 빨면 뜨물에 설탕가리나 타서 깊이 멕이보든지."

권보살은 산구완에 지치지도 않는지 환히 웃는 얼굴로 대야에 설설 끓는 물을 담아왔다. 정연은 기저귀를 풀고 시키는 대로 대야에 쪼그리고 앉았다.

"씨리도 참어라이. 썽나서 말룩히 곪기지면 큰일난께."

정연은 자신이 풀어놓은 기저귀에 역한 냄새를 피우는 피기름 덩어리가 흘러 있는 것을 보고 미간을 찌푸렸다. 뒤에서 딸을 부축하고 섰던 유보살이 그 표정을 보기나 한 듯 말했다.

"드럽고 징그럽제? 생산할 적에는 사람이나 짐승이나 똑 한가지여. 긍께 여자는 생산을 해봐야……"

유보살은 퍼뜩 세 여자 중 유일하게 생산을 못해본 권보살을 생각하고 입을 다물었다. 그러나 권보살은 아기를 품에 안고 느는느는 꾸루꾸루 기이한 염불을 외느라 아무 눈치도 못 채고 있었다.

"인자 편하게 눕어서 슬슬 아그 이름이나 져보그라."

좌욕을 끝낸 정연을 눕히고 기저귀를 채워주면서 유보살이 말했다. 정연의 머릿속에는 오래전부터 같은 글자로 이루어진 두개의 이름이 준비되어 있었다. 딸이면 박하연, 아들이면 박연하. 둘 다 인하와 정연의 이름 끝자를 이어붙인 이름이었다. 딸이니 박하연이면 됐다. 박하처럼 푸른 향기가 폴폴 나는 이름이라고 정연은 흐뭇하게 생각했다.

"하연이라고 할래."

"딸 날 중 워찌케 알고 똑 져났든가벼. 하연이? 하연이라?"

"응."

권보살은 하,하, 하고 금방이라도 쏟아져나올 것만 같은 더듬말을 억지로 삼켰다. 혼자 몰래 연습해서 더듬지 않고 한달음에 불러볼 수 있을 때까지는 아기 이름을 부르지 않을 생각이었다.

"하연이라. 이뿌긴 헌디 정연이 하연이, 니 해허고 딸 해허고 성 동생 안 같냐?"

유보살은 조심스럽게 딸의 눈치를 살핀 후 권보살에게 은근슬쩍 암시를 던졌다.

"권보살님요, 이름 끝자가 같드락도 성이 달른께 무연허겄지라?"

"그려요잉."

권보살은 아기에게 눈길을 떨어뜨린 채 고개를 끄덕였다. 그런 것이 다 무슨 소용이냐는 얼굴이었다. 일단 이름이 하연이라니 열심히 연습할 일만 남아 있었다.

"그려, 성이 달른께 뭐 암시랑토 않겄제."

유보살은 할 수 없이 혼잣말하듯 중얼거렸다. 무슨 힌트라도 얻지 않을까 하여 딸을 흘깃 쳐다보았지만 딸은 묵묵부답이었다. 이런 고집통머리 신 년. 아를 놔났으면 인자 애비 성이 김간 중 박간 중 말부리를 따야 헐 것 아닌가벼. 긍께 그 냉정한 사램 성이 당최 뭣이냔 말여. 아고, 나 가심이야.

부아가 끓어올랐지만 유보살은 새 식구인 하연이를 봐서 참았다. 그러다 갑자기 눈이 휘둥그레졌다. 아니, 글고 본께 쟈도 연이, 야도 연이 아닌가벼? 그러나 유보살은 다시 마음을 가라앉히고 고개를 끄덕였다. 이, 그려도 성이 달른께 암 상관 없다고 안혀? 성이 아조 달를 텐께. 암만.

6

2월 막바지에 부는 바람 소리는 가늘고 처연했다. 바람은 나직하게 문틀을 흔들고 흐느끼듯 문틈으로 스며들었다. 곁채에 누워 있던 정연은 마당에서 두런거리는 소리가 들려오자 자리에서 일어나 문 쪽으로 기어갔다. 유보살이 권보살에게 나긋나긋 묻는 소리가 들려왔다.

"에미가 오늘은 새참으로 뭣을 묵었소?"

권보살이 낮게 할딱이며 대답했다.

"뻐섯이잉…… 표,표,표……"

"이, 표고 말린 눔으로다 죽을 쒔는갑네."

"그려요잉."

"날이 춰서 에미가 영 뭣을 못 얻어묵는당께. 누린 눔을 멕있으면 비린 눔도 쪼까 멕이야 쓰는디."

"도,도,동,동태이잉……"

"이, 동태 사다 바특허니 찌개나 낋이줄까나? 동태 큰 눔하고 두부하고 감자하고, 또 뭣을 사까?"

"다,달걀르잉……"

"그려, 달걀 한 판. 죽 낋일 것은 뭣이 마땅히 있소잉?"

"호,호백이잉……"

"이, 늙은 호백이 있었구마."

의논을 마친 두 보살이 멀어지는 발소리가 들렸다.

"하따, 날이 그새 솔찮이 풀렸소잉."

"그려요잉."

정연은 자리로 돌아와 불길한 새의 둥지를 엿보듯 겹겹의 이불 속에 감싸인 하연을 들여다보았다. 하연은 잠에서 깨었으나 울지는 않고 두리번거리며 두 팔을 파닥대고 있었다. 유보살 말로는 젖도 잘 빨고 잠도 제시간에 자고 병치레도 안하니 이만하면 퍽 순한 편이라고 했다. 정연의 얼굴을 보자 하연은 반가운 눈웃음을 치며 입맛을 다셨다.

정연은 다시 자리에 누웠다. 등 뒤에서 하연이 입을 오물거리는 소리가 들려왔다. 조금 뒤엔 간간이 낑낑대는 소리가 났다. 불탄 들판에서 한 줄기 연기가 치솟듯, 정연은 숯같이 까만 제 가슴에서 정체 모를 적의가 모락모락 피어오르는 것을 느꼈다. 관심을 끌려는 수작이지. 얼마 안 있으면 주먹이나 옷자락을 빨아댈 것이다. 그래도 입에 들어오는 것이 없으면 이게 어찌된 일이냐고 으앵으앵 우는 시늉을 할 것이다. 그쯤 되면 유보살이나 권보살이 귀신같이 알아듣고 달려오곤 했다. 오매, 우리 하연이 배고픈가벼. 진지 자실라요? 하연이잉, 하연이잉. 그들은 다투어 아기를 안아 그녀에게 건넬 것이다.

그때 저 탐욕스러운 것이 혀로 입천장을 짯짯 밀어내는 꼴이라니, 물수건으로 젖꼭지를 닦는 새를 못 참고 허겁지겁 숨이 넘어가는 꼴이라니. 젖꼭지를 통해 젖을 빠는 입술과 잇몸과 혀의 야무진 흡입력을 느끼노라면, 또 젖 둔덕을 움켜잡거나 북을 치듯 눌렀다 떼는 작은 주먹의 악력을 느끼노라면, 정연은 몸서리가 나서 분홍 흡반 같은 아기 입에서 젖꼭지를 모지락스레 빼내고 싶은 충동을 느꼈다. 그러나 슬쩍 젖꼭지를 빼려고만 해도 맹렬하게 잇몸으로 꽉 깨무는 약삭빠름부터, 자세가 불편해 빨리 먹어주었으면 할 때는 더 게으르게 빨며 즐기는 야비함까지, 이런 녀석이 순하다니 생판 모르시는 말씀이다. 오늘은 제가 한번 오지게 당할 차례다.

"허벅허벅."

네 투정을 들어줄 사람은 이 방에 아무도 없다.

"으앙으앙."

네 울음소리는 문밖에 부는 저 휑하고 스산한 바람 소리를 가로지르지 못한다.

"으악으악."

그래, 그 정도는 되어야지. 잘한다. 목이 터지게 울어라. 마음껏 악을 써라. 기껏 한 티스푼의 피 따위로 생겨난 주제에.

정연은 고양이처럼 요기 어린 눈으로 벽시계의 초침을 바라보며, 언제 하연이 새파랗게 숨이 넘어갈지, 언제 기겁을 한 권보살이 공양실 문을 박차고 달려올지 속셈을 했다. 일초, 이초, 삼초, 사초…… 채 이십초도 안되어 공양실 문이 열리고 급히 달려오는 발소리가 들렸다. 정연은 차라리 권보살이 말을 더듬지 않고 귀가 먹었더라면 좋았을 거라고 생각하며 차갑게 웃었다.

새벽 소향과 예불을 마치고 곁채에 들렀다 나온 유보살은 걱정이 이만저만이 아니었다. 공양실에 들어서자 쪽문 안에서 흘러나오는 불빛을 등지고 부뚜막에 앉은 권보살이 흐느끼는 아기를 둥개둥개 달래는 모습이 눈에 들어왔다.

"보살님! 이를 워찐당가?"

권보살이 쉬쉬하며 목소리를 낮추라는 신호를 보냈다. 유보살이 소리를 낮춰 물었다.

"보살님 봄에도 에미가 이상하지라?"

권보살이 고개를 끄덕였다.

"왜냐믄요잉, 하연이잉, 울리고잉."

"하연이 울리고이!"

"왜냐믄요잉, 무,무서끼이잉."

"무섭게 하고이!"

"하연이잉, 하연이잉……"

권보살은 더이상 말을 잇지 못하고 빛과 그림자가 반반 드리운 얽은 얼굴로 구슬프게 유보살을 올려다보았다. 유보살은 한숨을 쉬고 그 옆에 걸터앉았다.

"에미 맴이 단단히 곯은갑소. 이를 워쩐다? 쟈가 뭣 땀씨 저런다?"

"해해핵……"

권보살의 목이 뒤로 넘어갔다. 유보살의 목도 따라서 뒤로 넘어갔다.

"이, 이. 핵,핵? 핵, 뭣이라?"

"해,핵교이잉."

말을 쏟아놓으며 권보살의 목이 제자리로 돌아오자 유보살의 고개도 제자리를 찾았다.

"핵교?"

"왜냐믄요잉, 해,핵교잉."

"핵교가 뭣을?"

"모,모까잉……"

"핵교를 못 간다고라?"

"그,그려요잉."

"쟈가 시방 핵교 못 간다고 저 고약을 떤단 말씸이요? 하연이 땜시 핵교 못 댕긴다꼬?"

"그려요잉."

"하이고! 저 소갈딱지를 으쩌까잉." 유보살은 경을 외듯 낮게 투덜댔다. "누가 핵교 댕기지 말고 연애질을 하라꼬 빌었는가, 공부 작파하고 아를 놓으라꼬 고사를 지냈는가. 국으루 하던 공부나 열심히 할 것이제, 지 맴대로 배고 지 맴대로 놓고, 시방 무신 꽃타령이당가?"

"왜냐믄요잉, 나,날이 풀리이잉."

"날은 풀렸는디 에미 맴이 저리 땅땅 얼어뿔면 워쩔 것이여."

"왜냐믄요잉, 보,봄이잉."

"봄은 무신 얼어죽을……"

유보살은 터져나오려는 고함을, 까암빡까암빡 졸음이 내리는 하연의 눈꺼풀을 보고 간신히 억눌렀다. 유보살은 눈을 감고 두 손을 무릎에 포갠 후 숨을 가지런히 골랐다.

"봄은 봄이제. 긍께 저 화상이 지끔 봄핵기를 다니겠다고라? 워 따메, 나 가심이야. 나가 암만해도 제 맹에 못 죽겠네. 아나, 그눔으 대핵! 아조 치가 벌벌 떨린당께."

유보살은 휭하니 공양실을 나가 법당에서 반나절 동안이나 마음을 가라앉힌 후에야 가까스로 딸이 있는 곁채로 발을 뗄 생각이 들었다. 자석 이기는 부모가 워딨당가. 나가 이분에도 져뿔만뱌이. 곁채 앞에서 단단히 속다짐을 한 유보살은 방문을 천근만근 힘겹게 밀고 들어갔다.

"연이 에미야."

정연은 대답하지 않았다. 유보살은 할 수 없이 바꿔 불렀다.

"연아."

그래도 딸은 대답하지 않았다. 유보살은 가슴을 한번 쓸어내리고 마른입을 참참 다신 다음 물었다.

"니는 핵교는 워쩔 참이냐?"

정연이 고개를 돌리더니 기대에 찬 눈빛으로 유보살을 빤히 응시했다.

"나가 이리도 생각을 하고 저리도 생각을 해봤는디 암만해도 이분 봄은 어렵겄다. 니 생각은 워찌냐?”

정연은 쓰다 달다 말이 없었다.

“니는 거울도 안 보냐? 그 화상으로 워찌케 핵교를 댕길 것이여? 머리가 달맀으면 생각이란 걸 잠 해보그라. 니가 시방 하연이 젖 멕이노라꼬 핵교를 못 간다, 고로크롬 협착하게 맴을 묵지 말고, 젖을 싸게 멕이감서 멀끔허니 부종을 빼갖고 언능 다부 핵교를 댕길라꼬 젖을 멕인다, 요로크롬 널찍허니 맴을 묵어야 헌다. 어차피 한 핵기 까묵었은께 한눔 마저 까묵고 요댐 차례부텀 댕기면 워찌컸냐? 그리 길도 않다. 넘들은 재수도 허고 삼수도 한답데. 사나들은 삼년썩 군대도 안 가냐? 워찌냐, 니 생각은?”

정연은 고개를 기울이고 생각에 잠긴 눈으로 앉아 있었다. 눈은 저리 하연이맨키로 이쁜 것이 워찌 하는 짓은 하연이 반맨키도 안 이쁜지 유보살은 알 수가 없었다. 한참 만에 정연이 고개를 까땍 했다.

“생각해볼게.”

“생각해본다꼬이?”

유보살의 눈썹이 꿈틀거렸다. 유보살은 치솟는 화기를 가라앉히기 위해 붓질하듯 가슴을 쓸어내렸다.

“오냐, 사리를 잘 캐보그라. 하연이 불쌍한 생각도 해감서.”

그러나 유보살은 방문을 나서며 마지막 말만은 기어코 던지고야 말았다.

“애비 없는 자석은 에미도 없으라드냐! 자석 생각은 쥐눈꼬비맨키도 안하는 몹쓸 종자들 같으니라고!”

정연이 고개를 발딱 치켜들었다 힘없이 떨구었다.

7. 가면 겨울숲

1

염종휘 여사의 자택에서 개최되는 겨울 연회 초대장이 장미 바구니에 끼워져 의원실로 배달되었다. 살얼음이 낀 분홍 장미에서 염여사의 높은 웃음소리가 들려오는 듯했다. 인하는 '핑크 윈터'라고 적힌 초대장을 손끝으로 슬쩍 들춰보고 닫으려다 멈칫했다.

직사각형의 초대장 안에 신은비가 ㄴ자형으로 비스듬히 누워 있었다. 지난여름 연회 때 입은 푸른 드레스도 아름다웠지만 그녀에게 분홍보다 더 잘 어울리는 빛깔은 없을 듯했다. 연분홍 밍크 목도리 하나만 걸친 그녀는, 가릴 데는 다 가렸지만 역시 아무것도 가리지 않은 것과 마찬가지였다. 그녀의 목도리에서 막 뽑아낸 듯 보드라운 분홍 밍크털이 초청장 둘레를 나풀나풀 장식하고 있었다.

인하는 미간을 모으고 생각에 잠겼다. 사람들이 왜 신은비만 보면 그토록 열광하는지 알 것 같았다. 추함이 가지각색이듯 미의 종류도 다종다기했다. 신은비가 내뿜는 아름다움은 어딘가 불길하고 아슬아슬했다. 곧 무너질 첨탑처럼, 금세 더러워질 순백처럼, 내일이면 시들 야생화처럼.

그는 염여사의 가을 연회에 참석하지 않았다. 가을의 테마 빛깔이 무엇이었는지 기억나지 않는 걸 보면 그땐 초청장을 열어보지도 않은 것 같았다. 만일 열어보았다면 단풍 몇잎으로 간신히 몸을 가린 신은비를 볼 수 있었을까. 하지만 신은비와 상관없이 그는 이번 연회에도 참석하지 않을 것이다. 그는 초대장을 서랍에 넣었다. 인터폰이 울리고 비서의 목소리가 들려왔다.

"유니 프로덕션의 윤상일 감독님 전환데요, 오전에도 의원님 안 계실 때 여러번 전화하셨습니다."

"돌려줘요."

회선이 연결되자 상일이 부산스럽게 안부를 물었다.

"아이고, 박의원, 이 심란한 정국에 안녕하신가? 하긴 이 나라에 난국 아닌 때가 언제 있었나? 아무튼 이래저래 수고가 많다는 건 누구보다 내가 잘 알지. 그건 그렇고, 내일 전연 망년회인 거 안 잊었지?"

인하가 스케줄 표를 보며 말했다.

"그래, 내일이네."

"이번엔 꼭 나올 거지?"

"비상만 안 걸리면 늦게라도 참석하도록 하지."

"그래, 꼭 좀 나와. 그건 그렇고……"

상일은 잠시 머뭇거렸다. 인하는 잠자코 기다렸다. 용건이 있는 쪽에서 먼저 입을 열 때까지 기다리는 게 청탁 관리의 첫번째 요령이었다. 상일은 에잇! 하고 기합을 넣더니 말했다.

"박의원 바쁜데 내가 빨리 용건을 얘기해야지. 오늘 밤 염종휘 여사네 파티에 갈 거야?"

"못 갈 것 같은데."

인하의 말에 상일은 적잖이 실망한 눈치였다.

"니가 가면 나도 낑겨서 들어가보려고 했는데 어쩐다? 참, 내! 그놈의 꼴같잖은 파티에 쑤시고 들어가기가 왜 이렇게 힘이 드냐? 이젠 진태한테도 초대장이 안 오는 모양이더라고."

인하가 말이 없자 상일이 크게 선심 쓰는 투로 말했다.

"너한테는 초대장 왔지? 그럼 어떻게, 니 것 좀 돌려쓸까?"

"상관없지. 그나저나 무슨 일인데?"

인하는 서랍에서 초대장을 꺼냈다. 보드라운 분홍 털이 손끝을 간질였다.

"신은비 때문에 안 그러냐, 내가. 다음 작품에 꼭 섭외를 해야 하는데 매니전지 뭔지 하는 애가 영 말을 들어먹어야지. 그게 은비 뜰락 말락 할 때 주제 파악도 못하고 씨에프에 저도 같이 끼려고 기를 쓰다가 나한테 따를 당했거든. 그 순간 나랑 딱 원수 안됐냐? 내 덕에 지가 인물로는 영 어필이 안된다는 걸 깨닫고 은비한테 착 달라붙어서 매니저가 된 것까진 좋은데, 죽자고 나랑은 일을 안하려고 드는 거야."

인하는 히죽 웃었다. 아마 눈두덩이 붓고 쉰 목소리를 내는 정지선을 말하는 것이려니 싶었다.

"누가 저하고 일하자나? 저 같은 건 다스로 갖다주고 종량제 봉투 값 얹어줘도 버리는 인건비 따로 청구해야 할 판인데, 그게 지금 중간에 껴서 농간을 부리니 어쩌냐? 소속사에서도 학을 뗐는지 나 몰라라 하면서 은비를 직접 만나서 해결 보라는 거야. 근데 이번 작품에는 은비가 딱이거든, 딱."

인하가 시계를 보며 물었다.

"초대장은 어디로 보내줄까?"

"아, 무슨 소리! 오늘 보니까 우리 박의원, 장외투쟁 한판 뛰셔야 할 것 같던데, 놀고먹는 우리 직원 보내야지. 하여간 고맙다. 내일 망년회에서 꼭 보자. 황은수 빠리에서 나온 거 알지? 은수가 너 많이 보고 싶어한다. 작년에 너 못 보고 가서 무지 서운해했다고. 알았지? 그럼 수고!"

상일은 전화를 끊자마자 손가락을 딱 튕기더니 조연출에게 소리쳤다.

"야! 당장 달려가서 초대장 받아와."

그러고는 다시 휴대폰을 바삐 눌렀다.

"진태냐? 오늘 밤 쌕쌕 파티 초대장은 됐고, 내일 밤 망년회 말이야, 그 연락은 니가 확실하게 책임지고 맡아줘야겠다. 박의원한테는 내가 지금 연락했어. 그럼 거기서 빼오지 어디서 빼오나? 오난이보고 한번 더 다짐을 두라고 얘기하고, 너도 직접 걸어서 재촉하는 시늉은 해라. 변장을 하느니 어쩌니 하는 말은 박의원한테는 아예 꺼내지도 말고."

느긋하게 천장을 보며 떠들다 말고 갑자기 상일이 상체를 옴츠리고 우는소리를 했다.

"진태야, 이 형 좀 봐주라. 내가 지금 그거 연락하고 앉았을 시간이 없어. 너 바쁜 건 다 아는데 피차 돕고 살자고."

상일의 상체가 반듯하게 펴졌다.

"응? 벌써 연락 다 돌렸다고? 아이고, 우리 진태, 요리 보고 조리 봐도 버릴 게 하나 없는 우리 진태. 뭐?"

상일이 다시 우거지상을 썼다.

"은수한테만 연락이 안됐어? 안돼, 안돼. 박의원한테도 은수 팔았고, 나도 이번 건 성사되면 은수한테 꼭 도움받을 일이 있다고. 이번 작품 빠리에서 찍을 거거든. 그래, 저녁에 다시 꼭 좀 해봐라. 아니, 지금부터 계속 계속 해봐. 부탁한다, 진태야. 하여간 누구 입에서건 이번에 연락 못 받아서 못 나왔다는 얘기 들리면 그땐 니가 책임지는 거야. 알았지? 내일 한번 빠그라지게 놀아보자고. 수고!"

상일은 전화를 끊고 갑자기 탁자를 타탁 내려친 후 팔을 쭉 내뻗었다. 사무실 직원들의 눈길이 그에게로 향했다.

"여언빠압— 주울빠압— 내 따아주울께에에에— 우리이 부우모 섬겨어주우우소오—"

이렇게 장단을 잡아 뱃속에서부터 구성지게 민요 한 자락을 뽑아내고 나면 몇초 동안은, 그렇지, 두번이나 이혼한 주제에 이제 그만 은퇴하여 건건찝찔한 여자 만나 그럭저럭 소박하게 한세상 살다 눈감는 것도 좋겠지 싶은 생각이 드는 것이었다. 세상일이 다 거기서 거기지 별거 있나 싶고, 인생이 돌연 녹진하고 말랑해 보이는 기분이었다. 그러나 몇초쯤 지나면 언제 그랬느냐는 듯 완전히 일상의 감각을 회복하고 영리한 다람쥐처럼 눈을 또록또록 빛냈다. 그는 얼굴을 싹싹 비비고 어깨를 으쓱대며 말했다.

"근데 난 내일 밤 망년회에서 뭘로 변장을 한다? 내가 워낙 모던하게 생겨서 어떻게 그쪽 방향으로 가닥을 잡아야 할 거 같은데……"

그러다 조연출과 눈이 마주친 상일은 눈이 화등잔만해졌다.

"야! 너 왜 아직도 안 달려가고 사운이 걸린 일에 뭉개고 앉아 있어?"

조연출은 이런 일이라면 수백번 당해봤다는 듯 싱글거리며 물었다.

"어디로 달려갈까요?"

"내가 얘기 안했어?"

"아무 말씀 안하셨는데요."

"이것 봐라!" 상일이 자리에서 발딱 일어났다. "안해도 그렇지, 전화하는 거 들으면 몰라? 너 뉴스 안 봐? 내가 박의원이니 장외투쟁이니 하면 아, 내비에 국회의사당 찍고 여의도 방면 시속 팔십 놓고 달려야겠구나, 감 잡고 바로 튀어나가는 거지, 어디로 달려갈까요는 어디로 달려갈까요야? 박인하 의원이라고, 나랑 불알 맞대고 자란 친구가 있다고. 이렇게들 눈치코치가 없어서야 내가 뭔 일을 믿고 맡길 수가 있겠어? 깔아줘도 못 먹나, 이거?"

2

편의점에서 담배를 사가지고 돌아오는 길에 눈발이 날리기 시작했다. 은수는 아파트 현관의 발판에 신발을 털었다. 엘리베이터 앞에 감귤 상자를 내려놓고 서 있던 남자가 그녀를 보더니 못마땅한 듯 혼잣말을 했다.

"지가 사오든가."

그 태도가 몹시 불손해 은수는 그 말이 무슨 뜻인지, 자신에게 하는 말인지 아닌지조차 가늠할 수 없었다. 또 모국어 소통에 실패하고 말았다는 충격이 찾아왔다. 마흔셋이던가, 빠리에서 삼년 만에 한국에 나왔을 때 느꼈던, 고향도 모국어도 죄다 사라져버린 듯한 혼란스러운 이방의 느낌이 되살아났다. 은수는 못 들은 척 흘리려다 마음을 바꿔 물었다.

"혹시 지금 저한테 하신 말씀이세요?"

말을 하면서도 그녀는 자신이 지나치게 진지하게 대응하는 건 아닐까 생각했다.

"아니, 그게 말이죠……"

엘리베이터가 도착했다. 은수가 엘리베이터에 타자 남자가 뒤따라 감귤 상자를 들고 탔다. 그녀가 12층을 누르고 돌아보자 남자는 감귤 상자를 내려놓고 팔을 뻗어 직접 20층을 눌렀다.

"제일로 높은 층 배달이네." 남자는 코밑을 쓱 훔치더니 말했다. "아니, 그게 얘기가 그렇잖아요? 그쪽 사장님이 사와야죠."

은수는 남자의 말을 이해할 수 없었다.

"그쪽 사장님이라뇨?"

"바깥양반분 말예요."

그녀는 어눌하게 한 덩어리로 발음된, 바깥양반분,이라는 말을 얼른 알아듣지 못했다.

“……오, 제 남편 말씀이세요?”

“예.”

“제 남편이 뭘요?”

“담배 말이에요.”

은수는 그제야 손에 들린 담배를 의식했다. 한국에서는 나이 지긋한 여자가 담배 한보루를 보란 듯이 손에 들고 다니는 게 남편 심부름 말고는 다른 의미로 해석되지 않는 것이다.

“아, 예.”

웃음이 났다. 그러게 말이에요, 우리 남편이란 작자는 마누라에게 담배 심부름이나 시키는 못돼먹은 인간이랍니다, 하면서 맞장구라도 치고 싶은 기분이었다.

“예전엔 몰랐는데요,” 남자가 발로 귤 상자를 조금 밀며 말했다. “몸 약한 사람들은 정말 담배연기만 맡아도 그렇게 괴롭대요.”

“네.”

“난 끊은 지 일년하고도 두달 넘었어요.”

남자의 얼굴에 자랑스러움과 그리움이 내비쳤다.

“우리 남편도 그렇게 딱 끊으면 좋겠네요.”

은수는 용호가 아직도 담배를 피울까 생각했다. 이혼할 무렵까진 줄기차게 피웠었다.

“앞으론 사다주지 마세요.” 남자가 중요한 팁이라도 알려주듯 말했다. “집 안에서도 절대 못 피우게 하고요.”

엘리베이터가 12층에 도착했다.

“네, 그럴게요.”

“안녕히 가세요.”

“네.”

엘리베이터 문이 닫히고 나서야 은수는 자기도 안녕히 가시라고 말했어야 하는 걸 그랬나 싶었다.

은수가 아파트에 들어서자 그녀의 언니는 나갈 때 보았던 자세 그대로 앉아 뜨개질을 하고 있었다. 일년에 한번 빠리에서 나오면 그녀는 딸을 용호에게 보내고 독신인 언니의 아파트에 머물렀다. 따로 방을 얻어 지낼까도 싶었지만 언니가 용납하지 않았다.

은수가 욕실에서 수건으로 머리를 털고 나오자 언니가 말했다.

“내 휴대폰으로 전화 왔었어. 모르는 번호인 거 보니까 너한테 온 전화 같아.”

말을 하며 턱짓으로 휴대폰을 가리키는 동안에도 언니의 긴 아프간바늘은 조금도 속도를 줄이지 않고 허공에 무한대(∞) 모양을 그리며 규칙적으로 진보랏빛 실을 얽고 있었다. 은수는 언니의 휴대폰에 저장된 부재중 번호를 눌렀다.

“네, 신 출판기획 대표 신진탭니다.”

“진태구나. 나 은수야.”

“누님, 오늘 약속 안 잊으셨죠?”

“어젯밤에도 전화하고 뭘 또 해? 번거롭게.”

“워낙 브이아이피라 마지막으로 확인사살하는 거죠. 그럼 멋진 변장 잊지 마시고, 7시에 링에서 뵙겠습니다. 작년 망년회 했던 까페요.”

“알았어.”

“그럼 잠시 후에 봬요.”

전화로 들으니 진태 목소리도 꽤 점잖게 들렸다.

　은수는 통화를 마치고 베란다로 나가 펄펄 날리는 눈을 보며 담배를 피웠다. 그새 눈발은 제법 거세져 바닥에 쌓이기 시작했다. 작년 망년회 날은 비가 왔었다. 비거나 눈이거나 우산을 쓰고 전철역에서 꽤 먼 거리에 있는 까페 링까지 젊고 힘센 인파를 헤치고 걸어갈 생각을 하자 은수는 조금 두려운 마음이 들었다. 그러나 그녀는 갈 것이다. 변장 망년회 따위가 놓칠 수 없는 기분전환이 될 만큼 한달 동안의 한국 체류에는 새로운 일이나 만남이 생길 가능성이라곤 없었다.

　은수가 샤워를 하고 나와 화장을 하는 동안에도 언니는 계속 뜨개질만 했다. 그런데 이상하게도 진보랏빛 스웨터의 앞판은 별로 늘어난 것 같지가 않았다. 예전에 그녀가 외출 준비를 할 때 용호도 같은 자세를 취한 채 꼼짝도 하지 않았다. 등을 돌리고 말도 못 붙이게 집중한 자세로 기껏 하는 일이라고는 우동 국물 만드는 레시피를 읽거나 난 잎사귀를 닳도록 닦는 게 고작이었다. 그 정태적인 포즈가 말없는 비난이라는 걸 그녀는 알고 있었다.

　은수는 용호네 집에 가 있을 딸아이가 궁금했다. 부녀는 일년에 한번씩 만나도 사이가 좋았다. 아무와도 마음을 나누지 않고 아무에게도 돈을 쓰지 않는 남편이 딸에게만은 후했다. 그녀는 겨울이 되면 한국에 나오고 싶어 몸살을 앓는 게 딸과 남편을 만나게 해주기 위해서가 아니라 전연 망년회에 참석하고 싶어 그런 게 아닌가 하는 생각마저 들었다. 용호는 물론 망년회에 오지 않을 것이다.

　은수는 약간 짙게 화장을 했다. 작년부터 망년회 주최 측은 참석자들에게 의무적으로 변장할 것을 요구했다. 그러나 작년에 변장 비슷한 것을 시도한 사람은 그녀를 포함해 상일과 진태 셋뿐이었다. 다른 이들은 변장을 못한 죄로 참석을 망설이다가 밤늦게 변장이고 뭐고 그냥 달려오라는 연락을 받자마자 재빨리 변장하지 않은 모습을 드러냈다. 심지어 명식과 준환은 링 바로 옆에 있는 삼겹살집에서 고기를 구워먹으며 변장 따위의 아이디어를 낸 인간들을 성토하다 만취한 상태로 비틀거리며 오기도 했다. 참석자들이 변장에 지나친 중압감을 느껴 참석 자체를 기피하는 불상사를 방지하기 위해 올해 주최 측에서는 변장이 의무사항은 아니라고 부득불 조건을 완화하면서도 강력한 권장사항이긴 하다고 공지했다.

규정까지 완화된 바에 은수가 새롭게 창의적인 변장을 할 까닭은 없었다. 그녀는 작년과 마찬가지로 금발의 곱슬머리 가발에 붉은 벨벳 모자를 쓰고 볼에 큰 점을 붙이기로 했다. 그녀는 직접 디자인하여 재봉틀로 박아 만든 초록빛 셔츠에 검정색 미니스커트를 입었다. 짧은 넥타이를 매고 긴 코트를 걸쳤다. 빠리에서 가져온 부르고뉴산 포도주 중 샤블리 프르미에는 언니 몫으로 남기고 뿌이퓌세를 가방에 넣었다.

"다녀올게."

"재밌게 놀다 와."

언니는 은수가 누릴 몇시간의 유흥에 대한 질투와 혐오를 조금도 감추지 않은 채 메마르게 말했다. 현관문을 닫는 순간 은수는 언니의 어깨가 탁 풀리고 뜨개질감이 손에서 툭 떨어지리라는 걸 알았다. 이혼하기 전의 용호도 그랬다. 가장 두려워하는 것은 이루어지는 법이니, 혼자 남겨지는 걸 가장 두려워하는 사람은 결국 혼자 남겨진다. 그럼 난 무엇을 가장 두려워하나, 하고 은수는 자문했다.

3

눈은 그칠 기미를 보이지 않고 계속 내렸다. 대학원 종강 날이라 강의를 일찍 끝낸 편인데도 길이 막히는 바람에 늦었다. 재현은 중간에 택시에서 내려 걷는 편을 택했다. 링은 대로변에서 두 블록 안으로 들어간 후미진 골목에 있었다. 우산을 젖히고 올려다보니 현관 위에 걸린 흰 정사각형 간판 한가운데 녹색 명조체로 '링'이라는 한 글자만 쓰여 있었다. 간판만 보아서는 '정'이나 '난'처럼 외자 상호를 걸어놓고 영업하는 작은 규모의 퇴폐업소 같았다.

계단을 올라가 문을 열고 들어서자, 갈색 목재가구와 체크무늬 천으로 장식된 실내가 마치 아름다운 삽화 속에 들어온 듯 아늑한 느낌을 주었다. 삽화 속에서는 야릇하게 변장한 사람들이 길게 붙여놓은 탁자 주변에 둘러앉아 한창 뭔가를 먹고 마시고 있었다.

"왔냐?"

대각선 방향에 앉아 있던 진태가 재현을 보고 손을 흔들었다. 볼에 연지를 바르고 주홍 털실로 땋은 투박한 머리채를 왼쪽 목덜미에 늘어뜨린 진태는, 재현의 눈에 향단이로 분장한 방자처럼 보였다. 작년에 진태가 가위손으로 분장했을 때도 재현은 연쇄살인범으로 오해했다.

맞은편에 등을 보이고 앉은 준환이 몸을 반쯤 틀며 불분명한 목소리로 중얼거렸다.

"대충 변장하고 와. 저기 뭐가 잔뜩 있더라."

역조명이라 재현은 준환이 무엇으로 변장했는지 알아볼 수 없었다. 몇몇 얼굴들이 자기를 알아보겠느냐는 듯 그를 향해 웃었다. 그는 그들이 변장을 했기 때문에 더 잘 알아볼 수 있었다. 변장 망년회의 특징은 변장한 사람을 몰라보는 데 있지 않고 변장의 콘셉트를 몰라본다는 데 있었다. 뺨에 주근깨를 찍고 머리를 두 갈래로 땋고 칠십년대 여고생 교복을 입은 건 권경애, 물귀신처럼 검은 머리를 늘어뜨리고 뾰족한 코집게를 하고 선홍빛 루주를 바른 건 김명식이었다. 빠리의 매춘부처럼 퇴폐적으로 분장한 은수는 개중 가장 놀랄 만한 변장술을 선보이고 있었지만 타는 듯이 붉고 아름다운 입술 때문에 정체를 숨길 도리가 없었다. 상일은 머리를 닭볏처럼 치켜세우고 눈가를 검게 칠하고 얼굴에 무시무시하도록 흰 분칠을 한 게 아마 전설적인 로커의 이미지를 빌렸으리라 짐작되지만 실제로는 좀비처럼 보였다.

재현은 카운터 뒤에 가방을 내려놓고 코트를 벗어 걸었다. 로커인지 좀비인지 헷갈리는 상일이 스툴에 앉아 이리 오라는 손짓을 했다. 카운터 옆 탁자에는 가면, 붙이는 수염, 반짝이, 화장도구, 색색의 천과 모자, 옷핀 등이 놓여 있었다. 상일은 치렁치렁한 검은 천을 재현의 머리에 씌워 요령있게 감은 후 반짝거리는 은빛 옷핀을 손바닥에 주르륵 쏟으며 말했다.

"이제 슬슬 핀치기를 해서 이교수를 섹시한 아랍 여인으로 변장시켜볼까? 가만, 입을 가리면 술을 못 먹잖아? 얼굴은 다 내놓기로 하지 뭐. 그쪽도 어느정도 개방이 됐다니까. 가만있어. 살짝 분만 바르고 눈화장만 하자고."

변장을 마치고 돌아온 재현에게 경애가 물었다.

"이교수 컨셉은 뭐야?"

술기운에 뺨이 발갛게 달아오른 은수가 말했다.

"그런 건 이제 묻지 않을 때도 됐지."

나름대로 변장에 자부심이 있는지 경애가 강경하게 반박했다.

"컨셉이 없는 변장은 무가치해요, 언니!"

재현의 변장을 맡았던 상일이 은근한 기대를 품고 물었다.

"뭐 같냐? 경애 니가 생각하는 그게 바로 내 컨셉이라고 보면 되거든."

"수녀로 변장한 신부!"

경애의 거침없는 말에 상일이 킬킬 웃었다.

"이런! 적중했네."

준환이 위스키를 숭늉처럼 후루룩 들이켠 후 물었다.

"근데 은수누난 뭐예요? 작년에도 모르겠더니 올해도 모르겠어요."

가까이서 보니 준환은 얼굴에 온통 검은 칠을 하고 벌름거리는 코 양옆에 흰 플라스틱 뼈를 붙이고 있었다. 이건 또 너무 뻔한 경우라 싱거웠다.

"상일이형 말 못 들었니? 니가 생각하는 그게 바로 내 컨셉이야."

준환은 자신 없는 투로 우물거렸다.

"작년엔 써커스 단원 같더니, 올해는 시골 티켓다방 마담쯤……"

은수가 달아오른 얼굴을 누르며 한숨을 쉬었다.

"한해가 다르게 영락하는구나."

명식이 뾰족한 코집게를 고쳐 누르며 코맹맹이 소리로 말했다.

"채찍을 들거나 은사슬 같은 걸 몸에 감으면 더 어울리겠는데요,
누나."

재현은 예의상 명식과 진태에게도 무엇으로 변장했는지 물어보
았다. 결과는 놀라웠다. 긴 머리를 드리우고 코를 집게로 집고 있
어 마귀할멈쯤으로 짐작했던 명식은 인어공주라고 우겼고, 향단이
로 변장한 방자는 성냥팔이 소녀라고 가련하게 대답해 탄식을 자
아냈다.

"지금 재현이 니가 못 봐서 그렇지," 명식이 탁자 아래를 가리키
며 말했다. "난 그래도 명색이 비늘치마까지 챙겨입었거든. 근데
진태 이 녀석은 이 꼴에 지가 성냥팔이 소녀란다. 이렇게 우람하고
못생긴 성냥팔이 소녀가 어딨냐?"

진태가 유도선수처럼 힘찬 손길로 땋은 머리를 홱 뒤로 넘기며
말했다.

"니가 인어면 난 성냥팔이 되고도 남아."

둘 다 가관이라고 싸잡아 비웃으며 상일이 재현에게 와인 잔을
내밀었다.

"이거 황마담이 빠리에서 직송해온 와인인데, 한 사람 앞에 한
잔씩밖에 안 돌아가니까 아껴 먹어라."

상일이 재현의 잔에 연록빛이 도는 와인을 따랐다. 재현은 와인
을 맛보고 나서 음식을 가지러 홀로 나갔다. 작년보다 음식 종류도
많고 조리사가 직접 만들어주는 요리까지 있었다. 재현은 뒤집어
쓴 검은 천 사이로 손을 내밀어 초밥과 쌜러드와 훈제족발을 담았
다. 탁자 너머에는 춤을 출 수 있는 널찍한 공간이 비워져 있고 노
래방 기기가 놓인 작은 스테이지도 마련되어 있었다.

"회비가 작년 두 배야. 우리가 두 배나 잘살게 된 건가?"

교복을 입은 늙은 여고생 경애가 다가와 투덜거리며 조리사가 그릴에서 막 꺼내놓은 스테이크를 접시에 담았다. 재현이 돌아서는데 까페 문이 열리고 차고 습한 기운이 쏟아져들어왔다. 인하가 피곤한 얼굴로 어깨의 눈을 털며 링의 삽화 속으로 한 발 들여놓고 있었다.

"황여사, 진짭니까?"

성냥팔이 소녀 진태가 믿기지 않는 듯 빠리의 매춘부를 돌아보았다. 은수는 외설적인 입술을 쫑긋거리고 어깨를 으쓱했다.

"은수언니가 정말 그랬단 말예요?" 여고생 경애가 감탄해서 손뼉을 쳤다. "그런 변장이야말로 진짜 내 마음에 쏙 들 것 같은데."

상일이 신이 나서 떠들어댔다.

"아니, 은수 쟤가 처음 입학했을 때 완전 삭발한 걸 니들 여태 몰랐단 말야? 가고 싶은 과 못 가서 홧김에 밀었다나 뭐라나. 저 섹시한 입술에 머리는 빡빡이니, 생각 좀 해봐라, 진짜 그로테스크했지."

다들 웃음을 터뜨리자 상일이 이렇게 덧붙였다.

"은수 머리 기르느라고 고생 많이 했지. 내가 달려들어갔다 나와보니까 그나마 은수 머리가 좀 자랐더구만."

"형은 갑자기 어울리지도 않게 웬 달려들어간 얘기?"

경애가 고개를 쌀쌀 흔들었다. 당시 문연 회장이었던 남편 김선욱에게 들은 바에 따르면, 상일은 2학년 때 단순가담으로 이틀을 살고 나온 게 전부라 했다. 이틀 동안 은수언니 머리카락이 비 온 후 대 자라듯 쑥쑥 자라나 있었단 말이냐는 소리를 경애는 애써 삼켰다. 경애의 말을 못 들은 척하며 상일이 다시 화제를 제멋대로 끌고 나갔다.

"재현아! 근데 넌 그때 팔공년에 왜 날 증인으로 채택했던 거냐?"

재현이 위스키 잔을 입에 가져가려다 말고 폭격으로 집을 잃은 아프간 여인처럼 눈을 휘둥그렇게 떴다.

"형, 그때는 새 사람 끼워넣지 않기로 하고 형이 풀려난 지 얼마 안돼서 증인으로 부르기로 합의했던 거잖아요?"

아프간 여인은 혹시 어떤 오해가 있어 이 좀비 로커가 삼십년이 넘도록 자기에게 뿌리 깊은 원한을 품고 지낸 것이 아닌가 싶어 놀랐지만, 시크한 로커는 흑맥주와 위스키를 섞으며 흥겹게 말을 받았다.

"그건 내가 알지. 근데 내가 그때 얼마나 놀랐냐 하면, 빵에서 나오고 한달도 안돼서 법원에서 뭐가 또 날아온 거야. 간이 덜컥했지. 우리집에서도 한바탕 난리가 났고."

"그런 얘기 좀 하지 말아요, 우리."

경애가 칼칼한 소리로 항의했다.

"알았어, 인마. 안하면 될 거 아냐?"

상일의 말을 끝으로 분위기가 가라앉았다.

성냥팔이 진태는 정작 이십대의 대부분을 옥살이로 보낸 인하를 힐끔 곁눈질했다. 머리에 파란 헝겊리본을 매고 갈색 털귀마개를 하고 코에 까만 스펀지를 붙여 임종을 앞둔 애완용 강아지로 분장당한 인하는, 은수가 가져온 와인 한 잔을 비운 후 이제 무슨 술을 마실까 하는 눈빛으로 탁자 주변을 둘러보았다. 인하가 흑맥주 병을 따자, 다감한 아랍 여인 재현이 자작을 경계하는 뜻으로 병을 잡았다. 강아지는 고개를 갸웃하더니 병을 쥔 앞발에 살짝 스냅을 주었다. 잔에 따르지 않고 병째 마시겠다는 뜻이었다. 아랍 여인이 싱긋 웃으며 병을 잡았던 손을 놓았다. 둘 다 한달여 전 포장마차에서 나눴던 불유쾌한 대화는 까맣게 잊은 얼굴이었다.

진태는 담배를 찾느라 명식 인어의 가슴을 거칠게 쓰다듬었다. 명식 인어가 가슴패기를 성추행당하자 문득 생각났다는 듯, 얼마 전에 해산한 처제가 젖몸살이 심해 고생이 이만저만이 아니라는 얘기를 장황하게 늘어놓았다. 심하면 열이 올라 죽는 수도 있다고 붉은 입술의 매춘부가 걱정했고, 늙은 여고생 경애는 여자가 애를 낳을 때 막을 일고여덟 겹이나 찢는다는, 가정시간에 가르치지도 배우지도 않는 비장한 지식을 곁들였다.

다시 침묵이 흘렀다. 경애가 갑자기 인하를 향해 팔을 뻗어 흔들었다.

"참! 인하형! 8차 교육과정의 문제가 뭔지 알고 있어요?"

경애의 느닷없는 질문에 알 만한 사람들은 위기감을 느끼고 일제히 시선을 술잔 속으로 떨어뜨렸다. 그들은 교사인 경애로부터 8차 교육과정에 대해 8차도 넘게 교육을 받은 터였지만 아직도 문제의 실상을 정확히 모르고 있었다. 그러나 경애가 일단 그 얘기를 꺼낸 이상 적어도 반시간 이상은 그 얘기만 하리란 것은 분명히 교육받은 터였다.

"자세히는 모르지만 어느정도 필연적으로 흘러갈 수밖에 없는 대목은 있다고 생각하는데?"

안타깝게도 임종 직전이라 눈에 뵈는 게 없는지, 늙은 강아지는 무서운 일진 여고생의 격노를 불러일으키는 말을 했다.

"원, 큰일날 소리! 그렇지 않아요. 그렇게 생각하면 안돼요. 왜냐하면!"

여고생이 팔을 걷어붙이자 강아지를 제외하곤 모두들 그녀의 대화 상대로 간택되지 않기 위해 고개를 외로 꼬고 쑤군쑤군 다른 화제에 골몰한 척했다. 여고생은 오른손 손날을 왼손바닥에 당수하듯 내리치며, 집중이수제와 교과교실제를 실시하겠다는 멍청하고 사대적인 발상이 얼마나 많은 위험과 비효율을 내포하고 있는지에 대해 열변을 토했다. 늙은 강아지는 흑맥주를 홀짝거리며 그렇다면 교원단체 쪽에선 어떤 대안을 갖고 있는지 물었다.

다른 테이블에서는 명식이 반인반어답게 동물권 논쟁을 주도했고, 중간에 낀 로커 상일은 매춘부 은수를 붙들고 룸쌀롱보다 방석집이 왜 더 마음의 고향 같은지를 집요하게 입증하려 애쓰고 있었다.

부르기 전에는 몰랐는데 그들은 아마 오래전부터 이렇게 요란하고 고리타분한 방식으로 흘러간 노래를 부르고 싶었던 모양이다. 처음엔 그들도 유행가요만 불렀다. 그러다 배운 도둑질로 옛 노래를 하나둘 섞었고, 어느새 삼십년 동안 풍미해온 운동가요를 메들리로 엮어내리기 시작했다.

성냥팔이 진태가 땋아내린 주홍 머리를 빙빙 돌리며 메들리를 주도했다.

"매달려! 매달려! 오난이 매달리고!"

부시맨이 한쪽 코뼈가 떨어져나가도록 힘차게 헐떡거렸다.

"매달려! 매달려! 명식이 매달리고!"

인어공주가 비늘치마를 휘날리며 주먹을 휘둘렀다.

"매달려! 매달려! 재현이 매달리고!"

아랍 여인이 검은 부르카에 덮인 어깨를 들썩거렸다.

"매달려! 매달려! 경애 매달리고!"

만취한 여고생이 꺽꺽 목을 놓았다.

"매달려! 매달려! 은수누나 매달리고!"

파리의 매춘부가 청아한 목소리로 악을 썼다.

"매달려! 매달려! 상일이형 매달리고!"

로커가 목에 핏대를 세웠다.

"매달려! 매달려! 인하형 매달리고!"

강아지가 앞발을 높이 치켜들었다.

"매달려! 매달려! 저년이 매달려서 져본 적이 없어."

탁자를 때려부술 듯한 기세의 숟가락 반주와 합창이 뒤따랐다.

"매달려! 매달려! 저년이 매달리에선 이년이고 무년이고 다 작
살냈어. 다 매달려!"

시간이 얼마나 흘렀는지 그들은 알지 못했다. 핏발과 화약 연기,
뜨거운 바람, 꽃향기, 쇠사슬, 붉은 넋들, 어머니, 북소리, 들판을 가
로지르는 전진, 봄볕 맞는 묘비, 창살, 거역의 눈동자, 옥포의 조선
소, 해방…… 부를 노래를 다 쏟아낸 후에야 그들은 탈진하여 쓰러
졌다. 기묘한 회한이 밀려왔다. 그들은 각자 조용히 술잔을 들고 내
렸다. 우리가 뭐 한 거지,라고 누군가 들릴 듯 말 듯 중얼거렸다.

"그래도 우리가……"

리본이 비뚤어지고 머리카락이 흐트러진 인하가 낮은 목소리로 입을 열었다. 다들 예전 회장이었던 그의 말에 귀를 기울였다. 그렇지, 뭔가 한 거지? 그래도 우리가…… 우리가 그때 뭔가를…… 뭔가를 하긴 한 거겠지?

"매달리는 어떤지 몰라도," 인하가 눈을 비비며 말했다. "체육대회에서는 이년한테 한번도 이겨본 적이 없다."

모두 정수리를 한대 맞은 듯 취한 눈을 껌뻑거렸다.

"옳소!"

갑자기 경애가 벌떡 일어나 외쳤다.

"이녀르 것들 무시무시했지."

진태도 치를 부르르 떨었다.

"왜, 그때 말타기에서만 딱 한번 이겼잖아."

언제나 예외적인 일들만을 기억하고 있는 상일의 말에, 모두 실망할 줄 알면서도 궁금증이 동해 이구동성으로 물었다.

"언제?"

"그때가 언제야? 박통 죽기 직전이니까 79년 가을 체육대횐가? 하여간 그때 내가 다짜고짜 이년 놈 불알을 딱 움켜쥐었지."

은수가 킥킥댔다.

"심했네."

"그럼 어떡하냐? 안 그러면 이년 것들 절대 못 이겨. 불알을 잡으면 손이 저절로 아래로 내려가게 돼 있거든. 그때 우리가 말타기에서 딱 한번 이겼지."

"그런 더티 플레이로 이겼다고 할 수 있나? 반칙 아냐 그거?"

명식이 고지식하게 항변하자 진태가 정색을 하고 로커 편을 들었다.

"우리 때 그런 게 어딨냐? 반칙이 규칙이고 무조건 이기는 게 장땡이었는데. 사실 이녀르 것들이 더 더티했잖아, 형?"

"고러지, 고러지. 이년 것들이야말로 반칙왕이었지. 개들은 기집애들까지 머시매 불알 잡는 일이 다반사였으니까."

상일의 말이 끝나자마자 홀 쪽에서 쾅 소리가 들려왔다. 뷔페식으로 차려놓은 음식 테이블 끝에 놓여 있던 디저트 테이블이 쓰러졌다. 방울토마토가 구르고 수정과의 얼음이 흩어졌다. 화장실에 가려던 경애가 단면으로 잘린 오렌지를 베고 나동그라져 있었다. 은수가 자리에서 벌떡 일어났다.

"쟤 취했다."

은수는 미끈한 다리로 달려나가 경애의 교복 치마 솔기에 달라붙은 뭉개진 키위를 떼어내고 겨드랑이를 붙잡아 일으켰다. 경애가 해산을 앞둔 산모처럼 무겁게 몸을 움직였다.

"저기 왜 없던 턱이 생기고 난리야? 눈이 침침해서 뭐가 보여야 말이지. 이제까지 마신 노래 다 깼잖아, 이거!"

은수는 화장실 거울에 비친 얼굴을 들여다보았다. 두 뺨은 젖몸살이 난 유방처럼 붉게 달아올라 실핏줄이 그물처럼 도드라졌고, 왼뺨 한복판에 붙인 커다란 가짜 점은 퉁퉁 부은 유두처럼 보였다. 은수는 가짜 점을 떼어 손가락으로 천천히 굴렸다.

"아이고!"

경애의 신음소리와 함께 화장실 문이 벌컥 열렸다. 거울을 통해 기우뚱 쓰러진 경애가 타일 바닥에 엉덩방아를 찧는 것이 보였다.

미처 팬티를 올리지 못한 경애의 날궁둥이가 타일에 부딪쳐 털퍼
덕 소리를 냈다. 눈에 젖은 신발로 오간 탓에 타일 위엔 거무스레
한 물기가 곳곳에 고여 있었다. 은수가 달려가 손을 내밀었다.

"일어나, 경애야."

은수가 내민 손을 경애가 두 손으로 부여잡았다.

"언니!"

"왜?"

은수가 잡은 손에 힘을 주자 경애도 양손에 힘을 주어 꽉 붙들
었다.

"빠리에 사는 거 좋아?"

경애가 혀 꼬부라진 소리로 물으며, 자기가 일어나는 대신 은수
를 잡아당겨 앉혔다.

"이혼하고 빠리에서 사니까 좋냐고?"

"나쁘지 않아."

"나도 이혼하고 빠리나 갈까?"

"쓸데없는 소리 하지 말고 일어나. 바닥 차다."

경애가 얼굴을 찡그렸다.

"내가 이 모임에 나오는 거 질색한다, 그 인간."

"그 인간? ……선욱이형 말이야?"

경애는 자신이 치마를 걷고 팬티를 내린 꼴이라는 걸 까맣게 잊
은 듯했다.

"내가 나와서 지 욕할까봐 그러나봐. 근데 인간이 그러면 안되는
거 아냐?"

은수가 경애의 손등을 두드렸다.

"자, 그만 일어나."

경애는 일어나기는커녕 화장실 바닥에 퍼져앉아 엉덩이와 치맛자락이 더러운 물기에 젖는 것도 모르고, 언니야! 언니야! 소리치며 울기 시작했다. 은수는 경애의 어깨를 두드렸다. 문득 인하가 달렸다는 얘기를 듣고 버스정류장에서 사람들이 지켜보는 것도 개의치 않고, 은수언니! 은수언니! 하며 울던 정연이 생각났다. 은수는 그때처럼 지금 이 광경을 용호가 보면, 씨발, 저년 것들은 정이 많아 탈이야, 하고 투덜거릴까 어쩔까 생각했다.

은수는 경애를 일으켜 발목에 걸린 팬티를 올려주고 벽에 붙들어 세워놓고 휴지로 치마를 닦아주었다. 그러는 동안에도 경애는 계속 흐느끼고 있었다. 사는 일이 쉽지 않은 이유는 모든 시간이 첫 시간이기 때문이라고 은수는 생각했다. 이십대도 처음이었지만 오십대도 처음인 것이다. 인생에 두번째란 없다. 그래도 만약 두번째의 이십대가 온다면 링에 모인 이 인간들은 어떻게 살아갈까.

테이블 한쪽에서 명식이 꽥 소리를 질렀다.

"그래서 넌 동물이 고통받지 않을 권리를 인정 못하겠다는 거야? 동물권은 인권이 완벽하게 확보된 다음에나 생각해보겠다는 거야?"

준환이 느물느물 대꾸했다.

"이 씹새끼, 왜 흥분하고 그러냐?"

그 말이 명식을 더 흥분시켰다.

"이 자식이 왜 괜히 욕을 하고 난리야? 너 취했냐?"

"그래, 취했다. 나 술 취한 개새끼다. 동물권 인정해야 된다매?

그럼 나 같은 개새끼한테도 이러면 안되지. 나 무지 고통받고 있는 거 안 보이냐?"

명식이 가슴을 쳤다.

"동물권 인정 안하는 개새끼는 그런 요구를 할 자격이 없는 거야."

참다못해 상일이 끼어들었다.

"니넨 아직도 그 얘기 하고 있냐? 동물권이고 운동권이고 뀐 얘기 좀 그만하자."

"그거 생판 다른 뀐인데."

살짝 끼어든 진태의 말에 상일이 헤드뱅잉하듯 고개를 흔들었다.

"하여간 그런 얘기 말고, 애들아, 제발 우리 사는 얘기 좀 하자."

준환이 이죽이죽 말을 받았다.

"상일이형, 나도 사는 얘기 하려던 거거든. 내가 명식이 저 개새끼한테 요즘 뭐 하고 사냐고 물어보니까 명식이 저 씹새끼가 좆같이 동물권 보호운동 한다 그래가지고 내가……"

진태는 삼종 세트 욕설이 슬슬 튀어나오기 시작하는 걸로 봐서 준환이 급격히 취해가고 있음을 알았다.

"돌겠네 진짜. 우리 제발 옛날 얘기 좀 하지 말고 옛날 노래 좀 부르지 말자."

상일의 말에 명식이 툴툴거렸다.

"형은 아까 노래할 때 제일 신나게 불러놓고 왜 그래? 사실 내가 운동권에 발 담그게 된 것도 다 형이 꼬드겨서 그런 거 아냐? 내가 형 때문에 꼼짝없이 운동하게 된 거라고."

진태가 실실 웃으며 명식에게 물었다.

"명식아, 너 그 말 진짜야?"

"그래, 상일이형이 경영을 알려면 문화를 알아야 한다, 문화를 알려면 전통을 알아야 한다, 전통을 알려면 전통연구회에 가입해라, 그러는 바람에 내가……"

진태가 히죽이 웃었다.

"아니, 그거 말고. 너 꼼짝없이 운동을 했다며? 꼼짝없다는 건 꼼짝 안한다는 거고 운동을 한다는 건 움직인다는 거 아냐?"

명식이 눈을 멀뚱거리며 물었다.

"그게 뭔 소리야?"

"모순이 안 느껴지냐? 명식이 넌 어째 머리가 더 나빠진 것 같다. 어떻게 꼼짝없이 운동을 하냐고?"

명식이 눈을 치켜떴다.

"아, 이 짜식! 디테일한 데 들러붙어서 시비 거는 건 여전하네. 그 꼼짝이 그 꼼짝이 아니고 그 운동이 그 운동이 아니잖아?"

테이블 다른 쪽에서는 인하와 재현이 에이즈 걸린 창녀와 잘 수 있는가 없는가 하는 문제를 놓고 논쟁 중이었다. 진태가 그쪽을 힐끔 기웃거리자 재현이 다짜고짜 물었다.

"진태 너는 에이즈 걸린 창녀랑 섹스할 수 있나?"

진태가 기겁을 했다.

"아, 없지. 어떻게 해?"

재현이 단단히 다짐을 두듯 물었다.

"진짜 없어?"

"없어. 넌 있어?"

"나? 나도 없어."

"그런데 뭐? 그럼 형은 있어?"

진태가 인하에게 물었다.

"나도 없다."

"그렇지?"

그들 셋은 행복한 결론에 도달한 사람들처럼 마주 보고 고개를 끄덕였다. 진태가 이번엔 은수에게 물었다.

"은수누난?"

은수는 달아오른 볼에 얼음물 잔을 갖다대며 말없이 피식 웃었다.

명식과 준환 사이에 다시 동물권 논쟁이 재개되자, 상일은 진절머리를 내며 반대 방향으로 몸을 틀었다. 에이즈 논쟁을 끝낸 재현이 이번엔 영화 제목을 대면서 인하와 은수와 진태에게 그 영화를 본 적이 있는지 두루두루 묻고 있었다. 아무도 본 사람이 없다는 걸 알고 재현은 실망했다. 상일은 기꺼이 영화 얘기에 합류하기로 했다.

"재현이 넌 전문가 앞에 두고 무슨 영화 얘기냐?"

재현이 상일에게 영화 제목을 말하며 본 적이 있느냐고 물었다.

"봤지. 그거 은행털이 얘기 아냐?"

"아닌데."

"아니야?"

"그거 무척 좋은 프랑스 영환데요, 형."

"은행털이 나오면 무조건 안 좋냐?"

그래도 프랑스 영화라니까 은수가 예의상 관심을 보였다.

"혹시 그럼 에이즈 걸린 창녀 나오는 얘기야?"

재현이 슬프고 단호하게 대답했다.

"아뇨, 17세기 귀족들 나오는 얘기예요."

이때 진태가 눈을 반짝이며 상일에게 달려들었다.

"상일이형은 에이즈 걸린 창녀랑 섹스할 수 있지? 그치?"

상일이 뜨악한 얼굴로 말했다.

"이 새끼, 꼭 질문하는 것도. 내가 왜 해, 그걸?"

"어? 할 수 없다고?"

"아니, 할 수 없다기보다 왜 하냐고?"

"사랑하니까 하는 거지. 난 형 그렇게 안 봤는데. 제법 로맨티스트인 줄 알았는데. 진짜 할 수 없어? 그것만 얘기해. 그럼 형이 어떤 인간인지 딱 답이 나오게 돼 있거든."

이미 다른 사람들이 다 할 수 없다는 결론에 도달한 줄 모르는 상일이 난감하게 고개를 흔들었다.

"아, 참, 에이즈 걸린 창녀라고?"

"응."

"근데 사랑한다고?"

"그렇지."

모두들 상일의 대답을 놓치지 않으려고 귀의 날을 세우고 먹잇감을 노리는 맹수의 자세로 앉아 있었다. 상일은 아직 그런 창녀와 섹스는커녕 사랑할 준비도 되어 있지 않았지만, 솔직하게 대답했다가 어떤 인간으로 답이 나올지 신경쓰였다. 시비의 덫을 피해갈 수 있는 대답을 궁리했지만 떠오르지 않았다.

"할 수 있어, 없어?"

"진짜 왜 그래?" 상일이 벌컥 짜증을 냈다. "지금 나한테 이런 질문을 던지는 정치적 의도가 뭔데?"

진태가 집요하게 대답을 요구했다.

"시끄럽고, 형, 할 수 있냐 없냐만 대답하라니까."

인하도 옆에서 거들었다.

"별거 아니니까 상일아, 솔직하게 예스인지 노인지만 얘기해."

상일이 마음을 다 비운 얼굴로 대답했다.

"그래, 예스! 예스! 까짓, 할 수 있어. 사랑하는데 뭐. 해야지. 할
수 있어."

진태가 엄숙하게 말했다.

"와! 답 딱 나왔네. 형 진짜 상또라이다."

억눌려 있던 웃음이 화산처럼 폭발했다.

"용호는 요즘 어떠냐?"

"민경이는 잘 지내죠?"

은수와 인하의 질문이 겹쳤다. 그러나 그들이 서로에게 대답할
틈은 없었다. 언제 말싸움을 했느냐는 듯 스테이지에서 명식과 사
이좋게 동물 노래를 합창하고 내려온 준환이 옆구리로 삐져나온
셔츠를 바지 속에 집어넣으며 그들 사이로 비집고 들었다.

"용호형 얘기 하고 있었어요? 아, 씨발! 안 그래도 내가 들은 얘
기가 있는데, 그 형 진짜 이상해졌다더만, 인간이."

아무렇지 않게 담배를 뽑아 무는 은수의 얼굴은 워낙 검붉게 착
색되어 있어 변화의 기미를 알아채기 어려웠다.

"뭐라고? 용호? 용호가 왜? 어떻게 지낸대?"

상일이 큰 소리로 물었다. 진태와 재현도 촉각을 곤두세우고 준

환을 응시했다.

"내 동기가 용호형이랑 같은 학원에 있잖아. 그래서 들은 얘긴데, 인간 그거 되게 이상하게 변했더라고. 내 동기 말로는, 잘 모르는 사인데 돈을 꿔달라 그러질 않나, 같이 밥 먹으러 가면 밥만 먹고 돈 한푼도 안 내고 먼저 가버리질 않나. 회식 자리에서 회식비도 안 내고, 무슨 얘길 시키면 입 다물고 가만히 사람 노려보기나 하고."

"그 자식 왜 그래, 그거?"

상일이 껄껄 웃었다.

"한두번도 아니고 맨날 그러니까 다들 그 형이랑 안 엮이려고 그런대. 애들한테 담배 심부름이나 시키고."

은수가 담배연기를 내뿜으며 들릴 듯 말 듯 중얼거렸다.

"지가 사오든가."

그 말을 용케 알아들은 준환이 신이 나서 떠들었다.

"누나, 내 말이! 뭐든 자기 멋대로래. 학생들한테 인기도 없어서 오늘낼 짤릴 날만 받아놓고 있다더라고. 학원에서 자습만 시키면 애들이 누가 오냐고?"

명식이 준환을 쿡 찔렀지만 감겼던 태엽이 풀린 듯 한번 터져나오기 시작한 준환의 말은 거침이 없었다.

"하긴 옛날의 그 좆같은 버릇 어디 가겠어? 맨날 나한테 이거 해라, 저거 해라, 부려먹기만 하고. 씨발, 날 많이 좋아하지도 않으면서, 많이 부려먹기만 하고. 더럽게 부려먹기만 하고."

진태가 낮게 경고했다.

"그만해, 짜샤."

"정연이 때려가지고 눈알이나 터뜨리고, 깡패가 따로 없지. 전에 한번은 말야, 내 더러워가지고 이런 얘기까진 안하려고 했는데……"

"저질 새끼!"

진태는 오래전부터 이 말을 할 기회를 노리고 있었던 듯 꼭꼭 씹어뱉듯이 말했다. 준환은 처음엔 진태의 차분한 말이 욕설인 줄 몰랐고, 욕설인 줄 알고도 그게 설마 자기를 겨냥한 말이라곤 생각하지 않았다. 그러나 얘기를 이어나가려다보니 문득 그 저질 새끼가 자기일지 모른다는 생각이 들었다. 준환은 자리를 박차고 일어났다.

"좆까!"

짤막한 욕설을 토하는 준환의 콧구멍이 벌름거리면서 코에 매달려 있던 하나 남은 플라스틱 뼈마저 떨어져나갔다. 그는 격앙된 표정으로 사납게 좌중을 훑었다. 드디어 뭔가 부서지고 깨질 찰나였다. 인하가 파란 헝겊리본이 늘어진 이마를 짚으며 말했다.

"그만해라. 니들은 아직도 만나면 싸울 게 남았냐?"

"씨발! 더러워서, 내가."

욱하려던 준환이 수그러들면서 자리에 털썩 주저앉았다. 준환이 앉는 순간 갑자기 진태가 스트레이트 잔으로 탁자를 땅 내려찍었다. 모두 놀라 진태를 보았다. 진태는 주홍빛 털실 머리를 뜯어 바닥에 내던지며 소리쳤다.

"형이나 집어쳐! 박인하, 당신 지금도 전연 짱 아니거든. 이 신진태나 조준환이, 풍년집에 앉아 있던 삼십년 전 그 빙신 새끼들 아니라고!"

날카로운 끌로 후벼낸 듯 인하의 미간에 두 줄의 세로금이 새겨
졌다.

인하와 은수는 먼저 링을 떠났다. 문밖까지 따라나간 재현은 그
들이 떠난 후 목을 뒤로 꺾고 한참 동안 링의 간판을 올려다보고
서 있었다. 저 링은 무슨 링일까. 스퀘어일까, 써클일까. 우리가 글
러브를 끼고 올라가 서로를 사정없이 피투성이로 만들어야 할 사
각의 공간인가. 아니면 아직도 우리를 하나의 인연으로 둥글게 묶
어주는 약속의 징표인가.

2층을 향한 계단을 하나씩 오를 때마다 링, 링, 링, 하는 착란적인
종소리의 파문이 그의 뇌를 조이는 듯했다. 그는 문 앞에서 생각난
듯 재빨리 검은 천을 벗었다. 천 위에 쌓였던 희끗한 눈이 녹아내
렸다. 변장 망년회는 끝났다. 변장을 하건 변신을 하건 변하는 건
아무것도 없었다. 재현이 까페에 들어서서 휘뚝휘뚝 걸어가는데,
상일이 손가락으로 관자놀이를 누르며 돌아보았다.

"기어이 가드나?"

"예."

재현이 자리에 앉았다. 옆자리의 경애는 취해서 뻗은 지 오래였
다. 코뼈가 떨어져나가고 블랙의 밑화장이 군데군데 벗겨져 굴뚝
청소부처럼 보이는 준환이 위스키와 흑맥주를 끌어당기며 말했다.

"좆같이! 우리 박의원 또 꽁해서 가셨구만."

상일이 위스키 병을 뺏어 준환의 잔에 따랐다.

"박의원 그러는 게 어제오늘 일이냐? 갈 거면 혼자 가지 은수는
왜 달고 가냐? 은수랑 오랜만에 만나서 할 얘기도 많았는데. 개 빠

리 가기 전에 또 뭉치기 어렵잖아? 내가 내년 초쯤에 거기 촬영 나갈 일이 있어서 연락처도 알아놔야 하는데.”

명식이 턱을 고여 불분명하게 들리는 소리로 웅얼거렸다.

“오난이가 용호형 욕하니까 갔지 뭐.”

준환이 인상을 썼다.

“오난이가 뭐야, 이 개새끼야? 그리고 내가 있는 얘기 했지, 없는 얘기 했냐?”

명식이 발끈했다.

“이 자식, 취하니까 말끝마다 개 아니면 좆이야?”

준환이 흑맥주에 위스키를 탄 흑폭탄주 잔을 빙빙 돌리며 말했다.

“그럼 닭씹이나! 부창부수라고 황선수가 가져온 와인 보니까 맛도 그렇고 사실 별로 비싼 것도 아니더만.”

눈가의 검은 칠이 번져 로커라기보단 흠씬 두들겨맞은 복서처럼 보이는 상일이 낄낄 웃었다. 순간 진태가 뭔가를 날쌔게 집어던졌다. 퍽 하고 유리가 깨지는 소리가 났다.

“웃지 마! 새끼야! 웃지 말라고!”

진태가 허공에 대고 악을 썼다. 벽걸이 액자 유리는 진태가 던진 스트레이트 잔이 부딪친 곳을 중심으로 방사선의 균열을 보였다. 액자 속에서 활짝 웃고 있던 라틴계 남자 배우는 별안간에 어깨뼈가 쪼개지도록 얻어맞고도 의연히 웃는 표정을 고수하고 있었다.

“넌 뭐야? 왜 그래 또?”

상일이 피곤해 죽겠다는 듯 머리를 흔들었다.

준환은 대관절 진태가 누구 편인지 판단할 수가 없어 얼떨떨한 기분이었다. 저질 새끼라고 자기를 욕할 때는 분명 적수였지만 인하를 단번에 보내버리는 기개에서는 둘도 없는 벗이었다. 그런데 벽에 걸려 옴짝달싹도 못하는 저 말좆같이 희멀끔한 새끼를 윽박지르는 지금은 과연 누구 편이란 말인가. 준환은 더 생각하기를 포기하고 잔을 들었다.

"신경쓰지 말고 술이나 마시자, 형."

상일이 얼씨구나 좋다고 잔을 부딪쳤다.

술이 다 깬 재현은 눈을 가늘게 뜨고 벽에 걸린 남자 배우를 한번 보고 진태를 한번 보았다. 과녁을 맞히려는 궁수처럼 액자 유리의 깨진 자리를 뚫어져라 노려보는 진태의 얼굴은 누군가 뒤통수의 고름을 무지막지하게 쥐어짜내기라도 하는 듯 일그러져 있었다. 명식이 진태의 어깨에 팔을 걸치며 말했다.

"인마, 왜 기물을 부수고 그러냐?"

명식이 사람 좋게 실쭉 웃으려 할 때 재현이 얼른 입술에 손가락을 갖다댔다.

"명식아, 웃지 말래잖아, 진태가."

움찔한 명식이 덩달아 손가락을 입술에 갖다댔다.

"알았어. 쉿!"

그때 준환이 비틀거리며 자리에서 일어났다.

"웃지 말긴, 젠장! 니들이야말로 웃기지 마, 새끼들아! 하, 아무것도 모르는 멍청한 새끼들!"

준환이 술잔을 들어 거칠게 비웠다. 술이 턱으로 흘러내렸다. 화장 때문인지 흑맥주 탓인지, 흐르는 술이 맷국물처럼 검었다.

"잘 들어! 이 씹새끼들아! 난 다 알고 있어. 다 알고 있다고. 니들이 이런 내 맘을 아냐? 모르지? 알 리가 없지. 이 아무것도 모르는 좆만한 새끼들! 좆도 모르는 좆만한 새끼들!"

준환이 테이블보를 휙 잡아당겼다. 술병과 잔과 접시 들이 좌르르 딸려와 바닥으로 떨어졌다. 상일이 일어나 준환의 멱살을 잡았다.

"이 새끼가 미쳤나?"

준환은 멱살을 잡힌 채 버둥거리며 악을 썼다.

"그래! 내가 개새끼다. 내가 씹새끼다. 나 하나 죽으면 다 끝난다고! 그래도 난 무덤까지 가져갈 거라고! 이제 됐냐?"

"뭐래는 거야, 이 새끼."

상일이 제풀에 지쳐 준환을 놓았다. 준환이 의자에 구겨지듯 앉으며 중얼거렸다.

"나도 좀 살자고, 씨발! 나보고 어쩌라고? 이제 와서 나보고 어쩌라고? 나도 죽을 것 같단 말야!"

4

연말이라 택시를 잡는 사람들이 도로변에 빼곡했다. 진태가 요행히 잡아탄 택시의 늙은 기사는 딱히 합승할 뜻이 없는지 곧바로 강변도로로 접어들었다. 기사는 말이 없었다. 진태는 창밖에 내리는 눈을 바라보았다. 눈은 길 위로, 여윈 나뭇가지 위로, 언 강 위로 펑펑 쏟아졌다. 눈 덮인 강은 너른 들판처럼 보였다. 스쳐지나가는 강변 빌딩 광고판에 신기루처럼 신은비가 나타났다 사라졌다. 그는 은비, 하고 발음해보았다. 그러고 보니 은색 비라면 그게 바로 눈이 아니겠나 하는 생각이 들었다.

진태는 후회하고 있었다. 오늘 주춤거리며 링에 들어선 준환은 처음에는 사람들과 눈도 잘 못 마주치고 얘기도 잘 못하다 술에 취하더니 돌변해버렸다. 준환이 평소에는 순하다 술만 먹으면 공격적이 되는 건 어제오늘의 일이 아니었다. 그런데 왜 평소에 잘 쓰지도 않는 저질 새끼라는 욕이 튀어나왔는지 모를 일이었다. 씨발놈이라든가 못난 놈이라든가 하다못해 좆같은 새끼라든가, 아무튼 저질 새끼보다는 나은, 하나마나 한 욕들이 얼마든지 있지 않은가.

진태는 옛날의 준환을 생각했다. 해맑고 솔직하고 사람 좋아하던 친구 좆오난이. 대체 그 녀석은 언제부터 변하기 시작했을까. 정연이 휴학을 하고 고향에 내려간 후부터였을까. 정연이 실종됐다는 소식을 들은 다음부터였을까. 운동을 접고 사업을 하겠다고 나선 때부터였을까. 아니면 사업이 망해 파산신청을 한 때였을까. 동기들이 의논 끝에 인하를 찾아가 보좌관으로 집어넣은 즈음이었을까.

진태는 준환이 얼마나 인하를 추종했는지, 얼마나 인하를 닮고 싶어했는지 잘 알고 있었다. 하지만 어찌된 일인지 준환이 인하를 닮으려 발버둥치면 칠수록, 둘의 지위와 존재감은 점점 더 까마득히 멀어져버렸다. 그래서였을 것이다. 취한 와중에도 인하의 말 한마디에 기가 팍 꺾여버리는 준환이 안쓰러워 인하를 쿡 들이받아버린 것이다. 그러나 그것 말고도 인하를 들이받은 데는 다른 이유가 있을 것이다. 아니, 필시 다른 이유가 있다. 다른 이유가…… 그런데 오난이는 대체 뭐를 무덤까지 가져간다는 거지……

기사의 어눌한 말이 진태의 잠을 깨웠다.

"다 와가는데, 손님, 어디 내려드릴까요?"

택시에서 내렸을 때 눈은 슬슬 그쳐가고 있었다. 아파트 놀이터에는 이미 내린 눈이 소담스레 쌓여 있었다. 진태는 아무도 밟지 않은 눈을 꾹꾹 밟으며 놀이터를 한바퀴 돌았다. 취해서인지 조금도 추운 줄 몰랐다. 그는 차디찬 양 주먹을 쥐었다 폈다. 80년 5월 서울의 봄이 끝난 직후 전연 2학년생들이 지하다방에 모였던 날이 떠올랐다.

그들 중 누군가 한 사람은 밖에 남아 1학년 후배들의 재생산을 책임지고 빵에 들어간 사람들 사이의 연락을 맡아야 했다. 남학생들은 경애가 그 일을 맡기를 원했지만 경애는 거부했다. 즉흥적으로 뽑기 방식을 정해 성냥을 부러뜨려 돌아가며 뽑았다. 유일하게 인이 발린 성냥 머리를 뽑은 준환이 당첨되었다. 그들은 긴장했다. 준환의 콧구멍이 금세라도 불만을 폭발시킬 듯 벌름거렸다. 그때 경애가 말했다. 차라리 빵에 들어가 있는 게 편하지, 옥바라지가 좀 귀찮은 일이냐. 힘들어도 오난이 니가 맡아줘. 어쩌면 정연이가 다음 학기에 복학할지도 모르잖아. 마지막 말에 준환의 표정이 풀렸다.

그로부터 일년이 지난 후 진태는 감옥에서 면회 온 준환을 통해 정연의 실종 소식을 들었다. 재현은 다른 교도소에 수감되어 있었고, 명식은 도피 중이었고, 경애는 모진 심문을 받고 풀려난 후 병원에 입원한 채 연락 두절이라고 했다. 그때 진태 나이 스물셋, 나머지 친구들은 스물둘이었다.

성암사로 찾아가 정연의 어머니를 만나고 돌아온 준환은 어머니가 정연에 대한 모든 것을 잊고 싶어하신다고 말했다. 그때 진태는 그 마음을 이해하려고 노력했다. 충분히 그럴 수 있다고 생각했다. 그러나 전연 회원들이 모두 풀려나 조촐하게 추모식을 거행할 때, 준환을 통해 간곡히 부탁을 드렸건만 정연의 어머니는 끝내 모습을 드러내지 않았다. 그때 진태는 그런 어머니를 도저히 이해할 수 없었다. 야속했다. 잊고 싶다고 그렇게 쉽게 잊어지는 것인가. 그러면서 그도 시간을 따라 잊어왔다. 그리고 삼십년을 격해서야 홀연 존재도 몰랐던 정연의 동생이 나타났다. 왜 하필 이제 와서? 그렇게 애타게 찾던 그때가 아니라 왜 하필 지금?

진태는 주먹 쥔 손으로 눈가를 꾹 눌렀다. 삼십년 세월의 손이 획획 돌려놓은 과거와 현재의 만화경이 하얀 눈밭에 어지럽게 펼쳐졌다. 그는 휴대폰을 꺼내 곱은 손으로 번호를 눌렀다.

"여보세요. 오빠다. 뭐 하나?"

아무 대답도 없이 전화가 끊겼다.

"이게 장난전화 줄 아네."

진태는 재발신을 눌렀다. 한참 벨이 울린 후에야 전화가 연결되었다. 얇은 입술을 꼭 다물고 숨을 죽인 채 전화기를 움켜쥐고 있을 하연의 모습이 그려졌다. 진태는 일단 정체부터 밝혔다.

"인마, 진태오빠다."

"진태오빠……?"

참, 번번이 들을 때마다 이 녀석 목소리하고는, 하고 진태는 생각했다. 이 닮은 목소리 때문에 자꾸 머릿속에서 삼십년 세월이 획획 되감기는 것이다.

"진태오빠라니까."

"신진태 사장님이세요? 이 번호로 거신 건 처음이라 몰랐어요."

"그래, 내가 웬만하면 개인 휴대폰으로는 잘 안 걸지. 그렇다고 겁이 많아서 냉큼 끊기는."

"취한 사람 같아서 그랬어요. 술 드셨어요?"

"그래 인마, 먹었다."

진태는 눈이 두툼하게 쌓인 벤치의 눈을 털지도 않고 털퍼덕 주저앉았다.

"그런데 저 겁 안 많아요."

조용하고 분명하고 듣기 좋은, 고운 소금 같은 목소리였다.

"우리 하연이가 겁이 안 많다? 그거 참 잘됐네. 좋은 일이네. 겁이 안 많아야지, 암. 그래야지. 근데 하연아, 내가 궁금한 게 하나 있는데 말이야."

"네, 말씀하세요."

"어머니께선 왜 그렇게 정연이를 빨리 잊고 싶어하셨냐? 왜 찾아다니지도 않으셨냐? 친구들인 우리도 안 만나고."

"네?"

하연의 목소리가 쨍 튀었다.

"정연이 실종됐다는 얘기 들었을 때 우리가 다 빵에 들어가 앉아 있고 뭐 하고 하느라 움직이지를 못했거든. 근데 그때 성암사 내려가서 어머님 뵙고 온 친구 놈이 그러더라고. 어머니가 정연이를 잊고 싶어하신다고, 그래서 친구인 우리들도 안 만나고 싶어하신다고."

"아니에요, 우리 유보살님, 아니 우리 엄마가 언니를……"

하연의 목이 잠겼다.

"어떻게 잊을 수 있겠어요? 왜 안 찾으셨겠어요? 저는 아기 때라 몰랐지만 권보살 이모가 그러시는데, 미친 사람처럼 언니 찾으러 다니셨대요. 제가 크고 나서도 어디서 사람 뼈만 나왔다고 하면 그 길로 달려나가고 그러셨는데요.”

“그래? 난 왜 처음 듣는 소리지?”

“엄마는 아직도 언니를 찾고 계세요. 작년 설에 성암사 갔을 때도 저보고 언니 꼭 찾아달라고, 언니 아는 사람들 찾아서 언니 얘기라도 알아다달라고 얼마나 신신당부하셨는데요. 우리는 언니가 죽었다고 생각 안해요. 그래서 생일상은 차리지만 제사상은 안 차려요. 제가 소설을 써도 언니는 어딘가에 살아 있는 걸로 쓸 거예요. 언니는 살아 있어야 해요.”

진태는 고개를 한쪽으로 기울이고 생각에 잠겼다. 하연도 무슨 생각을 하는지 조용했다. 진태가 입술을 질근질근 씹으며 고개를 끄덕였다.

“그랬구나. 뭔가 오해가 있었나보네. 알았다.”

“저도 뭐 궁금한 거 하나 여쭤봐도 돼요?”

“그럼. 얼마든지.”

“사장님은 주변 사람들을 금전적으로 도와주시거나 누군가에게 큰돈을 주신 적이 있으세요?”

“엥? 내가 왜? 얀마, 보다시피 내 코가 석자야. 연말이라고 구세군 일하냐?”

“아니에요.”

“왜? 실망했어?”

“아니에요. 그냥 그런 적이 있으신가 궁금해서 여쭤봤어요.”

진태는 정신이 번쩍 났다. 하연은 지금 정연의 친구 중에 그런 사람이 있는지 찾고 있는 것이다. 큰돈을 내어 누군가를 도와준 인물을 왜 찾을까. 진태는 내처 물으려다 그만두었다. 취중에 물어서 될 일이 아니었다.

"근데 우리 하연이는 지금까지 뭐 하고 있었냐? 자고 있었어?"

"아뇨."

"그럼 이 새벽까지, 가만, 몇시야, 지금?"

"4시 반 넘었어요."

"4시 반? 그래, 이 시간까지 뭐 하고 있었냐?"

"노트북이 바이러스 먹어서 병간호하고 있었어요."

"노트북이 바이러슬 먹었어?"

"네."

"그래서 병간호하고 있었어?"

"네."

"으허허! 아이고 웃겨라, 아이고 웃겨."

"………"

둥근 이마 아래에서 안 그래도 둥근 눈이 더 둥그레졌겠다 싶었지만 어쩐 일인지 웃음이 그치지 않았다.

"내가 오늘 너 때문에 웃는다. 으하하하! 아이고, 아이고."

진태는 눈을 뭉쳐 집어먹으며 목청껏 웃어젖혔다. 오도리, 오이지, 오골계, 금오신화! 그해 5월만 아니었다면, 오정연이만 아니었다면, 나 같은 놈이 어딜 봐서 금쪽같은 청춘 십년을 바쳐가며 운동할 캐릭터가 아니다. 십년 열심히 싸웠고, 십년 열심히 신문사에서 좆빵이쳤고, 십년 열심히 출판사 한다고 맨땅에서 굴렀다. 이제 십년, 이십년, 그렇게 현상유지하며 살아갈 생각이었다. 내 사업 하고 내 건강 지키고 애새끼들하고 마누라하고 작게 작게 내 재미 보며 살 작정이었다. 그러니 나를 놓아라, 오대산아. 그렇게 배고픈 얼굴로, 그렇게 겁먹고 캄캄한 얼굴로 나를 쑥개떡처럼 꽉 움켜쥐고 있지 마라, 오미자야.

"괜찮으세요?"

하연이 거듭 물었다.

"괜찮으세요?"

진태는 전화를 끊고 나서도 엉덩이가 꽝꽝 얼어붙어 그 자리에서 영영 못 일어날 것 같을 때까지 눈 덮인 벤치에 앉아 키득거리며 찬 눈을 퍼먹었다. 그러다 가끔 생각난 듯 중얼거렸다. 큰돈…… 큰돈이라…… 설마 박인하? 아니지, 아니지. 그럼 설마 오난이 새끼? 이 새끼가…… 중간에서…… 저만 알고…… 삼켜버렸나…… 저만…… 큰돈을…… 내놓고…… 저 혼자만…… 다 알고……무덤까지…… 그 착한 놈이 정말 그랬을 수 있나……

8 . 꽃 핀 오월의 목장

1

아침엔 쌀쌀하고 습하던 대기가 해가 나면서 따뜻하고 바삭하게 데워졌다. 문을 열어놓아 법당 안으로 쏟아져들어온 달콤한 꽃향기가 씁쓸한 향내와 뒤섞이며 사람의 마음을 뒤흔드는 내음을 만들었다. 정연은 법당 마루에 앉아 하연에게 미음을 먹이며, 작년 이맘때 반지하 카타콤에서 맡았던 짙은 꽃향기와 담배 냄새를 떠올리고 있었다. 서울에서 지낸 날들이 아득히 멀었다.

"연이 에미야!"

유보살이 방에서 바느질감을 들고 나와 앉는 바람에 정연의 몽상은 끊겼다.

"아침에 라디오에서 그라는디 그제 밤에 계엄령이 떨어져서 대핵교들이 죄다 문을 닫고 휴교를 했다드만.”

“계엄령?”

정연이 미음을 뜨다 말고 물었다.

“그려, 계엄령이랴. 월매나 잘뒤았냐?”

“뭐가 잘돼? 엄마는 계엄령이 뭔 줄 알고?”

유보살은 반짇고리를 향해 토실한 팔을 뻗는 하연을 보자 냉큼 반짇고리 뚜껑을 닫고 하연의 손을 잡아 흔들었다.

“여보게, 자네는 계엄령이 뭔 중 아는가? 할미는 무식혀서 계엄령이 뭔 중 몰라도 자네한테 썩 잘뒤았다는 건 안다네. 글지 않은가? 에미가 빼달어날까비 알어서 계엄령도 썩썩 내리불고 핵교 문도 척척 닫아불고 안 그러는가?”

정연이 유보살을 가볍게 흘겼지만, 그러거나 말거나 유보살은 알록달록한 반짇고리 안을 궁금해하는 하연의 양팔을 번쩍번쩍 들어올렸다 내렸다.

“어이구, 벌써 바누질을 배실라꼬? 쪼까 기다리씨요. 어이구, 요러크롬 체조도 허실 줄 알고. 어이구, 어이구!”

정연이 숟가락을 내밀자 하연은 강제로 체조를 당하면서도 입을 벌리고 미음을 받아먹었다.

“근디 연이 니는 점심 먹고 기어이 광주에 나가본다꼬?”

“이.”

“나간 짐에 수진네도 들러본다꼬?”

“이, 전화해보고 휴교해서 집에 내려와 있으면 하룻밤 자고 올랑께. 서울 얘기도 듣고, 복학 절차도 알아보고.”

몇번이나 실 끝을 입으로 빨아대고도 바늘귀를 꿰지 못한 유보살이 바늘과 실을 맞춰 건네며 눈을 찌긋거렸다.

"에미야, 니가 좀 뀌이라. 백주양광에 영 구녁을 못 찾겄으니 인자 다 살었다."

"엄마 나이가 멫인데 다 살었다고라? 해가 나서 눈이 신께 그러제."

정연이 사투리를 쓰는 건 기분이 좋다는 뜻이었다. 정연은 숟가락을 미음 그릇에 걸쳐놓고, 단번에 뀔 실을 몇번 헛뀌는 시늉을 했다.

"실끝이 무디서 나도 잘 안 뀌지누만."

딸이 부러 그런다는 걸 알면서도 유보살은 마음이 포근했다.

"가새로 실모를 내보까?"

"아니, 이자 됐구마."

정연이 실 뀐 바늘을 내밀었다. 유보살이 바늘을 받으며 힐끔 딸을 보고 웅얼거렸다.

"그나저나 연이 젖은 우짜고. 초파일도 코앞인디."

그러나 정연은 유보살의 말을 듣고 있지 않았다. 그녀는 광주에 나간 김에 그길로 내처 서울에 올라가볼까 어쩔까 생각 중이었다. 건성으로 미음 그릇을 집어들던 그녀가 놀라 소리쳤다.

"엄마! 하연이 좀 보래."

"왜 그냐, 또?"

손가락으로 실매듭을 짓던 유보살이 고개를 돌렸다. 마당에서 빨래를 널던 권보살도 이쪽을 보았다.

"눈 깜빡할 새 이거 봐. 할머니가 이놈 해!"

얼굴과 양손에 끈적한 미음물을 묻히고 해죽해죽 웃는 하연을 보자 유보살의 입가는 터지려는 웃음을 참느라, 벅찬 내용물 때문에 이가 벌기 시작하는 쇠지퍼처럼 긴장된 에너지를 머금고 아득거렸다. 권보살도 기저귀를 털다 말고 웃었다.

"하따 쟤네. 에미 실 뀌는 새 그리 재미를 보셨등가. 할미가 하연이 맴매하까?"

정연은 맴매라는 말을 알아듣고 삐쭉거리는 하연의 입술을 턱받이로 닦아주며 혼잣말을 했다.

"입매가 똑 그 인간이네."

순간 유보살의 바늘이 헝겊에 꽂히다 말았다. 자기 말에 지레 놀란 정연이 어깨를 움찔하고 숟가락을 들어 하연의 입에 남은 미음을 떠넣었다. 뭐라? 입매가 똑 그 인간? 그 인간이라면 냉정한 사램 아닌가벼? 입매가 에미 탁은 아니다 했더만 애비 탁이었구만. 곧바로 다그쳐 묻고 싶은 마음과 지그시 기다리려는 마음의 길항으로 유보살의 바늘 놀림이 굼떴다. 미음 그릇을 싹싹 긁는 소리, 다 먹었다는 표시로 그릇을 가볍게 탕탕 두드리는 소리가 들렸다. 유보살이 본격적으로 말을 꺼내려고 목을 가다듬는데, 정연이 하연을 얼싸안고 발딱 일어섰다.

정연은 신발도 신지 않은 맨발로 흙마당을 내달렸다. 오늘, 내일, 모레, 글피…… 어쩌면 그사이에 인하를 만나게 될지도 모른다. 재현이도, 진태도, 오난이도. 오랜만에 불러보는 오난이라는 애칭에 웃음보가 터졌다. 그녀는 깔깔거리며 권보살이 빨랫줄에 널어놓은 기저귀를 향해 돌진했다. 촉촉한 기저귀가 얼굴에 씌워지자 안개비를 맞는 것 같았다.

"아으아으."

하연이 좋아서 까무라치는 소리를 냈다.

"에미야, 뭣 땀씨 그냐? 연이 놀란당께."

하연이 베개, 하연이 치마, 하연이 양말, 하연이 장난감…… 정연은 딸에게 사주고 싶은 것을 하나씩 꼽을 때마다 박하사탕처럼 희고 볼록한 딸의 이마에 입을 맞추었다. 엄마가 서울에서 올 때 다 사다주지…… 기저귀에서 빠져나온 정연은 딸을 안고 춤추듯이 마당 가를 빙빙 돌았다. 하연이 호제비꽃, 하연이 솔붓꽃, 하연이 양지꽃…… 조금 있으면 하연이 기저귀에선 백선 향이 퐁퐁 풍길 테고, 애기오이풀로는 하연이에게 예쁜 반지를 만들어주지……

"하연이잉, 하연이잉."

권보살이 조금도 더듬지 않고 노래하듯이 아기의 이름을 불렀다.

"하아, 하아, 하아."

여기 있다고 대답이라도 하듯 하연이 실로폰처럼 맑은 웃음소리를 냈다.

"맞어, 엄마!"

"그럼 맞지 안 맞을 중 알았냐?"

유보살은 별게 다 호들갑이라는 듯 대꾸했다.

"다시는 못 입을 줄 알았는데."

정연은 고등학교 때부터 아끼던 하얀 면바지를 입은 제 모습을 거울에 비춰보며 감개무량하여 말했다. 그러나 백바지보다 백 배는 더 중요한 데 관심이 있는 유보살은 화제가 다른 데로 흐르자 화딱증이 났다.

"긍께 수진이는 뭣을 쪼까 아냐?"

하연이 입매가 똑 그 인간이라는 얘기를 듣고부터 유보살은 알 밴 곤충처럼 민감한 더듬이를 휘두르며 틈만 나면 뭔가를 캐내려고 노리는 중이었다.

"알겠지. 그동안 서울에서 신문도 보고 선배들 얘기도 듣고 했을 테니까. 대체 이놈의 나라가 어떻게 굴러가려는지."

"야야, 긍께 그게 아니고."

거울 앞에 선 딸은 젖이 새지 않도록 브래지어 안에 얇은 거즈를 겹쳐넣고 있었다.

"니하고 한방서 살았담서, 당최 하연이 일은 암것도 모르냐?"

"모르지. 잠깐 살았는데, 뭐. 서로 불편해서 금방 갈라 살았어."

유보살이 크게 실망하여 중얼거렸다.

"연이 출생신고도 해야 하는디."

"내가 다 알아서 할 테니까 우리 유보살님은 걱정 말고 기다리세요. 하연이 아빠 딱 앞세워서 같이 출생신고하러 갈 겁니다."

하연이 아빠란 말에 유보살의 얼굴이 환해졌다. 내 속으로 낳은 딸이지만 이렇게 기특한 말을 할 때 보면, 목소리도 감씨처럼 땡글방하고 발음도 낙숫물처럼 똑똑 듣는 게, 참 어디서도 배운 티가 나긴 난다 싶었다.

"글씨 긍께…… 그기 원젠디?"

"엄마."

"이, 그려."

"나 좀 봐."

유보살이 기대에 찬 얼굴을 들었다.

"엉덩이가 좀 끼는 것 같지 않아?"

유보살은 이런 중요한 국면에 하등 중요치 않은 데 신경쓰고 있는 딸을 보니 아이고 가심이야, 타령이 절로 나왔지만 할미 된 값을 하느라 참았다.

"살은 빠졌어도 뼈가 한분 벌어져논게 똑 예전 같지야 않제."

역시 부처님께 빌고 도를 닦은 보람은 언제가 됐든 나타나게 마련이며, 그나마 자신이 애를 일찍 낳아봐 이런저런 경험을 전수할 수 있어 다행이라는 생각에 유보살이 애써 감정을 추스르는데, 딸이 십년 수도를 물거품으로 만드는 소리를 했다.

"그래? 애를 너무 일찍 낳으면 안 좋은 걸 그랬구나."

저런 철딱서니가 워딨당가. 그만 것을 인자 알았단 말여. 아이고 관셈보살. 유보살은 눈을 살포시 내려감고 짧은 한숨을 내쉬었다.

정연은 반닫이에서 흑백 가로줄무늬 티셔츠를 꺼내 입고 접힌 자국을 손바닥으로 판판히 펴며 거울을 보았다. 유보살 말대로 가슴과 엉덩이가 좀 커지긴 했어도, 살과 부기가 쪽 빠지고 햇볕을 쬐지 않아 주근깨도 줄고 가무잡잡하던 피부빛도 노르스름해졌다. 그녀는 흘러내리는 앞머리를 쓸어올리고 가방을 멨다.

"연이가 에미 없다고 밤에 보채지나 말어야 할 것인디."

"오늘 하루만 불 꺼놓고 엄마가 내 흉내 좀 내."

"할미더러 손녀 앞에서 유희까정 다 하라네. 연이 야가 귀신이여, 귀신."

정연은 점심 젖을 먹고 놀다 잠든 하연의 볼을 살짝 건드렸다. 잠결에 입을 오물거리는 딸을 보자 가슴속에 묘한 슬픔이 물결쳤다.

"엄마 어기 갔다 올 동안 우리 아기 할매들 말씀 잘 듣고 있어."

정연은 눈물이 쏟아질 것 같아 고개를 돌렸다. 눈에 힘을 주고

차근차근 운동화 끈을 풀어 다시 맸다. 아주 가까운 곳에서 까치가
울었다.

"다녀올게."

"딱 하룻밤만이여. 더는 안뒤야."

"알겠습니다, 유보살님!"

유보살은 한들한들 마실이라도 가는 듯한 딸의 뒷모습을 마땅치
않게 내다보며 투덜거렸다.

"지도 답답은 하겄지만 해필 낼모레가 초파일이라 일손도 바뿐
디 연이까정 맽기놓고 구태라 워딜 간댜? 공부 밴 보람으로다 쩌그
앉아서 유식하게 한문으로 연등에 매달 불자들 이름이나 쓰잖고
서."

마당 수돗가에서 야채를 씻던 권보살이 젖은 손을 털고 정연에
게 손을 흔들었다.

"이잉. 이잉. 하연이잉. 하연이잉."

자꾸 돌아보는 정연에게 권보살은 하연이 걱정은 하지 말라고
연신 고개를 끄덕였다.

정연이 차부로 향하는데 누가 달려들어 정연의 손을 옥여쥐고
침을 튀겼다.

"하따! 몰라보게 이뻐졌구마."

동자네였다. 자기가 해산을 도운 여자들을 만나면 늘 그렇듯, 정
연을 보자 동자네는 가슴 깊은 곳에서 뻐근한 자부심이 솟구치는
동시에 산구완을 끝내고 훌훌 들이켠 성암사 미역국 맛이 생생히
떠오르면서 목구멍 깊은 곳에서 침도 절로 솟구쳤다.

"나가 니도 받고 니 딸도 안 받었냐. 내림이라고 붓기도 엄청시레 붓었더만 워찌 요로코롬 붓기도 사악 내리고 날씬해졌당가. 인자 처녀 겉네, 처녀 겉어."

"아줌마, 제발 조용히 좀……"

"이, 그려."

그제야 동자네는 정연의 복잡한 사정을 생각하고 목소리를 낮췄다.

"근디 니는 워디 가냐?"

"광주요."

한번 낮춰놓은 볼륨처럼 동자네는 크게 해도 될 말까지 소리 죽여 했다.

"나도 광주 안 가냐. 아침나절에는 광주 시내로 빠수가 못 드간다드만 계암령이고 데모고 다 끝장이 나부린갑다. 근디 니는 뭣 땜씨 가냐? 나는 우리 동자 보러 안 가냐. 동자가 둘찌로 꼬추 놓았다는 이약은 들었제?"

"네, 축하드려요."

"그려, 축하할 일이제. 갸가 첫분에 딸을 빼놓고 맴이 월매나 폭폭혔는지 모른당께. 나가 성암사에 백일 불공까정 안 올렸냐. 아이고, 아저씨!"

버스를 보자 그제야 동자네는 생각났다는 듯 볼륨을 높였다.

"우덜이 시방 광주 가는디 이 빠수 타요, 어쩌요? 타요? 야야, 못 간다기 전에 싸게 타불자."

동자네가 앞서 버스에 올라 자리를 잡았고 정연이 그 옆자리에 앉았다. 오랜만에 매연과 휘발유 냄새를 맡으니 여행이라도 떠나

는 듯 마음이 살랑거렸다. 버스를 타고 도시에 나가보는 게 얼마
만인가 꼽아보니 얼추 일곱달은 되었다. 동자 엄마를 안 만났더라
면 담배를 한 갑 사서 몰래 피웠을지도 몰랐다. 담배 생각을 하자
혀 밑에 쌉쌀한 침이 고였다.

　서울에서 내려오던 날이 생각났다. 그때는 밤이었고 지금은 한
낮이었다. 그때는 온몸에 납 같은 절망을 매달고 있었지만 지금은
깃털처럼 가벼운 몸이었다. 그녀는 출산을 겪고 다시 정상으로 회
복된 자기 몸에 깊은 신뢰와 긍지를 느끼고 있었다. 몸 안팎이 부
풀고 터지고 비틀렸다 가지런히 줄을 맞춰 정돈되는 과정은 뭐라
표현하기 힘들 만큼 잔혹하고 경이로운 체험이었다. 그녀의 몸과
마음은 그 과정을 묵묵히 함께 견뎌낸 오래된 전우와도 같았다.

　승객들이 표를 내고 차례로 버스에 올랐다. 점퍼 차림의 중년 사
내, 학생으로 보이는 젊은 청년, 화장을 곱게 하고 짧은 끈의 핸드
백을 뙤똑하게 멘 여인, 오랜만에 떨치고 나선 기색이 역력한 시골
아낙과 수염을 기른 노인들, 그들 모두 광주에 볼일이나 연고가 있
어 나가는 길이었다. 누군가 광주에서 끔찍한 사단이 났다더라고
했지만 멀쩡히 광주로 잘 달려가고 있는 버스가 그 말의 신빙성을
의심하게 했다.

　광주 시내로 들어서면서 승객들은 동요하기 시작했다. 광주 도
심의 번화하고 활기찬 모습은 어디에서도 찾아볼 수 없었다. 공중
전화 박스가 쓰러져 있고 상가 유리창이 깨져 있었다. 차도에는 엎
어진 화분과 깨진 보도블록과 주인을 잃은 수많은 신발들이 최루
탄 분말에 섞여 뒹굴고 있었다. 버스는 정해진 노선대로 가지 못하
고 뒷길로 우회했다. 공용터미널 근처에 버스가 멈추자 사람들은

320

저마다 놀란 소리를 내며 다투어 내렸다.

"하따, 지랄이시. 맵고 따갑고 씨리고 죽겠네. 이게 뭔 일이당가? 빠수도 없으니 산수동꺼정 워찌케 간댜? 무시라, 무시라. 정연이 니도 싸게 일 보고 드가그라이."

"네. 동자한테도 안부 전해주세요."

"이, 그려."

동자네는 서둘러 보따리를 이고 광주소방서 쪽으로 잰걸음을 옮겨놓았다.

정연은 버스에서 내린 자리에 한참을 서 있었다. 공중에는 맵고 독한 기운이 가득했다. 칼로 피부를 얇게 깎아내는 듯한 통증이 맨살이 드러난 얼굴과 양팔에 번졌다. 녹슨 철가루 냄새가 코를 아프게 했다. 어디선가 외침 소리, 뛰는 소리가 들려왔다. 그 불규칙한 진동은 금남로 방향에서도, 충장로 방향에서도 울려왔다.

정연은 가방에서 손수건을 꺼내 코와 입을 막고, 처음 피쎄일을 하던 날처럼 가방을 야무지게 바투 메고, 뾰족한 것에 발이 찔리지 않도록 파밭을 밟듯 살금살금 걸어 큰길 쪽으로 나아갔다. 멀리서 둔한 폭발음이 울리고 시커먼 연기가 솟아올랐다.

정연은 얼떨결에 충장로 쪽 시위 군중에 섞여들었다. 사람들이 삽시간에 흩어진 콩알처럼 우르르 도망칠 때 그녀도 덩달아 골목으로 도망쳤다. 잠깐 뒤를 돌아본 그녀는 눈에서 핏물이 배어나올 듯 맵고 뜨거운 대기 속에서 군인이 어떤 청년의 어깨를 칼로 베는 것을 보았다. 그녀는 깊숙한 골목 안 담벼락에 기대서서 몸을 떨었다. 마음을 가다듬고 생각이란 걸 해보려고 노력했지만 아무 생각도 할 수 없었다. 자기 눈으로 본 광경을 믿을 수 없었다. 이런 끔찍한 폭력과 구타는 본 적도 들은 적도 상상한 적도 없었다.

　그후로 몇시간 동안 정연은 자신이 무엇을 하고 어디를 헤매다 넜는지 알지 못했다. 그것은 이상한 숨바꼭질이었다. 사람들은 떼로 몰려다니면서 군인들이 보이면 도망치고 군인들이 보이지 않으면 찾아나섰다. 그녀는 머리채를 잡혀 길에 내팽개쳐진 여자도 보았고 곤봉으로 곤죽이 되게 두들겨맞는 고등학생도 보았다. 군인들은 잔인해질수록 자유로워지는 것 같았다. 군인들에게는 모든 것이 허용되었지만 시위대에게는 아무것도 허용되지 않았다. 각목이나 쇠파이프로 무장하고 나뭇가지나 깨진 유리조각을 주워든 사람들도 있었지만, 시위대는 군인들 근처에도 가지 못하고 멀찌감치 떨어져서 물러나라고 외칠 뿐이었다. 그것마저 하지 말라고 공중을 선회하는 군용 헬기에서 위협적인 해산 방송이 울려나왔다.

　시위대와 함께 광주 시내를 돌아다니는 동안 정연의 감정은 극심한 변화를 겪었다. 처음엔 강한 쇼크와도 같이 넋 나간 상태에 사로잡혀 있었다. 그것이 진정된 후엔 두려움이 찾아왔다. 그녀는 당장 여기서 벗어나 성암사로 돌아가야겠다고 생각했다. 살아야 한다. 성암사에는 어린 딸과 과부인 엄마와 가엾은 곰보 이모가 있다. 그래, 가야지, 곧.

　공용터미널에 시체가 쌓여 있다는 소문이 돌았다. 사람들이 시체가 있는 공용터미널로 가자고 외쳤다. 그들과 함께 터미널 쪽으로 향하던 정연의 머릿속에 불현듯 서울이라는 두 글자가 선명히 떠올랐다. 시외버스에서 내려 동자네와 헤어진 후, 수진에게 전화하려던 것도, 서울로 올라가려던 것도 까맣게 잊고 있었다. 그녀는 지금이라도 서울로 올라가야겠다고 생각했다. 서울에 가서 선배와 친구들에게 자신이 보고 겪은 것들을 증언해야 한다. 그러기 위해서라도 살아남아야 한다. 그러나 서울도 지금 이런 상태인 건 아닐까. 그녀가 산속에 갇혀 지내는 동안 이 나라에 무슨 일이 벌어진 것일까. 어쨌든 서울에 가면 뭔가 알아낼 수 있을 것이다.

도로 중간에 장갑차를 둘러싸고 군인들이 진을 치고 있는 걸 보자 시위대는 황급히 반대 방향으로 돌았다. 공수부대원들이 대검을 치켜들고 달려오자 사람들이 흩어졌다. 정연도 뒤로 돌아 뛰었다. 서울로 올라가야 하나, 성암사로 돌아가야 하나, 둘 사이에서 고민하느라 잊고 있었던 두려움이 다시 솟구쳤다. 얼마나 죽자고 뛰었는지 시위대도 군인들도 보이지 않았다. 두려움이 잦아들자 뭉클한 슬픔과 무력감이 밀려들었다.

지난가을 교정에서 벌어진 소규모 시위에도 참여하지 못하고 바라만 보다 돌아선 그녀였다. 그때는 뱃속의 아기를 위해서라고 생각하고 그 자리를 떠날 수 있었다. 그렇다면 지금은? 지금 나는 무엇을 위해 이 전쟁터 같은 현장을 떠나려 하는가? 서울과 성암사 사이에서, 이곳을 떠나야 한다는 마음과 떠날 수 없다는 마음 사이에서 그녀는 난파된 배처럼 요동치며 흔들렸다. 인하형이라면 어떨까. 오난이는 어떨까. 재현과 진태와 경애와 명식은 지금 같은 때 어떻게 했을까.

정연은 흐트러진 머리를 가다듬고 군인과 시위대를 피해 좁은 골목을 지나 장동 뒷길로 빠졌다. 그녀는 고개를 숙이고 빠르게 걷다 멈춰섰다. 길바닥에 반쯤 태운 담배꽁초와 짓밟힌 성냥갑이 떨어져 있었다. 그녀는 꽁초와 성냥갑을 주워 담뱃불을 붙여 한모금

들이마셨다. 오랜만에 피운 담배에 머리가 핑 돌았다. 그녀는 담배를 다 피우고 철수한 상가의 철문에 잠시 기대서 있었다.

건너편 골목 안쪽에서 사람들이 꾸역꾸역 몰려나왔다. 맨 앞 대열에 선 사람들의 굳은 얼굴이 하나하나 그녀의 눈에 와 박혔다. 눈을 감아도 잊을 수 없는 표정들이었다. 순간 누가 귀에 속삭이기라도 한 듯 그녀는, 지금은 못 간다,고 생각했다. 인하형은 도망치지 않았을 것이다. 오난이도, 재현이도, 진태도, 경애와 명식이도, 주춤거리면서라도 끝끝내 자리를 지켰을 것이다. 그녀는 문득 울고 싶었다. 그녀만이 살아야 할 이유가 있는 게 아니었다. 누구나 다 살아야 할 이유가 있었다. 살아야 할 이유들이 곧 싸워야 할 이유였다. 해산을 마치고 회복된 몸처럼 헝클어지고 혼란에 빠졌던 생각들이 일목요연하게 정리되는 느낌이었다. 그래도 가슴 깊은 곳에서 울컥울컥 스며나오는 섬뜩한 두려움은 여전했다.

정연은 용기를 내기 위해 그날 흘린 한 티스푼의 피를 생각했다. 그 피로 태어난 딸을 생각했다. 잠결에 입을 오물거리던 딸의 얼굴이 떠올랐다. 그러자 힘이 나기는커녕 가슴이 타들어가는 듯한 지독한 쓰라림이 몰려왔다. 그녀는 얼굴을 무섭게 찡그리고 시위대를 향해 걸어갔다. 군인들이 설마 이 많은 사람들을 다 죽이지는 못할 것이다. 단지 겁을 주는 것뿐이다. 저들도 겁이 나서 우리를 무섭게 겁주는 것이다. 그러니 우리도 무섭게 싸워 저들을 몰아내야 한다. 그래야 살 수 있다.

시위대와 합류한 순간 그녀는 더이상 아무 생각도 하지 않았다. 외치고 뛰고 도망치고 울다 다시 모여 외쳤다.

"공수부대 물러가라! 살인마 전두환은 물러가라!"

가끔 옆사람이 그녀의 맑고 낭랑한 목소리에 그녀를 돌아보았다.

2

매스미디어와 이데올로기에 관한 특강을 위해 서울에서 내려온 에르베 리샤르 교수는 이틀째 발이 묶였다. 그가 광주에 도착한 것은 토요일 밤이었다. 안내를 맡은 광주교구 소속의 윤신부가 성당 숙소로 안내하면서 일요일에 미사가 끝나는 대로 대학에 들어가 담당 교수를 만나게 해주겠다고 했다. 그러나 그날 밤 자정에 선포된 계엄령으로 대학은 휴교했고 교정에는 계엄군이 진주했다. 윤신부는 월요일까지 기다려보자고 했다.

일요일 오후에 에르베는 윤신부가 소개해준 통역 겸 가이드인 최와 함께 처음이자 마지막 방문이 될 도시를 돌며 사진을 찍으려 했으나 군인들이 진주한 시내의 분위기가 몹시 험악해 사진도 몇 장 못 찍고 숙소로 돌아오고 말았다. 그날 저녁 그의 방으로 찾아온 윤신부는 계엄령이 쉽게 해제될 것 같지 않다고 말했다.

월요일 아침에 에르베가 서울로 올라가겠다는 결심을 전하자 윤신부는 하루만 더 기다려보자고 했다. 설령 강의는 못하게 되더라도 오늘밤 숙소에서 술이라도 한잔 나누며 송별회를 하자는 것이었다. 윤신부는 가이드인 최에게 위험한 광주 시내를 피해 근교의 안전하고 풍광이 아름다운 곳으로 리샤르 교수를 안내하라고 말했다.

최는 눈이 작고 여윈 사내로, 불어는 전혀 못했고 영어 실력도 엉망이었다. 늘 한국어로 먼저 말하고 나서 눈을 희번덕거리며 영어로 더듬더듬 옮기는 식이었다. 하지만 눈치가 빨라 대충의 의사소통은 가능했다. 최는 렌트한 택시를 몰고 와 에르베를 싣고 오전 내내 무등산 근처의 계곡과 사찰을 돌며 형식적인 관광 코스를 훑었다. 점심에 그들은 계곡 근처의 식당에 들어가 불고기와 도토리묵과 밥을 먹었다. 밥을 먹는 중에 최는 에르베의 눈치를 살피더니 막걸리를 시켰다. 음료수나 다름없다며 권하는 바람에 에르베도 몇 잔 마셨다. 들이붓듯 퍼마시던 최가 만취해 뻗어버리는 바람에 그들은 오후 늦게야 광주로 출발할 수 있었다.

그들이 시내로 들어온 것은 저녁 7시가 조금 못 되어서였다. 최가 운전을 하면서 여기가 무슨 빌딩이고 저기가 무슨 마켓이라는 둥 떠들어댔지만 에르베는 폭격 맞은 듯한 거리와 눈을 못 뜰 만큼 매운 공기와 무리지어 몰려다니는 군중들에 정신을 빼앗기고 있었다. 한국말과 영어로 번갈아 떠들어대고는 있었지만 최도 광주 시내의 일변한 분위기에 적잖이 놀란 얼굴이었다.

"프로페서! 비 온당께. 레인, 레인! 고만 성당으로 가자고. 레츠 고 투 처치. 오케이?"

그냥 에르베라고 부르라고 했지만 최는 그 말을 못 알아들었는지, 알아듣고도 프로페서라는 단어를 안다는 걸 과시하고 싶어 그러는지 계속 그를 프로페서라고 불렀다. 최의 말대로 택시 앞창에 가는 비가 흩뿌리기 시작했다. 하루 종일 최에게 끌려다니다보니 에르베도 얼른 숙소에 돌아가 쉬고 싶었다. 윤신부도 곧 돌아올 터였다.

"오케이, 초이!"

에르베는 이렇게 비 내리는 저녁에 와인과 치즈를 먹을 수 있으면 좋겠다고 생각했다. 중간 길로 우회전하여 달리던 최가 갑자기 급브레이크를 밟았다.

"흐미! 저것이 뭐다냐?"

"와이? 왓 해픈?"

하지만 에르베도 보았다. 처음에는 뭔가 사슴이나 얼룩말 같은 것이 이쪽을 향해 전속력으로 돌진해오는 것 같았다. 자세히 보니 흑백 가로줄무늬 셔츠에 흰 바지를 입은 여자였다. 날아오를 듯 꼿꼿한 상체, 빠른 다리의 움직임. 에르베는 곧 그녀를 뒤쫓고 있는 얼룩무늬의 군복을 보았다. 추적자의 상체 한가운데에는 뿔처럼 뾰족한 쇠붙이가 솟아 있었다. 쫓기는 자와 쫓는 자의 거리가 좁혀졌다. 발을 잘못 디뎠는지 여자가 그들이 탄 택시 앞에서 휘청했다. 여자는 택시 옆 차체를 따라 뒷걸음질치며 주먹으로 창유리를 톡톡 두드렸다. 최가 소리쳤다.

"문 열지 말랑께. 돈 오픈 도어. 클로즈. 클로즈."

그러나 에르베는 문을 열었다. 여자가 몸을 돌려 차에 타려는 순간 뒤쫓아온 얼룩무늬 군복이 치켜든 긴 쇠붙이가 허공에 솟구쳤다 떨어졌다. 흙에 묻힌 그릇이 파삭 부서지는 듯한 소리가 났다.

에르베는 택시에서 내렸다. 여자는 머리를 그토록 세차게 가격당하고도 쓰러지지 않았다. 셔츠가 찢어져 왼쪽 어깨를 드러내고 차에 기대선 그녀는, 흡사 만나기로 한 연인이 자기를 알아보고 다가와주기를 기다리는 발랄한 빠리지엔 같았다. 숨을 몰아쉬느라 살짝 들린 윗입술과 그 사이로 드러난 작은 앞니 때문에 미소를 짓고 있는 것처럼도 보였다. 하지만 비에 젖은 둥근 이마를 타고 흘러내리는 핏물과 형형히 빛나는 커다란 두 눈만이 그녀가 겪는 고통과 공포와 분노를 증언하고 있었다. 얼룩무늬 군복의 야수는 택시에서 내린 덩치 큰 에르베를 보자 위기감을 느꼈는지 불안스레 뒤를 돌아보았다. 길 끝은 적요했다.

짙은 밤안개가 내리듯 정면을 응시하고 있던 여자의 눈에서 서서히 초점이 흐려졌다. 여자가 스르르 무너져내렸고 에르베는 그녀의 허리를 받쳐 안았다. 여자는 잠깐 경련하듯 몸을 뒤틀었다. 그는 여자를 안아 택시에 밀어넣으려 했다. 머리를 맞기 전에 칼에 찔렸는지 피에 젖은 셔츠 등판의 찢긴 틈으로 긴 자상이 보였다.

"싹 다 쥑이삐리!"

얼룩무늬 군복의 알아들을 수 없는 외침을 듣는 순간 에르베는 여자의 등허리에 있던 자상이 자신의 등허리로 옮겨온 듯한 뜨거운 통증을 느꼈다. 에르베는 상체로 여자를 가리면서 뒤를 돌아보았다. 방석망을 올린 얼룩무늬 군복의 얼굴은 농익은 부르고뉴의 포도빛처럼 검붉게 달아올라 있었다. 심한 화상이라도 입었는지 울퉁불퉁한 왼쪽 뺨이 땀과 빗물에 젖어 파충류의 껍질처럼 번들거렸다. 반쯤 뭉개진 입술 사이로 쉰내가 풍겨왔다. 놈은 한 손에는 여자의 머리를 내리친 긴 곤봉을, 다른 손에는 여자의 등허리를 벤 대검이 꽂힌 총을 들고 있었다. 순간 에르베는 이 군인이 자신을 찌르거나 죽일 수도 있음을 깨달았다. 여자와 군인 사이, 일 야드도 안되는 짧은 거리면서도 삶의 이편과 저편처럼 까마득히 멀기도 한 그 지점에 에르베 자신이 끼어 있었다. 서른넷이 되도록 그가 이토록 죽음을 가깝게 느낀 적은 없었다.

"아레떼!(그만둬요!)"

에르베는 덩치에 어울리지 않게 철자 에르(r)가 낼 수 있는 가장 흐느끼는 발음을 내면서 존칭을 썼다.

"니는 또 뭐야! 쌍!"

얼룩무늬 군복은 치켜들었던 총신을 힘차게 휘둘러 택시의 앞문을 갈겼다. 그리고 자기가 낸 소리에 깜짝 놀란 듯 왼쪽 눈을 실룩거렸다. 놈은 고개를 내밀어 에르베가 안고 있는 여자를 들여다보았다. 여자의 머리에서 솟구친 굵은 핏줄기가 볼록한 이마를 타원형으로 감싸며 흘러내리고 있었다. 눈썹은 피를 머금어 짙었고 눈은 두개의 구슬처럼 조용히 감겨 있었다. 얼룩무늬 군복이 에르베를 쳐다보았다. 놈의 왼쪽 눈이 경련을 일으켰다. 그 여파로 피부 속에서 어떤 손이 살을 빠르게 당겼다 놓는 듯 흉터로 뒤덮인 왼뺨이 파들거렸다.

"바땅!(꺼져!)"

에르베는 갓 구워낸 카스텔라처럼 따뜻하고 촉촉한 여자를 안고 나지막이 외쳤다.

"바땅! 바땅!"

놈은 그 말을 알아들은 듯 뒷걸음질을 쳤다. 마침내 놈은 회개한 도적처럼 몸을 돌려 가랑비가 내리는 차도를 달려나갔다. 에르베는 여자를 안고 뒷자리에 앉아 택시 문을 닫았다.

"초이, 호스피탈! 호스피탈!"

핸들 위에 놓인 최의 손이 떨리고 있었다.

"노! 노! 난 못혀. 아이 캔트, 프로페서. 미안혀. 아임 쏘리."

"초이! 쉬즈 다잉! 초이! 위 머스트 고 투 더 호스피탈! 액시던트 이머젠시!"

최가 뒤를 돌아보았다.

"노! 프로페서. 우덜은 시방 성당으로 가야 혀. 위 머스트 고 투 처치."

최는 기어를 바꾸더니 전속력으로 후진했다. 에르베가 불어로 떠들었다.

"오 쥐르장스! 껠 푸 스 띠쁘!(응급실로! 이 미친놈아!) 룰 비뜨. 메르드!(얼른 차를 몰아. 빌어먹을!) 엘 바 무리르! 뿌뗑!(이 여자 죽는다고! 젠장!)"

최는 미친 듯이 고개를 저었다.

"병원은 안된당께. 위 캔트 고 호스피탈! 그짝으론 못 간당께. 댓 웨이 데인저러스! 베리 베리 데인저러스!"

에르베는 어떤 말로도 최를 설득할 수 없다는 걸 알았다. 성당 숙소로 돌아가서 윤신부의 도움을 청하는 게 최선이었다. 병을 기울인 듯 여자의 머리에서 피가 뚝뚝 떨어지고 있었다. 뭔가로 감싸야 했지만 유감스럽게도 에르베가 입고 있는 셔츠는 방수천으로 된 것이었다. 그는 어깨에서 등허리 쪽으로 길게 베인 여자의 피 묻은 줄무늬 셔츠를 벗겨올렸다. 셔츠를 벗기다 말고 그는 멈칫했다. 여자의 속내의 양쪽 젖가슴 부분이 동전 크기로 젖어 있었다. 피는 아니었다. 비도 아니었다. 에르베는 그것이 무엇을 의미하는지 알았다. 여자에게서 잼처럼 달짝지근한 냄새가 풍겼다.

"몽 디외!(신이시여!)"

에르베는 이를 악물고 셔츠를 감아올려 여자의 머리를 단단히 감쌌다.

"끄 디외 누 빠르돈!(신이시여, 우리를 용서하소서!)"

윤신부가 교구 숙소로 돌아오자 늙은 수녀가 종종거리며 다가와 다급한 어조로 사태를 보고했다. 어제 오늘 이틀 동안 광주에서 어떤 참상이 벌어졌는지 윤신부도 알고 있었지만, 리샤르 교수가 군인의 손에서 부상자를 구출해왔다는 대목에서는 깜짝 놀라고 말았다. 지금 군인들에게 맞서는 건 목숨을 거는 일이었다.

"어떤 상태입니까?"

"위급한 상태요. 머리도 다쳤고, 등도 찔렸고. 지금 기도실에 있소."

"아니, 그런데 왜 병원에 안 데려가고?"

노수녀가 자기 말이 그 말이라는 듯 이맛살을 찌푸렸다.

"불란서 양반이 병원에 가자고 했는데 최씨가 그쪽으로 차를 안 몰았나봅디다. 무서워서."

무서워서,라는 말이 예리한 송곳처럼 윤신부의 양심을 찔렀다. 지금 누구도 무섭지 않다면 거짓말이었다. 그도 오늘 하루 군인들의 난폭함에 질려 곤봉에 맞고 대검에 찔리는 사람들을 보고도 차마 제지하지 못한 적이 얼마나 많았는지 모른다. 그들은 모두 어떻게 되었을까. 얼마나 많은 사람들이 죽고 다쳤는지는 신만이 알 것이다.

기도실로 향하는 윤신부를 부지런히 따르며 수녀가 말했다.

"지금도 제정신이 아니오."

윤신부가 멍한 얼굴로 물었다.

"최씨가요?"

노수녀가 고개를 저었다.

"최씨는 오자마자 어디로 내뺐고, 환자 말이오. 환부를 붕대로 동여놨는데, 등 쪽은 고만두고 머리에서 계속 피가 새나오요. 근데 신부님."

수녀가 목소리를 낮추었다.

"환자가 애기 가진 엄마인 것 같습디다."

"뭐라고요? 임신부란 말입니까?"

"아니, 이,임신부는 아니고, 그 뭣이오? 그게 막 나오는……"

"그게 막 나오다니요? 피요? 양수요?"

윤신부가 다그치듯 묻자 늙은 수녀는 당황하여 말을 더듬었다.

"아니, 그,그,그게 아니라……"

수녀는 자신의 축 늘어진 가슴께를 가리키려다 그만두고 점잖은 말을 찾느라 고심했다.

"아, 수유! 수유부요. 충격을 받아 그런가 그게 쉴새없이 나오고 있소. 가방도 없고 신분증도 없어서 어디 연락도 못하고."

윤신부는 걸음을 멈추고 성호를 그었다.

머리를 붕대로 감싸고 기도실에 누워 있는 여자는 터번을 두른 아랍 소년처럼 앳되어 보였다. 상의만 갈아입혔는지 수녀들이 입는 흰 블라우스에 흙과 먼지로 더러워진 흰 바지를 입고 있었다. 윤신부는 여자에게 다가가 코밑에 손을 댔다. 따스한 숨결이 느껴졌다. 그는 신부로서 유심히 보아서는 안될 부위라는 것도 잊고 여자의 블라우스 가슴께를 살폈다. 수녀가 말한 대로 양쪽 유두 부분이 작은 샘처럼 푹 젖어 있었다.

"포 알레 아 로삐딸!(병원에 가야 해요!) 비뜨, 비뜨!(빨리, 빨리!)"

에르베가 두 손을 올렸다 내리며 불어로 외쳐댔다. 윤신부는 에르베에게 진정하라는 손짓을 한 후 수녀에게 말했다.

"일단 업고 나가서 차를 잡아야겠어요."

늙은 수녀가 끙 소리를 내며 여자를 안아 일으키자 에르베가 자기가 업겠다고 나섰다. 덩치로 보나 나이로 보나 에르베가 업는 게 맞다고 생각한 수녀가 여자를 에르베의 등에 업혔다. 윤신부가 그 뒤를 따랐다. 비는 여전히 부슬부슬 내리고 있었다. 성당 마당을 가로지를 때 공중으로 군용 헬기가 지나갔다. 헬기에서 틀어놓은 선무방송이 들려왔다. 노수녀가 소리쳤다.

"신부님!"

윤신부가 돌아보았다.

"통금이 9시요. 어제부터 당겨졌소. 지금 8시 반도 넘었을 텐데."

수녀의 말에 윤신부가 난감한 표정을 짓자, 에르베는 무뚝뚝하고 불손한 얼굴로 한시바삐 자신을 병원으로 안내하라는 포즈를 취했다. 진짜 이 사람이! 윤신부는 도망간 최의 심정이 십분 이해가 되었다. 그는 노수녀를 들여보내고 전남대 병원 쪽으로 방향을 잡았다. 헬기 소리가 멀어지자 온 세상이 조용해졌다. 어두운 길 위에 가는 빗소리와 그들의 빠른 발소리만 울렸다. 먼 곳에서 불길이 번쩍했고 희미하게 송진 타는 냄새가 났다.

3

에르베는 짙은 갈색에서 밝은 갈색으로 변해가는 기도실 창문의

사각 틀을 통해 새벽이 오고 있음을 알았다. 오늘이 수요일이라고 그는 뜻 없이 생각했다. 머리와 등허리에 봉합수술을 받은 여자는 엎드린 채 잠들어 있었다. 어제 새벽부터 지금까지 스물네시간 넘게 그는 조그만 기도실에 혼자 앉아 의식이 없는 여자를 지켜보고 있었다. 간혹 여자가 숨을 안 쉬는 것처럼 느껴지면 윤신부가 그랬듯이 여자의 코밑에 손가락을 갖다대보곤 했다. 점심엔 밥을, 저녁엔 딱딱한 빵을 먹었다.

에르베는 기도실 문을 열고 나왔다. 밤새 들려온 확성기 소리 때문에 거의 잠을 이루지 못해 멍한 상태였다. 그는 성당 마당 귀퉁이에서 씨가를 피웠다. 윤신부와 함께 병원을 찾아가던 이틀 전 밤의 악몽이 떠올랐다. 어디로 어떻게 갔는지, 시간이 얼마나 걸렸는지 그는 알지 못했다. 군인들을 만날까봐 인기척이 나면 골목으로 숨어들어가 담벼락에 붙어 있다 나오곤 했다. 비는 거세지 않았지만 계속 내렸다. 중간에 윤신부가 꾸물거리길래 그가 사나운 얼굴로 돌아보자, 수단의 많은 단추를 벗기느라 그런 것이었다. 윤신부는 수단을 벗어 여자의 머리가 젖지 않도록 망또처럼 씌워주었다.

그들이 찾아간 병원은 치열한 교전이 벌어진 도시의 임시 야전병원처럼 아수라장이었다. 여자의 부상은 심각하다고 말할 수조차 없을 정도로 처참한 부상을 당한 환자들이 가득했다. 윤신부를 통해 에르베는 이미 죽은 사람도 있고 거의 죽은 상태나 다름없는 사람들도 많다는 얘기를 들었다. 그러나 여자의 부상이 겉보기에 덜 비참하다고 해서 덜 위험한 것은 아니었다. 여자는 정신을 잃은 상태라 마취 없이 봉합수술을 받았다. 마취제도 아껴야 하는 모양이었다.

의사와 대화를 나눈 윤신부가 그에게 상황을 간략히 설명해주었다. 여자의 머리와 등허리의 외상은 봉합했지만 뇌 상태에 대해서는 뭐라고 말할 수 없다고 했다. 자세한 검사를 받아보기 위해선 서울의 큰 병원으로 가봐야 하지만 지금 상태로 봐서는 먼 길을 가는 게 위험할 거라는 말도 했다. 또 병원에서 환자를 수송하기 위해 구급차를 낼 수 있는 형편도 아니라고 했다. 그는 윤신부의 얘기를 듣는 중간에 자기도 모르게 쎄울,이라고 중얼거렸다. 며칠 전까지만 해도 처음 와보는 나라의 수도가 한없이 낯설게만 느껴졌는데, 광주에 내려와 이틀을 지내고 보니 서울이라는 도시가 고향처럼 그렇게 느껴졌다. 쎄울, 쎄울, 하고 그는 혼잣말을 했다.

수혈을 한 후 여자에게 더이상의 처치는 행해지지 않았다. 혈액이 모자란다는 말에 윤신부가 헌혈을 했다. 에르베도 헌혈을 하려 했지만 간호사가 고개를 흔들었다. 외국인에 대한 배려인지 거부인지 알 수 없었다. 윤신부도 어느 쪽인지 설명해주지 않았다. 부상자들이 속속 실려왔다. 침상이 모자라 여자는 맨바닥에 얇은 천과 수단을 깐 위에 엎드려 있었다. 신열이 오르는지 여자가 몸을 떨었다. 그는 윤신부에게 여자를 데리고 성당으로 돌아가자고 말했다. 윤신부는 열에 들뜬 눈빛으로 고개를 끄덕였다. 다행히 비는 그쳐 있었다.

에르베는 씨가를 끄고 하늘을 올려다보았다. 어제 새벽 그들이 성당에 도착했을 때도 지금처럼 하늘이 맑은 잿빛으로 밝아오고 있었다. 윤신부는 잠든 어린 수녀를 깨워 기도실에 이부자리와 물과 간단한 음식을 가져오도록 부탁했다. 두툼한 요 위에 여자를 엎드린 상태로 눕히고 이불을 덮어주었다. 그 곁에서 그들은 어린 수녀가 날라온 밥과 아채절임과 계란프라이를 먹었다. 둘 다 저녁부터 굶은 상태였다. 밥을 먹으며 윤신부가 오늘 서울로 올라가는 게 어떻겠느냐고 물었다. 윤신부 자신도 아침에 잠깐 교구에 들렀다가 서울로 올라가봐야 할 것 같다고 했다. 그때도 그는 쎄울,이라고 혼잣말을 했다. 그리고 잠시 생각한 후 조금 더 기다려보겠다고 말했다. 그가 기다려보겠다는 게 무엇인지 윤신부는 묻지 않았다. 물었더라도 그는 대답할 수 없었을 것이다.

아침에 간호담당 수녀가 와서 여자에게 링거를 꽂아주고 여자의 얼굴과 손발을 수건으로 닦아주었다. 수녀들은 대부분 병원이나 다른 곳으로 차출되었다고 했다. 오전 내내 여자는 중태였고 혼수상태에 빠져 있었다. 정오가 지나면서 여자는 침을 흘리기 시작했고 가끔 뭐라고 헛소리를 지껄이기도 했다. 에르베는 여자의 말을 알아들을 수 없어 답답했다. 오후 2시가 넘어서야 수녀복을 입지 않은 한 여인이 식사를 가져다주었다. 여인은 여자의 헛소리를 듣고 고개를 갸웃하더니 혼잣말을 했다. 에르베는 그 말에서 서울이라는 말을 알아들었다.

"쎄울? 엘 레 드 쎄울?(그녀는 서울 사람인가요?)"

여인은 깜짝 놀라 손을 내저으며 외국어를 못 알아듣는다는 몸짓을 했다. 그러나 에르베가 여자를 가리키며 쎄울? 쎄울? 하고 천천히 묻자 고개를 끄덕였다. 그녀는 손을 자기 입과 귀에 차례로 갖다대더니 광주, 하고는 손을 흔들고 서울 서울, 하면서 고개를 끄덕였다. 말투 들어본께 광주 사램 아니고 서울 사램이여, 서울 사램.

에르베는 뭉툭한 씨가의 끝을 칼로 잘라 주머니에 넣은 후 기도실로 돌아왔다. 여자는 오후 내내 잠들었다 밤에 다시 깨어났으나

336

아직까지 의식은 돌아오지 않은 상태였다. 기도실에는 죽어가는 여자와 그를 쫓아 들어온 건강하고 날쌘 파리 한마리가 그와 함께 있었다. 밖에서 간헐적으로 메가폰을 통해 머리끝이 쭈뼛하도록 날카로운 여성의 목소리가 들려왔다. 먼 곳에서 점점 가까워졌다 정점을 찍고 다시 멀어져가는, 의미를 알 수 없는 여성의 높은 목소리는 가파른 벼랑에서 내려다보는 험준한 암벽처럼 아찔하고 위태로웠다.

에르베가 손으로 쫓았지만 파리는 자꾸 여자의 얼굴에 내려앉았다. 그가 잠시 눈을 감았다 떴을 때 파리는 과감하게도 여자의 입술에 내려앉아 여자의 입속을 향해 기어가고 있었다. 그는 큰 손을 휘저어 파리를 쫓는 동시에 날쌔게 주먹을 쥐어 파리를 낚아챘다. 손안에서 놈이 움직이는 느낌이 왔다. 아마 여자의 입에서 흐른 침 냄새 때문이겠지, 하고 너그러이 놓아주려던 그는 혹시 이 불길한 곤충이 죽음의 냄새를 맡고 여자를 시체 취급하여 함부로 덤비는 게 아닐까 하는 생각에 순간적으로 분노하여 파리를 포획한 손을 펼치며 힘차게 바닥을 향해 휘둘렀다. 방바닥에 내리꽂힌 파리는 기절을 했는지 죽었는지 꼼짝도 하지 않았다.

에르베는 조금 전까지만 해도 살아 움직이던 파리의 몸체를 멍하니 바라보았다. 그러다 갑자기 두려운 마음이 들어 여자를 돌아보았다. 처음에 그는 자신의 귀에 환청이 들리는 줄 알았다. 그러나 아니었다. 그는 여자의 헛소리에서 뭔가를 알아들었다. 불분명한 소리였지만, 거기엔 분명히 낯익은 것을 환기시키는 미세한 기미가 있었다. 그것은 의미가 아니라, 햇살을 받은 거미줄처럼 가늘게 반짝이는, 귀에 익은 멜로디였다. 여자는 노래를 부르고 있었다.

"아아 우우우우……"

여자가 이렇게 웅얼거리는 대목에서 에르베는 확신했다. 그것은 퀸의 「보헤미안 랩소디」였다. 프레디 머큐리가 Mama, oooh……하고 절규하는 부분의 멜로디였다.

"I don't wanna die…… I sometimes wish I'd never been born at all……"

그는 여자의 멜로디에 맞춰 뒷부분의 가사를 따라 불렀다. 낯선 아시아 나라의 여성이 「보헤미안 랩소디」를 알고 있다는 사실이 경이롭게 느껴졌다. 여자가 갑자기 노래를 중단했다.

밖에서 새벽 공기를 가르는 여성의 메가폰 소리가 다시 들려왔다. 그는 그 소리에서 오직 '광주'라는 말밖에 알아들을 수 없었다. 그런데 이 여자는 알아듣고 있는가. 그는 여자의 얼굴을 내려다보았다. 그가 평생 동안 누군가의 얼굴을, 그것도 젊은 여자의 얼굴을 이토록 오랜 시간 집중력 있게 응시한 적은 없었다.

메가폰 소리가 멀어지자 여자가 다시 어떤 소리를 내기 시작했다. 에르베가 모르는 멜로디였다. 여자의 목소리는 부드럽고 침울한 초록빛 웅얼거림의 반죽을 만들어냈다. 잠시 후 여자가 조용해졌다. 침묵 속에 앉아 있던 에르베는 낮게 「보헤미안 랩소디」의 후렴을 불렀다. 밖에서 들려오는 메가폰 소리를 들을 수 있다면 그의 노래도 들을 수 있을 것이다. 멀리서…… 그리고 점점 가까이…… 파도 소리가 들려왔다. 그가 노래를 끝낸 후 얼마 지나지 않아 여자가 흐느끼듯이 「보헤미안 랩소디」의 음을 내기 시작했다. 그는 여자의 멜로디에 맞춰 가사를 붙였다.

"Is this the real life? Is this just fantasy?"

여자는 아무 데서나 멈추었다가 아무 데서나 다시 불렀다. 그는 그때마다 변덕스러운 여자의 흥얼거림에 노래를 맞추었다. 여름 태양 아래 눈부신 빛을 반사하며 밀려왔다 밀려가는 해변의 파도 소리…… 아마 그곳은 쌩 말로 해변이었을 것이다.

파도 소리를 들으며 에르베는 아델과 함께 노래를 불렀다. 어른 들은 어디로 갔는지 보이지 않았다. 오전 내내 수영을 한 그들은 바닷가 성벽에 기대앉아 몸을 말리며 노래를 불렀다. 어린 아델은 곧 잠이 들었고 그는 곁에서 책을 읽고 있었다. 해의 방향이 바뀌 면서 성벽의 그림자가 비스듬한 차양 모양의 그늘을 드리웠다. 책 을 읽으면서도 그는 어느 순간 아델이 잠에서 깨어난 것을 알았다. 그녀는 곧 에르베,라고 작고 귀여운 목소리로 그의 이름을 부를 것 이다. 에르베…… 에르베……

얼마나 오래전의 일이었을까. 기억도 나지 않는 그 시간…… 태 양의 황금 빛가루…… 설탕처럼 반짝이는 모래…… 자장가처럼 규 칙적인 파도 소리…… 어느 순간 아델의 뒤에 암막 커튼처럼 드리 운 성벽의 그림자가 희고 마른 그녀의 몸을 서서히 잿빛으로 먹어 치우기 시작했다. 그는 고개를 돌리려고 했지만 책을 향해 숙인 목 이 그대로 굳어버린 듯 꼼짝도 할 수 없었다. 프로페서…… 아델을 삼킨 그림자 뒤에서 굵직한 목소리가 들려왔다. 프로페서…… 프 로페서…… 그녀는 어디 있지? 그녀는 어디 있지?

누군가 어깨를 흔드는 느낌에 에르베는 잠에서 깼다. 그를 깨운 사람은 최였다. 최는 고개를 푹 숙였다 들더니 작고 가는 눈으로 에르베를 힐끔 보고는 쏘리, 쏘리,라고 말했다.

"왓 타임?"

에르베의 물음에 최는 황급히 손목시계를 보고 9시 30분이라고 영어로 더듬더듬 알려주었다. 설핏 잠이 든 줄 알았는데 시간이 벌써 이렇게 되었나 싶어 에르베는 놀랐다. 최가 주먹을 입에 대고 헛기침을 하더니 소심한 목소리로 물었다.

"어딨어라? 웨어 이즈 쉬? 안 죽었소? 낫 데드?"

에르베는 여자가 누워 있는 이부자리로 고개를 돌렸다. 여자는 없었다. 최가 뭐라 뭐라 계속 떠들어댔지만 잠에서 덜 깬 에르베는 잘 알아들을 수 없었다. 자신이 잠든 동안 또 무슨 끔찍한 일이 벌어진 것인지 두려웠다. 한참 동안 굳은 듯 앉아 있던 에르베가 힘없이 중얼거렸다.

"웨어 이즈 쉬……? 웨어……?"

최가 고개를 흔들었다.

"몰라라. 아 돈 노. 여기 있담서? 그래서 왔당께. 데이 쎄이, 쉬 이즈 히어. 앤 아이 컴 히어. 프로페서, 당신도 몰라라? 유 돈 노?"

"데이 세이? 후? 씨스터즈?"

"씨스터즈? 오케, 오케. 주방 아줌니랑 노수녀님이 그랬당께. 오케, 씨스터즈 쎄이."

에르베는 최의 말을 들으면서, 윤신부가 서울로 올라간 이후 자신이 오랜 시간 아무와도 대화를 나누지 않았다는 걸 깨달았다. 물으면 응답이 오는 게 신기했다. 비록 최 같은 사람일망정 말을 주고받을 사람이 곁에 있다는 게 위로가 되었다.

"아이 돈 노우. 아이 돈 노우 웨어 쉬 이즈."

천천히 영어로 말하고 나자 에르베는 갑자기 불어로 뭔가를 미친 듯이 지껄이고 싶은 충동을 느꼈다.

"초이, 엘 샹떼 아베끄 무아.(초이, 그녀는 나와 함께 노래했지.)
초이, 엘 프제 윈 본 씨에스뜨 당 라 까반.(초이, 그녀는 오두막에서
달콤한 낮잠을 자고 있었어.) 앙 레베양, 엘 아 땅떼 드 브니르 아
무아.(그녀는 잠에서 깨어 나에게 오려고 했지.) 메, 우 에뗄 멩뜨
낭?(그런데 지금 그녀는 어디에 있나?) 초이, 끼 라 앙쁘르떼?(초
이, 누가 그녀를 데려가버렸나?)"

에르베가 막막한 얼굴로 최의 얼굴을 올려다보자 최는 더 막막
한 얼굴로 그를 내려다보았다. 그러더니 곧 그의 말을 알아들었다
는 듯 고개를 끄덕이고 그의 팔을 잡아 일으켰다.

"알겠소, 읊어졌구만이. 오케. 일단 나가보장께. 렛츠 고! 고 아
웃! 지 발로 나갔다문 집을 찾아갔으까이? 쉬 고 홈? 노, 노. 말도
없이 사라졌다문 안죽 지정신이 아닌겨. 아이구매, 클났네. 오 마
갓! 그 처니를 찾아야제. 위 머스트 파인드 허. 찾을 텐께 걱정 마씨
오. 돈 워리. 나만 믿으랑께. 빌리브 미. 빌리브 미."

4

공용터미널 쪽 큰길로 나서자 길 한편에 불에 탄 버스가 거대한
풍뎅이처럼 옆으로 쓰러져 있는 게 보였다. 멀리서 스피커를 통해
째질 듯한 여성의 목소리가 들려왔다. 최는 흠칫 몸을 떨었다. 어젯
밤부터 새벽까지 그가 귀를 틀어막고 이불을 덮어쓰고 끝내 듣지
않으려 했던 목소리였다. 그러면 그럴수록 더 무섭게 귓속을 파고
들던 목소리였다. 저 목소리 때문에 그는 밤새 한숨도 못 자고 오

늘 아침 성당에 들러 여자의 생사를 확인해야겠다는 생각을 했던 것이다.

"도청으로 갑시다! 원수를 갚읍시다!"

최는 에르베에게 통역을 해주고 싶었지만 '도청'부터 막혔다. 시청은 씨티 홀인데 도청의 도가 영어로 뭔지 알 수 없었다. 스피커를 장착한 소형 트럭이 그들 쪽으로 다가왔다. 트럭 주변에 구름처럼 모인 사람들도 함께 몰려왔다. 최는 트럭을 향해 나아갔다. 여자의 목소리는 쉬어 갈라져 있었지만 여전히 카랑카랑했다.

"여기 이분들을 똑똑히 보십시오. 여러분의 눈으로 확인하십시오. 공수놈들에게 맞아죽은 우리 광주 시민들의 시체가 여기 있습니다!"

최가 트럭을 가리키며 에르베에게 말했다.

"시체라네. 프로페서, 데드 멘. 데드 멘."

에르베가 고개를 끄덕였다. 트럭이 다가오자 최는 트럭을 둘러싼 대열에 합류했다. 에르베도 뒤를 따랐다. 시체를 확인하려는 사람들이 어디요, 어디, 하고 묻는 소리가 들렸고, 뒤에 있어라, 두명이랑께, 하고 알려주는 소리도 들렸다. 트럭 위의 여자가 목이 터지도록 외쳐댔다.

"아아, 위대한 광주 시민 여러분! 공수놈들의 총칼에 무참히 살해된 우리의 아버지 어머니, 우리의 형제와 자매 들이 여기 있습니다. 죄 없는 우리 광주 시민들을 처참하게 때려죽이고 찔러죽이고도 놈들은 아무도 죽이지 않았다고, 죽은 사람은 아무도 없다고 찢어죽일 입으로 떠들어대고 있습니다!"

최는 시체를 볼 수 없었다. 그러나 시체를 둘러싸고 퍼져나가는 사람들의 비명, 욕설, 통곡의 파문은 느낄 수 있었다. 최는 시체가 있는 곳을 향해 어깨싸움을 하며 한발 한발 나아갔다. 최 앞에 선 사내도 시체를 보기 위해 결사적이었다. 아이고메, 개 같은 놈들, 하고 앞 사내가 몸을 부르르 떨며 돌아섰다. 사내의 어깨 너머로 최도 뭔가를 보았다. 그는 자기도 모르게 왁 소리를 냈다.

"사랑하는 광주 시민 여러분! 우리 모두 힘차게 구호를 외칩시다. 공수놈들 몰아내자!"

"공수놈들 몰아내자!"

"살인마 전두환을 몰아내자!"

"살인마 전두환을 몰아내자!"

최는 시체를 보지는 못했다. 다만 피 묻은 태극기에 감싸인 몸통 아래로 드러난 검푸른 발 한 쌍을 보았을 뿐이었다. 허공을 향해 솟구친 자그마하고 푸르뎅뎅한 남자의 발이었다. 하지만 그것으로 충분했다. 사람들에 둘러싸인 트럭은 금남로를 향해 나아갔다. 최는 트럭을 둘러싼 사람들과 함께 전진하며 얼굴이 시뻘게지도록 구호를 외쳤다. 에르베는 그 뒤를 착실히 따르면서 주위를 두리번거리며 여자를 찾고 있었다.

골목골목 사람들이 꽉꽉 들어차 있어 앞으로 나아가기가 힘들었다. 그러나 뒤로 물러서거나 자리를 뜨는 사람은 없었다. 모두들 참을성 있게 기다렸다 기를 쓰고 앞으로 나아가려고만 하고 있었다. 작은 지천이 강에 합류하듯 등을 떠밀기도 하고 떠밀리기도 하면서 그들은 마침내 도청이 바라보이는 금남로에 섰다.

"워따메!" 최가 몸을 부르르 떨었다. "시상에, 이게 뭔 일이다냐?"

옆에 서 있던 에르베의 입에서도 감탄이 터져나왔다.

"오오!"

뒤통수를 싸늘히 식히고 온몸에 소름이 돋게 만드는 광경이었다. 그곳은 폐허이자 꿈의 거리, 광주 금남로였다. 깨질 수 있는 것은 모두 깨졌고 부서질 수 있는 것은 죄다 부서졌다. 도청 광장 앞에 도열한 버스와 택시 들로 바리케이드를 친 금남로엔 엄청난 군중이 운집해 있었다. 그들은 드넓은 강처럼, 폭우를 부르는 구름장처럼 거대한 덩어리를 만들었다. 끝을 알 수 없는 시위대의 물결 위로 커다란 태극기가 휘날렸다. 건물과 차량 곳곳에 플래카드가 나부꼈다. 무서운 공수부대가 도청 앞에 도열해 있었지만 아무도 그런 것은 생각하지 않았다.

앞쪽에서 메가폰 소리가 울렸다.

"저들은 지금 최루탄이 떨어졌습니다!"

"와!"

함성이 일었다. 뭐여, 뭐여, 뒷사람들이 물었다.

"쟈들이 시방 최루탄이 떨어졌답뎌!"

"와!"

"뭣 땀씨 그려? 왜 그려?"

"저 썩을 것들이 최루탄을 다 써부렀다네."

"와!"

함성이 파도처럼 뒤로 전달되었다.

"긍께 물자를 애껴 쓰야제, 암만."

함성이 지나간 자리에 잔잔한 웃음의 잔물결이 일었다. 에르베가 최를 보았다. 최는 심한 부담감을 느끼고 눈을 희번덕거렸다.

“프로페서, 에, 긍께, 최루탄이 뭐다냐? 오케, 밤! 유 노 밤? 캑캑 밤밤! 훌쩍훌쩍 밤밤!”

최가 기침을 하고 눈물을 흘리는 시늉을 했다.

“티어 가스?”

에르베가 묻자 최가 손뼉을 쳤다.

“오케, 티어 가스! 데이 해브 노 티어 가스!”

에르베가 웃자 최도 웃었다.

“우리는 기필코 이 싸움에서 이길 것입니다. 저 악랄한 공수부대의 총칼에 쓰러져간 우리 부모와 형제들의 죽음을 결코 헛되이 하지 않을 것입니다. 이제 1시 5분 전입니다, 여러분!”

“1시 5분 전!”

“1시 5분 전!”

거대한 외침이 금남로에 울려퍼졌다. 시위대 앞쪽 차량들이 축포를 쏘듯 경적을 울렸다.

“1시 5분 전이 뭐래여?”

“아, 입때 여그 안 기셨소? 공수놈들 광주에서 싹 물러나라고 우리가 명토박아준 시간 아니오?”

“워메, 저 징한 눔들이 순순히 물러날꺼나?”

“순순히 안 물러나면 우덜이 몰아내야제. 우덜도 인자 당하고만 있지는 않을 것인께로.”

사람들이 쇠파이프로 탕탕 땅바닥을 두드렸다. 차량의 경적이 우렁차게 울렸다.

“근디 암 소리도 안 나는 거 본께 저눔들이 꿈쩍도 않는갑네.”

“저건 또 뭔 소리여? 애국가 아녀?”

“누가 반주를 하는겨?”

“반주는 무신? 도청 스피커에서 나오는디.”

“도청에서 뭣 땀씨 애국가가 나오는공?”

“나가 워찌 알겄소? 시방 몇분 남었소?”

“1시 거진 다 되았소.”

“긍께 조회맨키로 뭔 발표를 할라꼬 애국가를 내보내는갑네.”

“우리가 쪼까 따라 불러도 쓰까잉.”

“애국가사 못 부를 것이 뭣이 있소?”

“그려, 그건 글제.”

그러나 시위대는 애국가를 따라 부를 수 없었다. 앞쪽에서 둔탁한 쇳소리가 났다. 타타탕 튀는 소리와 비명이 들렸다. 뭣이여? 최루탄이 안죽 남은겨? 다 떨어졌담서? 웅성대던 시위대는 갑자기 뒤로 밀리기 시작했다.

“최루탄이 아니라 총이여, 총!”

“총을 쐈다네.”

“뭐라? 총이라?”

타타타타탕!

“공포탄입니다! 시민 여러분, 놈들이 겁주려고 쏜 겁니다. 도망치지 마세요.”

확성기 소리를 들은 사람들은 반신반의하면서도 뒤로 밀렸다.

“공포탄이라네.”

“그럼 글제. 설마 우덜헌티 맞대놓고 총을 놓을라꼬.”

타타타타타타타탕! 타타타타타타타탕! 타타타탕!

불가사의한 압력이었다. 어떤 거대한 힘이 시위대 앞쪽을 무지막지하게 밀어내기라도 한 듯 금남로에 밀도있게 고여 있던 시위대는 뒤로 압착되면서 공간이 열린 사방 골목으로 쫙쫙 빨려들었다. 최와 에르베도 뒷길 인도 쪽으로 내동댕이질당했다

금남로는 텅 비었다. 가까스로 정신을 수습한 사람들은 그제야 도청에서 애국가를 튼 이유를 알았다. 그것은 발포명령이었다. 이게 끝이 아니라 시작이라는 무서운 예감이 모든 이의 머릿속을 무섭게 휘젓고 지나갔다.

5

금남로 주변에는 웅웅대는 소리밖에 들리지 않는 침묵과도 같은 무음의 상태가 지속되었다. 그 둔한 침묵의 갈피에서 애국가가 시작되었다. 골목골목 발 디딜 틈조차 없이 빽빽이 들어찬 사람들이 하나둘씩 애국가를 따라 불렀다. 애국가는 지축을 뒤흔드는 울림으로 퍼져나갔다.

웅장한 애국가가 끝나자 뭔가 약속이라도 된 듯 대여섯명의 청년들이 금남로를 향해 나아갔다. 그들은 태극기를 펼쳐들고 도청 광장을 바라보며 금남로의 왼쪽과 오른쪽을 잇는 횡대로 늘어섰다. 도청 앞에 도열한 공수부대 군인들이 총을 겨누고 있었다. 철망 달린 방석모에 더러운 얼룩무늬 군복을 입고 무릎쏴 자세를 취한 그들은 흙에서 막 기어나온 괴물들 같았다.

청년 중 하나가 팔을 들어올려 구호를 외치려는 순간 총성이 울렸다. 대로 가까이 운집해 있던 사람들은 숨을 죽이고 금남로를 내

다보았다. 총에 맞은 대여섯구의 몸뚱이가 검푸른 연못 위에 뜬 꽃잎처럼 차도 위에 쓰러져 있었다. 사람들의 굳은 얼굴 위로 수십년이 흘러도 지워지지 않을 악몽이 스쳐갔다. 몇몇 사람들이 뛰어나가 쓰러진 청년들을 데리고 골목으로 돌아왔다.

좀더 거대해진 웅웅거리는 소리가 금남로 주변을 짓눌렀다. 다시 예닐곱명의 청년들이 금남로를 향해 나아갔다. 그들이 자리를 잡고 서서 구호를 외치려 할 때 일제히 총성이 울렸다. 그들의 몸은 그네를 탄 듯 흔들 하고 쓰러졌다. 아스팔트는 대낮의 열기로 후끈 달아올라 있었지만 사람들의 어깨는 쇳내와 피냄새가 내뿜는 서늘한 냉기로 보이지 않게 떨리고 있었다. 사람들이 달려나가 쓰러진 청년들을 골목으로 데려왔다.

또 네댓명의 젊은 남자들이 금남로로 나아갔다. 총성이 울리고 그들이 쓰러졌다. 하늘은 변함없이 맑았다. 도청 앞에는 부처님 오신 날을 봉축하는 대형 아치와 꽃등이 화사하게 걸려 있었다. 에르베는 최를 보았다. 최도 에르베를 보았다. 에르베는 최에게 푸른 눈으로 묻고 있었다. 이게 진짜 현실인가. 그저 환상인 건 아닐까. 이토록 햇빛 화창한 날에 당신들은 무엇을 하고 있는가. 왜 애인과 키스하고 사랑을 나누는 대신 군인들이 쏜 총에 맞아 피를 흘리며 죽어가는가.

다시 대여섯명의 청년들이 뚜벅뚜벅 금남로를 향해 나아갔다. 그만하랑께, 그만하랑께, 하고 한 여자가 울부짖었다. 수십명이 목놓아 부르짖었다. 나가지 말랑께, 다 죽는당께. 그때 에르베가 외쳤다.

"쎄 뗄! 엘 에 라!(그녀다! 그녀가 저기 있다!) 쉬즈 데어! 데어즈 쉬!"

최가 작은 눈으로 재빨리 금남로 쪽을 살폈지만 흑백 가로줄무
늬 옷은 보이지 않았다.

"잉? 워디? 워디? 웨어? 후?"

에르베는 손으로 자기 머리를 빙빙 감싸는 시늉을 한 후 팔을 곧
게 뻗었다. 최는 금남로를 향해 걸어나가는 청년들 사이에서 머리
에 붕대를 두른 흰 웃옷의 여자를 발견했다. 여자는 뭐라고 쨍한
탄성을 지르며 청년들과 춤이라도 출 듯 경쾌한 스텝으로 걷고 있
었다.

"저 처니가 그 처니여? 미쳤구마이."

최의 말이 끝나기도 전에 에르베가 사람들을 헤치고 뛰어나갔
다. 금남로를 향해 첫발을 내딛는 순간 그는 총대에서 총알이 튀어
나가는 반동으로 군인들의 상체가 일제히 움찔하는 것을 보았다.
가까이서 들리는 총성이 귀를 먹먹하게 했다. 여자가 고꾸라졌다.
순간 그의 귀에 흙 속에 묻힌 그릇이 파삭 부서지는 듯한 소리가
환청처럼 울렸다. 그는 달려나가 검은 차도 위에 흰 쉼표처럼 웅크
린 여자를 들어 안았다. 양쪽 다리에서 피가 흐르고 있었다.

골목으로 돌아온 에르베는 최의 도움을 받아 여자를 등에 업었다.

"호스피탈! 호스피탈!"

에르베는 애걸하듯이 최에게 말했다.

"오케, 오케. 이분엔 간당께."

최가 앞서 뛰었다. 골목 안 사람들이 끝도 없이 길을 열었다.

그들은 골목을 벗어나 뒷길 차도로 내달렸다. 에르베는 발짝을
뗄 때마다 어린애 주먹 같은 것이 그의 왼쪽 허벅지를 톡톡 치는
느낌이 들었다. 내려다보니 여자의 왼쪽 무릎이 안으로 꺾여 종아

리가 달랑거리고 있었다. 여자가 뒷걸음질치며 주먹으로 가볍게 택시 창문을 톡톡 두드리던 일이 생각났다. 도와달라는 연약한 요청인 건 동일한데, 그때는 손, 지금은 발,이라고 그는 생각했다.

에르베는 최를 불러 업었던 여자를 내렸다. 그들 옆쪽으로 부상자를 업고 멘 사람들이 바삐 지나갔다. 최가 자신의 러닝셔츠를 찢어 여자의 왼쪽 무릎을 묶는 동안 에르베는 끈을 단정히 맨 여자의 피 묻은 운동화를 바라보고 있었다. 그는 오늘 아침 여자가 왜 혼자 일어나 운동화 끈을 단단히 조여매고 거리로 나갔는지 이해가 되지 않았다. 더 이해가 되지 않는 건, 그들이 왜 총을 맞을 줄 알면서도 저들의 총구 앞에 섰는가 하는 것이었다. 이 여자도, 수십명의 청년들도. 이것이 혁명인가, 하고 에르베는 여자를 다시 업으며 생각했다.

앞쪽에서 시위대가 다가오고 있었다. 시위대 사람들은 에르베가 업고 있는, 머리에 붕대를 감고 두 다리에서 피를 흘리는 여자를 말없이 바라보았다. 시위대의 행렬은 길었다. 공중에서 군용 헬기가 지나가는 요란한 소리가 들렸다. 시위대의 후미에 있던 사람들이 헬기를 향해 각목과 쇠파이프를 휘둘렀다. 헬기는 선회하여 다시 돌아왔다. 헬기의 프로펠러가 도는 소리 사이로 픽픽픽, 탁탁탁, 하는 금속음이 울렸다. 에르베는 묵묵히 빠른 걸음으로 뛰다시피 걸었다.

사람들이 소리를 질렀다. 에르베 앞쪽에 반 야드쯤 떨어져 있던 남자가 구역질을 하듯이 상체를 울컥하더니 배에서 피를 쏟으며 쓰러졌다. 남자가 먹고 있던 둥근 빵이 떨어져 그의 발 앞으로 굴러왔다. 픽픽픽픽픽. 헬기의 기총소사에 시위대와 구경꾼은 삽시간에 흩어졌다. 에르베는 건물 벽 쪽으로 달려가 여자를 바닥에 눕히고 그 위에 엎드렸다. 헬기가 멀어지는 소리가 들렸다. 최와 에르베는 여자를 골목 안으로 옮겼다. 다시 헬기가 돌아오는 소리가 들렸다.

"이래갖곤 안되겠구마. 나가 택시를 몰고 올랑께. 프로페서, 택시! 아월 드라이브 택시. 언더스탠? 웨이트 히어! 빌리브 미! 유 웨이트 히어! 빌리브 미!"

최가 뛰어갔다. 에르베는 최가 돌아오지 않아도 어쩔 수 없다는 생각을 하며 여자를 내려다보았다. 여자는 눈을 감은 채 침을 흘리고 있었지만, 자기도 같은 생각이라고 말하는 듯 보였다.

최가 몰고 온 택시에 여자를 태워 기독병원으로 데리고 갔을 때, 비록 병원은 다르지만 에르베는 상황이 이틀 전보다 훨씬 더 안 좋다는 걸 느꼈다. 그때는 타박상이나 자상 환자가 대부분이었다면 이제는 총상 환자가 중심이었다. 두부나 흉부나 복부에 총상을 입어 수술이 급한 환자들이 많았다. 이번에도 다리에 총상을 입은 여자는 경미한 부상으로 취급되어 한동안 방치되었다. 여자를 보러 온 의사 말로는, 허벅지 관통상을 당한 오른쪽 다리는 몰라도 무릎이 박살난 왼쪽 다리는 절단해야 할 것 같다고 했다. 그러나 당장 절단수술을 하기 어려우니 지혈과 응급처치밖에 할 수 있는 게 없노라고 했다. 잔뜩 충혈된 눈과 굳은 표정, 피에 젖은 가운 탓에 의사는 막 첫 도축을 끝낸 심약한 도살자처럼 보였다. 최가 고개를 흔들며 다른 병원으로 가자고 했다. 에르베도 동의했다. 다행히 그들에겐 택시라는 운송수단이 있었다.

최가 모는 택시는 병원을 끼고 북쪽으로 쏜살같이 질주했다. 최는 알지 못할 병원의 이름을 대며 그리로 가겠다고 했다. 최가 가속페달을 밟자 바퀴 밑에서 뭔가 찌그럭거리며 부서지는 소리가 들렸다. 시위대가 급히 떨구고 달아난 신발이나 가방이겠지만, 혹시 총 맞은 시체나 부상자의 뼈는 아닐까 하는 생각에 에르베는 입이 바짝 말랐다. 그는 주머니에서 씨가를 꺼내 입에 물고 짓씹었다.

군용 헬기에서 떨어진 전단지가 택시 옆쪽을 스쳐 날아갔다. 코너를 돌자 길모퉁이 앞쪽에서 수십발의 총성이 연달아 울렸다. 건물 옥상에 저격수들의 모습이 나타났다 사라졌다. 저격수들의 총에 맞아 거꾸러진 사람들이 맑은 봄날 풀밭에 쓰러진 가축들처럼 끝없이 펼쳐진 텅 빈 거리에 널브러져 꿈틀대고 있었다. 최가 총격을 피해 날쌔게 옆 골목으로 접어들었다. 씨가를 씹던 에르베가 최에게 쉰 소리로 낮게 말했다.

"초이, 위 머스트 고 투 쎄울!"

"뭣이라? 쎄울? 서울? 노, 노!"

최가 뒤를 돌아보더니 고개를 흔들었다. 에르베는 단호하게 말했다.

"초이! 아 쎄울!(서울로!) 알랑바사드 드 프랑스!(프랑스 대사관으로!)"

최가 다시 맹렬히 고개를 저었다.

"서울? 노, 노!"

에르베는 운전하는 최의 어깨를 부여잡고 잡아먹을 듯이 으르렁거렸다.

"초이! 아 쎄울! 포 알레 아 쎄울! 쎄울!(서울로! 우리는 서울로 가야 해! 서울!) 랑바사드 드 프랑스! 알랑바사드 드 프랑스!(프랑스 대사관! 프랑스 대사관으로!) 엘 쀠 이 쉬브르 엥 봉 트레뜨망. 싸 떼뜨 에 쎄 장브.(거기에 가면 치료를 받을 수 있어. 머리도, 다리도.)"

최가 고개를 끄덕였다 흔들고 다시 끄덕였다 흔들었다.

"오케, 프로페서. 서울 프랑스 워디라는겨? 노, 노! 서울은 너무 멀어부러. 오케, 프랑스 랑바사드? 일단 알았당께. 노, 노! 이 처자가 거그까정 못 간당께."

국도로 접어들자 최는 기어를 변속하고 액셀을 밟았다. 군인으로 보이지 않는, 총을 든 한 무리의 사람들이 열을 지어 지나갔다. 총소리가 점점 멀어졌다. 에르베는 뒤를 돌아보았다. 멀리 환영처럼 지옥의 도시를 향해 진군하는 무장한 시위대의 뒷모습이 어른 거렸다. 이것이 혁명인가, 하고 에르베는 생각했다. 죽을 줄 알면서도 멈출 수 없는 이것이.

이를 악물고 전속력으로 차를 몰던 최가 한적한 시골 도로변에 택시를 세웠다.

"와이 두 유 스탑?" 에르베가 물었다. "왓 두 유 싱크?"

최는 말없이 운전석에서 내려 뒷문을 열었다. 최가 뒷문 안으로 고개를 들이밀자 에르베는 욕설을 터뜨렸다.

"껠 푸 스 띠쁘!(이 미친놈아!) 메르드! 메르드! 뿌뗑!(빌어먹을! 빌어먹을! 젠장!)"

"프로페서, 빌리브 미! 나가 아는 동상 하나 델꼬 올랑께. 아 윌 테이크 마 브라더. 갸가 서울이든 어디든 델따줄 겨. 히 테이크 유

투 서울. 오케? 웨이트. 빌리브 미."

이렇게 말한 최는 뒷문을 닫지도 않고 길도 없는 잡목숲 쪽으로 냅다 뛰어갔다. 에르베는 여자를 안고 있던 손에 힘이 쭉 빠지는 것을 느꼈다. 이번에야말로 최가 돌아오지 않을 것이 확실했다. 도시도 아닌 한적한 시골에서 여자를 어디로 데려가야 할지 막막했다. 자신이 왜 한국에 왔는지, 광주에는 또 왜 내려왔는지 후회가 되었다. 그는 헛소리를 지껄이듯 말했다.

"알롱 지. 알롱 넹쁘르뜨 우.(갑시다. 어디로든 갑시다.) 누 되 쓀 망. 오 보르 들라 메르.(우리 둘만. 바닷가에.) 알라 르셰르슈 딘 까 반.(오두막집을 찾아서.)"

에르베는 온몸이 상처투성이인 여자로부터 가만히 몸을 뺴냈다. 택시에서 내린 후 여자를 조심스레 추슬러 안아 길가 나무 밑에 앉혔다. 피를 많이 흘린 여자의 얼굴은 핏기가 하나도 없어 바닷가에서 주운 탁한 회색빛 조약돌 같았다. 여자의 입에선 이제 침도 흐르지 않았다. 그러자 문득 도망치고 싶다는 생각이 들었다. 그때 환청처럼 누군가 자신의 이름을 부르는 소리가 들렸다. 에르베……에르베……

잡목숲 사이를 가르며 최가 이쪽으로 달려오고 있었다.

"에르베! 웨이트!"

에르베는 최가 왜 이제껏 한번도 부르지 않던 자신의 이름을 부르는지 궁금했다. 최는 어떤 청년과 함께 헐떡거리며 그를 향해 달려왔다.

"한분 실수혔다고 날 못 믿는당가? 쏘리, 쏘리. 야는 나으 불알동상이여. 디스 이즈 마 브라더. 빌리브 마 브라더."

에르베는 큼직한 두 손을 내밀고 최에게 애원했다.

"와이? 와이 돈츄 고 위드 미? 와이 돈츄 고 위드 어스?"

최가 사뭇 엄숙하고 단호한 표정을 지었다.

"에르베, 고만하랑께. 스탑, 스탑. 쏘리, 난 못 가라. 아이 캔트 고. 난 광주로 다부 들어갈랑께. 아월 고 백 광주. 나넌 말이제, 위대한 광주 시민이랑께. 그레이트 광주 씨티즌. 유 노? 언더스탠?"

에르베가 입술을 깨물었다. 최가 얼굴을 찡그리며 웃었다.

에르베는 가방에서 씨가를 꺼내 최와 젊은 남자에게 하나씩 주고 자신도 입에 물었다. 젊은 남자가 주머니에서 성냥을 꺼내 긋고 불이 꺼지지 않게 손으로 동그랗게 감싸 에르베의 씨가에 불을 붙여주었다. 그리고 최와 자신의 씨가에도 불을 붙였다. 그들은 펼쳐진 논밭을 향해 나란히 서서 푸른 하늘을 올려다보며 씨가를 피웠다. 빠리에선 좀처럼 보기 드문 화창한 날씨였다.

씨가를 다 피우고 나서 에르베와 최는 여자를 들어 다시 택시 뒷자리로 옮겼다. 여자의 다리가 구부러지지 않도록 에르베는 창에 바짝 붙어 여자를 안았다. 최가 청년에게 말했다.

"남식아, 저 처자 서울까정 못 간다잉. 중간에 큰 병원 찾아서 들르는디 경찰이나 군인들 보이면 무조건하고 밟아라잉. 엔진이 타불기 직전까지 밟아라잉! 진짜 타불면 안되고 고 직전까지만 밟으라고잉? 뭔 말인지 알겄제?"

차문이 닫히기 전에 에르베가 말했다.

"씨 유 어겐, 초이. 테이크 케어 오브 유어셀프, 플리즈."

최가 고개를 끄덕였다.

"오케, 에르베. 테이크 케어 오브 허. 이 처니는 나으 누이여. 쉬즈 마이 씨스터. 유 노? 나으 딸이여. 쉬즈 마이 도터. 오케, 플리즈.
아나, 굿바이. 씨 유 어겐. 굿바이."

얼마나 달렸는지 모르지만 택시는 여전히 달리고 있었다. 여자
를 안고 있던 에르베는 여자의 숨이 점점 흐려져가는 걸 느꼈다.
그는 고개를 들어 창밖을 보았다. 어디쯤인지 알 수 없었다. 해가
낮은 산들과 가까워지고 있었다. 곧 노을이 질 터였다. 택시는 덜덜
거리면서도 맹렬한 속도로 달리고 있었다.
어느 순간 여자가 눈을 떴다. 얼룩무늬 군인의 곤봉에 맞아 택시
에 기대어 서 있던 이래로 그녀의 눈 뜬 모습을 이렇게 가까이서
본 것은 처음이었다. 오래 열리지 않던 문이 스르르 열린 듯했다.
"싸 바?(괜찮아요?) 아 유 오케이?"
여자는 그의 말을 듣고 있지 않았다. 그를 보고 있지도 않았다.
여자의 눈은 극한의 고통을 겪는 자의 무서운 황홀경을 드러내고
있었다. 자신이 얼마나 더 고통받아야 하는지, 얼마나 더 견뎌야 하
는지 모르지만 이 모든 게 곧 끝장난다는 걸 확신하는 눈빛이었다.
에르베로서는 인정하고 싶지 않지만 그것은 죽음을 더듬는 무념
의 시선이었다. 당신들 편에서 보면 끔찍한 그것이 이쪽으로 넘어
오면 아무것도 아니며 다만 모든 일의 고요한 정지일 뿐이라는 듯,
끓는 찻주전자를 불에서 내려놓는 것처럼 소박한 일이라는 듯, 여
자의 두 눈이 찬물에 가라앉는 모래처럼 사르르 다시 감겼다. 그리
고 여자는 오줌을 쌌다.
에르베의 귀에 Mama, oooh…… 하는 어두운 절규가 폭포수처
럼 쏟아져들어왔다. 이 여자는 죽을지 모른다. 하지만 여자를 찾지

못하면 여자의 가족은 제대로 살아갈 수 없을 것이다. 그의 사촌누이인 아델이 쌩 말로 해변에서 실종되었을 때 그녀의 가족이 그랬던 것처럼. 그 눈부신 오후, 그는 책을 읽다 급격한 졸음에 빠져들었다. 아델이 낮잠에서 깨어 에르베,라고 부르는 소리를 들었지만 그는 눈을 뜰 수 없었다. 에르베…… 에르베…… 아델이 살그머니 일어나 성벽의 그림자를 벗어나는 걸 느꼈지만 그는 달콤한 잠의 기운에 사로잡혀 꼼짝도 할 수 없었다. 아마 어머니나 이모를 찾아가는 것이겠거니, 쌘드위치 같은 걸 얻어가지고 돌아오겠거니 생각했다. 그때 여섯살이었던 아델은 이십오년이 지난 지금까지 돌아오지 않고 있다. 사람이 데려갔는지, 바다가 데려갔는지 아무도 알지 못한다.

Bismillah(신에게 맹세코),라고 속삭이며 에르베는 눈을 꽉 감았다. 나는 반드시 서울에서 여자의 가족을 찾아낼 것이다. 그러니 잠깐만 기다려라. Beelzebub(악마여), 그녀를 놔줘라. 난 여자의 시체라도 가족에게 돌려줄 것이다.

그는 여자를 꼭 껴안았다. 여자의 몸에서 피와 땀과 지린내가 섞인 오래된 치즈 향이 났다. 그로서는 달리 해줄 수 있는 것이 없었다. 그래야만 여자가 떠나지 않을 듯이, 그래야만 여자의 몸이 더 식지 않을 듯이, 품에 꼭 안는 것 외엔 그 어느 것도……

9. 거울 속 벽화

1

　유보살은 장롱을 올려다보았다. 위를 쳐다보면 눈가가 더 파들거렸다.

　외따로 떨어진 장롱 한 짝은 옹색하고 늙수그레한 게, 두 식구를 잃고도 혼자 끈질기게 살아남은 그네 자신의 면상만 같았다. 비틀린 구름 장식은 엉킨 백발 같고 배배 꼬인 두 줄 손잡이는 오종종 파인 인중의 주름 같았다. 생각해보면 살면서 죽을 고비를 넘긴 적도 여러번이고 죽고 싶은 적도 숱하게 많았건만, 살자니 다 잊고 살아지는 모양이었다.

　열살에 전쟁고아가 되어 방방곡곡 안 가본 고아원 없이 떠돌던 시절, 배곯는 건 다반사고 상이군인한테 험한 일 당할 뻔한 적도

부지기수였다. 그러다 열다섯에 오숙정 보살을 만나 성암사에 자리잡고 밥을 얻어먹게 되니 자다가도 웃음이 났다. 이듬해 오택근이 만신창이 된 몸으로 성암사에 실려왔다. 몸만 망가진 게 아니라 정신도 오락가락해서 처음 일년은 곁채에서 나오지도 못하고 무단히 노란색만 보면 발작을 일으켰다. 눈치 빠른 순덕은 오보살이 뭐라기도 전에 알아서 노란빛이 도는 물건은 싹 치웠고, 새로 양은그릇을 사도 짚수세미로 반나절을 문질러 색을 허옇게 뺐고, 토끼도 누런 놈은 안 키우고 흰 놈이나 잿빛 놈만 키웠다. 그러다 언감생심, 절 식모나 다름없던 순덕이 아기를 가진 덕에 연희전문을 중퇴한 오택근과 곁채에 살림을 차리게 되었다. 그때 오보살이 들여놓아준 세 짝 장롱은 철없던 순덕을 얼마나 행복하게 했던가.

"덕이라는 이름값도 못허고 나가 시방 그 죄를 받는 택이제."

유보살은 시린 무릎을 짚고 일어나 법당을 건너가 권보살 방문을 두드렸다. 대답이 없었다. 문을 열자 방엔 사람이 없고 공양실로 난 쪽문만 빠끔 열려 있었다. 지난가을 공양실을 일하기 좋게 손본 뒤로 권보살은 방보다 공양실에 앉아 지내는 시간이 더 많아졌다.

"보살님, 나가 광주 쪼까 댕겨와야 쓰겄소."

유보살이 쪽문 사이로 고개를 내밀며 말했다.

"그려요잉."

식탁에 앉아 숟가락으로 소를 떼어 만두를 빚던 권보살이 고개를 들었다. 맴이 착하니 늙지도 않누마는, 하고 유보살은 생각했다. 늙지도 않을 바엔 아프지도 말아야제.

"뭣을 또 번거롭게 일을 벌렸소이?"

"왜나믄요잉, 나, 날씨가요잉."

"그려, 날씨가 따숩네."

"그려요잉. 보,봄이이잉."

"그려, 이내 봄이 오겄제."

"시,시,신 짐치이잉……"

"그려, 날은 따숴지고 신 짐치는 남가져서 만두 빚는다고라."

"또 왜냐믄요잉, 소,소,손이잉."

"이, 또 손님도 오고 한께."

"그려요잉."

권보살이 만족한 표정을 지었다. 모르는 사람이 들으면 참 신통하다 싶을 대화법이었다. 방 안으로 고개를 들여놓다 말고 유보살이 다시 고개를 내밀었다.

"뭣 필요한 거 없소?"

"워,워,월계잉……"

"월계리? 나는 시방 광주 가는디."

"아니요잉, 위,월계 나,낭구잉, 이파리잉, 왜냐믄요잉……"

"이, 월계낭구 이파리?"

"그려요잉."

가끔 이렇게 어긋나는 맛도 있었다.

"알었네. 뭣을 또 맛나게 맹글어볼라누만."

권보살이 체머리를 흔들었다. 뭣을 맹글지 않겠다는 뜻이 아니라 그걸 맛나게 맹글지 어쩔지 알 수 없다는 겸양의 몸짓이었다.

유보살은 잘름잘름 다리를 절며 법당을 건너가다 불상 앞에 납죽 엎드렸다.

"부처님요, 나가 참말로 죄가 많소. 까묵고니 살었제 짚어보니 살어온 날들이 죄 죄요. 그래 맴으로 좋아하던 사램이었는디, 같이 살기만 험사 세상 암것도 부러울 게 없을 드끼 그래 맴이 씍이던 사람이었는디, 고때 무신 독한 맴에 고런 끔찍스런 염을 잠시잠깐 이락도 묵었는지 모르겄소."

해가 바뀌었으니 꼭 사십년 된 일로, 오택근이 죽기 열흘쯤 전이었다. 멀쩡하던 사람이 갑자기 열이 펄펄 끓고 똥오줌도 못 가리고 끙끙 앓는데 날씨까지 엄청스레 추워졌다. 댓돌 밑에 얼음이 낀 걸 모르고 곁채에서 요강을 들고 나오던 유보살은 얼음판에 미끄러져 엉덩이뼈에 금이 갔다.

"부처님은 아시지라?" 유보살은 불상을 올려다보았다. "글만 안 했어도 나가 고런 천벌받을 생각은 하늘이 무서서라도 못했을 거인디. 고때 해필 당고모님도 고뿔이 들려 컹컹 개 짖드끼 기침을 해쌓고 나는 응치뻬가 갈라지서 자리보전허고 눕었는디 셋 중에 누가 먼첨 가야 한다 하면 고만 저 사램이 가뿌리는 게 좋겄다는 소리가 절로 나오드만요. 고 말 입 밖에 빼놓고 이렌가 여드레 만에 그 양반이 안 갔소. 부처님은 다 굽어보시니 아실 것이요. 나가 그리 착한 사램은 못되야도 또 그리 나뿐 사램 될 재목도 못된께요. 생각 없이 살다보니 죄가 태산 같소. 그려도 글제, 그 양반 고렇게 보내뿔고 우리 연이 고렇게 잊아뿔고 인자 권보살까정 잘못되면 나는 워찌케 사요. 있는 정성 없는 정성 다 드릴 틴게 권보살 안 아푸게 도와주씨고, 우리 연이 멀리 안 갔으면 싸게 돌아오게 도와주씨고, 우리 연이 알레루기도 싹 낫게 도와주씨요, 부처님."

유보살은 일어나 눈가를 훔치고 합장을 했다. 늙으니 울고 싶은 생각이 없어도 자꾸 눈물이 났다. 찬 법당 마루에 잠깐 엎드려 있었다고 콧물도 났다. 늙으니 오줌만 지리는 게 아니라 눈구녁 콧구녁 할 것 없이 구녁구녁이 하나같이 말을 들어먹지 않았다. 내 몸에 붙어 있다꼬 다 나으 것이 아닌께라, 하고 중얼거리며 유보살은 방에 들어가 외출 준비를 했다.

산길을 비척비척 내려가며 유보살은 간간이 떨리는 눈가를 눌렀다.

권보살이 위암 판정을 받은 게 육년 전 가을이었다. 시도 때도 없이 토하고 도통 먹지를 못해 의원에서 한약을 몇제 지어다 달여 먹였는데 증세가 더 나빠졌다. 대학병원에서 검사해보니 위암이라 했다. 수술도 하고 치료도 받아 다 나았는가 싶었는데 삼년 뒤에 다시 암이 살아나 어디 듣도 보도 못한 장기로 옮겨앉았다고 했다. 하늘이 무너졌다. 유보살은 장차 성암사에 자기 혼자만 남겨질 수도 있다는 생각을 해본 적이 없었다. 자세자세 따져둔 건 아니었지만 권보살이 자기보다 여덟살이나 아래이니 자기가 먼저 가고 성암사는 권보살에게 물려주겠다 맘을 먹고 있었다.

권보살의 시중을 받으며 가겠다는 생각이 얼마나 큰 욕심이었던가를 깨닫는 요즘, 그네는 하루하루 곁을 지켜주는 권보살이 고마웠다. 말을 시원하게 못하니 그 깊은 울화가 쌓여 병이 되었나 싶은 생각도 들고, 그 끔찍스러운 겨울밤에 몹쓸 짐승 하나 때려잡은 일이 착한 권보살 몸에 암으로 똬리를 틀었나 하는 생각도 들었다.

혼차 살다 혼차 가는 것도 괜찮제, 싶다가도 권보살이 십년만 더 버텨주고 자기가 그 안에 가면 좋겠다는 마음이 들고, 그러다가는 아녀라, 아녀라, 도리질을 치며, 자기가 먼저 가면 아픈 권보살을 누가 돌보랴, 차라리 권보살을 먼저 보내줘야겠다는 생각도 드는 것이었다. 자기와 권보살 중 누가 먼저 죽으면 좋을지 마음의 결정을 보지 못한 상태에서 유보살의 생각은 샛길로 빠졌다. 그러니께 가만있자, 연이 아부지가 연이 국민핵교 졸업을 코앞에 두고 그리됐은께, 마흔아홉 겨울에 그리됐구마. 하따, 나가 시방 일흔이 넘었는디, 고런 새파란 나이에 든 사램을 두고 인자 고만 가달라꼬 죽어자빠져 마땅한 맴을 품었으니 나가 암만 그 죄를 받을람사 곱게 죽던 못하겠구만. 고때 고눔으 웅치뻬만 안 다쳤이도, 아이구 관셈보살, 나무아미타불……

유보살이 염불을 외며 종점을 향해 걸어가는데 누가 앞을 막아섰다.

"보살님!"

유보살은 귀신이라도 만난 듯 소스라치게 놀랐다.

"이게 뉘신가?"

"저 귀희 에미여라."

"귀희 에미?"

자세히 보니 산파일을 하던 동자네 큰딸 동자였다. 눈가가 처지고 광대뼈가 튀어나온 할미탈 생김이 모녀내림이라, 꼭 그 나이쯤에 죽은 동자네가 현신한 듯해 유보살은 가슴이 벌렁거렸다.

"아이구, 관셈보살."

"워디 가시오, 보살님?"

"오랜만에 우리 연이 만내러 광주 안 가냐?"

"연이가 안 들어오고 보살님이 광주까정 나가시는 게라?"

"뭐라? 연이가 안 들어와? 이, 하연이 말하는갑네. 나는 시방 정연이 보러 간당께."

"아이고, 묘역 가시누만요. 으쩌까잉, 지가 행맹이 쏘옥 빠진갑소. 연이라니께 무가내하고 하연인 중만 알고."

"이름이 비젓한께로."

버스가 와 섰다. 무릎을 짚고 힘겹게 버스 계단을 오른 유보살이 창가 쪽 자리에 앉자 동자가 앉을까 말까 망설이다 물었다.

"지하고 바까 앉으실라요? 창 쪽이라 안 추시겠소?"

"날 풀려서 무관혀."

그제야 동자는 보따리를 내려놓고 유보살 옆에 앉았다.

"동자 니는 뭔 일로 근친을 다 댕기가냐?"

"아부지 생신이었어라. 아부지 좋아하는 약밥 만들어옴서 핑곗김에 하룻밤 자고 가는 길이어라. 귀남이가 데불러 온다는 걸 성가시러버 관두라 했어라."

"귀남이가 우리 연이허고 동갑이제."

우리 연이……? 옳지, 이분엔 하연인갑네. 동자가 얼른 점을 친 후 대답했다.

"그해 1월에 나고 5월에 났은께 동갑이제요. 워메, 글면 하연이도 벌써 서른이 훌쩍 넘었어라?"

"넘었제. 동자 니가 우리 연이보담 한살 위던감?"

우리 연이……? 옳지, 이분엔 정연이여. 동자가 대답했다.

"지가 오팔년 개띠요."

"두살 위구만."

"연이가 쥐띠여라?"

"쥐띠제."

“그려도 국민핵교는 같이 다녔제라.”

“이, 그렸제.”

동자는 창밖을 내다보는 유보살의 떨리는 눈가를 측은하게 바라보았다. 딸과 손녀인 두 연이를 품고 살아온 유보살의 설운 마음이 곱다랗게 전해져왔다. 하연이 정연의 딸이라는 건 동자네와 동자만 아는 사실이었다. 유보살이 하연을 딸로 호적에 넣은 후로 아랫마을에서는 온갖 험하고 흉한 소문이 떠돌았다. 유보살의 목소리가 고와 경 읽는 소리만 들어도 위로가 된다던 신도들이 한순간에 외면을 하고, 구미호라느니 신도들 남편을 후린다느니 막말들을 해댔다. 자연 성암사엔 사람들 발길이 끊어졌고 그러자니 절 살림도 안 좋아졌다. 유보살이 콩 튀듯 팥 튀듯 정연을 찾아다니는 동안 권보살 혼자 몸을 돌보지 않고 하연을 업고 안고 걸리면서 아랫마을에 품을 팔러 다녔는데, 그래서 한때 마을에선 하연이 권보살이 낳은 딸이라는 몹쓸 소문도 돌아, 말 못하는 권보살이 말 못할 수모도 숱하게 당했다.

“동자야,” 유보살이 동자를 돌아보았다. “그날 니 어매하고 우리 연이도 요로코럼 한자리에 나랜히 앉어 갔다제?”

“그날이어라?”

이번엔 어떤 날, 어떤 연이를 말하는가 싶어 눈을 멀뚱대던 동자가 냉큼 고개를 끄덕였다.

“그랬다드만요. 우리 오매가 노상 안 그라요? 고때 빠수터미날서 연이가 지헌티 안부 전해달랬담서⋯⋯”

동자가 말을 못 잇고 눈물을 글썽였다. 동자네는 그때 당장 연이 손목이랑 자기 손목이랑 딱 붙잡아매서 되짚어 돌아왔어야 할 걸 그랬다고, 그랬으면 무사했을 것이라고, 죽을 때까지 그 말을 입에 달고 살다 자신도 그날 두들겨맞은 후유증으로 환갑도 못 보고 세상을 떴다.

"귀희 에미야, 나 말 쪼까 들어볼텨?"

"허씨요."

"나가 암만 생각을 해봐도 우리 연이는 잘못 안됐제 싶다. 꿈에 한분도 비질 않는당께. 나 말이 뭔 말인 중 알겠냐?"

"고것이 뭔 말이다요?"

"나 꿈에 연이가 안 빈당께. 연이 아부지도 안 비고."

"긍께…… 그기……?"

"그라제. 연이가 잘못됐으면 원제가 되얐든 연이 아부지가 꿈에 나와서 연이 잘 데불고 있은께 염려하덜 말라고 나한티 이약을 안 해주겠냐? 월매나 연이한티 끔찍하던 사램인디, 당최 그 양반도 연이도 꿈에 안 빈당께. 둘이 안죽 못 만낸겨. 긍께 꿈에 안 비제. 부녀가 못 만냈다 허면 고게 뭔 뜻이겠냐? 우리 연이는 잘못 안됐다, 그짝 시상으로 안죽 안 건너갔다, 고 말 아니겄냐?"

동자는 어리둥절하여 눈만 씀벅씀벅했다.

"부처님이 기신디 그럴 수는 없잖냐, 동자야? 나가 부처님 믿는 사람이라 하는 말이 아니고 이치가 안 그냐?"

간절한 유보살의 얼굴을 보자 동자는 냉큼 고개를 끄덕였다.

"생각혀보니 그도 그라요, 보살님."

"니 생각도 글제?"

"지 생각도 그라요, 보살님."

몇년에 한번씩 유보살이 딸의 생존을 주장하는 근거는 바뀌었지만 그 믿음만은 바뀌지 않았다. 차라리 죽어서 시체라도 찾는 편이 나았다. 죽은 사람들 가족이 어떻게든 마음을 잡고 사는 데 비해, 실종된 사람들 가족 중엔 유보살처럼 괴이쩍은 주장을 펴며 가족의 생존을 굳게 믿는 경우가 왕왕 있었다. 유보살이 다시 창밖으로 시선을 돌리자 동자는 표나지 않게 한숨을 폭 쉬었다.

보살님요, 지송시런 말씸이지만 죽지 않고 살었음사 시방까정 연락 한분 없었소잉. 더 지송시런 말씸인디요, 지 생각에 부처님은 안 기신 지 오래랑께요. 안 그러면 울 엄니가 손자 보겄다고 산수시장에서 딸랭이 장난감 사가지고 오던 길에 그리됐겄소? 어린 학생들 죽자고 패는 공수님들 보고 고만 작작 잠 패라고 똑 한마디 혀다 그리 뚜디려맞고 반병신으로 살다 십년도 못 넘기고 갔겄소? 그댐부터 나가 하느님이고 부처님이고 안 믿소. 성암사에 불전 올림서도 그저 울 엄니 명복이나 비는 뜻이제 부처님 잘 기신가 안 기신가는 암 상관도 안하요이.

광주광역시에 오신 것을 환영한다는 안내판이 보였다. 버스가 큰 반원을 그리며 광주로 진입했다.

묘역의 완만한 경사면을 따라 늘어선 묘비들은 햇살을 받아 얼음막대처럼 쨍쨍 빛났다. 유보살은 무릎을 짚고 단을 올라가 묘 앞에 섰다. 비석 앞면에는 오정연의 묘라고 되어 있고, 측면에는 생몰 일자가 두 줄로 새겨져 있었다. 뒷면에는 아무 비문도 없었다.

유보살은 차디찬 비석을 쓰다듬으며 인사처럼 늘 읊던 소리를 했다.

"연아, 왜 그랬더냐. 그날 해필 광주는 왜 간다고 나섰더냐. 불구뎅이 가차이 간 놈이 재를 뒤집어쓰는 법인디, 뚜디려맞고 칼에 찔리고 월매나 아펐드냐. 놈들한티 끌려도 안 가고 병원에도 없고 가방은 대인동에 떨귀놓고 당최 몸땡이는 워딜 간 거이냐?"

지가 봤어라.

정연의 마지막 모습을 목격했다는 청년이 어깨게를 탁탁 쳤다.

머리는 요만만 길렀고라, 가로달이로 꺼먼 줄백이 웃도리에 허연 바지 입었지라? 그 처니허고 나허고 멫이서 그놈들한티 잡혀갖고 이유도 멋도 없이 무작시레 뚜디려맞았당께요. 하따, 근디 그 처니가 간이 부었제라, 겁도 없이 갑재기 머라고 빽 소리를 지르더만 빨딱 일나서 도망을 가불더랑께요. 한 눔이 쏜살겉이 잡으러 뛰갔제요. 그 처니가 뛰긴 잘 뜁디다만, 안쪽 길로 쫓겨들어가면서 그놈한티 대검으로다 등허리를 짝 찢기는 걸 봤어라. 나가 고때 모가지를 뚜디려맞는 바람에 워찌케 더는 못 봤는디요, 참말 안된 말이지만 십중팔구는 죽었을 것이고만요. 개 겉은 눔들! 나중 본께 쫓어갔던 놈이 미친놈맨키로 건덩건덩 돌구쳐오더라고라. 그눔들이 워떤 눔들이요잉? 쫓어가면 무조건 곤봉으로 때리잡고 칼로 찌르고, 살었으면 머리끄덩이라도 질질 끌고 오는 놈들 아니요. 방석모를 까놔서 나가 그 살인마 개눔으 얼굴을 똑똑히 봤는디요, 지끔 봐도 단박 알아볼 것이요. 눈이 엽전맨키 부리부리허고 한쪽 볼따구니가 아이롱으로 지져논 거맨키 오글자글한 딘둥인께요. 기억하씨요이. 딘둥이랑께요.

정연의 흔적은 거기서 끊겼다. 그날 오후에 금남로 주변에서 머리카락이 어깨쯤까지 오는 단발에 흑백 가로줄무늬 셔츠와 흰 바지를 입고 하늘색 가방을 멘 여대생을 보았다는 목격자들은 많았지만, 저녁 7시 이후로는 함께 붙잡혀 두들겨맞았다는 그 청년 말고는 정연을 보았다는 목격자가 아무도 없었다. 유가족회에서 묘비를 세울 것을 권했지만 유보살은 오랫동안 망설였다. 십년이 지난 후에 빈 무덤을 짓기는 했으나 묘비 뒷면에 아무 말도 새기지 않았다. 유보살에게 이 묘는 딸이 떠났다는 증거가 아니라 다시 돌아온다는 약속이었다. 딸이 돌아올 때까지 그네가 찾아도 보고 불러도 볼 수 있는 딸의 대용물이었다.

정연이 실종된 후 유보살이 처음 느낀 감정은 슬픔도 아픔도 아닌 미안함이었다. 오택근이 딸을 얼마나 사랑했는가는 누구보다 유보살이 잘 알고 있었다. 그런 딸을 맡기고 떠났는데 자신이 딸에게 어떻게 했던가를 돌아보니 남편에게도 딸에게도 죽을 만큼 미안했다.

"긍께 그게 원제더냐."

유보살은 묘역 너머 푸른 하늘을 쳐다보며 혼잣말을 했다.

"연이 니가 두살 났을 적인갑다. 나가 방에 들어가본께 니가 아부지 배를 타넘고 있드만. 똥집도 차서 무건 년이 아픈 아부지 몸을 타넘어야? 나가 니를 냉큼 안어 방뎅이를 팡팡 뚜디렸드랬다. 아이구메, 무시라, 느 아부지가 그때맨키로 벽력같이 소리 질러뻔지는 건 살다 첨 봤당께. 애기 가만 냅두지 못하냐고, 애기 함부로 때리지 말라고 함서 나를 잡아묵을라 안하냐. 나가 니를 내려논께 니가 뽈뽈 기어설라매 다부 느 아부지 배를 타넘을라 하등만. 나가 기가 똑 맥혀서 방을 나왔드랬다. 그려, 에미가 니를 모질게 대했느니라. 아부지가 끼고도는 걸 안께 눈치 빤한 니가 워디 말을 들어먹간디. 벨벨 짓을 다 해봐도 나가 니 고집 하나는 못 꺾었은께."

유보살은 콧물을 훔치고 흐흐 웃었다.

"멫분인가는 느 아부지 원망도 했다. 그 양반 유언만 아녔으면 나가 멀쩡한 기집애를 광주로 서울로 내둘릴 맴은 애시당초 묵지도 않었을 거인디, 그니가 공부는 니가 하고 자픈 맨치 시키주라꼬 신신당부를 하고 눈을 감았은께 심들어도 니 공부는 시키자 했제. 근디 그눔으 공부 한다꼬 서울까정 가서 떡허니 애를 배가 내리왔으니 참말 기도 안 차드라. 짧은 생각에 니도 밉고 느 아부지도 밉고 부애가 나드만. 나가 고아로 컸은께 하나 있는 딸내미한티는 든든한 친정 울타리가 돼줬어야 쓰는디 에미가 그때만 해도 사는 이치를 몰렀다. 권보살이 백번 낫었제. 권보살이 고맙다. 연이 니도 고맙고. 니가 연이도 안 떨어뜨려놓고 허무하게 가부렸으면 우덜이 이 세월을 워찌케 살었겄냐. 연이 그거 보고 살었다. 연이 니 보드끼 연이 보면서 살었다."

유보살은 떨리는 눈가를 비볐다.

"그땐 그랬제. 도청에 실종자 신고를 하니라꼬 갔는디 워찌케나 다리가 벌벌 떨리든가. 폭도라꼬 빨갱이라꼬 간첩이라꼬 불순분자라꼬 뭣이라 뭣이라 허벌나게 겁을 줘쌓는디, 하따, 나가 느 아부지 땜시 빨갱이 비읍자만 들어도 오금이 착 접히는 사램 아니냐. 무시라, 무시라, 일년 지나불고 눈 딱 감고 연이를 내 밑으로 넣부렀다. 니를 키울 적허고는 달러도 많이 달르드라. 고 쪼깐한 게 열만 나도 가심이 벌렁거려서 권보살하고 손잡고 밤새 운 날이 수두룩하다. 몸이 가루가 되야도 연이가 해달라는 거는 다 해주고 잡드만. 연이 하나는 안 울리고 키울라 했는디 그래도 에미 애비가 없은께 뭣이 덜 가도 덜 갔든가 사춘기가 됨서 아가 쪼까 사나와지드라.

그건 뭐 워찌커겠냐, 할 수 없제. 지 애비가 누구냐고 종주먹을 대는디 나가 눈물깨나 뺐다. 나가 니헌티 연이 애비가 누구냐고 종주먹 대든 일이 생각나드라. 광주 가던 날도 니한티 안 따져물었드냐. 니가 연이 애비 앞장시우고 출생신고하러 간담서 기다리라꼬 하는디 맴이 그래 따숩고 좋드만……"

유보살은 허공을 응시하며 나지막이 패티김의 노래를 읊조리다 맥없이 끊었다.

"연이가 많이 아폈드랬제. 몸도 아프고 맴도 아프고. 고때 겨울밤에 끔찍스럽던 이약은 나가 멫분 했은께 인자 고마 안할란다. 근디 나가 그 냉정한 사램을 얼매나 찾을라꼬 했는디 시방도 못 찾었다."

그러다 유보살이 눈을 번쩍 떴다.

"아이고! 연아, 에미가 이만 가봐야 쓰겄다. 메칠 전에 니 동무람서 워떤 남자가 전화를 했어야. 무신 출판사를 한담서 연이도 잘 안다드만. 나가 듣김에 그니가 뭣을 알고서 전화를 한 것 같드라. 나가 그때 니 놓치고 나서 니 동무 그 뭣이냐, 성이 조가라는, 이, 조준환이라는 동무를 만내서 연이 애비를 찾을라꼬 월매나 애를 쓸 적엔 감쪽겉어도 그래 감쪽겉어야? 오늘 다른 동무가 내리온다헌께 인자 뭣이 풀릴란가 싶다. 그럴 만치 세월도 됐고 연이도 알 것은 알어야제."

유보살은 마른 잔디를 짚고 끙끙거리며 일어났다. 한데 앉아 있었다고 그새 무릎 관절이 삐걱거렸다. 유보살은 장방형의 둥근 무덤의 잔디를 손으로 슦으며 중얼거렸다.

"연이야, 그맨치 몸을 추스렸으면 인자 고만 돌아오니라. 니가

맴만 붙잡으면 원제라도 돌아올 수 있다는 거 에미는 안다. 권보살
도 저리 아프고 나도 원제까정 살지 몰르고, 고만 돌아오니라, 연이
야. 연이가 기다린다."

　묘역을 나오는 길에 유보살은 뒤를 돌아보았다. 묘역 뒤편 야트
막한 산 아래쪽에 앉은뱅이 나무들이 동그랗게 심어져 있었다. 그
동글방한 나무들이 무덤을 돌봐주는 애기부처들처럼 고맙고 정겨
워 유보살은 찬 손을 모으고 합장을 했다.

2

　일주일에 나흘 동안 오전에 네시간씩 연달아 하는 겨울 계절학
기 강의가 오늘로 끝났다. 피곤이 몰려와 하연은 잠시 눈을 감았다
떴다. 맞은편 전철 출입문 옆에 자리가 비었다. 곧 내릴 터였지만
잠시라도 앉고 싶은 유혹이 일었다. 그녀는 앉는 대신 허리를 꼿꼿
이 펴고 천천히 복식호흡을 했다.

　빈자리 옆에는 부부로 보이는 중년 남녀가 앉아 있었다. 아내는
작은 소리로 얇은 책자를 읽고 있었고 남편은 그 소리에 귀를 기울
이고 있었다. 책 읽는 소리는 잘 들리지 않았지만, 원순음을 발음할
때면 유난히 긴 여인의 인중이 늘어나면서 부리가 휜 새처럼 뾰족
한 윗입술이 아랫입술을 덮곤 했다. 뱃속의 공명을 확보하기 위해
허리를 곧추세운 여인의 어깨는 남편의 어깨보다 한참 아래였다.

　시선을 끄는 쪽은 단연 남편이었다. 기골이 장대한 사내의 왼뺨
에는 큼직한 화상 자국이 있었다. 흉터는 왼쪽 귀를 주둥이로 하여

볼에서 잔뜩 부풀었다 턱을 비스듬히 가로지르는 호리병 모양이었다. 유보살처럼 심한 틱 현상도 있는지 왼쪽 눈가가 격심하고 불규칙한 떨림을 보였다. 그 경련은 위험을 알리는 점멸등처럼 호리병 모양의 흉터를 더 주목하게 만들었다. 왼쪽과 대조를 이루는, 사내의 얼굴 중에서 가장 시원하게 잘생긴 오른쪽 눈이 정겹게 아내를 향했다. 화기에 반쯤 잠식당한 입술로 사내가 무어라고 묻자 여인은 시선을 허공에 던지고 생각에 잠겼다. 올려뜬 눈 속에서 검은 동자가 미간을 중심으로 포도알처럼 모였다. 그렇게 어긋난 부채꼴의 사시 속에서 아내는 남편에게 줄 어떤 해답을 골똘히 찾는 듯했다.

하연은 다음 역에서 내리기 위해 그들 부부가 앉은 쪽 출입문으로 다가갔다. 여인의 가느다란 목소리가 들려왔다.

"순구씨, 아무리 생각해봐도 성경에는 바땅이란 인물은 나오지 않그든요. 발락이나 발람은 있지만 바땅은 없그든요."

여인이 책을 덮고 가방을 챙겼다. 그들이 일어나는 순간 은은한 암내가 풍겨왔다. 깔끔한 슈트 차림의 젊은 남자가 하연의 옆으로 다가서려다 얼굴을 찡그렸다. 남자는 한 걸음 옆으로 떨어져 코를 막고 하연을 쳐다보았다. 그 시선은 강한 윤리적 명령을 내포하고 있었다. 그는 전철의 출입문이 열리자마자 가스실을 빠져나가듯 획 튀어나갔다. 하연이 내렸고 그 뒤를 따라 중년 부부가 내렸다. 바짝 붙어 팔짱을 낀 채 걸어가는 그들의 뒷모습이 인상적이어서 그녀는 휴대폰 카메라로 사진을 한장 찍었다.

지상으로 올라오자 공기는 싸늘했지만 어디선가 희미하게 봄의 습기가 느껴졌다. 하연은 쇼핑몰 광장을 지나 마을버스 정류장으로 갔다. 전자제품 마트 앞에 모여 있던 중학생들이 대형 벽걸이 TV에 신은비의 모습이 나타나자 아우성을 쳤다.

"완전 이뻐! 완전 이뻐!"

"간지 캡짱!"

진행자의 질문에 신은비가 답변하는 말이 자막으로 나왔다.

'다음주에 빠리에서 있을 프레따뽀르떼에 참가해요. 영광스럽게도 디자이너 염종휘 선생님의 패션쇼에 합류하게 됐어요.'

염종휘라는 이름을 보자 지난여름 세희네 집에서 연회가 열린 날 박인하를 처음 보았던 일이 떠올랐고, 오늘밤 박인하와 함께 떠나게 될 밤낚시가 생각났다. 하연은 가슴이 답답해지는 걸 느꼈다. 진행자가 수다스럽고 긴 질문을 던졌지만 신은비의 대답은 짧았다.

'빠리에서 씨에프 촬영 마치고 돌아오면 영화에만 몰두할 생각이에요.'

신은비의 표정과 태도에는 자신이 얼마나 사랑스러운지 모르는, 무심하고 침착한 어린아이의 기품 같은 것이 배어 있었다. 신은비와의 인터뷰가 끝나고 다음 코너로 넘어가자 중학생들이 허망한 얼굴로 마트 유리에서 떨어져나왔다.

마을버스가 도착했다. 우르르 몰려가는 사람들의 뒤를 따라 하연도 버스를 향해 갔다. 갑자기 그녀는 이상한 기미를 느끼고 고개를 홱 돌렸다. 뒤에 서 있던 노인이 슬그머니 팔을 들어 주름진 손으로 앞선 여자애의 목덜미를 움켜쥐고 있었다.

"엄마야! 뭐야, 이거?"

여자애가 질색을 하고 돌아보았다. 피부가 우유처럼 흰 여중생이었다. 노인이 능청스럽게 씩 웃었다. 성긴 잇새의 어둠속에서 오

374

래 살아 폐닭의 가슴살처럼 질겨진 노인의 욕망줄 한 가닥이 언뜻 보이는 듯했다. 여자애는 재수 옴 붙었다는 얼굴로 줄에서 떨어져 나갔다. 떨리는 꽃잎처럼 씨팔씨팔거리는 여자애의 앙증맞은 입모양이 노인을 배웅했다.

버스는 붐볐지만 하연은 노인에게서 멀어지기 위해 안쪽으로 들어갔다. 노인은 눈을 힐끔거리며 또다른 대상을 노리고 있었다. 권보살 이모에게 걸리면 뼈도 못 추릴 텐데, 하고 그녀는 생각했다. 오래전 그날 눈 위에서 소리를 지르던 그녀를 찾아낸 사람도 권보살이었다.

맵게 추운 겨울밤이었다. 법당에서 삼천배를 하다 말고 그녀는 겉옷을 활활 벗고 양말도 벗고 양손에 낀 목장갑도 벗었다. 손톱을 바짝 세워 얼굴과 목, 팔, 다리, 가슴과 배를 피가 나게 긁었다. 칼로 저며도 사라지지 않을 가려움이었다. 그녀는 속옷 바람으로 뛰어나갔다. 성암사 뒷길을 지나 아무도 밟지 않은 눈을 밟고 칠흑 같은 산을 올랐다. 희디흰 눈밭에 몸을 뒹굴렸다. 몸이 시체처럼 차갑게 식어 무감각해졌다. 그녀는 눈 위에서 일어나려다 뭔가에 붙잡혔다. 비명을 지르며 쓰러졌다. 누운 채 비릿한 피냄새와 누린내를 맡았다. 정신을 잃기 직전에 그녀는 남자의 등 너머로 권보살이 기다란 것을 들고 소리 없이 다가오는 것을 보았다. 깨었을 땐 성암사 곁채였다. 오늘이 니 생일이여 이것아. 왜냐믄요잉. 왜냐믄요잉. 연이 니가 잘못되면 우덜이 다 죽는 줄을 왜 몰러, 이것아. 유보살과 권보살이 누운 그녀의 양손을 붙들고 울었다. 그날 이후 약이 조금씩 듣기 시작했다. 죽다 살아나 체질이 바뀐 모양이라고 유보살이 말했지만 일년 동안 하연은 성암사 울타리 밖으로 나가지 못했다. 두 보살이 입을 꾹 다물고 있어도 뒷마당 너머 숲 쪽 덤불에 뭔가 커다란 덩어리가 깊이 묻혀 있다는 것을 그녀는 잘 알고 있었다. 이후로 그녀의 감각은 짐승처럼 예민해졌고, 시선이나 기미의 변화에 민감하게 반응했다.

하연은 휴대폰을 꺼내 시간을 확인했다. 1시 55분이었다. 인하와 만나기로 한 시간은 4시였다. 집에 가서 간단히 씻고 가방을 챙겨 나오기에 충분한 시간이었다. 과학자가 단단히 밀봉해놓은 치명적인 세균을 확인하듯 그녀는 공포와 매혹이 뒤섞인 얼굴로 휴대폰의 전화번호부에 입력되어 있는 박인하의 번호를 확인했다. 작년 마지막 인터뷰 때였다.

사진 찍는 걸 좋아하는 것 같던데……

인하는 잠시 말을 끊고 양손 검지를 천천히 맞대고 문질렀다.

우리 낚시 친구가 됩시다.

다음 말을 잘라먹을 것 같던 인하가 이렇게 말했을 때 그녀는 가슴속에서 억세게 꿈틀거리는 낯선 감정을 느꼈다.

내가 한달에 한번도 가고 두달에 한번도 가고 그러는데, 연락하면 낚시 친구 해주겠어요?

네,라고 대답하고 그녀는 입술을 깨물었다.

밤낚시가 아주 좋아요. 사진도 찍을 만하고. 명함에 있는 거 말고 이게 내가 아는 사람들하고만 쓰는 번혼데, 하연씨 번호도……

사무실에서 나온 후 하연은 박인하의 번호에 패티김의 「이별」을 지정 벨소리로 입력했다. 그도 아버지가 누군지 모른다고 했다. 그 유일한 유사성 때문이라고, 단지 그뿐이라고, 그는 곧 잊을 것이고, 그녀가 휴대폰에서 「이별」 멜로디를 듣는 일은 없을 거라고 그녀는 생각했다.

어젯밤 휴대폰에서 「이별」이 울렸을 때 그녀는 가슴이 덜컥 내려앉았다. 삽시간에 피가 얼굴로 쏠렸다. 어쩌다 생각이 나겠지, 냉정한 사람이지만. 그녀는 두 손으로 휴대폰을 들고 있다, 그렇게 사랑했던 기억을,에서 통화 버튼을 눌렀다.

아, 하연씨? 나 박인하요.

네.

같이 낚시 갈까요?

언제 가시는데요?

모레 저녁에 갈까 하는데 시간 괜찮아요?

……네,라고 대답하고 그녀는 또 입술을 깨물었다.

밤낚신데 괜찮겠어요?

네.

낚시란 게 인터뷰처럼 두어시간 만에 끝나는 게 아니고…… 다섯시간이고 열시간이고 말없이 그냥 앉아 있기만 하는 거라……

그녀는 극도로 흥분된 상태에서 그의 말을 이해하지 못한 채 듣고 있었다.

지루하지 않겠어요?

네.

예전에…… 날 믿지 않는다고 그랬던 것 같은데?

네. 아니, 아니, 그녀는 정신을 차리고 급히 정정했다. 그건 다른 거였습니다.

인하가 낮게 웃었다. 전화를 끊고 나서 그녀는 한동안 가슴을 꼭 누르고 있었다. 눌러도 제압되지 않고 요동치는 이 괴물 같은 감정의 정체가 무엇인지 알 수 없었다.

마을버스에서 내려 집을 향해 걸어가다 하연은 문득 빠리에 있을 석빈을 생각했다. 그동안 무척 보고 싶긴 했지만 오늘만은 그가 멀리 있는 게 다행이라는 생각이 들었다. 석빈이 곁에 있어서 왜 박인하와 밤낚시를 가느냐고 묻는다면 뭐라고 대답할까. 그녀는 그에게 거짓말을 할 수 없을 것이다. 나도 왜 그런지 모르겠다고, 무언가에 홀린 것 같다고, 그렇게밖에 대답할 수 없을 것이다.

하지만 오직 한가지만은 분명했다. 그녀는 박인하를 만나면서 두렵고 고통스러운 가운데서도 자신의 피톨 하나하나까지 생생히 살아 있음을 느꼈다. 자신이 이제껏 없는 듯이, 죽은 듯이 살아왔다는 것도 깨달았다. 그녀는 또박또박 한발짝씩 떼며 우연의 점을 쳤다. 무섭다. 안 무섭다. 겁난다. 안 겁난다. 싫다. 안 싫다. 그러다 모든 게 다 부질없게 느껴져 점괘가 실린 발짝을 마구 뒤섞으며 달렸다.

3

진태는 성암산 입구 주차장에 차를 세웠다. 세시간 넘게 운전하느라 굳은 몸을 풀기 위해 차에서 내려 허리를 돌리고 팔을 휘두르고 심호흡을 했다. 올라가는 길을 살펴보니 차가 한대 지나갈 만한 흙길이 완만하게 굽이치고 있었다. 길 양편에는 나무들의 어두운 잿빛 둥치와 회색 몸통과 밝은 은빛 가지들이 위로 갈수록 명도가 높아지는 궁륭 형태를 이루고 있었다. 그는 양손을 깍지 끼고 우둑거렸다.

"어디 오랜만에 땀 좀 내볼까."

흙은 말라 있었지만 길은 딱딱하지 않았고 나무는 헐벗었지만 공기는 촉촉했다. 등산을 간 적이 언제였는지 기억도 가물가물했다. 그는 잠시만이라도 아무 생각도 하지 않고 자신의 호흡과 보폭과 속도, 그리고 숲의 풍경에만 집중하려고 했다. 하지만 오난이도 이 길을 이렇게 올라갔겠지 하고 생각하는 순간 온갖 상념이 꼬리를 물고 이어졌다.

그해 5월 지하다방에서의 뽑기 결과가 달랐다면 어땠을까. 준환이 아닌, 경애나 명식 또는 재현이나 진태 자신이 밖에 남아 있다가 정연의 소식을 듣고 이 길을 올라갔더라면, 그래서 정연의 어머니를 만났더라면, 그들의 인생은 달라졌을까. 등허리에 땀이 나기 시작했다. 우리는 몰라도,라고 생각하며 진태는 걸음을 늦췄다. 아마 박인하의 인생은 엄청나게 달라졌겠지. 그리고 하연의 인생도. 숨이 조금 가빠졌다. 대관절 누가 그들의 인생을 이렇게 뒤집어놓을 권리를 오난이에게 주었단 말인가. 오난이는 무슨 생각으로 그런……

진태는 억지로 생각을 끊었다. 곧 모든 것을 알게 될 텐데 그새를 못 참고 괜히 앞서나가 자신을 발광하게 만들 필요가 없었다. 그는 잡념이 들세라 발걸음의 수를 세기 시작했다. 마흔인지 쉰인지쯤에서 숫자를 놓쳐 처음부터 다시 세고 백일흔인지 백여든인지에서 헷갈려 다시 셌다. 그때부터는 놓치지 않고 백 단위로 손을 꼽아가며 세어 천팔백열다섯 걸음째 산길 모퉁이 너머 희끗한 나뭇가지들 사이로 칠이 벗겨진 파란 철대문이 보이는 자리에 도착했다.

마당에 나온 유보살을 본 순간 진태는 정연의 어머니라는 걸 한 눈에 알아보았다. 모녀치고는 거의 닮은 데가 없는데도, 그 닮지 않았다는 것까지 한눈에 알아지니 신기한 일이었다. 눈모양만 보더라도 정연은 둥글고 컸는데 유보살은 가늘고 길었다. 하지만 유보살에게서는 정연을 떠올리게 하는 묘한 기운이 엿보였다. 눈가가 주저앉고 틱 현상으로 한쪽 근육이 바르르 떨렸지만, 깊숙이 반짝이는 눈빛 속에서 진태는 오래전 정연에게서 보았던 섬세하고도 대찬 성정을 발견했다.

"안녕하십니까, 어머니?"

유보살은 그의 얼굴을 유심히 살피며 말했다.

"어서 오시오잉."

"저는 오정연이 대학 친구 신진태라고 합니다."

"알제, 안당께. 전화로 이약을 했은께. 서울서 먼 길 오느라 수고 많았소."

진태는 자기도 모르게 감탄했다.

"어머니 목소리가 참 맑으시네요. 정연이나 하연이 목소리도 듣기 좋은데, 어머니에 비하면 아무것도 아닙니다."

"이, 그건 글제만, 나가 인자 늙어 소리도 변했소."

진태는 풋 터지려는 웃음을 참았다. 유보살은 진태를 곁채 방으로 안내했다. 낡은 장롱과 책상, 책장이 놓인 단출한 방이었다.

"우리 연이가 쓰던 방이여."

진태는 '우리 연이'라면 하연일까 정연일까 생각했다. 어쩌면 둘

다일지도 몰랐다. 문밖에서 끙끙대는 여인의 목소리가 들려왔다. 문을 열고 내다본 유보살이 상대의 첫말을 듣자마자 아이고, 하며 발을 굴렀다.

"내 정신 잠 보랑께. 고걸 먼첨 물어본다는 것을. 신가 양반, 워찌케 즘심은 자셨는가?"

"네, 오면서 먹었습니다."

진태는 대충 둘러댔다.

"이, 먹고 왔다네."

다시 짧게 끙끙대는 여인의 목소리가 들린 후 발소리가 멀어졌다. 아마 하연이 말한 권보살 이모겠거니 짐작이 되었다.

"앉으시오잉."

"네."

유보살은 책장에서 두꺼운 자료를 꺼내와 마주 앉았다.

"확인 잠 해봅세. 요것이 우리 연이 사진이랑께. 그짝 동무 맞는가?"

유보살이 사진 몇장을 내밀었다. 오랜 미제사건을 수사해온 형사처럼 능숙한 태도였다.

"요눔이 고등핵교 다닐 직에 찍은 것이고 요눔은 고등핵교 졸업식 때 찍은 것이여. 대핵교 가서는 당최 사진을 안 찍었는공 한 눔도 없드라고."

진태는 쓸쓸하게 고개를 끄덕였다. 당시에는 전연뿐 아니라 모든 써클에서 사진 찍는 걸 금기시했다. 조직사건을 � 때 증거가 될 소지가 있어서였다. 진태에게도 이십대 초반의 사진은 거의 남아 있지 않았다. 진태는 사진 속 여고생을 한참 들여다보았다. 딸

같다는 생각이 들었다.

"맞소?"

"네, 맞습니다."

유보살이 이번엔 자료집 갈피에서 종이 한장을 꺼냈다. 정연을 찾는 전단지였다. 전단지에 인쇄된 사진은 흐릿하고 거무튀튀하여 아는 사람도 알아보기 힘들 지경이었다.

"사진이 영 흐린데요."

"긍께 다들 얼굴만 갖고는 못 찾는답뎌. 차래리 옷이 증거라 하더랑께. 그려서 밑에 설명을 자세자세 맹글어놨제라. 에, 나이 이십일세, 허고, 두발 어깨 단발, 허고, 복장 흑백 가로줄무늬 티셔츠에 흰 바지를 입고 하늘색 가방을 멨음, 허고, 직업 대학생, 허고."

"어머니께서 직접 찾아다니시기도 하고 그러셨나요?"

"고것이 뭔 말이여? 직접 안 찾아댕기면 워쩐당가?"

"네, 그래서 뭐 찾아내신 거라도 있으신지?"

유보살이 한숨을 쉬었다. 그때 문밖에서 또 끙끙대는 소리가 들려왔다. 유보살이 일어나 문을 열고 쟁반을 받았다. 쟁반을 내려놓으며 유보살이 흐뭇한 얼굴로 말했다.

"요것이 우덜이 연이한티 맹글어 보내는 약과랑께. 연이 알레루기 땜시 설탕가리 대신 엿으로 맛을 낸께 쪼까 단맛은 덜하지만 먹을 만은 하요. 보리차 마셔감서 드시요."

진태는 약과를 먹으며 유보살이 말을 꺼내기를 기다렸지만 그네는 그새 정신이 딴 데 팔린 얼굴로 눈만 실룩거리며 앉아 있었다. 진태는 진하게 우린 보리차를 훌쩍 소리내어 마시고 말했다.

"그래서 어머니, 뭐 찾아내신 거라도 있으시면 말씀해주십시오."

　그제야 유보살은 정신을 차리고 이런저런 얘기를 늘어놓았다. 마지막 목격자한테 들은 딘둥이 얘기며, 그후로 이리저리 찾아다 닌 얘기며, 십년이 지나 빈 묘를 지은 얘기 등이었다. 얘기를 듣고 나서 진태는 시치미를 떼고 물었다.

　"정연이 친구들은 여기 아무도 안 찾아왔습니까?"

　"딱 한 사램이 왔었제. 핵교에서 복학인가 뭔가 하라꼬 연락이 왔길래 나가 연이가 이러구러 실종이 되얐다고 이약을 했지라. 고걸 전해듣고 젊은 학생이 한나 찾아왔더라고. 조준환이라는 동무여."

　진태는 고개를 끄덕였다. 보나마나 준환은 정연의 실종 소식을 듣자마자 앞뒤 돌아보지 않고 성암사로 달려내려왔을 것이다. 유보살이 무슨 애긴가를 할까 말까 망설이는 기색을 보였다. 진태가 미리 넘겨짚고 물었다.

　"그 친구에게 하연이 얘기는 하셨습니까?"

　유보살이 눈을 휘둥그렇게 떴다. 진태는 내친김에 노인네를 더 바짝 밀어붙이기로 했다.

　"하연이가 정연이 딸 맞지요?"

　"워따메, 고걸 그짝이 워찌케 아는가?"

　진태가 뭐 그 정도야 하는 얼굴로 말했다.

　"척 보니까 알겠던데요."

　"오매, 눈썰미가 귀신이네." 유보살이 바짝 다가앉으며 물었다. "글면 연이 애비도 누군지 알겠는가?"

　"거기까지는 아직……"

유보살의 어깨가 축 내려앉는 걸 보자 진태는 마음이 안 좋았다. 오난이가 옆에 있다면 욕을 한 바가지 퍼붓고 흠씬 때려주고 싶었다.

"어머니, 일단 저만 믿으십시오. 제가 짐작이 가는 데가 있긴 한데 아직 확실하지가 않아서 말씀은 못 드리겠습니다. 백 프로 확실해지면 연락드리겠습니다. 일단은 하시던 얘기나 좀더 해주십시오. 그래야 하연이 아버지 찾는 데 도움이 될 수 있으니까요."

유보살의 얼굴이 불을 켠 듯 확 밝아졌다.

"이, 그러세. 가만있자, 나가 워디까정 이약을 했는가?"

"오난이, 아니 조준환이라는 친구가 내려왔는데, 그 친구에게 하연이 얘기를 했나 안했나 하는 데까지 얘기했습니다."

"이, 그려. 했제, 연이 애비를 찾아야 한께. 나가 찬찬히 살피본께 그 양반은 영 아니더라고. 얼굴 생김이 우리 연이하고는 딴판이여. 신가 양반도 연이 애비 상은 아니네."

진태는 웃었다.

"네, 저는 아닙니다."

"그려, 그 조가 양반도 아니드랑께. 냉정한 사램이 아니고 맴이 따순 사램이더랑께."

"냉정한 사람요?"

"이, 그짝은 몰르겄구만. 우리 연이가 핵교 작파하고 내리와서는 이 방에서 주구장창 듣던 노래가 고것이랑께. 어쩌다 생각이 나겄지 냉정한 사램이지만, 하는 노래. 몰르는가?"

"압니다. 정연이가 그 노래를 그렇게 자주 들었습니까?"

"이, 그랬제. 나가 그 노래를 들음서 해필 만내도 만내도 냉정한 사램을 만낼 게 뭐다냐 허고 가심을 천분 만분 쳤은께.”

진태는 할 말이 없었다. 결국 박인하란 인간은 정연이에게도 냉정하게 대했구나 생각하니 인하에 대한 차가운 혐오가 일었다. 유보살은 고운 목소리로 열심히 얘기를 이어갔다. 하연의 친부를 찾을 수 있는 힌트가 될 얘기를 빠뜨려 못 찾게 되지나 않을까 두려워하는 듯했다.

“그 동무가 이약을 다 듣더만 우리 연이를 함 보고 잡다길래 비줬제. 돌도 안된 우리 연이를 물끄래미 보드만 울더랑께. 섧게도 울더라고. 글고 자개가 서울 가서 알아보겠다고.”

진태는 오난이가 하연을 보자마자 아이 아버지가 누군지 알아차렸을 거라고 생각했다. 그때 그 마음이 어땠을지 생각하니, 조금 전 자신에게 두들겨맞고 울고 있는 오난이가 조금 불쌍하기도 했다.

“그래서 조준환이 뭘 알아냈습니까?”

“그랬이면 작히나 좋겠소? 다부 내려오긴 왔는디, 자개는 우리 연이하고 둘이만 알고 지내서 연이가 누구랑 친했는지 당최 모르겠다등만. 그려도 실망하지 마시라고, 틈나는 대로 알아보겠다고, 그라고 다부 올라가고 내리와서 죄송하다 함서, 암것도 못 알아냈다고, 다부 올라가고 내리와서 죄송하다 함서. 아이고, 참말 고마운 양반이었제. 나가 고로코롬 일년을 목 빠지게 지둘리다 연이를 나 밑으로다 넣부렀당께.”

진태는 불쌍히 여겼던 준환을 다시 저만치 밀쳐버렸다. 유보살은 준환이 그후로도 가끔 성암사에 들렀고, 틈틈이 봉장에 돈도 적잖게 넣어주었다고 했다. 정연의 빈 묘를 만든 후엔 같이 묘에 가기도 했다고 했다. 그런데 칠팔년 전쯤인가, 조준환 이름으로 큰 액수의 돈이 입금된 후로 소식이 딱 끊겼다고 했다. 그러나 가끔 정연의 묘에 찾아가보면 한번씩 꽃이랑 소주병이 놓여 있어 그 동무가 다녀갔구나 짐작했다고 했다. 그리고 다른 동무로 찾아온 이는 진태가 처음이라고 했다. 진태는 유보살의 얘기를 들으며 속으로 이를 갈았다.

유보살이 진태의 손을 끌어다 잡았다.

"신가 양반, 나가 염체없지만 부탁 하나 할라요. 지발 우리 연이 애비 잠 찾아주시요잉. 글고 찾더락도 나한티 먼첨 연락해주시요잉. 우리 연이한티는 우덜이 직접 말을 해야 한께. 뭔 말인지 알겄지라?"

"네, 어머니."

"해가 바낄 적마다 인자는 이약을 해야는디 해야는디 함서 여적 못했소. 연이 갸가 사춘기 적에 쪼까 사나워졌는디, 이 이약을 들으면 고때맨키 다부 사나워질까비 내년에 하자 후년에 하자 함서 자꼬 늦춰불고 늦춰불고, 고러다가 여그까정 안 왔소? 재작년인공, 연이 서른살 나던 해에는 참말 다 털어놓을라 했제. 근디 못했당께. 대신에 조준환이라는 양반 이약을 해줌서, 그 양반이 보내준 목돈을 보여줌서, 느 언니 동무들 잠 찾아봐달라고 부탁을 했어라. 연이도 그 조준환이라는 양반이 드나들던 것은 얼핏 기억이 난다등만."

진태는 그래서 하연이 큰돈을 내어 주변을 도운 사람이 있나 물었구나 싶었다.

"지난가을에 언니 동무들을 찾았담서 핀지가 왔을 직에는 월매나 반갑든고, 신가 양반을 만낼라꼬 그랬나 싶소. 먼 길 찾아와줘서 참말로 고맙소."

“아닙니다, 어머니. 더 일찍 찾아뵙지 못해서 죄송합니다.”

“아녀라, 아녀라. 근디,” 유보살이 몰래 감춰둔 보석 얘기를 하듯 눈을 빛내며 물었다. “그짝이 봄엔 우리 연이가 워뗘라?”

“아, 우리 하연이요? 예쁘고 야무지고 똑똑하고, 요즘 그런 아가씨 보기 드뭅니다. 제가 아주 홀딱 반했습니다.”

유보살은 좋아서 아기처럼 꺅꺅댔다.

“이, 그려. 갸가 원래 새새끼맨키 밝고 장낸꾸래기였는디 몸이 아픔서부텀 부처님 가운데 토막맨키로 즘잖아졌당께. 나이 먹고 즘잖아지는 건 존 일이긴 한디 나는 워째 옛날에 우리 연이가 새새끼맨키로 총총거릴 적이 자꼬 그립소.”

“우리 하연이가 몸만 쪼까 건강해지면 다시 고렇게 새새끼처럼 까불 거랑께요. 지가 장담한당께요.”

유보살이 진태의 어색한 사투리를 듣고 웃었다.

“이, 그려. 하하, 이이.”

“하연이가 돈독이 올라 돈만 막 벌려고 하는 것도 가슴 아프시죠?”

유보살이 그걸 어찌 아느냐는 얼굴로 억울함을 호소했다.

“나가 그때참에 목돈도 이맨치 있다고 보여줌서 돈 걱정 하덜 말라고 그리 일렀는디도 말을 안 듣소.”

“걱정 마십시오. 하연이가 돈독이 오른 게 아니라, 돈 운이 뻗쳐 그런 겁니다. 아마 좋은 소설 써서 떼돈을 벌 겁니다.”

유보살이 두 손을 맞잡았다.

“하따, 신가 양반, 입속으 혀가 따로 없구만이. 안 그려도 우리 연이 말로는, 돈 쪼까 더 벌고 책 한권 내갖고 소설가가 되면 아조 여그 내리와 살겄다등만. 근디 젊은 아그가 이 산골짝에 처박혀 살기가 쉽지는 않을 것이여. 나으 생각으론 말이제……”

유보살이 긴 얘기를 할 듯 사근사근한 표정을 짓자, 진태는 그게 자기가 늘 하는 수법임을 깨닫고 경계심을 품었다. 말려들면 한두 시간은 헤어나지 못할 것이다. 그는 손을 비비고 몸을 들썩였다.

“어머니, 제가 이만 서울로 올라가봐야겠습니다.”

“지둘렀다 저녁 안 자시고 가고?”

“다음에 와서 늘어지게 놀다 주시는 밥도 먹고 가겠습니다. 정연이 묘에도 모시고 가고요. 오늘은 제가 워낙 마음이 급해서 가봐야겠습니다.”

유보살은 선선히 고개를 끄덕이더니 무릎을 짚고 먼저 일어났다.

“그러시요잉. 그짝 말이 맞소.”

곁채에서 나온 유보살은 다리를 절며 마당을 가로질러가서 공양실 문을 열었다.

“보살님, 손님이 기냥 가신다네.”

자태가 곱고 여윈 여인이 보자기에 싼 것을 들고 나와 뭐라고 끙끙거리자 유보살이 냉큼 알아듣고 말했다.

“하따, 손님 가실 중 워찌케 알고 그새 만두를 다 쪄놓으싰소잉? 몸만 잰 게 아니라 마음도 재요. 신가 양반, 이거 우리 권보살님이 빚고 찌고 다 한 만두요. 가다 드시요.”

유보살이 진태에게 보자기를 건넸다. 한두 걸음 떨어진 곳에 선 여인이 보일 듯 말 듯 고개를 숙였다. 몹시 얽었지만 섬세하고 아름다운 얼굴이었다. 그 얼굴을 보자 진태는 왠지 목이 멜 듯한 슬픔을 느꼈다. 그가 꾸벅 인사를 하자 두 여인이 나란히 합장을 했다. 돌아서려는 진태를 유보살이 다가와 더럭 붙잡았다. 낯빛이 시퍼렜다.

"신가 양반! 이라고 가서 다부 안 오지는 않겠제? 우리 연이도 연이 애비 앞시워 출생신고하러 갈 거라꼬 큰소리 땅땅 치고 나가더만 영영 안 돌아왔소. 조준환이란 동무도 갑재기 발길을 딱 끊었소. 그짝도 글면 안돼라. 꼭 온다고 약조하씨요. 늙은이 눈 빠지게 지둘리게 하지 말고 언능 연락 준다고 약조하랑께."

내려오는 길은 한결 수월했다. 진태는 뭔가에 홀린 얼굴로 터벅터벅 걸었다. 올라갈 때는 그렇게 발버둥을 쳐도 진드기처럼 달라붙던 생각들이 모두 증발되어버린 듯 머릿속이 휑했다. 새가 울고 나뭇가지가 흔들렸다.

진태는 바위에 걸터앉아 담뱃불을 붙였다. 머리는 텅 빈 대신 가슴은 알 수 없는 감정으로 가들막했다. 내가 지금 슬퍼하고 있나, 하고 그는 중얼거렸다. 옆에 내려놓은 보자기에서 만두 냄새가 풍겼다. 그는 담배를 끄고 보자기를 풀러 찐만두를 꺼내 덥석 베어물었다. 식었지만 맛있었다. 정연과 하연, 유보살과 권보살을 생각하니 참 이상한 집안의 이상한 여자들이라는 생각이 들었다. 그는 휴대폰을 꺼냈다. 통화 가능 지역이 아니었다. 그는 휴대폰을 집어넣고 다시 만두를 먹기 시작했다. 대체 언제였을까. 그러자 휙 하나의 장면이 지나갔다. 피쎄일한 날, 용호에게 정연이 뺨을 맞은 날, 풍년집에서 나와 모두가 만취해 길바닥에서 고래고래 소리를 지르던 날, 찻길로 뛰어들려는 정연을 뒤에서 박인하가 꽉 붙잡고 있던 날. 그날이었네, 하고 그는 고개를 끄덕였다.

배가 부르도록 먹었지만 만두는 반 이상 남았다. 진태는 남은 만두를 추슬러 보자기에 싼 후 담배를 한대 더 피워물었다. 자신이 운동권이 되고 안되는 것이 전적으로 우연에 달려 있었다는, 어느 날 갑자기 떠오른 생각이 한때 그를 어리둥절하게 만든 적이 있었다. 신입생 헌터의 역할을 맡은 선배들은 한달 안에 낙점을 끝냈고, 낙점된 신입생들은 대개 한 학기 안에 마음의 결정을 끝냈다. 운동권에 몸담고 지낸 십수년의 기간에 비해 한달과 반년은 얼마나 짧은가. 그 짧은 동안 일어난 몇가지 단편적인 사건들의 우연성이 그 후의 기나긴 청장년의 삶을 결정지었다는 사실에 그는 당황했다. 그러나 생각해보니 모든 인생이 그렇지 않나 싶었다. 하룻밤의 방황이 창녀와 부랑아를 만들고, 한번 발각된 도둑질이 전과로 점철된 인생을 부른다. 편재하는 우연이 새처럼 날아들면 그 순간 인생은 단박에 뒤틀린다. 그런 의미에서 스무살 청춘에게 허여된 한달 또는 반년의 말미는 필연의 첨탑을 쌓기에 충분히 긴 시간이기도 했다. 그렇게 전연 신입생들은 운동권에 입문했고, 피쎄일과 농활, 합숙과 데모를 통해 운동권 전사가 되어갔다.

진태는 갑자기 두통을 느끼고 관자놀이를 눌렀다. 그에겐 지금 딸이 둘 있다. 열아홉살과 네살. 누가 그 아이들을 그 시절 공포의 데모 현장으로 내몰라면 그럴 수 있을까. 없다. 절대 없다. 물론 그때 그들은 정연이 아이를 가진 줄 몰랐다. 몰랐지만 결과적으로 그들은 그녀에게 자식을 사지로 내몰 것을 강요했고 그녀는 결사적으로 항전했던 것이다. 너희는 전태일처럼, 김경숙처럼 그렇게 죽을 수 있느냐고, 나는 그럴 수 없다고, 내가 죽으면 너희가 책임질 수 있느냐고 정연이 물었을 때 그들은 해괴한 논리의 비약에 당황

해 서로의 얼굴을 마주 보았고 목에 핏대를 올리며 따지는 경애를
만류하지 않았다. 그들은 수태한 그녀의 몸에서 탐식과 게으름을
읽었고, 새끼를 감싸는 예민한 정신에서 비굴과 타협을 보았다. 그
들은 그녀가 휴학했다는 소식을 들었을 때 어느 면에선 마음이 홀
가분하기까지 했다. 그들의 공동체에서 떨어져나간 이상 그녀의
뱃길은 그녀의 몫이었다. 그들에겐 자신들이 나아갈 항로를 살피
는 일조차 힘겨웠다. 돌아보면 다 같이 소금기둥이 될 뿐이었다.

진태는 바위에서 벌떡 일어나 산길을 뛰어내려갔다. 나 죽고 싶
다 진태야…… 그의 기억 속에서 정연은 아직도 여름 땡볕에 검게
탄 주근깨박이 얼굴로 울고 있었다. 육즙처럼 붉은 기름이 흘러내
리는 장떡을 베어먹고, 냄비에 가라앉은 꽁치 살점을 숟가락으로
퍼올리고, 닭날개 세 토막을 깨끗이 발라먹고 있었다. 그들이 그 시
절 그녀와 나눈 것은 무엇이었나. 그들은 저마다 무엇이 그토록 다
급하고 분주해 그녀의 변화를 살피지 못했는가. 왜 임신한 그녀가
마지막 닭날개 한 조각도 다 먹고 가지 못하도록 매섭게 다그쳤는
가. 통닭집에서 미안하다는 말을 하고 떠날 때 그녀의 눈빛에 담긴
비애와 슬픔을 왜 일제히 외면했는가. 왜 그들은 그토록 메마르고
무지한 정신으로, 왜 그렇게 근본적인 단절의 포즈를 고수했나. 왜
그렇게 동화될 수 없는 것들에 대한 동경을 품었으며 왜 그렇게 자
신들의 무효성을 앞당기기 위해 날뛰었던가. 그녀의 조각배가 죽
음의 해협을 지날 때 그들의 배는 어디쯤 항해하고 있었나. 모든
시대의 청춘들과 마찬가지로 그 역시 어디서건 제 운명을 읽어내
고야 말겠다는 광적인 과잉에 사로잡힌 영혼으로 한 시절을 살아
냈을 따름인데, 신진태, 그를 구성하는 기억의 허구는 무엇인가. 이

게 바로 자신이 그토록 두려워하던 판도라의 상자였나.

진태는 미친놈처럼 뭐라 뭐라 중얼거리며 보자기 속 만두가 엉망이 되도록 앞뒤로 냅다 뒤흔들며 뛰었다. 넓어진 내리막길 끝에 산 입구 주차장이 보였다.

4

진태는 차문을 열고 운전석에 앉아 시동을 걸었다. 성암사에서 나왔을 때는 시간이 멈춰버린 것 같더니 차를 타자 다시 시간이 빠르게 흐르기 시작했다. 그의 머릿속은 새로운 정보들로 가득 찼고, 생각과 추리와 판단도 빨라졌다.

그는 운전을 하면서 유보살에게 들은 정연의 실종 상황을 면밀히 검토하기 시작했다. 정연은 놈들에게 두들겨맞다 도망쳤다. 도망치다 딘둥이에게 등허리를 대검으로 찔렸다. 찔린 채로 길모퉁이를 돌았다. 거기서 암전. 그후 딘둥이는 돌아왔으나 그녀는 돌아오지 않았다. 가능성은 두가지다. 첫째, 그녀가 딘둥이에게 맞아죽었다면 그곳에, 아니 다른 어디에라도 그녀의 시체가 있어야 한다. 그런데 시체가 없다. 그렇다면 둘째, 그녀가 맞아죽지 않고 살아 있었다면, 누군가 다친 그녀를 구조해서 어딘가로 옮겼을 것이다. 병원에는 없었다고 하니 집에서 치료했을 가능성이 크다. 그렇다면 그 구조자는 왜 정연의 가족을 찾지 않았을까. 정연은 왜 집에 돌아오지 않았을까.

순간 진태의 등골이 서늘해졌다. 그 구조자가 그 당시 5월의 상황에서 죽었다면, 그리고 정연이 기억을 잃었다면, 그렇다면 얘기가 딱 맞아떨어진다. 그러자 또 하나의 생각이 떠올랐다. 정연을 구조한 사람이 그녀의 옷을 갈아입혔다면. 티셔츠가 찢기고 피범벅이 되었을 텐데 치료를 한 후 그걸 다시 입혔을 리가 없다. 정연은 다른 옷을 입게 된 것이다. 그리고 기억을 잃으려면 머리를 다쳐야 하는데, 그랬다면 누군가 붕대를 감아주었을 것이다.

핸들을 잡은 진태의 손이 떨렸다. 그는 핸들을 잡은 손을 쥐었다 폈다. 그가 생각하기에, 여기서 가장 중요한 포인트는 정연의 옷차림이 바뀌었다는 대목이었다. 그러니 어깨 단발이니 흑백 가로줄 무늬 티셔츠니 하는 것은 정연을 찾는 데 도움이 되기는커녕 결정적인 장애가 되는 정보였던 것이다. 유일한 팩트인, 등허리를 칼에 찔린 젊은 여성에 집중했어야 했다. 그렇게 범위를 좁혀서 탐문했더라면 분명히 어디선가 단서를 찾을 수 있었을 것이다. 그러나 이제 시간이 너무 많이 흘렀다. 삼십년이 넘었다. 진태는 아무도 없는 도로에서 클랙슨을 길게 빵 울렸다.

"이런 젠장할 오난이 새끼! 만나면 죽여버리겠어. 그땐 어떻게든 정연이를 찾을 생각만 했어야지. 머리도 나쁜 새끼가 지 혼자서 뭘 어쩌겠다고!"

실컷 욕을 퍼부은 뒤 진태는 다시 생각을 정리했다. 쉽지는 않겠지만, 일단 다시 원점에서 단서가 될 만한 것들을 새로 수집하는 수밖에 없다. 그리고 어떻게든 딘둥이 공수놈을 찾아내야 한다. 그때 광주에 주둔한 공수부대원들 중에 얼굴 반쪽이 훌러덩 데어 벗어진 놈이 그렇게 많진 않을 것이다. 그건 인하에게 부탁하면 될 것이다.

갑자기 머리가 터질 것 같아 진태는 라디오를 켰다. 남녀 아이돌 그룹이 잡담을 나누며 낄낄대는 프로였다. 그는 발칵 짜증을 내고 에이엠 튜너를 이리저리 돌리다 제풀에 지쳐 라디오를 껐다. 그리고 이번엔 차선을 바꾸면서 앞차를 추월하는 데 정신을 집중했다.

"아, 이거 가자는 거야, 말자는 거야? 짜식이 계모 임종을 가나."

분노가 불쑥불쑥 솟구쳐 핸들을 잡은 손에 힘이 들어갔다.

"저 트럭이 죽을라고? 뒤차가 추월하는데 속도를 내? 그래, 왼쪽으로 붙어줘야지. 양보를 하고 살아야 착한 시민이지."

휴게소가 보였다. 무조건 쉬어야겠다는 생각이 들었다. 진태는 작은 구멍가게 같은 국도변 휴게소에 내려 괴상한 맛이 나는 블랙커피를 마시면서 담배를 피웠다. 담배를 끄고 휴대폰을 꺼내 인하의 번호를 눌렀다.

"여보세요."

낮고 힘없는 목소리였다. 공식 번호의 휴대폰으로 받을 때는 활력을 섞어 절도있게 대답하는 인하였지만, 몇몇 지인들만 아는 휴대폰에 대고는 이렇게 나른하고 권태로운 목소리를 숨기지 않았다.

"난데요, 형. 거기 어디요?"

인하는 대방동 근처라고 웅얼거렸다.

"내가 지금 거기로 갈 테니까 꼼짝 말고 있어요."

"왜?"

"할 말 있어. 확인할 것도 있고. 엄청 중요한 일이야. 토 달지 마, 형."

인하가 뭐라고 구시렁거렸다.

"뭐라고? 잘 안 들려. 크게 말해."

잠시 뒤 인하의 목소리가 또렷하게 들렸다.

"내가 지금 운전 중이라 핸즈프리로 바꿨어. 얘기해."

"지금 몇시야? 4시 다 돼가네. 내가 8시쯤 서울 도착할 거니까 그때 무조건 만나자고."

"안돼."

"왜? 일 있어? 있어도 다 취소해. 무시무시한 용건이니까."

"일단 얘기해봐."

"만나서 얘기해야 돼."

"내가 오늘 밤낚시를 가기로 돼 있어."

진태가 버럭 소리를 질렀다.

"지금 밤낚시가 문제야? 당장 취소해."

"아는 사람하고 같이 가기로 해서 안돼. 내일 밤에 만나든지, 급한 용건이면 전화로 얘기해."

"누구랑 가는데? 아니, 누구랑 가든 상관없고, 당장 취소해."

인하는 대답이 없었다. 취소할 수 없다는 의미의 침묵 같았다.

"당장 취소하라고, 박인하!"

"진태야."

"취소해!"

"끊자."

"아, 안돼! 잠깐! 형, 잘 들어. 나니까 형한테 이 얘기 해주려는 거야. 나도 마음 바뀌면 영영 삼켜버리는 수가 있어. 나중에 형이 피눈물 쏟는 수가 있다고."

인하는 말이 없었다.

"정연이 일이야."

“정연이?”

인하의 목소리가 살짝 떨렸다.

“하연이 일이기도 해.”

“하연이? 알았어. 낚시 약속은 취소하지. 일단 전화로 개요만 얘기해봐.”

“진짜 지금 전화로 들으려고?”

“그래, 니 마음 바뀌면 영영 못 들을지 모른다며?”

“아, 까짓! 그러시든가. 정연이가 실종되기 전에 딸을 낳았어. 그 딸이 하연이야.”

훌떡 내뱉고 나자 참 별일도 아닌 듯한 기분이 들었다. 인하는 말이 없었다.

“형 딸 맞지?”

역시 말이 없었다. 전화가 끊겼나 싶어 진태가 휴대폰을 보는데 전화기에서 쾅 하는 소리가 들렸다.

사거리 너머 정류장에 하연이 서 있는 게 보였다. 저 아이가 정연의 딸이라고? 내 딸이라고? 신호가 파란불로 바뀌는 순간 인하는 액셀을 밟았다. 발끝에 힘이 들어갔는지 차가 휙 튕겨나가는 느낌이었다. 브레이크를 밟는 순간 좌회전하는 트럭에 오른쪽을 들이받혔다. 브레이크는 듣지 않았다. 차체는 반바퀴 빙그르르 돌고도 속도를 못 이겨 인도를 타고 올라가 지하철역 입구를 쾅 들이받고서야 멈췄다. 앞유리가 부서져내리면서 파편이 튀었다. 인하는 반사적으로 눈을 감았다.

“뭐야, 형? 무슨 소리야? 인하형! 박인하!”

귀에 꽂힌 이어폰에서 진태가 소리를 질러대는 게 들렸다. 아직 정신을 잃지는 않았군, 하고 인하는 생각했다. 소리가 들리는 걸 보면 청각에는 문제가 없었다. 뭐라고 대답을 하려는데 다리에서 올라오는 통증에 신음이 터졌다.

"인하형! 사고 났어? 사고 났냐고? 다쳤어? 말 좀 해봐!"

왼쪽 눈가에서 피가 흘러내리는 게 느껴졌다. 얼굴 전체가 뜨끈뜨끈했다. 인하는 이를 악물고 눈을 가늘게 떴다. 흐릿하게 앞이 보였다. 양쪽 눈이 다 보이는지는 확인할 수 없었지만 통증이 느껴지지 않는 걸 보면 눈에 유릿가루가 박힌 건 아닌 듯했다. 전화는 끊겼는지 조용했다. 이제 그가 할 일은 구급차가 오기를 기다리는 것뿐이었다. 백 프로 트럭 과실이라고 그는 생각했다. 신호가 바뀌었는데 트럭이 무리하게 좌회전을 했다. 거기다 급발진 사고가 더해진 것이다. 아무리 액셀을 과하게 밟았어도 차가 이 정도로 무섭게 내달릴 수는 없다. 이렇게 정리하고 나자 그는 자신의 과실이 없다는 데 안도감을 느꼈다.

구급차가 신속하게 도착했는지 조수석 앞문을 두드리는 소리가 들렸다. 인하는 고개를 돌릴 수 없었다. 잠시 후 누군가 운전석 앞문을 열려고 했다. 문이 열리지 않는 모양이었다. 장비를 가지고 와서 문짝을 떼어내야 할 것이다. 하지만 구급대원은 장비를 가지러 가는 대신 계속 운전석 문을 두드렸다. 설마 내가 문을 열어줄 수 있는 상태로 보이진 않을 텐데,라고 생각하며 그는 천천히 눈을 감았다. 몸이 아래로 깊이 가라앉는 느낌과 함께 모든 게 고요하고 평안해졌다.

뒤늦게 달려온 구급대원이 하연을 밀어젖히고 사고 차량에서 우그러진 문짝을 떼어냈다. 뜯긴 문 안쪽에 얼굴과 다리가 피범벅이 된 운전자가 앉아 있었다. 구급대원이 그의 코밑과 경동맥에 차례로 손을 갖다댔다.

"살아 계세요?"

하연이 물었다.

"네, 살아 있어요."

하연이 울기 시작했다. 줄줄 흐르는 눈물 자국을 따라 두 볼의 살갗이 갯지렁이처럼 붉게 부풀어올랐다.

10. 에필로그 : 강변 파티

1

　아침에 짙게 끼었던 안개가 걷히면서 빠리에서 손꼽을 정도로 보기 드문 화창한 날씨가 되었다. 길고 비스듬한 차양을 드리운 까페 쏠레유 데뗴는 실내가 좁아 테라스와 길가에 더 많은 탁자와 의자를 내놓았다. 촬영도 밖에서 진행될 예정이었다. 카메라와 조명판을 설치하느라 스태프들이 분주하게 움직였다.

　테라스 탁자에 상일과 마주 앉아 있던 은수가 담배에 불을 붙이며 물었다.

　"그래서 인하형은 어떻게 됐어요? 수술은 잘됐대요?"

　"뭐, 수술은 그럭저럭 잘된 모양이고, 재활치료만 열심히 받으면 다행히 다리병신은 면할 것 같다대. 그래도 나이가 있으니까 늙으면 고생깨나 할 거야. 얼굴에 유리가 많이 박혀가지고 피부성형도 여러번 해야 할 거라네.”

“어쩌다 그랬대요, 참.”

“그러니까. 아, 진짜 박의원 땜에 우리가 다 기절하는 줄 알았다니까.”

잠시 뒤 상일이 에스쁘레소를 한모금 마시고 말했다.

“근데 뭔가 좀 석연치가 않아.”

“뭐가요?”

“사고 난 것도 그렇고, 오난이가 잠적한 것도 그렇고.”

“준환이가 잠적했어요?”

“응, 갑자기 펑 사라졌다네. 지난번에 사업 말아먹고 잠수 탔을 때야 채무관계도 있고 이래저래 골치 아프니까 그럴 수도 있겠다 했지만, 이번엔 뭔 일인지 도통 모르겠어. 또 사고를 쳤나, 역마살이 도졌나. 아무튼 뭔가 이상해. 박인하도 이상하고. 이번 총선에도 안 나간다잖아?”

“그거야 갑자기 사고를 당해서 그런 거죠.”

“그게 아닌 것 같다니까. 요즘 분위기로는 그냥 깃발만 꽂아놔도 당선은 떼놓은 당상인데 지역구 기반도 탄탄한 박의원이 안 나갈 이유가 뭐냐고? 뭔가 낌새가 이상해서 내가 병문안을 세번이나 갔었거든. 갈 때마다 병실에는 정민경이 대신 웬 젊은 여자애가 들락거리고.”

“젊은 여자애 누구요?”

“몰라. 어디서 본 듯도 한 앤데. 또 세번째 갔을 때 보니까 웬 시골 할머니 둘이서 박의원을 붙잡고 울고 앉았더라고. 진태가 막무

가내로 날 끌고 나오는 바람에 잘은 못 봤는데, 박의원도 같이 울고 있는 것 같더라니까. 내 참, 천하의 박인하가 말이야! 진태 말로는 먼 친척분들이라는데 내가 그 말을 믿어? 혹시 박의원 바람났나?"

은수가 담배연기를 내뿜으며 말했다.

"인하형이 그럴 사람은 아니죠."

"왜? 남자는 모르는 거야."

잠시 후 상일이 고개를 흔들었다.

"하긴, 아무리 생각해도 그건 아니다. 그럼 뭐지? 빠리 오기 전에 내가 궁금해서 병원에 전화를 해봤거든. 근데 병원을 옮겼더라고."

"왜요?"

"몰라. 왜 옮겼는지, 어디로 옮겼는지 가르쳐주지도 않고. 이상하긴 이상한데 뭐가 이상한지 모르겠어서 내가 답답해 죽겠다. 진태 그놈은 다 알고 있는 거 같거든. 귀국하면 일단 진태부터 잡아다 조져봐야지."

은수도 더는 묻지 않았다. 상일이 일부러 뭔가를 숨기거나 모호하게 흐리는 스타일이 아니라는 건 그녀도 알고 있었다. 반쪽만 알아도 하나를 다 안 듯이 여기저기 털어놓지 않고는 못 배겼다. 그래서 옛날엔 무슨 일이 있어도 윤상일만은 절대 적의 손에 넘겨주면 안된다는 우스갯소리도 있었다. 어쨌든 그가 이 정도밖에 말할 수 없다는 건, 이 정도밖에 말할 수 없는 상황이라는 것이다.

상일이 까페 안을 흘깃 들여다보았다. 실내 구석 자리에 앉은 청년은 책을 읽고 있었고 스탠드에 앉아 맥주를 마시는 중년 여자 둘은 젊은 웨이터와 얘기를 나누고 있었다.

"진짜 얘네들은 남의 일에 관심 없구만."

"그게 빠리의 장점이죠."

"그래, 그게 또 어떻게 보면 장점이기도 하겠네."

은수의 붉은 입술에서 뿜어져나오는 가늘고 긴 연기를 바라보다 상일은 몸을 뒤로 젖히고 신은비를 바라보았다.

"황마담, 이번 은비 의상 진짜 잘 골랐어."

은수는 고개를 돌려, 눈을 감고 메이크업을 받고 있는 신은비와 그 옆에서 쉰 목소리로 메이크업 아티스트를 닦달하는 여자 매니저를 보았다.

신은비가 입은 의상은 레드 와인에 가까운 불타는 빨강 원피스였다. 가슴께를 자줏빛 내로우 벨트로 감싸고 아래로 풍성하게 드레이프를 준 후 허벅지에서 다시 내로우 벨트로 마감한, 씸플한 에스닉 스타일이었다. 웬만해선 소화하기 힘든 의상인데도 신은비가 입으니 우아하면서도 묘하게 도발적인 느낌을 주었다. 어떤 옷을 입혀놓아도 뱃속에서부터 입고 나온 듯 몸에 착 달라붙는 체형이 있는데 신은비가 그랬다. 그러니 디자이너들이 그녀에게 자기 옷을 입혀보고 싶어 안달이 나는 것도 당연했다.

상일이 하품을 하며 옆을 힐끗 보았다. 그들 옆자리에는 신은비의 상대역인 흑인 남자 모델이 혼자 앉아 커피를 마시고 있었다. '여름 태양'이라는 이름의 이 까페에 어울리는 손님은 무어인 오셀로를 닮은 그 남자뿐인 것 같다고 은수는 생각했다.

촬영이 임박하자 구경꾼들이 조금씩 늘어나 쏠레유 데떼의 차양을 중심으로 반원형을 이루었다. 그들 중에는 유학생처럼 보이는 동양인 청년들도 있었다. 그들은 가끔 신은비를 가리키며 뭐라고 얘기를 했는데, 소리가 작아 한국어인지 일본어인지 알아들을 수 없었다. 그러나 은수는 그들의 입모양이 불어가 아니라는 것만은 확실히 알 수 있었다. 빠리 생활 십년을 훌쩍 넘긴 보람으로 이제 독순술도 모국어보다 불어를 더 잘 식별할 수 있게 된 것 같았다.

체구가 큰 백발의 남자가 휠체어를 밀고 가다 멈췄다. 남자는 허리를 구부리고 휠체어에 탄 여자에게 뭐라고 얘기를 했다. 소리가 들리지 않아도 은수는 남자의 입모양이 불어라는 걸 맞힐 수 있었다. 고개를 숙인 채 무릎 위에 올려놓은 것을 만지작거리던 여자가 고개를 끄덕였다. 짧게 자른 앞머리와 낮게 틀어올린 쪽머리, 눈부시게 희고 긴 옷을 입은 여자는 중국이나 동남아 여자 같았다. 휠체어의 여자가 이마를 덮고 있던 앞머리를 손으로 쓸어올리며 고개를 드는 순간 상일이 자리에서 벌떡 일어났다.

"정지선 씨! 다 됐어요?"

"네, 감독님."

신은비의 매니저가 쉰 목소리로 찍어누르듯 대답했다. 은수도 담배를 끄고 자리에서 일어났다. 옆자리의 남자 모델이 그녀를 보았다. 그녀는 그에게 잠깐 기다리라는 손짓을 했다.

신은비가 이쪽으로 걸어왔다. 머리카락은 가닥가닥 가는 빗질을 해 검은 거품처럼 부풀렸고, 눈가와 입술을 강조한 메이크업에, 여린 목과 동그란 어깨선은 완전히 드러냈다. 가슴 벨트에서 허벅지 벨트 사이로 흘러내리는 빨강 옷감은 대단히 부드러워, 투명한 비닐 속에 든 레드 와인처럼 그녀의 몸이 움직이는 대로 찰랑거렸다.

상일이 날랜 동작으로 카메라 뒤로 돌아갔다. 신은비가 신제품 음료 캔이 놓인 탁자에 앉았다. 카메라 뒤에 선 상일이 동선을 설명했고, 은수는 그 내용을 남자 모델에게 불어로 통역했다. 터질 듯한 검정 슈트를 입은 건장한 남자 모델이 상일이 시키는 대로 칵테일 잔을 들고 신은비 뒤에 병풍처럼 버티고 섰다.

"여기서 이러고 있으면 어떡해?"

석빈은 뒤를 돌아보았다. 얼마 전에 박사학위를 받고 며칠 후면 귀국할 고선배였다. 그 옆에는 유학생들의 물주 역할을 하는 대기업 주재원인 김선배와 한번도 본 적 없는 젊은 친구가 서 있었다.

"아직 시간 남았잖아요? 안녕하세요, 김선배님?"

"음, 석빈이 오랜만이야."

김선배가 고개를 끄덕였다. 고선배가 젊은 친구를 소개했다.

"인사해라. 이번에 새로 온 친군데 오늘 환영식 주인공이다."

"송별식 주인공이 환영식 주인공을 동반하고 오시는 길이었네요. 안녕하세요, 임석빈입니다."

"안녕하세요. 저는 미술사를 전공하는 한명윤입니다. 임석빈 씨 얘기는 유하연 선생에게 많이 들었습니다."

석빈은 뜻밖에 튀어나온 유하연이란 이름에 깜짝 놀랐다. 하연이 자기 얘기를 많이 하고 다녔을 리가 없는데 이상했다.

"하연이는 어떻게 아세요?"

"예전에 유하연 선생이랑 영화 공부를 같이 한 적 있어요. 빠리 온다고 하니까 임석빈 씨 얘기를 하더군요."

고선배가 중간에 끼어들었다.

"보름쯤 전에 왔는데 아는 사람이 없어서 고생 많이 했단다. 앞으로 석빈이 니가 잘 좀 도와줘라."

하연과 그렇게 친한 사이 같지는 않은데, 하고 석빈은 한을 의심쩍게 바라보며 말했다.

"미리 이메일이라도 보내지 그랬어요? 큰 도움은 못 돼드렸겠지만……"

한이 멋쩍게 웃었다.

"이메일 주소를 몰라서요. 솔직히 말하면 여기 오기 직전에 우연히 학교에서 유하연 선생을 만났는데, 빠리 애길 하니까 임석빈이라는 친구가 있다고 그러더군요. 여기 오면 만나지지 않을까 해서 이름만 외워뒀죠."

그럼 그렇지, 하고 석빈은 웃었다. 그는 돌연 마음이 너그러워져 친절하게 설명을 보텔 기분까지 들었다.

"여기 빠리에만 한국 사람들이 팔천명 넘게 살아요. 근데 제가 아는 한국인은 사십명도 안돼요. 그러니까 우리가 만날 확률은 이백분의 일이었던 거죠."

한이 다소곳이 고개를 끄덕였다.

"저는 그 이백분의 일의 확률을 참으로 간단하게 생각했던 거구요."

"충분히 그럴 수 있어요. 일단 한국을 떠나올 때는."

이때 감독의 큐 싸인이 들려오는 바람에 그들의 시선은 촬영장 쪽으로 향했다. 내내 그쪽에 시선을 집중하고 있던 김선배가 말했다.

"와! 한국에 저렇게 예쁜 연예인도 있었나?"

고선배가 맞장구를 쳤다.

"그러게요. 대단히 예쁜데요."

한국을 떠나온 지 얼마 안되는 한이 말했다.

"신은비라고, 한국에서도 난리가 아니에요. 짧은 시간에 급부상한 연예계 최고의 블루칩이죠."

촬영장에서 감독이 큰 소리로 모델의 표정과 동작을 지시하는 소리가 들렸다.

"은비야, 지금은 마시기 전이야. 남자가 들고 있는 칵테일을 보면서 조금만 웃어. 웃는 줄 모르게 조금만. 눈빛은 싸늘하게 간다. 그렇지. 조금 더 웃고. 좋아. 이는 안 보이게. 조금 더. 고개 살짝 왼쪽으로!"

감독의 지시는 모델의 얼굴에 초 단위의 변화를 새겼다. 마침내 감독의 입에서 얼쑤, 좋다! 하는 말이 떨어지자 석빈 일행도 덩달아 큰 한숨을 내쉬고 어깨의 힘을 풀었다.

감독이 다시 소리쳤다.

"은비야, 이번엔 맛만 조금 본 거야. 근데 처음엔 맛을 모르겠어. 무표정하게 가. 아무 생각 없어. 아무 생각 하지 마. 멍하다. 졸지는 말고, 눈은 똑바로 뜨고. 너무 크게 떴어. 생각 없게. 그래, 좋아. 표정 나온다. 거기서 멈춰. 움직이지 마. 얼쑤, 좋다!"

촬영은 계속되었다. 석빈이 보기에 감독은 제법 요령있는 최면술사 같았다. 하지만 한국말을 못 알아듣는 경우엔 전혀 그 주문이 먹히지 않았다. 흑인 남자 모델이 그랬고 나머지 구경꾼들이 그랬다.

반복되는 촬영에 싫증이 나 주위를 두리번거리던 석빈은 휠체어에 앉은 동양 여자에게 흥미를 느끼고 지켜보았다. 처음엔 그녀도 감독의 최면술이 통하지 않는 언어권 사람으로 보였다. 그러나 시간이 흐르고 촬영이 진행될수록 그녀는 서서히 최면에 걸리기 시작한 듯 보였다. 어느 순간부터 그녀는 감독이 지시를 내릴 때마다 긴장하여 목을 빳빳이 세우고 어깨를 치켜올렸다가 감독이 얼쑤, 좋다! 하면 그제야 목에 힘을 빼고 어깨를 천천히 늘어뜨렸다.

감독이 소리쳤다.

"은비야! 이젠 맛이 느껴지는 거야. 감이 온다, 감이 와. 화아해지는 표정. 점점 시원해진다. 점점 개운해진다. 박하사탕 먹은 것처럼 화아하게. 화아하게. 박하사탕 터졌다. 화아하게. 아, 시원하다. 아, 개운하다. 화아하게. 더, 더, 더!"

이제 휠체어의 여자는 목과 어깨를 경직시키는 데 만족하지 않고 자신이 모델이나 된 듯이 감독의 주문에 따라 표정을 바꾸기 시작했다. 박하사탕을 먹은 듯 화아하게, 박하사탕이 터진 듯 한층 화아하게. 더, 더, 더! 다시! 다시! 한번 더!

"그만! 그만! 은비 너 박하사탕 안 먹어봤어? 아까부터 왜 자꾸 이 표정에서 걸려?"

감독이 휙 일어나 카메라를 벗어났다. 모델보다 더 생생하게 화아한 표정을 짓던 휠체어의 여자는 갑자기 중단된 감독의 주문에 잠시 어리둥절하더니 다시 원래의 표정으로 돌아갔다. 휠체어 뒤에 서 있던 키 큰 백발의 남자가 그녀에게 몸을 구부리고 뭐라고 묻자 그녀는 농, 하고 고개를 흔들었다. 그리고 생각난 듯 무릎 위에 놓인 빨간 뜨개질감을 집어 뜨개질을 하며 촬영이 재개되기를 기다렸다.

석빈 일행은 촬영이 다시 시작되기 전 자리를 떴다.

테라스에서 담배를 피우는 상일에게 조연출이 다가왔다.

"감독님! 서울에서 전화 왔는데요."

무슨 전화? 하면서도 상일은 전화를 받았다. 전화를 받고 난 상일은 담배를 끄고 고개를 살짝살짝 흔들며 카메라 쪽으로 돌아갔다. 그는 촬영 시작 싸인을 보내는 대신 한참 동안 카메라 렌즈를 응시하다 팔을 휘둘렀다.

"촬영 끝! 정리해. 철수야. 오늘 밤 비행기로 떠."

스태프들은 상일의 말을 이해하지 못하고 멀뚱한 표정으로 서 있었다. 상일이 신은비의 매니저 쪽으로 가볍게 걸어갔다.

"정지선이, 나랑 그렇게 일하기 싫다더니 잘됐네. 이번 씨에프는 없던 일로 하자. 은비 추우니까 옷부터 빨리 갈아입혀."

정지선이 사나운 표정을 지었다.

"이게 뭐 하자는 거예요?"

"놀자는 거다."

"지금 장난치는 거예요? 이런 법이 어딨어?"

"왜? 너도 나 가지고 놀았으니까 나도 너 가지고 좀 놀려고."

"이거 계약위반 아니에요?"

상일이 픽 웃자 정지선의 부은 눈꼬리가 치켜올라갔다.

"은비 쟤가 지금 얼마나 바쁜 앤데. 윤감독, 이러면 다시는 우리랑 일 못하지."

상일은 담뱃갑에서 담배를 꺼내다 말고 고개를 들어 정지선을 보았다.

“윤감독?” 상일은 담배를 입에 물고 말했다. “그래, 내가 윤감독인 건 맞는데, 지선이 너 나이가 몇이냐?”

“지금 나이가 무슨 상관이야? 손해배상 청구하면 어떻게 되는 줄이나 알고 이래요?”

상일이 담배에 불을 붙이고 무뚝뚝하게 대꾸했다.

“손해배상은 우리가 청구하게 생겼다.”

“그쪽에서 찍지 말자면서 무슨 손해배상이야, 손해배상이?”

“지금 서울에서 전화가 왔는데, 지선이 너 잘 들어라.”

상일이 담배를 쥔 손으로 허공을 노크하듯이 톡톡 두드렸다.

“엑스터시, 몰라? 그럼 도리도리는?”

정지선은 꽉 막힌 절벽 같은 얼굴이 되었다.

“복용자 명단에 은비가 올라 있댄다. 광고주도 약 했니? 그런 모델을 신제품 광고에 쓰게. 검찰 쪽 확실한 소식통이니까 틀림없을 거야. 지선이 넌 알고 있었지?”

정지선이 입을 벌리고 고개를 세차게 흔들었다.

“오호, 모르셨어? 은비 쟤, 사람들 앞에서 말 한마디도 제대로 못하지? 내가 척 보면 딱 안다고. 쟤는 출세고 스타고 그런 거에 당최 관심이 없는 애야. 조용히 골방에서 인형놀이나 하면서 살고 싶은 애라고. 관상이 딱 그래. 근데 니가 먹였냐? 애가 하도 벌벌 떠니까 니가 먹였어?”

“아니에요. 난 아니에요. 내가 왜……”

정지선이 얼굴을 가리고 울기 시작했다. 공급책으로 매니저가 용의선상에 올라 있다고, 공항에 내리는 즉시 구속수사 대상이라고 의뢰사 측 직원이 전화로 알려주었지만 상일은 그것까지 정지선에게 말할 필요는 못 느꼈다.

신제품 캔이 놓인 탁자 앞에 앉은 신은비가 오들오들 떨고 있었다. 가마솥에 들 고기 같은 신세들. 상일은 마음이 언짢았다. 민요 가락이나 한 소절 뽑으려고 팔을 쭉 뻗었다가 실없어져 그만두었다. 다가온 은수를 보고 상일이 처량하게 말했다.

"파토났다, 은수야."

"어쩌다요?"

"이쪽 일이 그래. 차차 얘기하자."

"저 친구 모델료는 정산해줘야 하는데."

은수가 눈짓으로 남자 모델을 가리켰다.

"해줘야지. 스태프들 밥도 먹여야 하고. 올해 운수 완전 황 그렸다. 여기 정리하고 너는 나하고 낮술이나 한잔 먹자."

"좋죠." 은수가 팔짱을 끼며 말했다. "근데 형은 옛날부터 왜 자꾸 남의 성을 남용하고 그래요?"

상일이 껄껄 소리내어 웃었다.

"오, 황은수! 너도 왜, 오난이처럼 할아버지가 물려주신 성이라서 그러냐?"

남자 모델에게 사정을 설명하고 모델료를 지급한 은수는 촬영장이 정리되는 동안 까페 테라스에 서서 담배를 피웠다. 신은비와 매니저는 어디로 갔는지 보이지 않았다. 구경꾼들도 흩어졌다. 그때까지 남아 있는 사람은 백발의 남자와 휠체어에 탄 여자뿐이었다. 고개를 뒤로 돌리고 백발의 남자와 얘기하던 여자가 갑자기 휠체어에서 발딱 일어섰다. 발목까지 내려오는 흰 원피스를 입은 여자의 여윈 뒷모습은 소녀 같았다. 그녀는 답답하다는 손짓을 하면서 빠른 말로 떠들어댔다. 언뜻 듣기에도 무척 아름답고 정확한 불어였다. 여자가 일어나는 바람에 여자의 무릎에서 뭔가 떨어졌고, 그것은 공처럼 또르르 굴러 은수의 발 앞에 와 멈췄다. 동그란 빨간 실몽당이였다.

백발의 남자는 여자에게 알았다는 듯, 진정하라는 듯 고개를 끄덕이고 큰 몸집을 구부려 여자 옆에 떨어진 뜨개질감과 바늘을 집었다. 그는 뜨개질감에 연결된 실몽당이를 줍기 위해 은수 앞으로 다가왔다. 은수가 발밑에 떨어진 빨간 실몽당이를 집어 건넸다.

"메르시!" 남자가 실을 받으며 인사했다. "봉주르!"

은수도 미소를 지으며 인사했다.

"봉주르!"

남자가 불어로 물었다.

"촬영은 아주 끝났습니까?"

"네."

남자는 뭔가 더 얘기해주기를 바라는 듯 서 있었다. 은수는 담배를 깊게 한모금 들이마신 후 말했다.

"사정이 있어서 촬영이 중단됐어요."

은수는 남자가 목격자의 말에서 수사에 긴요한 힌트를 얻으려는 형사처럼 자신의 말에 과도하게 집중하고 있다는 느낌을 받았다. 은수는 양 손바닥을 펴 보이며 말했다.

"저도 자세한 사정은 몰라요."

"오, 그렇군요. 잘 알겠습니다. 그런데,"

남자는 들고 있던 뜨개질감에 시선을 떨어뜨렸다 다시 은수를 보았다.

"실례가 되지 않는다면 당신이 어느 나라 사람인지 물어봐도 될까요?"

정말 무슨 수사라도 하겠다는 건가 싶어 은수는 좀 불쾌해졌다. 남자도 그런 눈치를 챈 것 같았다.

"무례했다면 용서하십시오. 저는 다만……"

"저기," 은수가 담배를 쥔 손으로 그의 등 너머를 가리키며 말했다. "부인이 먼저 가시는데요."

휠체어와 마주 보고 서 있던 흰 옷의 여자가 휠체어를 휙 돌리더니 손잡이를 붙잡고 휠체어를 밀고 가기 시작했다. 다리를 절고 있었는데, 일부러 장난스러운 스텝이라도 밟는 듯 가볍고 리드미컬하게 춤추듯이 걸었다. 남자는 고개를 돌려 그런 여자의 뒷모습을 보더니 도저히 못 말리겠다는 듯 고개를 흔들었다.

"또 동시에 두 사람 고문하기 놀이를 하고 있군요. 저렇게 걸으면 아프다는 걸 제가 알기 때문에 아델은 가끔 저를 곯려주기 위해 고통을 참고 저렇게 걷는답니다. 아델은 젊은 나이에 다리를 다쳤지요. 그때 그녀는 한국인이었습니다."

"한국인이었다고요?"

은수는 자기도 모르게 외치듯 물었다.

"네, 다리를 다친 것도 한국에서였지요. 그전에 머리를 다쳐서 기억도 잃고 모국어도 잊었습니다. 말하는 것, 듣는 것, 모두요. 그런데 조금 전에 자기가 한국어를 알아들었다고 주장하는 겁니다. 촬영이 완전히 끝났다는 말을 들었다는 거예요. 저를 놀리려는 줄 알고 저도 지지 않고 사람들이 점심을 먹고 와서 다시 촬영을 시작할지도 모른다고 했죠. 그랬더니 저렇게 화를 내고 있는 겁니다."

"그녀의 말이 옳아요. 촬영은 끝났고 다시 시작되지 않을 거예요."

"전 믿을 수가 없습니다. 아델은 삼십년 넘게 한국어를 잊고 있었습니다. 잊었을 뿐만 아니라 다시 배울 수도 없었지요. 강력한 심리적 저항 때문이라고 하더군요. 그런데 지금 다시 모국어를 기억해낸 걸까요? 그게 가능한 일일까요?"

"글쎄요, 그럴 수도 있지 않을까요?"

은수는 강한 흥미를 느끼고 말했다.

"그런데 당신……"

남자가 집게손가락을 들어 은수를 가리켰다. 은수가 고개를 끄덕였다.

"네, 저도 한국인이었습니다."

"오, 그랬군요. 그런데 당신……"

은수는 그제야 남자가 자신의 손가락 새에 끼워진, 거의 필터까지 탈 태세인 꽁초를 가리키고 있다는 걸 알았다. 은수는 담배를 끄고 새 담배에 불을 붙였다.

"당신도 한국인이었군요. 당신의 불어를 들어서는 잘 모르겠습니다."

"빠리에 온 지 십삼년째니까요."

남자가 손을 내밀었다.

"저는 에르베 리샤르라고 합니다."

"저는 황입니다."

은수는 갑자기 '황 그렸다'는 상일의 말이 생각나 훅 웃으며 남

자의 손을 잡았다. 아주 큼직한 손이었다. 남자는 영문도 모른 채
그녀를 따라 웃었다.

"그런데 부인께 가봐야 하지 않나요?"

남자가 고개를 끄덕였다.

"네, 이만 가봐야겠습니다. 그런데 아델은 제 아내가 아니라 사
촌입니다. 오래전에 이모의 딸로 입양되었지요."

남자는 잠시 망설이다 빠르게 말했다.

"아델과 저는 지금 한국식 레스또랑인 강그뵈옹에 점심을 먹으
러 갈 겁니다. 혹시 그곳을 아십니까?"

은수는 고개를 끄덕였다. 강그뵈옹이라면 강변(Gangbyeon)식
당을 말하는 것이었다.

"점심을 먹으러 거기로 와주실 수 있을까요? 제가 식사를 대접
하고 싶습니다. 약속이 있으시면 다른 곳에서 점심을 먹고 커피나
와인을 드시러 오셔도 좋습니다. 우리는 3시까지 강그뵈옹에 있을
예정입니다. 아델이 정말 한국어를 알아듣는지 어떤지 당신이 보
고 판단을 내려주시면 좋겠어요. 하지만 그런 이유만으로 당신을
초대하는 건 아닙니다. 저는 당신을 다시 한번 만나고 싶습니다. 촬
영 내내 당신을 쭉 지켜봤습니다. 내가 본 중에 당신은……"

남자가 말을 끊었다. 은수는 다음 말을 기다리며 담배 필터를 지
그시 씹었다.

"가장 멋지게 담배를 피우는 여성입니다. 강그뵈옹 레스또랑입
니다."

남자는, 아 뚜 드 쉬뜨(잠시 뒤에 봐요),라고 말하고 성큼성큼 걸
어갔다. 은수는 입속말로 강그뵈옹, 강그뵈옹, 하고 남자의 발음을

흉내내보았다. 그렇게 발음하니 강변식당이 값비싼 한식당이 아니라 이국적인 열대 요리를 파는 낭만적인 식당처럼 여겨졌다.

3

그리움은 예의를 낳는다. 석빈이 보기에 빠리의 한인들은 원하든 원하지 않든 자신들이 떠나온 곳에 대해서, 자신들로부터 멀어진 것에 대해서 격식과 예절을 갖추었다. 고국은 오래되고 익숙한 이미지를 벗고 어느 순간 새롭고 낯선 것으로 재탄생했다. 그들에게 서울은 빠리보다 미지였다. 그들은 미지의 곳에서 차출된 서로에게 깍듯할 만큼 예의를 지켰다. 서울에서라면 참지 않았을 것을 참았고 몇번이고 치켜들었을 손을 무릎 위에서 얌전히 꼼지락거렸다. 석빈 역시 그렇게 빠리에서 소심한 이방인이 되어갔다. 아무리 기다려도 오지 않는 고도처럼, 구원도, 골방의 시간도 오지 않았다.

한국인 유학생 공동체는 좀 특이한 면이 있었다. 그렇게 친한 것도 아니면서 꼭 함께 어울렸다. 특히 식사 때면 중국인이나 일본인과 달리 항상 모여서 식사를 했다. 본국에 지진 피해가 난 이후로 일본인 유학생들도 제법 똘똘 뭉쳐다니는 것 같았지만 한국인에 비할 바는 못되었다. 빠리라는 다락방은 서로에게 무척 예의 바르다는 점만 제외하면 서울의 하숙촌과 별반 다르지 않았다.

강변 레스또랑의 점심식사는 맛은 어느정도 만족스러웠지만 양은 그렇지 못했다. 가격 역시 불만족스러웠지만, 높은 연봉을 받는 김선배가 한턱을 내는 자리여서 다들 소량의 식사나마 부담 없이 즐길 수 있었다. 김선배는 식사를 마치자마자 일이 있다며 먼저 일어났다. 돈은 없지만 시간은 많은 유학생 일곱명은 그대로 눌러앉았다.

발자끄를 전공하는 여학생이 식사량이 부족했던 데 대한 소감을 우회적으로 피력했다.

"요즘 백석 시를 읽어요. 음식 얘기가 많이 나오잖아요."

그 말을 듣고 석빈은 하연과의 송별회에서 먹은 삶은 문어를 생각했다. 표고튀김과 두부탕, 돼지 머릿고기 같은 것도 백석의 시에 나오는지 궁금했다.

"아, 미남 시인 백석요?" 프루스뜨 전공자인 남학생이 물었다. "북으로 가서 절필을 했다죠?"

발자끄 여학생이 웃으며 고개를 흔들었다.

"아주 절필은 아니고, 번역도 하고 아동문학 작품도 쓰고 그랬대요."

"하여간 시는 안 썼잖아요."

프루스뜨가 우기자 발자끄도 우겼다.

"동시를 썼어요. 시도 좀 썼고요."

종교학 전공의 남학생이 끼어들었다.

"백석 애인이었던 기생이 대원각을 법정스님께 기탁했었죠. 싯가 천억이 넘는 부동산이라던데."

고선배가 담배를 피우기 위해 자리에서 일어나며 말했다.

"그 길상사 분점이 빠리 근교 또르시에 있어. 좀 멀긴 하지만 한 번씩들 가봐. 정기적으로 법회도 연다고 하더라고. 그냥 주택을 개조해서 법당도 앉히고 도서관도 차리고 한 건데, 그 동네가 워낙 절간처럼 조용해서 거기 절이 있다는 게 하나도 이상하지 않더라고.”

석빈은 한번도 가본 적 없는, 하연의 고향집인 성암사를 생각했다. 어두운 법당에서 사과를 훔쳐 먹는 작은 소녀의 씰루엣이 떠올랐다.

“언제 우리 날 잡아서 거기로 봄소풍 한번 갑시다.”

언제 봐도 명랑한 사회학도가 제안했다. 후식으로 나온 수박 한 조각을 집으며 발자끄 여학생이 말했다.

“김밥하고 막걸리를 준비하면 좋겠어요. 봄 되니까 막걸리가 그렇게 먹고 싶어요.”

제철이 아니어서 붉어야 할 수박의 단면은 연한 핑크빛이었다. 석빈은 말없이 앉아 있는 신입 유학생 한명윤에게 물었다.

“전 겨울 내내 눈이 보고 싶었는데, 서울엔 지난겨울에 눈이 많이 왔나요?”

한이 말했다.

“많이 왔죠. 그런데 빠리엔 눈이 아주 안 오나요?”

“알프스 산맥이나 찾아가지 않는 한 눈 구경하기 어려워요. 늘 음산한 비만 오죠. 어제도 오랜만에 날씨가 좋아서 뤽상부르 공원에 나갔다가 비를 좀 맞았어요. 여긴 비도 줄기로 오지 않고 방울로 내려요. 살다보면 좍좍 퍼붓는 장대비가 그리울 때가 있어요.”

발자끄 여학생이 다 먹은 수박 껍질을 내려놓고 또 한 조각을 집으며 말했다.

“그럴 땐 부침개를 부쳐먹어야 하는데.”

프루스뜨 남학생이 물었다.

"결국 그 수박을 혼자 다 드실 건가요?"

프루스뜨가 발자끄에게 관심이 있나보다고 석빈은 생각했다. 발자끄 여학생이 말했다.

"권하고 싶어도 맛이 너무 없네요. 드실래요?"

"아니, 됐어요." 프루스뜨가 웃으며 말했다. "아무리 봐도 맛없게 생겼어요."

석빈은 강변식당의 문이 열리고 백발의 남자가 휠체어를 밀고 들어와 종업원의 안내를 받아 그들 옆 테이블에 자리를 잡는 걸 눈여겨보았다. 쏠레유 데뗴 앞에서 본 그들이었다. 휠체어에 앉은 동양 여자가 낭랑한 불어로 남자에게 이야기했다. 오빠가 외롭다니…… 운명에 대해…… 난 웃지 않았어요…… 무슨 얘기든 다 들어줄게요…… 석빈은 자신이 여자의 빠른 말을 반도 알아들을 수 없다는 데 또 한번 경미한 좌절감을 느꼈다.

오늘 아침 그는 숙소의 관리인과 날씨 얘기를 나누었는데, 헤어질 때 관리인이 말했다. 당신, 처음 왔을 때는 불어를 정말 못했는데 이제는 잘하는군요. 그는 겸연쩍어서 간단히, 메르시, 했다. 몇 가지 기본적인 일상의 문장에 익숙해졌다는 것 말고는 사실 그의 불어 실력은 별로 향상되지 않았다. 또박또박 얘기해주지 않으면 내용의 반은 놓쳤다. 급속도로 향상된 것은 불어가 아니라 눈치와 뻔뻔함, 태연자약과 자포자기였다. 유학 와서 처음 한달은 그도 전투적으로 살았다. 일찍 자고 일찍 일어났다. 부지런히 듣고 읽고 썼다. 참선도 꾸준히 했고, 거리를 걸을 때도 고개를 세우고 어깨를 펴고 다녔다. 불어가 전혀 안 들려 답답할 때조차 그다지 심한 스트레스를 받지는 않았다. 이렇게 살다보면 조만간 빠리라는 골방이 자신을 구원해주는 날이 오리라고 굳게 믿었다. 그런데 언제부턴가 긴장이 풀리고 무기력해지고 초조한 체념에 시달리게 되었다. 언어에 대한 스트레스가 심해 밖에 나가거나 누구를 만나기가 꺼려졌다. 방 안에만 있다보니 점점 자폐적이 되었다. 그나마 고선배를 비롯한 주변 사람들이 숙소에 자주 찾아와주었기에 망정이지 안 그랬으면 폐인이나 병자가 됐을 거라고 그는 생각했다. 그러니 하연과의 미미한 인연을 봐서라도 한을 잘 챙겨야겠다고 생각했다.

석빈은 빠리에 와서 하연을 더 자주 생각했다. 이럴 때면 하연은 어떻게 할까. 하연이 옆에 있다면 그 비구니 같은 일상을 흉내라도 내보련만. 생각은 자주 해도 하연에게 메일을 자주 쓰게 되지는 않았다. 쓸 내용도 없고 쓸 자신도 없었다. 조금만 더 기다리면 어떻게 되겠지. 조금만 더 기다리면. 윙 삑 쁠뤼, 윙 삑 쁠뤼(조금만 더, 조금만 더).

점심식사 주문이 거의 끝난 강변식당에는 한국에서 오래전에 유행한 가요들이 잔잔하게 흘러나왔다. 담배를 피우고 돌아온 고선배가 탁자에 걸쳐놓은 검지로 느릿느릿 노래의 박자를 맞추며 말했다.

"수박 색깔이 아주 창백하네. 하얀색도 아니고, 저런 색을 뭐라고 표현할 수 있지?"

한이 말했다.

"글쎄…… 뽀얗다?"

"뽀얀 색도 있나요?"

발자끄 여학생의 말에 한이 미술사 전공자답게 말했다.

"그럼요. 캔버스에 하얀색을 한번 칠한 거랑 여러번 칠한 거랑은 색깔이 달라요. 하얀색을 아주 여러번 칠하면 색깔이 우러나오면서 뽀얘져요."

일동이 아하, 하고 감탄하는데 고선배가 물었다.

"우리 언니들 화장 잘하면 뽀얘지는 것처럼?"

"맞아요. 그런 거예요."

"맑은 날 빠리 하늘도 그런 뽀얀 색이죠."

사회학도가 말했다.

"삶은 돼지비계도 그런 뽀얀 색이죠."

석빈의 말에 발자끄 여학생이 손뼉을 치며 즐거워했다. 석빈은 옆 테이블의 동양 여자를 힐끔 보았다. 언제부턴가 그녀는 입을 다물고 그들이 나누는 대화에 귀를 기울이고 있었다. 저렇게 불어를 잘하는 그녀도 한국인인지 그는 궁금했다.

"제가 아는 어떤 화가는 한달 내내 캔버스에 하얀 물감만 칠해요. 그러면 나중에는 캔버스가 이렇게," 한이 손가락을 한 마디쯤 벌리며 말했다. "두꺼워지고 굉장히 무거워져요."

마음이 가난한 종교학도가 말했다.

"아이고, 물감 값이 장난 아닐 텐데, 그림도 돈이 있어야 그리는 거군요."

"하기는 얼마 전에," 하고 사회학도가 말했다. "들라크루아 그림 분석하는 다큐 프로그램을 본 적이 있는데, 바탕에 칠한 색깔들 단면을 현미경을 통해서 분석하더라구요. 보니까 한가지 색이 아니고 여러 층이던데요."

"그럼요." 한이 말했다. "한번 칠하는 것도 나름의 맛이 있지만 대개 화가들은 노리는 색의 효과를 내기 위해서 여러번 덧칠을 해요. 그러면 느낌이 아주 달라져요.”

“보통 사람이 봐도 그 차이를 알 수 있어요?”

석빈이 물었다.

“그럼요. 덧칠한 색깔들은 대개 더 묵직하면서도 뜻밖에도 색감은 더 투명해요.”

일동이 다시 오호, 감탄하는데 묵묵히 수박을 먹던 여학생이 말했다.

“하얀색도 그렇게 느낌이 다르다면, 다른 색은 말할 필요가 없겠네요.”

불행히도 발자끄 여학생은 프루스뜨보다는 처음 만난 한에게 더 관심이 있는 것 같았다.

“그렇죠.” 한이 말했다. “한자에도 흴 소(素)가 있고 흰 백(白)이 있고 그렇잖아요. 우리도 흰색 하얀색 허연색 할 때 느낌이 다 다르죠.”

발자끄 여학생이 큰 숙제를 마쳤으니 칭찬해달라는 듯 말했다.

“저 드디어 허연 수박 다 먹었거든요.”

그 순간 석빈은 깜짝 놀랐다. 옆 테이블에 앉아 있던 여자가 그들을 향해 휠체어 바퀴를 돌렸다. 휠체어가 그들 쪽으로 다가왔다. 백발의 남자가 테이블에서 일어섰다. 그의 푸른 눈에도 놀란 빛이 어른거렸다. 여자가 그들을 향해 물었다.

“부 꼬네세(당신들은 아세요)……?”

여자는 갑자기 이마를 짚더니 머뭇거렸다. 이마를 짚었던 손을 내리자 앞머리 사이로 둥근 이마가 나타났다. 그녀는 오래도록 잊고 있었던 노래라도 부르려는 듯 양손을 가슴에 얹었다.

"하…… 하……"

그녀는 가슴에 얹었던 손을 떼고 다가오는 무언가를 품에 안으려는 듯 두 팔을 벌리더니 나지막이 흥얼거렸다.

"하…… 하연…… 하연……"

발자끄 여학생이 입을 가리고 한에게 조그맣게 물었다.

"우리에게 하얀색을 아냐고 묻는 건가요?"

"글쎄요."

여자는 좀더 높고 따스하고 감미로운 목소리로 말했다.

"하연이잉…… 하연이잉……"

석빈은 얼어붙은 듯 여자의 얼굴을 응시했다. 그녀의 가무스름한 얼굴 뒤편에서 알 수 없는 안개가 솟아나와 그녀의 얼굴 위에 서리는 느낌이었다. 이내 안개가 걷히고 그녀의 얼굴은 점점 명암이 분명해지고 밝고 명료한 인상으로 떠올랐다. 순간적으로 그는 불쑥 여자에게 물었다.

"쎄 뗑 프레농, 네스 빠?(그건 사람 이름이 맞죠?) 부 라 꼬네세 쌍 두뜨.(당신은 그녀를 알고 있는 거죠.) 보트르 농, 쎄(그럼 당신은)…… 오정연?"

석빈의 말에 여자의 얼굴이 그를 향했다. 여러 겹 덧칠한 물감처럼 하연과 여자의 얼굴이 겹쳐지면서 그 인상은 한결 묵직하고 선명해졌다. 그는 의자에서 일어나 휠체어 앞에 무릎을 세우고 앉아 불어로 말했다.

"나는 당신이 찾는 하연이라는 아가씨를 알고 있습니다. 그녀는 한국에 있는 내 여자친구입니다."

건너편 자리에 앉은 한이 놀라는 것도 아랑곳없이 그는 말을 이었다.

"하연에게는 오정연이라는 언니가 있습니다. 그 언니는 1980년 5월에 광주에서 실종되었습니다. 당신이 광주에서 실종된 오정연입니까?"

여자는 깊고 주름진 눈으로 석빈을 내려다보았다. 그 눈 속에는 무엇인가 반짝 솟구쳐오르다 이내 심연 속으로 사라져간, 단단한 암석 같은 어둠이 깃들어 있었다. 휠체어 뒤에 서 있던 백발의 남자가 그녀를 대신해 말했다.

"아델은 자신이 누구인지 알지 못합니다. 그리고 나도 그녀가 당신이 말하는 그 사람인지 아닌지 모릅니다. 하지만 아델은 한국인이었고, 1980년 5월 광주에서 실종된 게 맞습니다. 그녀는 군인에게 칼로 등을 찔리고 곤봉으로 머리를 맞고 두 다리에 총을 맞았습니다. 한쪽은 허벅지, 한쪽은 무릎을 맞았지요. 물론 그녀는 아직도 눈알이 노란 새에게 머리를 쪼이고, 거대한 매미에게 다리를 파먹혔다고 생각하지만 말입니다. 그때 그녀는 아이를 낳은 지 얼마 안 된 수유부였습니다. 아마 그녀가 지금 말한 이름은 그녀의 아이 이름일지 모릅니다. 그녀는 기억도 잃고 한국말도 잊은 상태였습니다. 아이에 대한 기억만이라도 되찾게 해주려고 온갖 노력을 기울였지만 지금까지 성과가 없었습니다. 그런데 오늘 뭔가가 그녀의 말과 기억의 일부를 되돌려놓은 것 같군요. 하지만 당신은 그녀가 말한 이름이 그녀의 여동생이라고 말하고 있습니다. 그건 아마 아닐 것입니다. 어쩌면 우리가 찾는 사람은 서로 다른 사람일지도 모르겠군요."

놀랍게도 석빈은 남자의 불어를 한마디도 놓치지 않고 다 알아들을 수 있었다. 심지어 삐코떼(쪼다)와 알레떼(젖먹이다) 같은 어휘마저도 귀에 쏙쏙 들어왔다. 그토록 오래 기다려온 구원이 드디어 찾아온 모양이었다. 그는 흥분한 목소리로 백발의 남자에게 말했다.

"1980년 5월에 그녀가 수유중이었다면, 어쩌면 하연은 그녀의 여동생이 아니라 딸일지도 모릅니다. 하연은 1980년 1월에 태어났으니까요."

"그래요? 오, 당신은 우리와 합석하지 않겠습니까? 나는 당신과 아주 많은 얘기를 할 필요를 느낍니다. 당신이 아델의 기억을 되살리는 데 중요한 역할을 할지도 모르니까요."

"좋습니다."

건너편에서 한이 자기도 유하연을 알고 있는데 합석하지 못해 절통하다는 표정을 지었다. 백발의 남자는 아델의 휠체어를 자신들의 테이블로 밀어다놓고 석빈의 자리를 마련해주었다. 그리고 자신도 자리에 앉으려다 다시 엉거주춤 일어났다.

강변 레스또랑의 문이 열리고 은수와 상일이 들어왔다. 은수의 피로한 눈과 다치기 쉬운 붉은 입술, 민감한 턱선을 보는 순간 에르베는 여름 태양빛이 한꺼번에 쏟아져들어오는 듯 뜨겁고 강한 열기가 자신을 휩싸는 걸 느꼈다. 아델은 굳은 에르베의 얼굴을 장난스러운 눈빛으로 올려다보더니 휠체어에서 일어나 희고 긴 스커트 자락을 한 손으로 살짝 들어올리고 가볍게 절름거리는 걸음으로 은수를 향해 걸어갔다.

상일은 다가오는 아델을 보고 말을 더듬었다.

"으,은수야! 저기 좀 봐. 봤어?"

은수는 붉은 입술을 살포시 벌린 채 말이 없었다.

"은수야, 아니지? 내가 괜히……"

"오, 상일이형! 아니겠지?"

"그래, 아니지. 아닐 거야. 근데 아, 이거……"

아델은 은수에게 합석을 권하는 뜻으로 자신들의 테이블을 가리켜 보였다. 은수는 넋이 나간 얼굴로 그녀가 시키는 대로 에르베의 옆자리에 앉았다. 상일도 그 뒤를 졸졸 따라와 은수 옆자리에 앉았다. 아델은 자기 휠체어로 돌아와 앉으며 에르베를 흘깃 쳐다보았다. 내가 오빠를 위해 일을 썩 잘해냈죠, 하는 의기양양한 표정이어서 에르베는 웃지 않을 수 없었다.

자리에 앉자마자 상일이 은수에게 낮은 소리로 말했다.

"은수야, 저 여자가 누군지부터 좀 물어봐라."

은수가 에르베에게 물었다.

"실례지만, 당신의 사촌동생의 한국 이름이 혹시 오정연이 아닌가요?"

오정연이라는 말에 에르베와 석빈이 동시에 놀랐다. 에르베가 두 손을 치켜들며 말했다.

"오! 또 우리 아델을 아는 사람이 나타난 건가요?"

그때 발자끄 여학생이 살금살금 그들의 테이블로 다가와 불어로 말을 걸었다.

"씰 부 쁠레, 메담 제 메시외!(실례합니다, 여러분!)"

"당신도 아델을 알고 있나요?"

에르베의 말에 발자끄 여학생이 고개를 흔들었다.

"아니에요. 그러나 허락해주신다면 우리도 합석하고 싶습니다. 우리는 저분의 사연을 꼭 듣기를 바랍니다."

석빈은 발자끄 여학생이 아델의 사연 못지않게 탁자 중앙에 놓인 보쌈에도 관심이 있으리라 생각했다. 그가 뒤를 돌아보니 고선배를 비롯한 다른 유학생들도 기대에 찬 얼굴로 이쪽을 바라보고 있었다. 모두들 처분을 기다리듯 아델을 바라보았다. 아델은 수줍게 고개를 한쪽으로 기울이고 막 낮잠에 빠지려는 아이처럼 달콤하고 잔잔한 미소를 지었다.

"저렇게 웃는 걸 보니," 하고 에르베가 말했다. "제 생각에 아델은 여러분이 모두 같이 듣는 걸 반대하지 않는 것 같군요."

아델의 마음이 바뀔세라 유학생들은 재빨리 탁자와 의자를 옮겨 길게 이어붙였다. 에르베가 새로 온 은수와 상일에게 물었다.

"당신들은 먼저 식사를 주문하시겠어요?"

은수가 에르베의 말을 통역하자 상일이 더듬더듬 말했다.

"나,난 술부터, 술부터 한잔하고 싶은데."

은수가 상일의 말을 통역했다.

"좋습니다." 에르베가 말했다. "그럼 제가 오늘 여러분 모두에게 술을 사겠습니다. 우리 파티를 합시다. 아델이 이렇게 행복해하는 건 오랜만에 봅니다. 그리고 저도 이렇게 행복한 날은 오랜만입니다. 각자 원하는 술을 주문하세요."

상일은 은수의 통역을 듣자 허겁지겁 소주, 소주,를 외쳤다. 아델이 어린애처럼 소주, 소주, 하고 따라하는 바람에 모두 웃음을 터뜨렸다. 상일이 은수에게 속삭였다.

"저 목소리, 맞지? 맞지?"

은수가 고개를 끄덕이자 상일이 낮게 말했다.

"근데 왜 저렇게 뼈밖에 안 남았을까? 예전엔 통통하게 살도 쪘었는데. 불란서 음식이 영 입에 안 맞나보다."

테이블 쎄팅이 끝나고 소주와 막걸리, 꼬냑과 와인이 나왔다. 각자 취향대로 잔을 집었고 서로의 잔에 술을 채웠다.

"아 보트르 쌍떼!(건배!)"

"아 보트르 쌍떼!"

은수와 상일, 아델과 석빈은 소주를 마셨고, 에르베와 고선배와 사회학도는 꼬냑을, 발자끄와 한은 막걸리를, 프루스뜨와 종교학도는 와인을 마셨다.

"음식이 나오기를 기다리는 동안 제 소개부터 하지요." 에르베가 말했다. "저는 빠리8대학에서 문화와 소통 분야를 가르치고 있는 에르베 리샤르입니다. 내년에 은퇴를 앞두고 있지요. 지금부터 제가 사촌누이 아델에 관한 얘기를 들려드릴 텐데요, 제 얘기가 끝나면 여러분은 그녀가 당신들이 아는 그 사람인지 아닌지 알 수 있을 겁니다. 그리고 저도 아델에 대해 새로운 걸 알게 되겠지요. 사실 저는 아델의 나이가 몇살인지도 모른답니다. 81년에 아델을 입양하기 위해 임의로 열일곱살로 신고한 게 지금의 나이가 되었으니까요."

모두들 호기심에 찬 눈빛을 에르베에게 집중하고 있었다. 다만 불어를 알아듣지 못하는 상일만이, 볼수록 오정연을 닮은 아델과 전혀 통역해줄 생각이 없는 은수를 번갈아 보며 뚱한 얼굴로 소주를 마셨다. 그러다 갑자기 그의 얼굴에 화색이 돌았다. 만일 저 여자가 오정연이 맞다면 서울에 있는 전연 것들이 얼마나 놀랄 것인

가. 그리고 그 놀라운 소식을 전해줄 사람은 다름아닌, 오늘 밤 귀국하는 자신이 될 것이다. 이 엄청난 정보를 무기로 진태와 빅 딜을 할 수도 있을 것이다. 이런 생각으로 상일의 가슴은 세차게 두근거렸다.

에르베가 계속 말을 이어갔다.

"아델은 이 얘기를 수백번도 더 들었지만 들을 때마다 처음 듣는 것처럼 귀를 기울인답니다. 가끔은 내게 이 대목을 얘기해달라, 저 대목을 얘기해달라 조르기도 하고, 들으면서 눈물을 흘리기도 하지요. 아델은 이 얘기를 자신에게 일어난 일로 생각하지 않고 마치 전생처럼, 전설처럼 여기는 것 같아요. 그럼 본격적으로 얘기를 시작할까요? 제가 아델을 어떻게 만나게 되었는지, 어떻게 그녀를 빠리까지 데려오게 되었는지, 그녀가 모든 고통과 장애에도 불구하고 지금 어떤 꿈을 꾸고 있는지, 희망은 불가능하기 때문에 더욱더 품을 가치가 있다는 진실을, 저 부서지기 쉬운 그녀의 육체가 얼마나 아슬아슬하게 입증해왔는지에 대해서 말이지요."

앞선 음이 아직 끝나지 않았는데 다음 음은 이미 시작되는, 그렇게 음과 음 사이를 이어서 연주하는 '레가토' 주법은 시간에 대한 인식에서도 유효하다. 소멸하는 앞의 음과 개시되는 뒤의 음이 겹치는 순간의 화음처럼, 나는 이 소설이 과거의 흔적과 현재의 시간이 겹쳐 뭔가를 만들어내는 레가토 독법으로 읽히기를 소망하면서 썼다.

그러나 시간의 겹침은 음의 겹침과 달라, 붉은 베일과 푸른 베일이 바람에 휘날려 찰나의 보랏빛을 만드는 마법처럼 아름다울 수도 있지만, 필사적으로 도망치는 소녀의 보드라운 발뒤꿈치를 깨무는 뱀 아가리의 본능처럼 잔혹하기도 할 것이다.

중요한 것은 겹침의 세계에서 출몰하는 것이 천사이든 악마이든, 레가토하지 않았다면 볼 수도 느낄 수도 없었을 무엇임은 분명하다는 것이다. 이음의 욕망이 겹침의 차원을 낳고, 겹침은 다시 새롭고 낯선 단절을 연다. 이것이 레가토의 역설이다.

십오년 만에 장편소설을 쓰고 연재하고 수정하면서 느낀 점이라면 내가 이러다 정말 소설가가 되려나보다 하는 것이었다. 내 나이를 생각하면 이 느낌은 자못 놀랍다 못해 공허하다. 이 장편을 쓰기 전까지 나는 진심으로 글이 노동이라는 것을 받아들이지 못했다.

꼭 '이 장편'이 분기점인 건 아니다. '다른 장편'이었다 해도 마찬가지였을 것이다. 내가 얘기하고 싶은 건 '이 장편'이나 '다른 장편'이 아니라 보편적인 장편의 길이에 대한 것이고, 그 길이를 메워온 내 에너지와 그 완성의 시간을 도래케 한 내 인내력에 관한 것이다.

기적은 단순하다. 소설가란 글을 한 글자씩 한 문장씩 한 문단씩 한 챕터씩 차근차근 쌓아나가는 벽돌공이라는, 누구나 다 아는 뻔한 사실을 내가 뒤늦게 늦깎이로 겪었다는 것뿐이다. 그리하여 나는 이 소설이 우등상은 못 받아도 개근상은 받을 만하다고 생각한다. 이제껏 나는 개근상의 가치를 사유할 기회를 박탈당해왔다. 그건 내가 어려서부터 우등상을 너무 많이 받아왔고 그 경험에서 우등상이 별로 대단한 것이 못된다는 결론을 얻기보다 최고의 우등상을 받지 않으면 안된다는 강박에서 자유롭지 못했던 탓이 크다.

고마운 사람들이 많다.
예전엔 우등상만 받아봐서 고마운 사람들이 있기로서니 나만큼 고마우랴 했다. 시험 공부를 한 것도, 시험을 치른 것도, 좋은 성적을 거둔 것도 전부 나니까.

그러나 개근상을 염두에 두고 보니 마음이 좀 색다르다. 연재 때 매일 들러준 사람들, 알은척해준 사람들, 내일 또 보자 한 사람들이 고맙다. 무엇보다 작년에 두달 넘게 머문 토지문화관은 나를 장편학교에 입학시켜주었고, 연재부터 출간까지 이 소설을 끼고 살아온 창비의 이상술 씨는 매일 밥상을 차려주었다.

그래도 개근상 받을 때 누가 제일 고마웠느냐 묻는다면 내가 제일 고마웠다 말할 것이다. 지각 안하고 등교한 것도, 놀고 싶은데 땡땡이 안 간 것도, 아픈데 참고 조퇴 안한 것도 전부 나니까.

사람 참 안 변한다.

오늘은 술을 먹고 싶다.
벽돌공들이 원래 술을 잘 먹지 않는가.

2012년 4월

권여선

레가토

초판 1쇄 발행 • 2012년 5월 10일
초판 5쇄 발행 • 2021년 11월 17일

지은이/권여선
펴낸이/강일우
책임편집/이상술
펴낸곳/(주)창비
등록/1986년 8월 5일 제85호
주소/10881 경기도 파주시 회동길 184
전화/031-955-3333
팩시밀리/영업 031-955-3399 · 편집 031-955-3400
홈페이지/www.changbi.com
전자우편/lit@changbi.com

ⓒ 권여선 2012
ISBN 978-89-364-3391-8 03810

* 이 책은 한국문화예술위원회의 아르코 문학창작기금을 받았습니다.